Katie Ganshert

DAS LEBEN IST NIE PERFEKT

Katie Ganshert

DAS LEBEN IST NIE PERFEKT

francke

Über die Autorin:

Katie Ganshert war Lehrerin, bis ihr der Durchbruch als Romanautorin gelang. Sie ist verheiratet und hat zwei Kinder. Für »Das Motel der vergessenen Träume« bekam sie in den USA einen Preis für den besten zeitgenössischen christlichen Roman des Jahres verliehen.

Bibliografische Information Der Deutschen Nationalbibliothek
Die Deutsche Nationalbibliothek verzeichnet diese Publikation in der Deutschen Nationalbibliografie; detaillierte bibliografische Daten sind im Internet über http://dnb.dnb.de abrufbar.

ISBN 978-3-96362-040-9

Originally published in English under the title
A Broken Kind of Beautiful
This translation published by arrangement with WaterBrook,
an imprint of the Crown Publishing Group,
a division of Penguin Random House LLC

35037 Marburg an der Lahn
Deutsch von Dorothee Dziewas
Umschlagbilder: © iStockphoto.com / Oleh_Slobodeniuk; mammuth
Umschlaggestaltung: Verlag der Francke-Buchhandlung GmbH /
Christian Heinritz
Satz: Verlag der Francke-Buchhandlung GmbH
Printed in Czech Republic

www.francke-buch.de

Für die Zerbrochenen

*

Fürchte dich nicht, denn ich habe dich erlöst;
ich habe dich bei deinem Namen gerufen; du bist mein!
Jesaja 43,1 (Luther 2017)

Kapitel 1

Als das Mädchen mit dem ruhelosen Blick wieder in sein Leben trat, stand es auf der anderen Seite des Sarges, der in die Erde hinabgelassen wurde, während die Schwüle und der schrille Gesang der Zikaden sich in der Hitze von South Carolina vermischten. Tante Marilyn presste ihre zitternden Finger auf ihre Lippen und schwankte, als hätte der feuchte Boden sich selbständig gemacht und sie nach vorne gekippt. Davis Knight umfasste den Ellbogen seiner Tante fester und wandte den Blick von ihrem Kummer ab. Und da sah er sie – wie eine Statue stand sie da, ihre zarte, anmutige Figur in Trauer gehüllt.

Ivy Clark. Ganz erwachsen.

Ein Donnergrollen rollte über den dunklen Himmel, allerdings eines, das ziemlich weit weg war, Überreste eines Tropensturms. Ein Regentropfen traf ihn am Ohr, ein anderer berührte seine Nasenspitze. Pastor Voss neigte den Kopf. Alle taten es ihm gleich, auch Ivy. Eine sanfte Brise ließ feine Haarsträhnen ihr gesenktes Gesicht umspielen und die Schmetterlingsärmel ihres Kleides flattern. Zuletzt hatte er sie leibhaftig gesehen, als er für einen kurzen Sommerurlaub nach Greenbrier zurückgekehrt war, das war nach seinem ersten Jahr an der Universität von New York gewesen. Ivy war damals zwölf gewesen, hatte aber viel älter gewirkt. Groß und schlaksig mit Augen, die für ihr Gesicht zu groß waren – zwei honigfarbene Seen, die so tief und eindringlich blickten, als sähen und verstünden sie jede Traurigkeit der Welt.

Dann war sie verschwunden und er in gewisser Weise auch. Einige Jahre später hatte er angefangen, ihre Karriere zu verfolgen, weil es für ihn von Interesse war, das zu tun, aber selbst ohne professionelle Motive hätte er ihren Werdegang im Blick behalten.

Davis spürte feine Schweißperlen auf seine Schläfen treten. Seine Schwester Sara legte den Arm um ihn und drückte ihn. Das Gebet des Pastors endete so abrupt, dass Ivy Clark aufblickte und ihn dabei ertappte, wie er sie anstarrte. Angesichts ihrer Karriere war sie das sicher gewohnt. Er selbst eher nicht.

Er hätte den Blick abgewandt, aber die Tatsache, dass sie sich seines Interesses bewusst war, löste eine faszinierende Verwandlung aus. Wie es schien, hatten ihre Augen im Laufe der Jahre einige Tricks gelernt. Zum Beispiel genau im richtigen Moment zu blinzeln. Oder eine Einladung zu tanzen. Den Kummer hinunterzuschlucken, der gerade noch um ihre Schultern gelegen hatte, als sie dachte, niemand würde sie beobachten. Sie warf ihm ein Lächeln zu, das Davis gut kannte – eines, das er Hunderte Male auf Hunderten schöner Gesichter gesehen hatte. Die Art Lächeln, die vor zwei Jahren all ihren Reiz verloren hatte.

Er blickte auf das Gras hinunter – dicke grüne Halme, die seine schwarzen Lederschuhe umrahmten – und tätschelte die Hand seiner Schwester, seine Erinnerung daran, warum eine Frau wie Ivy Clark nicht in sein Leben gehören konnte. Ivy gehörte zu einer Welt, die immer nur nahm und nahm und nahm, aber so subtil und hinterhältig, dass man es erst merkte, wenn man nichts mehr zu geben hatte. Es war eine Welt, mit der er nie wieder etwas zu tun haben wollte.

Trotzdem sah er noch ein letztes Mal zu ihr hinüber. Ivy starrte zurück, ein spöttisches Grinsen auf den Lippen.

„Jetzt ist nicht der richtige Zeitpunkt, um darüber zu reden, Ivy." Bruce stapfte durch das hohe Gras zu einer Reihe Autos, die an einem gepflasterten Weg parkten, während er eine Textnachricht in sein Handy tippte.

Die Regentropfen verwandelten sich in einen Nebel, der sich auf Ivys Armen niederließ und ihre Haut kühlte. Wenn der Nieselregen doch nur ihre Angst auslöschen könnte. Wem schrieb er da? Sie beschleunigte ihre Schritte, heftete sich an seine Fersen wie ein Abendschatten. „Du bist doch derjenige, der arbeitet."

„Woher willst du wissen, ob es Arbeit ist?" Er kramte in der Hosentasche, zog sein Schlüsselbund heraus und drückte auf den Knopf der Fernbedienung, um die Wagentüren aufzuschließen. Zwei kurze Töne durchbrachen den Chor zwitschernder Vögel, die irgendwo in dem Louisianamoos saßen, das von den knorrigen Ästen über ihnen herunterhing und tropfte.

Ivy verdrehte die Augen. Nur Bruce würde auf einem Friedhof in Greenbrier, South Carolina, sein Auto abschließen. „Das hier ist nicht New York City." Die beiden Orte waren vielmehr entgegengesetzte Pole. „Ich glaube nicht, dass hier irgendwelche Diebe herumschleichen, die nur auf die Gelegenheit warten, in deinen Wagen einzubrechen."

Er blieb vor dem schwarzen Lexus mit Mietwagenkennzeichen stehen.

Sie hielt ebenfalls an. „Ich muss es wissen, Bruce. Wir reden hier schließlich über meine Zukunft."

„Wenn du dir solche Gedanken machst, hättest du besser den Mund gehalten."

„Ich habe einen doofen Vorschlag gemacht. Willst du etwa behaupten, O'Banion macht so einen Aufstand wegen eines kleinen …"

„Es ist nicht deine Aufgabe, Vorschläge zu machen, und schon gar nicht bei einem Fotografen wie Miles O'Banion."

Ivys Magen zog sich zusammen. Was, wenn dieser eine Fehler sie zwei Jahre Sicherheit kostete? Ihr fünfundzwanzigster Geburtstag kam mit jedem Tag näher. Und sosehr sie sich auch bemühte, sie wurde nicht jünger … und die Leute fingen an, das zu bemerken. Wenn sie weiter als Model arbeiten wollte, brauchte sie diesen Vertrag.

Bruce fuhr sich mit der Hand übers Gesicht. „Deine Aufgabe ist es, den Mund zu halten und vor der Kamera zu posieren. Dafür wirst du bezahlt. Niemanden interessiert deine Meinung."

„Das hat man mir deutlich zu verstehen gegeben."

„Und warum hast du dann nicht darauf gehört?"

Eine kleine Gruppe in Schwarz gekleideter Frauen unterbrach ihre Unterhaltung. Bruce setzte ein Lächeln auf und winkte ihnen höflich zu. Dann beugte er sich zu Ivy hinüber und zischte ihr aus dem Mundwinkel zu, während er unverändert lächelte: „Wir werden nicht hier darüber sprechen. Zeig mal ein bisschen Respekt."

Ihre Muskeln zuckten. Respekt? James hatte ihren Respekt nicht verdient. Es war ihr egal, wie bewegend die Trauerrede, wie schön der Blumenschmuck oder wie gut besucht die Beerdigung gewesen war. Warum sollte es ihr etwas bedeuten, einen Mann zu verlieren, der sie ohnehin nie gewollt hatte? Warum sollte sein unausgesprochenes *Ich liebe dich* in ihren Gedanken widerhallen? Sie weigerte sich, so zu tun, als hätte der Tod ihres Vaters irgendwelche Auswirkungen auf ihr Leben. Das hatte er nämlich nicht. Sie würde es nicht zulassen. Sie raffte ihre wachsende Wut zusammen und verstaute sie in dem leeren Platz in ihrem Herzen.

Bruce öffnete die Beifahrertür. „Steig ein."

Sie verschränkte die Arme. „Wenn du als mein Agent etwas weißt, hast du kein Recht, es vor mir geheim zu halten."

„Ich weiß nichts. Und wenn ich etwas herausfinde, können wir es zu Hause in New York besprechen."

„Warum hat Annalise mir gesagt, dass ich den Vertrag nicht bekomme?"

„Weil Annalise Tratsch liebt, oder ist dir das noch nicht aufgefallen?"

Trotz der stehenden Hitze kroch ein Schauer über Ivys Haut. Als ihre Freundin hätte Annalise sich das nicht einfach ausgedacht. Irgendetwas musste an der Aussage dran sein. Sie umfasste ihre Ellbogen, als würde das alles weniger wichtig, wenn sie nur fester zudrückte. „Tratsch enthält immer einen Kern Wahrheit."

„Hör zu, entweder du steigst jetzt ein oder ich lass dich hier stehen. Überleg es dir."

Ivy blickte über ihre Schulter zu den polierten Grabsteinen hinüber, die fein säuberlich aufgereiht dastanden. Mit einem Mal war ihre Kehle wie zugeschnürt. Sie strich sich über die Oberarme und trat näher an den Wagen. „Ich will zum Flughafen."

„Wir gehen zum Mittagessen."

„Warum?"

„Er war mein Bruder und dein Vater. Wir verschwinden jetzt nicht."

„Mein Vater war er ja wohl kaum." Die Leere dehnte sich aus und höhlte sie aus wie eine Kürbislaterne. Sie war nichts als eine Hülle. Eine schöne, leere Hülle.

Hinter ihnen setzte sich ein SUV in Bewegung. Vor ihnen heulte ein Motor auf. Abgesehen von einigen wenigen Nachzüglern, die in der Ferne am Grab ihres Vaters verweilten, leerte der Friedhof sich zusehends.

Bruce trommelte mit den Fingern auf dem Wagendach.

„Ich werde nicht in diesem Haus sitzen, Gurkensandwiches essen und so tun, als würde es mir etwas ausmachen, dass er tot ist."

„Dir wird nichts anderes übrig bleiben."

Ivy ließ die Schultern hängen und schob sich auf den Beifahrersitz. Dann zog sie den Sicherheitsgurt quer über ihren Körper, ließ ihn einrasten und starrte geradeaus. Warum hatte sie nur etwas zu O'Banion gesagt? War doch egal, wenn er wollte, dass sie immerzu in derselben überzogenen Pose verharrte. Sie hätte kein Wort sagen sollen. Wenn es einen Fehler gab, den man in ihrer Welt besser nicht machte, dann den, den Stolz eines für seinen Stolz berüchtigten Fotografen zu verletzen.

Bruce öffnete die Fahrertür. Er stieg ein und legte sein Smartphone in den Flaschenhalter. Gerade als er den Motor anlassen wollte, begann es zu vibrieren, sodass das Kleingeld in der Mittelkonsole klirrte. Er griff nach dem Handy und hielt es sich ans Ohr. „Bruce Olsen."

Nichts außer unverständlichem Geschnatter einer Frauenstimme am anderen Ende.

In Bruces Unterkiefer begann ein Muskel zu pulsieren. Er kratzte sich am Kinn und sah zum Fenster hinaus, um seinen Gesichtsausdruck zu verbergen. „Ich bin morgen wieder da. Können wir uns dann vielleicht treffen und darüber reden?" Er legte den Sicherheitsgurt an und nickte. Wieder eine lange Pause. Noch mehr unverständliche Worte. Ein Seufzen ihres Onkels. „Ich verstehe. Danke für die Info."

Er beendete das Gespräch und drehte den Schlüssel im Zündschloss.

Ivy presste die Fingerspitzen in ihre schweißnassen Handflächen.

Bruce lenkte den Wagen auf das Pflaster und in Richtung Eisentor. „So wie es aussieht, will Ms Reynolds ein neues Gesicht für ihre Kosmetikprodukte." Er schaltete das Radio ein. Bon Jovis *„You Give Love a Bad Name"* brüllte Ivy entgegen. „Tut mir leid, Kleines. Sie verlängern deinen Vertrag nicht."

Kapitel 2

Das Geräusch plaudernder Gäste und klappernder Teller hüllte Davis ein, während er an einen Türrahmen gelehnt dastand, unfähig, den kummervollen Anblick von Ivy Clark am Grab ihres Vaters auszublenden. Als sie das erste Mal in sein Leben getreten war, hatte er gerade seinen Vater beerdigt – damals war er es gewesen, der ungläubig zugesehen hatte, wie der Erdboden den Mann verschlang, der ihm das Leben geschenkt hatte. Kurz darauf war er mit seiner Mutter und seiner Schwester quer durchs Land nach Greenbrier in South Carolina gezogen. Weg von seinen Freunden in Telluride und allem, was er mit seinen leicht zu beeindruckenden sechzehn Jahren gekannt hatte. Was ihn an diesem geheimnisvollen elfenhaften Mädchen besonders fasziniert hatte, das so lautlos durch das Haus seiner Tante geschwebt war, waren ihre rastlosen Augen.

Auch sie war aus allem herausgerissen worden, was ihr vertraut war, und in eine Welt versetzt worden, in die sie nicht gehörte. Doch ihre Gefängnisstrafe dauerte jeden Sommer nur einen Monat lang. Seine, so war es ihm vorgekommen, würde ewig währen.

Aber als er jetzt den Blick über die Menge schweifen ließ, wusste Davis, dass Greenbrier nicht das Gefängnis war, für das er es gehalten hatte. Tatsächlich war es für ihn inzwischen genau das Gegenteil – ein Zufluchtsort. Natürlich hatte es auch seine Nachteile, aber die waren erträglich. Wenn er das schon als Teenager erkannt hätte, wäre er vielleicht nicht so erpicht darauf gewesen zu fliehen.

Auf der anderen Seite des großen Raumes stützte Grandma Eleanor sich auf Grandpas Arm und wedelte sich mit einem rosenverzierten Handfächer Luft zu. Sie unterhielt sich mit Mom und ihrem Mann Mike – einem Highschool-Mathelehrer mit Bierbauch und einer zunehmend kahlen Stelle auf dem Kopf. Sehr zum Kummer seiner Großeltern hatte Davis' Mutter Mike durch eine Internet-Partnervermittlung kennengelernt, ihn vor zwei Jahren geheiratet und war mit ihm in sein Haus in West Virginia gezogen, womit sie dem eisernen Griff seines Großvaters entflohen war.

Grandpas Blick begegnete dem seinen. Davis war sich nicht sicher, was sein Großvater mehr hasste – Davis' erste Karriere als Modefotograf oder seine jetzige als Küster der örtlichen Kirchengemeinde. Da er nicht in der Stimmung dafür war, bei einer Beerdigung über seine Zukunft zu diskutieren, wandte er den Blick ab und ließ ihn von dem Kronleuchter über dem Esstisch zu den Kunstwerken an den Wänden im Foyer wandern, bevor er auf seine Schwester fiel. Sie stand auf dem Treppenabsatz der breiten Treppe, hatte einen Arm ausgestreckt und berührte mit den Fingerspitzen den Rahmen eines Aquarells, das Marilyn vor einigen Jahren gekauft hatte. Ihre Haltung war so voller Sehnsucht, dass Davis ihren Schmerz fühlen konnte.

Er runzelte die Stirn und ging auf Sara zu, doch bevor er bei ihr angelangt war, kam Tante Marilyn die Treppe herunter. Mit dem Hauch eines Lächelns und geröteten Augen nahm sie Sara am Ellbogen, flüsterte ihr etwas ins Ohr und führte sie die restlichen Stufen hinunter.

Davis ging stattdessen zur Nordseite des Hauses mit den bogenförmigen Fenstern, die auf den gepflegten Rasen im Vorgarten hinausgingen. Diesen zierten Azaleen und eine große Eiche spendete Schatten. Eine Reihe Autos blockierte die lange Auffahrt und ergoss sich in die Sackgasse. Er schloss die Augen und lehnte die Stirn an das kühle Glas.

„Sie ist wirklich eine Schönheit."

Davis spitzte die Ohren.

„Jemand hat gesagt, sie sei auf dem Cover von *Vanity Fair* gewesen." Diese Stimme gehörte einer anderen Person, die etwas jünger zu sein und nicht aus den Südstaaten zu stammen schien.

„Und auf dem von *InStyle*", flüsterte die erste Stimme, aber trotzdem so laut, dass Davis es hören konnte.

„Ist sie wirklich die Tochter von James?"

„Siehst du nicht die Ähnlichkeit? Diese Augen. Ihre Haare. Sie ist ihm wie aus dem Gesicht geschnitten."

„Aber James und Marilyn haben doch im vergangenen Frühjahr ihren dreißigsten Hochzeitstag gefeiert. Und so wie das Mädchen aussieht, ist es keinen Tag älter als zwanzig." Eine bedeutungsvolle Pause folgte der Äußerung, in der so viel Unausgesprochenes mitschwang, dass Davis die Gedanken förmlich hören konnte. „Du meinst, Marilyn ist nach einem solchen Skandal bei ihm geblieben?“

„Die Arme, sie muss ihn wirklich geliebt haben.“

„Na ja, er kann ja nicht nur schlecht gewesen sein. Ich habe gehört, dass er dem Bezirkskrankenhaus viel Geld gespendet hat.“

„Mir ist es egal, wie viel Geld er gespendet hat. Wenn mein Cal den Reißverschluss seiner Hose für eine andere Frau aufmachen würde, wäre er so schnell aus dem Haus.“ Ein Fingerschnipsen ertönte.

Davis’ eigene Finger gruben sich in den Fensterrahmen.

„Sie konnte selbst nie Kinder haben. Wirklich traurig. Und dann von diesem Mädchen zu erfahren! Eine solche Nachricht hätte mich direkt ins Grab gebracht. Ich hätte ihm nicht vergeben können.“

Genug Klatsch und Tratsch für einen Leichenschmaus.

Davis trat aus dem Schatten der schweren Samtvorhänge heraus und räusperte sich. Trudy Piper, die Tochter von Pastor Voss und Ehefrau von Cal – dem Besitzer des örtlichen Diners – stand einer Person gegenüber, die Davis nicht kannte. Wahrscheinlich ein Gast von außerhalb. Die beiden Frauen wurden blass und setzten dann eine Miene auf, wie sie für eine Trauerfeier angemessen war.

„Davis.“ Trudy faltete die Hände. „Es tut mir wirklich leid, dass eure Familie diesen Verlust erleiden muss. Es ist eine Schande, dass James so jung gestorben ist.“

„Der Krebs hat ihn so schnell dahingerafft“, fügte die andere Frau hinzu.

Trudy umarmte ihn und hüllte ihn dabei in eine beinah unerträgliche Wolke ihres blumigen Parfüms ein. Dann mischten die beiden Frauen sich unter die Gäste im Esszimmer. Er blickte ihnen nach, die Lippen zusammengepresst. Pastor Voss hatte zwei erwachsene Töchter. Trudy war die jüngere von beiden und, sehr zum Kummer des Pastors, die größte Tratschtante der Stadt. Tante Marilyn hatte es nicht verdient, dass eine solche Frau hinter ihrem Rücken über sie herzog. Sie hatte genügend Probleme. Davis drehte sich um und legte die Hand an den Fensterrahmen, bevor er sich ganz aufrichtete.

Ivy Clark saß in Marilyns Vorgarten auf einer weißen Bank, ein schlankes Bein über das andere geschlagen. Im Schatten der Eiche fiel ihr das karamellfarbene Haar in langen Wellen über die Schultern, während sie in Richtung Straße starrte. Er bemerkte die Eleganz ihres Halses, die Neigung ihres Körpers. Abgesehen von ihrem wippenden Fuß strahlte sie eine beinah unheimliche Stille aus, die ihn dazu veranlasste, sich ganz ans Fenster zu lehnen. Da gab es eine Geschichte – verborgen unter ihrem Äußeren und ihrer Haltung –, die nur darauf wartete, entdeckt zu werden.

Davis trat vom Fenster zurück und schlängelte sich durch die Leute. Am Esstisch legte er ein Sandwich auf einen Teller und trat dann in die schwüle Luft hinaus. Wenn Ivy ihn kommen sah, ließ sie es sich nicht anmerken. Selbst als er sich neben sie auf die Bank setzte und ihr das belegte Brot anbot, blickte sie nicht auf. „Hunger?"

Sie malte mit dem Finger langsam Kreise um ihre Kniescheibe. „Ich habe im Moment keinen rechten Appetit, danke."

Er stellte den Teller ins Gras.

Ivy lehnte sich zurück, die Hände auf die Bank gestützt. „Starren Sie auf Beerdigungen immer Frauen an oder sollte ich mich geschmeichelt fühlen?"

Es dauerte eine Weile, aber er fand ihn. Im Inneren ihrer Augen. Einen kaum merklichen Puls des Mädchens, an das er sich von früher erinnerte, bevor die Welt sie beide so übel zugerichtet hatte. Dieser Puls war der Grund, warum er neben ihr sitzen blieb, obwohl alles andere ihn anflehte zu gehen. „Du erinnerst dich nicht an mich, oder?"

Sie rückte ein wenig von ihm ab und sah ihm in die Augen.

Er beschloss, ihr zu helfen. „Marilyns Neffe?"

„Davis Knight, sieh mal an." Sie hob das Kinn ein wenig. „Das heißt, wir sind was? Cousins?"

„Stiefcousins wohl eher." Falls es so etwas gab.

„Und ich dachte schon, mir gingen die Verwandten aus." Sie sah ihm direkt ins Gesicht und ihre Miene war gelangweilt oder vielleicht auch überheblich. So als wollte sie ihn herausfordern, sie zu unterhalten.

„Du bist ganz anders, als ich dich in Erinnerung habe", sagte er.

Sie zog die Augenbrauen hoch. „Und an wie viel erinnerst du dich, Dave?"

„Du warst oft traurig."

„Es gab ja damals auch nicht viel, worüber ich hätte fröhlich sein können. Und ich bin kein kleines Mädchen mehr." Ein Mundwinkel zuckte in einer Art nachdenklichen Grinsens. „Aber ich glaube, das hast du auch schon von alleine bemerkt."

Natürlich hatte er es bemerkt. Jeder Mann bemerkte es. „Ich habe deine Karriere verfolgt."

„Ach ja?" Sie lehnte sich näher, sodass ihre Schulter die seine berührte. „Bist du ein Fan? Soll ich dir ein Autogramm geben?"

Die Frau, die jetzt neben ihm saß, hatte keine Ähnlichkeit mit der, die er durchs Fenster beobachtet hatte. Diese Frau hatte einsam ausgesehen. Die hier benutzte die Mittel der Verführung wie eine Waffe. Welche von beiden war denn nun die echte Ivy Clark? „Es ist heiß hier draußen. Du solltest mit reinkommen."

„Danke, nein."

„Heißt das, du willst die ganze Zeit hier draußen sitzen bleiben?" Sie zog ihr Handy aus der Handtasche und sah auf das Display. „Wartest du auf jemanden?"

„Auf ein Taxi."

„In Greenbrier? Ich wusste nicht, dass es hier welche gibt." Das Inselstädtchen mochte zwanzigtausend Einwohner haben, aber etwas an dem gemächlichen Tempo hier ließ den Ort höchstens halb so groß wirken.

„Wie es aussieht, haben sie nur eins. Und das lässt sich Zeit."

„Wo willst du denn hin?"

„Zum Flughafen."

„Jetzt schon?"

„Warum die zwanzig Fragen, Dave?"

Ja, warum eigentlich? Er stieß mit dem Fuß den Teller an. Eine rote Ameise rannte auf das Brot zu, während sein Schweigen zwischen ihnen hing, genauso deutlich spürbar wie die feuchte Luft. Eine Schwalbe füllte die Stille mit ihrem Gesang.

Ivy seufzte. „Ich höre das Wort ‚Flucht' nie ohne schnell'res Blut ..."

Er legte den Kopf schief. „Emily Dickinson?"

„Du kennst es?"

Ihre Überraschung war ebenso groß wie seine eigene. Sie schien ihm nicht gerade die typische Kandidatin für ein Gedichtzitat zu sein. „Ich hatte einen Professor in Englischer Literatur, der in Ms Dickinson verliebt war. So hat er sie immer genannt – *Miz Dickinson*. Ich glaube, dass sie schon tot war, hat ihn echt deprimiert."

Ein echtes Lächeln ließ ihre Mundwinkel zucken, aber bevor es sich ganz entfalten konnte, senkte sie den Blick und fingerte an dem Bettelarmband herum, das sie ums Handgelenk trug. „Wenn du es unbedingt wissen willst, Dave, ich laufe davon. Weißt du, wie das ist?"

„Leider ja."

Sie zog eine Augenbraue hoch, so als glaubte sie keine Sekunde, dass jemand wie er vor irgendetwas davonlaufen könnte.

„Bei mir war es etwas, mit dem ich viel Zeit zugebracht habe", gab er zu, während er sich im gleichen Moment fragte, warum er ihr das erzählte.

„Ach ja? Und wie hat es funktioniert?"

Die Traurigkeit streckte ihre Finger aus und legte eine schwere Hand auf seine Brust. „Nicht sehr gut."

Ein Taxi grummelte die Sackgasse hinunter und hielt hinter den parkenden Autos in der Auffahrt. Ivy erhob sich und Davis stand ebenfalls auf. In ihren hochhackigen Schuhen war sie fast so groß wie er mit seinen ein Meter neunzig. Er war es nicht gewohnt, einer Frau auf gleicher Höhe in die Augen zu sehen, vor allem nicht im Stehen. „Viel Glück", sagte er.

„Wobei?"

„Beim Stehenbleiben. Das müssen wir alle früher oder später."

Etwas Zerbrochenes flackerte in ihren Augen auf, verschwand aber, bevor die träge Blende in seinem Gehirn für die nötige Bildschärfe gesorgt hatte. Sie beugte sich vor und berührte mit den Lippen leicht seine Wange. Ihr Atem war minzig und warm. „Fröhliches Trauern."

Dann schob sie sich den Riemen ihrer Handtasche über die Schulter und schlenderte zum Taxi.

Marilyn Olsen nahm sich eine kurze Auszeit von den Beileidsbekundungen, umfasste das Kreuz, das an der silbernen Kette um ihren Hals hing, schob es hin und her und beobachtete, wie Ivy auf der Rückbank des gelben Taxis Platz nahm.

Marilyns Haus war voller Menschen – die entweder trauerten oder an James' Tod zumindest Anteil nahmen –, aber von dem Augenblick an, als sie Ivy bei der Beerdigung entdeckt hatte, waren Marilyns Gedanken nicht mehr um ihren verstorbenen Mann gekreist. Manch einer hätte das vielleicht als kaltherzig empfunden, aber wenn sie ehrlich war, fürchtete Marilyn sich im Gegensatz zu vielen anderen Frauen nicht vor dem Witwendasein. Ihr Abschiednehmen von James sah nicht so aus, dass sie ihn festhielt und sich an ihn klammerte; es war eher wie ein langsames Stehenbleiben nach einem langen, anstrengenden Wettlauf. Die Flut der Gefühle, die sie jetzt empfand, galt allein dem Mädchen, das auf dem Rücksitz des Taxis davonfuhr.

Herr, mein Herz ...

Manchmal konnte Gehorsam sich anfühlen, als würde man durch Schlamm waten. Jeder Schritt war von Widerstand beschwert. So war es bei James gewesen. Marilyn hatte ihm nicht vergeben wollen, aber wie hätte sie die Worte ignorieren können, die Gott wieder und wieder in ihre ausgestreckten Hände legte, wann immer sie betete? *Vergib. Verzeih. Lass frei.* Ihre scharfen Kanten ließen keinen Raum für Fehldeutungen.

Bei anderen Gelegenheiten jedoch war Gehorsam unvermeidlich.

Während ihrer dunklen Jahre, als James sich zunehmend von ihr entfernte und das Thema Unfruchtbarkeit ihre Tage prägte, hatte Marilyn es sich zur makabren Angewohnheit gemacht, Bücher über Geburtswehen und Entbindung zu lesen. Eine Autorin hatte den Vorgang der Presswehen wie einen Zug beschrieben, der mit ungebremster Geschwindigkeit vorwärtsjagt. Der Arzt sagt: „Pressen!", und die Frau in den Wehen muss nicht zweimal überlegen. Ihr Körper übernimmt ihren Willen und überwältigt ihn mit einer Heftigkeit, die man fast nicht verhindern kann.

Als eine Frau, die ein solches Phänomen nie erlebt hatte, hatte Marilyn sich nicht vorstellen können, wie sich so etwas anfühlte. Bis sie sie sah – Ivy, ein achtjähriges Mädchen mit einem Aschenputtel-Rucksack, das mit einer Mischung aus Schüchternheit und Bewunderung zu James aufblickte. Nur dass er den Blick nie erwiderte. Er nahm sie gar nicht zur Kenntnis. Doch als Marilyn das Mädchen in ihrem Foyer zum ersten Mal erblickte, bemerke sie, wie sehr es James ähnelte, aber nicht ihr, konnte sie das Flüstern hören ...

Liebe dieses hier.

Es war, als würde Gott ihr mit heiliger Stimme zurufen: „Pressen!"

Sie hätte sich nicht wehren können, selbst wenn sie es versucht hätte.

„Marilyn." Die Stimme klang so sehr wie die von James, dass sie einen unlogischen Augenblick dachte, er wäre es tatsächlich.

Sie presste das silberne Kreuz in die kleine Kuhle unter ihrem Hals und drehte sich um. „Bruce." Der Name entwich beim Ausatmen. James und sein jüngerer Bruder hatten sich nie nahegestanden, sahen sich dafür aber umso ähnlicher. Während sie jetzt zu ihm aufblickte, hatte sie ein merkwürdiges Déjà-vu.

Er streckte die Hand aus und drückte ihren Ellbogen – eine stärkere Zuneigungsbekundung, als es sie jemals zuvor zwischen ihnen gegeben hatte. „Herzliches Beileid."

„Dir auch", erwiderte sie.

„Na ja." Er schob die Hände in die Hosentaschen und wich ihrem Blick aus. „Ich wusste nicht, dass der Krebs ihn so schnell dahinraffen würde. Hätte ich es gewusst ..."

Marilyn ließ den unausgesprochenen Gedanken in dem Stimmengewirr um sie herum untergehen. Sie hätte etwas Tröstliches sagen können. *Niemand konnte wissen, dass es so schnell gehen würde.* Oder: *James wusste, dass du ihn geliebt hast.* Aber ehrlich gesagt hatte sie nicht die Kraft, Bruce zu beruhigen. Stattdessen richtete sie ihre Aufmerksamkeit wieder auf die weiße Bank, auf der Ivy gesessen hatte. Jetzt saß Davis dort, die Ellbogen auf die Knie gestützt, und spielte mit einem Sandwich, das er von dem Teller zwischen seinen Füßen genommen hatte. „Wie geht es Ivy?"

„Sie schlägt sich tapfer, würde ich sagen."

„Ich sehe sie manchmal in diesen Werbespots für Kosmetik."

„Leider wird sie die nicht mehr machen."

Marilyn sah ihren Schwager an. „Wie meinst du das?"

„Reynolds hat beschlossen, den Vertrag mit Ivy nicht zu verlängern. Sie wollen ein jüngeres Gesicht."

„Was wird sie stattdessen machen?"

Bruce blies die Wangen auf und atmete dann langsam aus. „Ich bin mir sicher, ihr wird etwas einfallen. Ivy fällt immer etwas ein. Ich weiß, dass du deine Zweifel hattest, aber die Kleine hatte ganz schön viel Erfolg. Mehr als die meisten."

Seine Worte taten weh. Wie konnte Bruce im Geschäftsleben nur so schlau und in anderen Lebensbereichen so unsensibel sein? Ja, Marilyn hatte ihre Zweifel gehabt, aber der Grund dafür war nie Ivy gewesen.

„Wo wir gerade von unserer Kleinen sprechen: Hast du sie gesehen?"

„Sie ist gerade mit einem Taxi weggefahren." Marilyn richtete die Worte an die Fensterscheibe.

Bruce trat näher und folgte mit den Augen ihrem Blick. „Sie ist weggefahren?"

Bei der Missbilligung in seinem Tonfall sträubten sich ihr die Nackenhaare. Warum machte ihm ausgerechnet das etwas aus, wo er doch bei allem anderen so locker gewesen war? War doch halb so wild, dass Ivy gerade einmal vierzehn Jahre alt gewesen war, als Bruce sie in eine Welt eingeladen hatte, die auf leeren Versprechungen beruhte. Und war doch halb so wild, dass er nichts dabei fand, die gottgegebene Schönheit eines verletzten Mädchens auszubeuten.

„Es tut mir wirklich leid, Marilyn. Ich dachte nicht, dass sie ein Taxi rufen würde."

„Sie ist keine Gefangene, Bruce."

Oder vielleicht doch?

Die Frage hätte genauso gut auch einer von Gottes heiligen Rufen sein können. Nur weil die Gitterstäbe unsichtbar waren, bedeutete das nicht, dass Ivy keine Gefangene war. In den zehn Jahren, die vergangen waren, seit sie zuletzt aus Marilyns Leben marschiert war, waren die Stäbe nur noch dicker und widerstandsfähiger geworden. Trotzdem hallten die geflüsterten Worte, die sie vor all diesen Jahren mit voller Wucht getroffen hatten, in den tiefsten Winkeln ihres Herzens wider. An dem Ort, an dem Mütter geboren wurden.

Kapitel 3

Ivy wühlte sich durch ihren Kleiderschrank, zog Oberteile von Kleiderbügeln und warf sie auf den Boden. Ein Pfad aus Schwarz, Türkis und Pflaume, Versace, Chanel und Vuitton erstreckte sich bis auf die Kacheln ihres Badezimmers. Jetzt nahm sie ein schwarzes Paillettentop von einem Plastikbügel, hielt es sich vor die Brust und schleuderte es dann zur Tür hinaus.

„Hey!"

Ivy streckte den Kopf aus ihrem begehbaren Kleiderschrank. „Annalise!"

Ihre Freundin trug einen schwarzen Minirock, silberne Pumps von Louboutin und ihr Markenzeichen, die rote Baskenmütze. Sie ließ das Paillettentop von einem Finger baumeln. „Klamottenkrise?" Das Wort *Krise* klang eher wie *Kri-sö.* Selbst nach zehn Jahren in Amerika sprach Annalise immer noch mit einem starken französischen Akzent.

„Ich finde das Oberteil, das ich suche, nicht." Ivy gab ihre vergebliche Suche auf und stellte sich vor den großen Badezimmerspiegel. „Wie war Miami?"

„Sehr heiß." Annalise ließ das Top zu den anderen auf den Boden fallen und drapierte ihren geschmeidigen Körper auf der Kante des Whirlpools. „Weißt du, Ivy, du solltest die Haustür wirklich abschließen. Ich hätte auch ein verrückter Stalker sein können. Habe ich dir denn gar nichts beigebracht?"

Offenbar war Ivy schwer von Begriff. Sonst hätte sie die Klappe gehalten und jetzt immer noch einen Vertrag mit Reynolds Cosmetics. Eine ganze Woche war inzwischen vergangen, seitdem Bruce ihr die Hiobsbotschaft überbracht hatte, und die Mattigkeit zerrte immer noch an ihrer Seele – eine gefühlsduselige, bedrückende Schwere, die einfach nicht verschwinden wollte. Ivy beugte sich über das Waschbecken zum Spiegel und begutachtete ihre Haare. Dann fischte sie eine Haarnadel aus der obersten Schublade ihres Schminktischs und klemmte sie sich zwischen die Zähne.

„Ich habe dir deine Post auf den Tisch gelegt. Sie lag draußen vor der Tür. Neben einer Vase mit Blumen.“ Annalise sah Ivy im Spiegel an und wackelte mit den Augenbrauen. „Ein Dutzend rote Rosen und eine Schachtel Luxuspralinen. Wer ist der Typ?“

Ivy zog eine Haarsträhne nach hinten und nahm die Nadel aus ihrem Mund. „Wahrscheinlich der vom Freitag.“

„*Comme c'est romantique*. Da sind wohl die Funken geflogen, *non*?“

Ivy zuckte mit den Schultern.

Annalise kicherte. „Irgendwann lässt du dich noch mit dem falschen Mann ein. Sei vorsichtig, Schätzchen. Ich will nicht, dass du verletzt wirst.“

Ivys Magen verkrampfte sich angesichts der Ironie. Der einzige Mann, der jemals die Macht gehabt hatte, ihr wehzutun, lag jetzt zwei Meter unter der Erde. Und selbst von dort, aus dem Grab heraus, gelang es ihm noch, ihr Herz mit eiserner Faust zu packen. Sie nutzte die Haarnadel, um den Dutt zu fixieren. James hatte nur so viel Macht, wie sie ihm gab, und sie hatte ihm schon zu viel davon gegeben. „Ich bin mir ziemlich sicher, dass für mein Herz keine Gefahr besteht.“

„Ich habe nicht von deinem Herzen gesprochen. Wir wissen doch alle, dass das unantastbar ist.“

Ivy betrachtete ihr Spiegelbild kritisch. Heute Abend musste sie perfekt aussehen. Clara Vans – die neue Moderedakteurin von *Friction* – würde bei der Präsentation anwesend sein. Vielleicht hätte Clara Interesse an einem redaktionellen Beitrag über Ivy. Wie lange war es her, dass sie das letzte Interview gegeben hatte? Neun Monate? Finanziell lohnte sich so etwas kaum, aber es ging nicht ums Geld. Sie brauchte die Werbung, um potenziellen Kunden in die Augen zu springen.

„Was gibt es für Neuigkeiten von Reynolds?“

Ivys Schultern sackten ein Stück tiefer. „Offenbar hattest du recht. Ich habe den Vertrag verloren.“

„Wie schrecklich.“

Es war wirklich *schreck-liesch*, aber Ivy zuckte mit den Schultern, als wäre es ihr egal.

„Wie war die Beerdigung deines Vaters?“

Das war ein Thema, über das sie noch weniger reden wollte als über Reynolds. „‚Tod, sei nicht stolz, hast keinen Grund dazu …'"

„Du zitierst wieder mal Gedichte, Ivy. Ich will wissen, was du fühlst."

„Ich kannte ihn doch kaum."

Annalise zog die Augenbrauen hoch, bedrängte sie aber nicht weiter. Stattdessen hob sie ein schwarzes Minikleid mit tiefem Ausschnitt vom Boden auf. Eines der Outfits, in denen Ivy im vergangenen Herbst bei der Fashion Week über den Laufsteg gegangen war. Annalise warf es ihr zu. „Trag das hier. Darin siehst du aus wie eine Göttin."

Ivy stieg in das Kleid und zog den Reißverschluss an der Seite zu. Nachdem sie einen letzten Blick in den Spiegel geworfen hatte, ging sie in ihre Küche, um die Post durchzusehen. Sie nahm den Stapel und blätterte ihn durch, bis ihr Blick an einer vertrauten Absenderadresse hängen blieb. Universität von New York.

Im letzten Winter war sie über ein Vorlesungsverzeichnis gestolpert – schon die Dicke war beeindruckend gewesen – und hatte danach drei Nächte lang die Auswahl an Kursen studiert, ihre Lieblingsthemen markiert und sich vorgestellt, wie sie selbst in einem solchen Hörsaal saß, bewaffnet mit einem jungfräulichen Notizbuch und einem nagelneuen Kugelschreiber. Sie hatte sich ausgemalt, wie das vom Professor vermittelte Wissen sie wieder füllte und all das, was man ihr in den letzten zehn Jahren gestohlen hatte, ersetzte. Sie hatte sich selbst als einen Menschen mit Tiefe gesehen, jemanden, der etwas anderes konnte, als nur Model zu sein. Die Vorstellung war so verlockend geworden, dass Ivy auf der Internetseite der Universität ein Bewerbungsformular ausgefüllt hatte, und jetzt hatte ihr einziger Plan B eine Antwort geschickt.

Sie hielt den kleinen Umschlag in der Hand, dessen Größe nicht half, das plötzliche flaue Gefühl und die Nervosität in ihrem Magen zu beruhigen. Annalises Absätze klapperten auf den Hartholzdielen und Ivy wandte ihrer Freundin den Rücken zu, um den Brief vor ihren Blicken zu verbergen. Niemand wusste, dass sie sich beworben hatte. Nicht einmal Annalise.

Ihre Freundin trat an die Kücheninsel und vergrub die Nase in den Blütenblättern der Rosen.

Ivys Daumen zuckte über der Umschlagklappe. Sollte sie den Brief öffnen?

Sie biss sich auf die Unterlippe. Wenn sie ihn jetzt nicht aufmachte, würde sie den ganzen Abend daran denken müssen. Sie durfte nicht riskieren, dass sie abgelenkt war. Nicht heute Abend. Nicht, wenn Clara Vans da war. Also holte sie zitternd Luft und schob den Finger unter die Klappe. Dann faltete sie das Schreiben auseinander, blinzelte und begann die getippten Worte zu lesen. Der Brief begann mit einem höflichen Dank für ihre Bewerbung und endete mit einer noch höflicheren Absage.

Man hatte sie nicht genommen. Die Universität hatte sie abgelehnt.

„Was machst du denn da so Geheimes?"

Ivy versteckte den Brief hinter ihrem Rücken.

„Komm schon, Ivy. Wir wollen doch nicht zu spät kommen." Annalise ging zur Tür und lächelte belustigt. „Wie unser lieber Bruce sagen würde: Vergiss deine Sorgen und zeig mir dein sexy Gesicht."

Zeig mir dein sexy Gesicht.

Das Motto von Bruce. Der Zweck ihres Daseins. Eine plötzliche Welle der Wut setzte sich gegen Ivys Niedergeschlagenheit zur Wehr. Sie zerknüllte den Brief in ihrer Hand und steckte die Papierkugel in den Abfluss. Dann schaltete sie den Abfallzerkleinerer ein. Die Messer knurrten und gurgelten, während sie das Papier in aufgeweichtes Konfetti verwandelten.

„Eine interessante Recyclingmethode." Annalise öffnete die Tür. „Sind dir die Müllbeutel ausgegangen?"

Ivy nahm ihre Handtasche vom Küchentresen, stapfte an ihrer Freundin vorbei und tat das Einzige, was sie gut konnte. Sie setzte ihr sexy Gesicht auf.

Kapitel 4

Ivy folgte Annalise mit gestrafften Schultern und schwingenden Hüften an der Schlange der Klubgäste vorbei, während die laue Nachtluft ihre Haut liebkoste. Die Frauen in der Schlange wandten die Köpfe, um sie und Annalise vorbeigehen zu sehen. Mehrere Männer stießen Pfiffe aus. Ivy machte sich die Aufmerksamkeit zunutze, um ihr schwindendes Selbstbewusstsein wieder aufzubauen, denn das brauchte sie dringend, wenn sie Clara Vans beeindrucken wollte. Vor der Samtkordel, an der zwei ihnen bekannte Türsteher den Eingang bewachten, blieben sie stehen.

„Schönen guten Abend, meine Damen. Sie sind hier, um sich bei der Präsentation zu vergnügen?“

„Ventinos neue Handtaschen?“, grinste Annalise. „Das kann doch nur ein Vergnügen werden.“

Der größere der beiden Türsteher hakte die Kordel aus und machte mit seiner Gorillahand eine Bewegung in Richtung Eingang. Seine Blicke wanderten Ivys Beine hinauf, als sie an ihm vorbeitrat.

Der gedämpfte Rhythmus von Dancefloor pulsierte durch die schwere Tür. Sobald der Türsteher sie öffnete, ergoss die Musik sich in die Nacht und pochte in Ivys Körper wie der dumpfe Klang von Buschtrommeln. Noch mehr Nahrung für ihr Selbstbewusstsein.

Er hielt ihr seinen Ellbogen hin. „Wenn ich Sie ins Hinterzimmer begleiten darf?“

Sie nahm den angebotenen Arm, Annalise seinen anderen, und dann bahnten sie sich gemeinsam mit ihm einen Weg durch die Menge. Vor einem Raum voller Handtaschen und Leuten, die Ivy gut kannte, blieb ihr Begleiter stehen. Männer in Armani-Anzügen, Frauen nach den aktuellsten Modetrends gekleidet – alle standen in kleinen Grüppchen zusammen, mit Getränken in der Hand, und verbargen ihre eigentlichen Absichten hinter scheinbar sinnlosem Geplänkel und Tratsch. Ivy verstand die Regeln und die subtilen Nuancen. Schließlich spielte sie dieses Spiel, seit sie vierzehn war.

„Viel Spaß“, sagte der Türsteher, bevor er sich umdrehte und ging.

Ivy dankte ihm mit einem Lächeln und beugte sich dann näher

zu Annalise, damit diese sie trotz der Musik hören konnte. „Kommt Gary auch?"

Gary war Annalises Quasi-Freund und ein erfolgreicher Fotograf. Die beiden hatten sich bei einer Fotosession für Ralph Lauren in der Dominikanischen Republik im vorletzten Winter kennengelernt. Annalise zeigte zu einem der Tische hinüber. „Er ist da drüben."

„Siehst du Clara Vans irgendwo?", fragte Ivy.

„Du verschwendest wirklich keine Zeit, was?"

„Sagen wir so: Ich bin nicht wegen der Handtaschen hier." Ivy ließ ihren Blick über die Menschenmenge wandern. „Ich brauche etwas zu trinken. Ich würde dir ja was holen, aber ich bin mir sicher, Gary wird sich um dich kümmern." Gary kümmerte sich immer um Annalise. Er kümmerte sich um alle seine Models und nutzte seine Unter-der-Ladentheke-Beziehungen, um eine ganze Reihe von Bedürfnissen zu befriedigen, die beliebtesten von ihnen Kokain und Diätpillen. Annalise nahm beides. Ivy keins von beidem. Sie hatte mit eigenen Augen gesehen, was die Sucht mit ihrer Mutter gemacht hatte. Jetzt drückte sie die Hand ihrer Freundin und begab sich dann zur Bar, wo sie sich auf einen Lederhocker schob.

Ein Mann im Büroanzug setzte sich neben sie. Er stützte die Ellbogen auf die Bar und sah sie mit unverhohlenem Interesse an. Ivy stellte sich dumm. Der nicht verlängerte Vertrag. Die Absage der Universität. All das verflüchtigte sich. Das hier war etwas, das sie gut konnte.

Ein Barkeeper trat näher. „Was kann ich für dich tun, meine Schöne?"

„Einen Apfelmartini bitte."

Er nickte und machte sich an die Arbeit.

Ivy griff nach ihrer Handtasche, eine wohlüberlegte Bewegung. Wie sie erwartet hatte, legte der Mann neben ihr die Hand auf ihren Unterarm. „Darf ich?"

Sie blickte mit großen Augen auf und tat so, als hätte sie ihn vorher gar nicht bemerkt. Er sah ein paar Jahre jünger aus als ihr Vater und genauso attraktiv. „Sicher?"

„Für Sie? Alles."

Sie drehte sich ein wenig und spiegelte seine Haltung.

Der Barkeeper stellte den Martini vor ihr hin. Der Mann kramte in seinem Portemonnaie und reichte ihm einen Geldschein. „Gin Tonic."

Da bemerkte Ivy ihn, den etwas helleren Streifen an seinem linken Ringfinger. Sie blinzelte und hob dann den Martini an ihre Lippen.

„Ich kenne Sie", sagte der Mann.

Sie fuhr mit dem Finger über ihre Halskette. „Wirklich?"

„Sie sind die Frau aus der Kosmetikwerbung. Sie müssen es sein."

Der Barkeeper schob den Gin Tonic des Mannes über den Tresen und der Mann trank einen Schluck, wobei die Eiswürfel in seinem Glas klirrten. Aus der Röte in seinem Gesicht schloss Ivy, dass es nicht sein erster Drink war. „Habe ich recht?"

Leider nicht mehr lange. „Ja, haben Sie."

Er stieß einen Pfiff aus. „In echt sind Sie noch umwerfender als im Fernsehen."

Die Worte streichelten ihr Ego. Dieser Mann würde seine komplette Geldbörse leeren, nur um den Rest des Abends hier neben ihr zu sitzen. Wenn sie ihn ließ, würde er ihr Rosen und Schmuck und Parfüm kaufen. Nur weil er sie haben wollte. Er brannte förmlich. Sie konnte das Verlangen in seinen Augen sehen. Ivy stützte das Kinn locker auf ihre Fingerknöchel und ließ ihre Grübchen erscheinen.

„Was halten Sie davon, wenn wir tanzen, nachdem Sie ausgetrunken haben?"

„Ich tanze normalerweise nicht mit Fremden."

Er legte einen Ellbogen auf den Tresen und drehte seinen Hocker in ihre Richtung. „Was ist, wenn ich Ihnen meinen Namen sage – würde das helfen?"

„Vielleicht."

Er beugte sich vor. „Brian."

Ivy trank noch einen Schluck. Sein Bein berührte das ihre, aber sie zuckte nicht zurück. „Wollen Sie mit mir tanzen, Brian?"

Seine Lider flatterten. „Mhm."

Sie fuhr mit dem Finger über den Rand ihres Martiniglases.

Er beobachtete ihre Bewegung. „Und, was sagen Sie?"

„Ich sage Ihnen Folgendes." Sie legte eine Hand auf sein Knie und machte eine kurze Pause. Er hielt hörbar die Luft an. Ihre Haut kribbelte vor Ekel. „Holen Sie Ihren Ring aus der Tasche und stecken Sie ihn sich wieder an den Finger."

Er wich zurück und starrte sie mit offenem Mund an.

„Seien Sie ein Mann, Brian." Sie nahm ihren Drink. „Gehen Sie nach Hause zu Ihrer Frau." Dem Drang widerstehend, ihn mit dem Knie dort zu treffen, wo es wehtat, schlenderte sie in den abgetrennten Raum zurück und sah eine von Bruces Assistentinnen am Rand stehen. Ein Hauch frischer Luft in einem Raum voller Klischees. Maya war ein ewiges Mauerblümchen, was wahrscheinlich erklärte, warum Ivy sie ins Herz geschlossen hatte.

Ivy ging zu ihr und lächelte freundlich. „Hi, Maya."

Maya war sichtlich erleichtert. „Ivy!"

„Lass mich raten – Bruce hat gesagt, du sollst hier auftauchen?"

„Er wollte, dass ich die Augen offen halte."

Ivy trank den letzten Rest ihres Martinis. „Nach vielversprechenden neuen Kunden, vermute ich."

„Ich mag diese Partys eigentlich nicht", sagte Maya, während sie an ihrem Schal herumfingerte.

Ihre Abneigung war nur zu offensichtlich, aber was Maya an gesellschaftlicher Raffinesse fehlte, machte sie mit fleißiger Arbeit und Freundlichkeit mehr als wett. „Weißt du", raunte Ivy ihr aus dem Mundwinkel zu, wobei sie ein wenig in die Knie ging, um den Höhenunterschied zwischen ihnen auszugleichen, „wenn du nach Hause gehen willst, glaube ich nicht, dass Bruce es merken würde."

„Wirklich?"

„Ich würde jedenfalls nicht petzen." Ivy nahm die Apfelscheibe vom Rand ihres Glases. „Außerdem hat Bruce sowieso schon jede Menge Kunden."

Maya sah sich im Raum um und rückte dann den Riemen ihrer Handtasche auf ihrer Schulter zurecht. „Ich würde jetzt wirklich gerne ein paar Folgen von *Die Junggesellin* sehen."

„Sag mir dann, was du von ihrer letzten Entscheidung hältst."

„Das mache ich. Danke, Ivy!" Maya drückte sie kurz zum Abschied und schlängelte sich dann durch die Menschenmenge, bis sie nicht mehr zu sehen war.

Als Ivy sich umdrehte, entdeckte sie Clara Vans an einem der Tische mit Handtaschen. Nachdem sie einen winzigen Bissen von ihrer Apfelscheibe genommen hatte, stellte sie das Martiniglas auf einen Tisch und bahnte sich einen Weg in Richtung Clara, wobei sie eine Handtasche im Zebra-Design aus der Sammlung in den Blick nahm. „Ventino ist ein Genie."

Clara blickte von der kleinen schwarzen Ausgehtasche auf, die sie in der Hand hielt. „Nicht wahr?"

„Vor ein paar Jahren habe ich für eine seiner Kollektionen gearbeitet."

„Wirklich?"

Ivy streckte die Hand aus. „Ich heiße Ivy Clark."

„Ach ja. Sie sind eins von Bruces Mädchen, oder?"

Sie nickte gerade, als ein Barkeeper hereinkam, der ein Tablett mit Champagnerflöten auf der ausgestreckten Hand balancierte. Mehrere Personen hoben anerkennend ihre Gläser. Ventino selbst nickte der Bedienung dankend zu, bevor er Ivys Blick auffing und ein lässiges Lächeln auf sein Gesicht trat. Vor einer Weile hatten sie ein kleines Techtelmechtel gehabt. Wenn man Annalise Glauben schenken konnte, hatte Ivy Ventino das Herz gebrochen. Ventino schien aber nicht nachtragend zu sein. Und im Gegensatz zu dem schleimigen Brian war er nicht verheiratet. Sie erwiderte sein Lächeln, bevor sie sich wieder auf Clara konzentrierte.

„Bruce ist toll", sagte Clara.

„Das ist er." Sie legte die Zebratasche wieder hin und nahm all ihren Mut zusammen. „Ich bin völlig begeistert von der Richtung, in die Sie *Friction* weiterentwickelt haben. In der Vergangenheit hat die Zeitschrift mehrmals über mich berichtet und ich habe die Vision der Redaktion schon immer bewundert, aber seit Sie an Bord sind, tue ich es noch mehr."

Clara nahm eine rote Ledertasche und roch daran. „Die hier ist fantastisch."

„Und wie der Zufall es will, habe ich neulich erst zu Bruce gesagt, wie gerne ich wieder etwas machen würde, wenn Sie …"

„Ms Vans, Sie haben wir gesucht."

Ivy wandte sich nach links, von wo die Stimme die Musik übertönt hatte. Charles Creighton, ein angesagter Agent, kam näher, an seiner Seite das exotischste Mädchen, das Ivy je gesehen hatte. Die Schönheit konnte nicht älter als sechzehn sein, aber sie hielt ein Glas Wein in der Hand, als wäre es ein natürlicher Teil ihres Körpers.

Clara legte die Tasche hin.

Creighton drehte das Mädchen einmal um seine Achse, als wäre es zu versteigern. Der Apfelmartini in Ivys Magen wurde sauer. „Ich möchte Ihnen Gabriela Gerbasi vorstellen. Sie war schon in fast allen Modezeitschriften Europas. In Mailand und Paris ist sie eine Sensation. Ich sage Ihnen, Clara, die Leute lieben sie."

Das Mädchen trank von seinem Wein und hatte die Kühnheit, gelangweilt dreinzuschauen.

Ivy trat von einem Fuß auf den anderen. Früher war sie es gewesen, nach der die Redakteure sich die Finger geleckt hatten. Die von ihrem Agenten wie eine Trophäe herumgezeigt worden war. Aber das war nicht von Dauer gewesen. Dieses Hochgefühl, wenn man von der Welt geliebt wurde? Es hielt nie lange an.

Creighton wandte sich Ivy zu, als hätte er sie gerade erst bemerkt. „Iris, wie geht es dir?"

„Ivy."

„Ach ja, Ivy. Wie geht es Bruce?" Die beiden waren langjährige Rivalen. Am Anfang ihrer Karriere, als Ivy das Mädchen mit Potenzial gewesen war, hatte Creighton ihr unter der Hand Angebote gemacht – hatte ihr geschworen, sie zu beruflichen Höhenflügen zu bringen, die ihr Onkel ihr niemals bieten könne. Vielleicht hätte sie das Angebot annehmen sollen. Aber vielleicht hätte es auch nichts geändert.

„Gut, danke." Ihre Worte klangen wie Eiszapfen.

„Ich habe gehört, dass Reynolds deinen Vertrag nicht verlängert hat. Du musst wirklich besser auf deinen Ruf achten. O'Banion hat gesagt, du seist regelrecht rebellisch gewesen."

Ivy wurde blass. Regelrecht rebellisch? O'Banion beschädigte ihren Namen. Ein einfacher Vorschlag war doch nicht rebellisch. Sie warf Clara Vans einen verstohlenen Blick zu. „O'Banion übertreibt."

„Kein Grund, sich aufzuregen. Dass der Vertrag nicht verlängert wurde, lag nicht an ihm. So ist das einfach in dieser Branche. Neue Gesichter fluten den Markt geradezu. Und im Moment ist der Wettbewerb besonders hart. Meinen Sie nicht auch, Clara?"

Clara schien kein Wort zu hören. Sie war zu sehr damit beschäftigt, Creightons brasilianisch aussehende Ware sehnsüchtig anzustarren. „Ich würde gerne einen redaktionellen Beitrag über sie bringen, Charles. Sie passt genau in meine Zeitschrift."

Creighton gab seinem Model einen Kuss auf die Wange und nahm Claras Hand. „Wollen wir etwas trinken gehen?" Er entführte Clara, sodass Ivy mit Gabriela zurückblieb, die an ihrem Wein nippte und in den Handtaschen wühlte, als hätte sie kein Wort von dem verstanden, was die anderen gesagt hatten. Vielleicht hatte sie das auch nicht. Ivy hatte im Ausland dasselbe erlebt. Dass Bruce sie in fremden Sprachen meistbietend verkauft hatte, immer nach dem besten Angebot schielend.

Die Leere, die sie den ganzen Abend zu verdrängen versucht hatte, brach jetzt wieder in ihr auf. Sie suchte den Raum nach Annalise ab und erblickte stattdessen Luis Ventino. Er lehnte an einem Stehtisch, umgeben von drei Frauen, aber er starrte Ivy an. Sie ging zu den Getränken, die der Barkeeper abgestellt hatte, nahm sich eine Sektflöte und trank einen ausgiebigen Schluck. Als der Champagner alle war, ging Ivy auf Ventino zu und bekämpfte den leeren Abgrund mit dem einzigen Mittel, das sie kannte.

Kapitel 5

Als Davis seine verdunkelte Wohnung betrat, schlug ihm kalte Luft entgegen. Er war mit einem Kumpel früh am Morgen am Strand entlanggejoggt und anschließend allein im Meer schwimmen gewesen und noch immer konnte er den Traum von letzter Nacht gedanklich nicht abschütteln – darin hatten Beerdigungen, überbelichtete Fotos und ein Paar traurige Augen eine Rolle gespielt. Die Trauerfeier war jetzt bereits eine Woche her, warum also hatte er jetzt diesen Traum? Davis schaltete das Licht ein und warf sein Schlüsselbund auf den Küchentresen. Er schlitterte klirrend über die Arbeitsplatte und blieb vor seinem Anrufbeantworter liegen.

Sein Magen knurrte. Er strich die verschwitzten Haare aus seiner Stirn und fuhr sich mit der Hand übers Gesicht, wobei er die kratzigen Bartstoppeln spürte. Es war bestimmt zwei Wochen her, dass er zuletzt Lebensmittel eingekauft hatte, aber im Kühlschrank stand noch etwas von dem Frogmore Stew, der aus Kartoffeln, Mais, Krabben und geräucherter Wurst bestand, und ein Stück Pekannusskuchen war auch noch da. Das war allemal besser als eine Schüssel Cornflakes.

Auf einem Bein hüpfend zog er erst den einen, dann den anderen Laufschuh aus. Beide fielen auf die Fußmatte. Dann ging er in den offen gestalteten Küchenbereich, wusch sich die Hände und holte den Eintopf heraus. Er öffnete den Behälter und stellte ihn in die Mikrowelle, aber als er auf Start drückte, geschah nichts. Na super. Wie sollte er ohne Mikrowelle essen? Während sein Magen laut protestierte, überprüfte er den Stecker.

„Ich weiß, ich weiß. Du willst was zu essen."

Davis drehte sich auf der Stelle und hielt nach einem hitzebeständigen Behälter Ausschau, den er in den Backofen schieben könnte. Stattdessen bemerkte er das blinkende rote Licht an seinem Anrufbeantworter. Er betätigte die entsprechende Taste und öffnete dann einen schmalen Schrank zwischen Kühlschrank und Herd. Grandma Eleanor hatte ihm geholfen, seine Sachen einzuräumen, als er vor zwei Jahren hier eingezogen war. Er hatte keine Ahnung, wo sie seine Backbleche hingetan hatte. Oder ob er überhaupt welche besaß.

„Hallo, Davis, hier ist deine Lieblingstante."

Als Marilyns Stimme erklang, unterbrach Davis seine Suche kurz. Sie klang okay – nicht gerade fröhlich, aber auch nicht verzweifelt. In der vergangenen Woche hatte sie verständlicherweise immer etwas verloren gewirkt, wenn er sie besucht hatte.

„Es gibt etwas, bei dem ich dich gerne um Rat fragen würde. Es geht um eine Idee, die ich vor einiger Zeit hatte, bevor …" Sie verstummte. Die letzten sechs Monate hatte sie damit verbracht, James zu pflegen, ihn bei seinem Kampf zu unterstützen und dann eine Krankheit zu akzeptieren, die einfach erschienen war, sich mit der Schnelligkeit und Heftigkeit eines Waldbrands ausbreitete und zerstörte. „Jedenfalls habe ich beschlossen, eine Werbekampagne zu starten – um meine eigenen Hochzeitskleider zu vermarkten."

Lächelnd öffnete er einen anderen Schrank. Tante Marilyn blühte in ihrer Boutique förmlich auf. Und sie hatte sich inzwischen schon einen Namen gemacht. Angehende Bräute aus der ganzen Region kamen zu ihrem Laden *Something New*, um ihre Kleider anzuprobieren. Eine Werbekampagne wäre zudem eine prima Ablenkung – etwas, womit Marilyn sich beschäftigen konnte, während sie sich an ihren neuen Alltag als Witwe gewöhnte.

„Erinnerst du dich an meine Freundin Joan Calloway? Sie ist Moderedakteurin bei der Zeitschrift *Southern Bride*. Sie hat mich vor ein paar Wochen angerufen und gesagt, dass sie gerne etwas über meine Kleider bringen würde. Damals konnte ich ihr nicht zusagen, aber jetzt geht es. Sie findet die Sachen ungewöhnlich und neuartig."

Davis zog eine Plastikschüssel und einen verirrten Korkenzieher aus dem Schrankfach und kramte sich nach weiter hinten durch. Seine Hand fuhr über eine freie Fläche und die Maserung von unlasiertem Holz, dann berührte sie etwas Vielversprechendes. Etwas, das sich anfühlte wie eine Auflaufform. Er zog es heraus. „Aha!"

„Jedenfalls hoffe ich, dass du mein Fotograf sein wirst."

Das Lächeln verschwand aus seinem Gesicht.

„Bitte sei mir nicht böse, aber ich habe Joan gegenüber deinen Namen erwähnt. Und sie hat mich vor Kurzem angerufen und ist ganz begeistert von dir. Offenbar hat sie sich im Internet einige deiner Arbeiten angesehen."

Davis trat an die Spüle und wusch den Staub von der Keramikform.

„Sie will mich morgen zum Abendessen treffen, um die Details der Fotosession zu besprechen, die wir nächste Woche machen wollen. Ich habe ihr gesagt, dass du wahrscheinlich nicht dabei sein wirst. Aber, Davis" – Marilyn atmete hörbar aus und in ihrem Seufzer lag ein Anflug von Verzweiflung – „die Sache ist mir wichtig und es gibt keinen anderen Fotografen, mit dem ich zusammenarbeiten möchte. Keinen, dem ich so blind vertraue. Außerdem glaube ich, dass es ein spaßiges Erlebnis wird. Komm doch kurz vorbei, dann können wir darüber reden, okay?"

Ein lauter Piepston schluckte Marilyns Abschiedsgruß. Davis riss ein Blatt Küchenpapier von der Rolle ab und trocknete die Auflaufform ab, aber jetzt drehten sich seine Gedanken nicht mehr ums Essen.

Die Sonne warf einzelne Strahlen durch die Blätter der großen Eichen an Marilyns Straße, sodass die Häuser im Kolonialstil rosagoldene Flecken hatten. Als Davis in die lange Auffahrt einbog und vor der Dreiergarage parkte, entdeckte er seine Tante im Garten, wo sie dabei war, den Sternjasmin zu beschneiden, der an einem Rankgitter hochkletterte. Er wollte Marilyn nicht enttäuschen, aber es würde sich nicht vermeiden lassen. Vor zwei Jahren hatte er sich etwas geschworen und „ein spaßiges Erlebnis", wie Marilyn es nannte, war kein ausreichender Grund, um diesen Schwur zu brechen.

Er atmete tief aus und stieg aus in eine Hitze, die schon jetzt, trotz der frühen Morgenstunde, drückend zu werden begann. Normalerweise bekamen sie den geballten Zorn des Sommers erst im Juli zu spüren, aber diesmal erwies sich schon der Juni als ausgesprochen gemein. Er schloss die Wagentür.

Marilyn legte die Gartenschere fort und winkte. Ihr Gesicht war unter dem weichen, breitkrempigen Hut kaum zu sehen.

Davis ging quer über den Rasen und traf vor den Schmetterlingsbüschen auf seine Tante. „Schon fleißig?“ Er musterte ihren Blumengarten, der sich im Laufe der Jahre immer weiter ausgedehnt hatte. Der zartfrische Duft der Kräuselmyrte mit ihren fuchsienfarbenen traubigen Blütenständen und die Süße der lilafarbenen Wunderblumen erfüllten die Luft. Als Kind hatte seine jüngere Schwester Sara Marilyn immer beim Gießen und Schneiden und Unkrautjäten geholfen. Sie hatte auch gerne die Schmetterlinge gejagt, die um die Büsche huschten.

„Du weißt doch, was man über den frühen Vogel sagt.“ Strähnen schweißfeuchter Haare waren Marilyns Hut entwichen und klebten an ihrem Nacken. Sie zog die Handschuhe aus und legte den Hut ab, sodass ein unordentlicher Haarknoten und von der Hitze gerötete Wangen zum Vorschein kamen. „Hast du meine Nachricht erhalten?“

Davis kratzte sich am Kinn. „Ja, habe ich.“

Seine Tante hob die Hand. „Bevor du irgendwas sagst, solltest du wissen, was du ablehnen willst. Sara und ich waren gestern Abend noch lange auf und haben überlegt, wie wir die Kampagne noch größer aufziehen könnten. Und wir hatten die Idee, eine Wohltätigkeitsmodenschau zu veranstalten. So könnte man meine Kleider wunderbar präsentieren, etwas Glamour nach Greenbrier bringen und Geld für einen guten Zweck sammeln.“

Seine Neugier war geweckt. „Und was für ein guter Zweck wäre das?“

Marilyn strahlte. „Du erinnerst dich doch an das neue Kunstprogramm, von dem Sara erzählt hat, oder? Ich hoffe, wir können genug Geld sammeln, damit das Programm am College in Greenbrier angeboten werden kann. Wir hätten alle Einnahmen von der Modenschau und dazu zwanzig Prozent aller Verkäufe, die ich bis zum nächsten Jahr tätige.“

Davis blinzelte. Darauf war er nun so gar nicht vorbereitet gewesen. Marilyns Vorschlag ließ seinen Entschluss wanken und seine gemischten Gefühle in einem Wirrwarr zurück. Vor zwei Monaten hatte Grandpa in der Zeitung von dem Programm gelesen – ein hochmodernes Kunstprogramm für sehbehinderte Menschen, gegründet von Frank Calvin Boritz, einem weltberühmten Maler, der außerdem blind war. Einerseits wollte Davis mit an Bord kommen und „Ja, natürlich“ sagen. Alles für Sara. Aber andererseits sträubte er sich dagegen. Wer sagte, dass er nicht einfach die erstbeste Ausrede nutzte, um wieder die Kamera in die Hand zu nehmen?

Marilyn blickte zu ihm auf, zögernd und hoffnungsvoll. „Was meinst du?“

Wieder kratzte er sich am Kinn und sah zu, wie ein Zaunkönig auf dem alabasterfarbenen Ast der Myrte entlanghüpfte. Dann hielt der Vogel kurz inne, plusterte sich und flog anschließend davon. „Sollte ich Ja sagen, worauf würde ich mich dann einlassen?“

„Du würdest die Bilder für den Artikel von Joan machen. Danach hätte ich von dir gerne Fotos für die Werbung – ich dachte an eine Broschüre, vielleicht sogar einige Plakate an der Hauptstraße. Und dann bräuchte ich dich natürlich für die Modenschau. Nicht nur um zu fotografieren, sondern auch für die Organisation. Du weißt viel mehr über diese Dinge als ich.“

Zu viel. Er wusste zu viel.

Seine Tante streckte die Hand aus und berührte seinen Arm, als spürte sie seine Gedanken. „Wird es nicht Zeit, all dieses Wissen für einen guten Zweck zu nutzen?“

Davis hakte die Daumen in die Gürtelschlaufen seiner Hose und dachte über den Vorschlag nach. Er hatte sich geschworen, von jetzt an die Finger von der Fotografiererei zu lassen. Es war ungerecht, wenn er die Kamera in die Hand nahm, Sara jedoch ihre Pinsel nicht mehr benutzen konnte. Aber wenn die Arbeit mit der Kamera bedeutete, dass er seiner Schwester etwas von dem, was sie verloren hatte, zurückgeben konnte? Etwas von dem, was er ihr genommen hatte?

„Joan hat mich davon überzeugt, dass meine Brautkleider demnächst der letzte Schrei sein werden. Ich bin da nicht so sicher, aber ich weiß schon jetzt, dass deine Bilder für Kundinnen sorgen werden. Du bist fantastisch, Davis.“

Er ließ das Lob an sich abprallen. Das brauchte er nicht zu hören. Sein Ego war beim letzten Mal schon groß genug gewesen. „Wie viel Zeit müsste ich dafür investieren?“

„Zwei Monate, vielleicht auch die eine oder andere Woche mehr oder weniger.“

Zwei Monate. Danach könnte er seinen Schwur wiederbeleben,

nicht wahr? Klar, er würde wieder Fotos machen, aber diesmal würde es nicht um ihn und seine selbstsüchtigen Wünsche gehen. Es ging darum, Sara zu helfen. Außerdem waren es Brautkleider in South Carolina, Welten entfernt von der Modeszene in New York. Er seufzte und traf eine schnelle Entscheidung. „Okay."

„Du machst es?"

Davis ignorierte das flaue Gefühl in seinem Magen und streckte die Hand aus. „Was ist mein erster Auftrag, Boss?"

Marilyn drückte seine Hand. „Das Essen morgen Abend mit Joan und mir – sie will so schnell wie möglich anfangen. Dann könntest du Ivy vom Flughafen abholen, wenn sie kommt, hoffentlich in ein paar Tagen. Ich dachte mir, es ist doch vielleicht eine gute Idee, wenn ihr zwei euch ein bisschen besser kennenlernt. Es ist doch sinnvoll, wenn du eine gewisse Beziehung zu deinem Model aufbaust, oder?"

„Meinem Model?"

„Ich habe mit Bruce gesprochen. Sie wird das neue Gesicht meiner Brautmodenkollektion." Tausend gemischte Gefühle lagen in Marilyns Lächeln. „Ivy kommt nach Hause."

Kapitel 6

Die Tür flog auf und schlug gegen die Wand. Ivy sprang wie von der Tarantel gestochen von ihrem Sofa auf. Ein stechender Kopfschmerz war die Folge. Sie griff mit beiden Händen in ihre unordentliche Lockenmähne und sog scharf die Luft ein.

Was in aller Welt?

„Was hast du dir dabei gedacht?" Die Tür fiel krachend ins Schloss. „Wenn du mich bitte aufklären könntest? Ich möchte nämlich wissen, was in deinem Kopf vor sich geht."

Sie zuckte zusammen und hielt ihren Kopf, die Quelle ihrer Qualen, mit zitternden Händen noch etwas fester. Als sie ein Auge öffnete, sah sie, wie ihr Onkel, frisch gestärkt und gebügelt, in der Küche auf und ab ging. Ihr träger Verstand versuchte zu verstehen, warum, aber ihr kam nichts in den Sinn außer das Offensichtliche. Er hatte kein Recht, so in ihre Wohnung hineinzuplatzen. „Hast du schon mal davon gehört, dass man höflicherweise anklopft?"

„Ich habe geklopft. Du hast nicht aufgemacht."

Sie schob sich die Haare aus den Augen. Ihr Magen gurgelte, aber nicht vor Hunger. Sie legte die Hände auf das Lederkissen, um sich zu beruhigen.

Bruce starrte die Vase mit Rosen auf dem Küchentresen an, dann ließ er den Blick über ihre anderen Sachen wandern – die getrockneten und gerahmten Blumen an den Wänden, die zu Sträußen gebunden kopfüber an den Haken hingen, an denen ihre Schlüssel hängen sollten; die stapelweisen Bücher – Gedichte, Klassiker, sogar ein paar zeitgenössische Liebesromane –, die aus ihrem Regal quollen; und die Schneekugeln, die auf ihren Beistelltischen standen. Das plötzliche Verlangen, sich schützend über ihre privaten Dinge zu werfen, überwog den Schmerz, der Ivys Hirn sezierte. Bruce mochte ihr Onkel sein, aber er war auch ein Mann und Männer hielt sie lieber aus ihrem Privatleben fern. Sie stand vom Sofa auf und schwankte.

„Verzweiflung steht dir nicht, Ivy. Du siehst furchtbar aus."

Verzweiflung? Das dachte er also? „Hör mal, du musst …" Ein

frischer Schmerz durchstieß ihre Worte. Sie schloss ein Auge und begann noch einmal von vorne. „Du musst meine Wohnung verlassen."

„Im Gegenteil, diese Wohnung habe ich als dein Agent gemietet, und das heißt, sie gehört mir." Er fischte einen Schlüssel aus seiner Tasche und ließ ihn in der Luft baumeln, um zu beweisen, dass er recht hatte. „Ich kann nicht fassen, wie unprofessionell du dich gestern Abend benommen hast."

Sie presste die Handflächen fest auf ihren Kopf. „Ich will, dass du gehst."

„Hörst du überhaupt ein Wort von dem, was ich sage?"

„Ich höre es und der Rest von New York City auch." Sie trat einen Schritt vor, aber etwas hing an ihrem Perserteppich fest. Ein Riemchen ihrer hohen Pumps war noch um ihr Fußgelenk befestigt und sie bückte sich, um es zu lösen. „Inwiefern war ich unprofessionell? Und woher weißt du überhaupt von gestern Abend?" Maya war früh gegangen und soweit Ivy das beurteilen konnte, war keiner von Bruces anderen Günstlingen da gewesen. Sie blinzelte zur Uhr an ihrem Herd hinüber. Zehn Uhr morgens. Selbst in der Modebranche kochte die Gerüchteküche nicht so schnell.

„Bist du wahnsinnig, mit Luis Ventino zu flirten?"

„Wir haben uns amüsiert." Jedenfalls bei dem, woran sie sich erinnerte. „Ist das jetzt ein Verbrechen?"

„Du hast dich schon mal mit Ventino amüsiert."

„Und?"

„Er ist mehr denn je in dich vernarrt."

Oh, das wusste sie. Gestern Abend hatte sie bemerkt, wie verliebt er war. Er hatte niemanden außer ihr auch nur eines Blickes gewürdigt. Nicht einmal die schöne junge Gabriela. Wen kümmerte schon Clara Vans – oder sonst irgendjemand –, wenn sie die ungeteilte Bewunderung des Chefs von Ventino Handtaschen hatte?

„Und wenn man deine Historie mit Männern bedenkt, können wir davon ausgehen, dass du ihm spätestens nächste Woche das Herz brichst und unwiderruflich alle Brücken hinter dir verbrennst."

„Es war ein harmloses kleines Vergnügen."

„Für Ventino war es das nicht." Bruce zupfte an seinem Kinn und schüttelte den Kopf.

Ihre Finger wurden kalt. Und ihr Herz auch. Sie hatte ihren Vertrag verloren – das Einzige, was in ihrem Leben sicher gewesen war. Die Moderedaktionen wollten sie nicht mehr, jedenfalls nicht Clara. Und in wenigen Monaten würde sie ein fünfundzwanzigjähriges freischaffendes Model ohne Perspektiven sein. So tief war sie von den Laufstegen in Mailand und Paris und London gefallen.

Ivy schloss die Augen und kämpfte gegen das zunehmende Gefühl der Mutlosigkeit an. Wer war sie, wenn sie nicht modeln konnte? Und warum kam es ihr vor, als hätte sie schon tausend Leben gelebt, wenn sie doch kaum ein einziges hinter sich hatte? Sie rieb sich die pochenden Schläfen mit kreisenden Bewegungen. Als sie die Augen öffnete, entdeckte sie einen Umschlag auf ihrem Couchtisch. Den Umschlag von der Universität von New York. Ihr ganzer Körper war kraftlos und ihre Arme waren so schwer, dass sie wie Blei an ihrer Seite herunterhingen.

„Ich will deinen Hintern in dreißig Minuten in der Agentur sehen." Bruce ging zur Tür und riss sie auf. „Dreißig Minuten. Ich habe einen Job für dich."

Siebenundzwanzig Minuten, drei Flaschen Wasser und vier Aspirin später trat Ivy durch die Eingangstür der Modelagentur Olsen – ein Knotenpunkt der Energie, selbst um halb elf an einem Freitagmorgen. Trotz des dumpfen Pochens in ihrem Schädel musste Ivy lächeln. Bruce hatte Arbeit für sie. Alles würde gut werden. Sie ging zum Empfangstresen und ihre Absätze klackerten auf dem weißen Marmorfußboden. „Hi, Maya, hast du die letzte Folge von *Die Junggesellin* inzwischen gesehen?"

Maya blickte mit leuchtenden Augen und rosigem Teint von ihrer Arbeit auf. „Ich kann nicht fassen, dass Drew eine Rose bekommen hat. Wie konnte sie ihn nehmen statt Jason?"

„Ich habe genauso gestaunt wie du." Ivy sah auf ihre Armbanduhr. „Wartet Bruce auf mich?"

„Er hat gesagt, er will nicht gestört werden bis …"

Aufgeregtes Gemurmel unterbrach Mayas Worte. Vera Morrell,

das neueste und angesagteste Gesicht auf dem Markt, kam den Gang herunterstolziert, flankiert von einer anderen persönlichen Assistentin von Bruce und dem Sommerpraktikanten – Mädchen für alles und Möchtegernagent. Beide trugen Bluetooth-Ohrhörer, scrollten auf ihren iPhones und hofierten Vera, während sie das Gebäude verließen. Keiner von ihnen würdigte Ivy auch nur eines Blickes.

„Dann kannst du ihn jetzt wohl sprechen", sagte Maya freundlich.

Ivy straffte die Schultern und schritt den Gang hinunter, klopfte einmal an Bruces Bürotür und riss sie dann auf.

Ihr Onkel nahm schnell die gekreuzten Füße von seiner Schreibtischplatte, richtete sich auf und beendete sein Telefonat. Dabei flatterten lose Blätter Papier zu Boden. „Was fällt dir ein?"

Offenbar passte es ihm genauso wenig wie ihr, wenn jemand ungebeten in seine Privatsphäre eindrang. „Auf die Minute pünktlich. Genau, wie du es mir beigebracht hast." Sie streckte den Arm aus und zeigte auf ihre Uhr. „Ich versuche nur, meinen professionellen Ruf zu schützen, Bruce."

„Setz dich."

„Du hast gesagt, du hättest Arbeit für mich."

Er stützte die Ellbogen auf einen Stapel Papier und legte die Fingerspitzen aneinander.

„Und?" Sie ließ sich auf einem der Sessel nieder, die vor seinem Schreibtisch standen.

„Deine Mutter hat gestern Abend angerufen."

Ivys Herz stockte. Bestimmt meinte er nicht Renee. Denn die war vor einigen Wochen verschwunden, kurz nachdem sie erfahren hatte, wie krank James wirklich war. Selbst nach all den Jahren hatte James das Herz ihrer Mutter noch fest im Griff gehabt. „Meine Mutter ist unauffindbar."

Bruce wischte ihren Einwand mit einer Handbewegung beiseite. „Du weißt, wen ich meine."

„Was hat Marilyn mit meiner Karriere zu tun?" Sie hatte von Anfang an nicht gewollt, dass Ivy in die Modebranche ging.

„Es hat mit ihrem Brautmodengeschäft in Greenbrier zu tun – *Something New*."

Ivy verschränkte die Arme und lehnte sich zurück. Worauf genau wollte er hinaus?

„Sie entwirft eine eigene Brautkleidkollektion. Wie man hört, macht sie sich allmählich einen Namen damit. Ellie Chan – diese neue Popsängerin – hat bei ihrer Hochzeit im letzten Jahr eins von Marilyns Kleidern getragen und jetzt wollen alle wissen, was es damit auf sich hat."

„Wie aufregend."

Bruce nahm den Stift, der in der Nähe seines Ellbogens lag, und klickte ein paarmal die Mine rein und raus. „Sie will, dass du das Gesicht ihrer neuen Werbekampagne wirst. Ich habe gesagt, dass du es machst."

„Das ist nicht dein Ernst."

„Wieso nicht?"

„Brautkleider? Ich soll Hochzeitskleider für Marilyn modeln?" Sie warf den Kopf in den Nacken und lachte, aber ihr Gelächter klang irgendwie schrill. „Bitte sag mir, dass du die Ironie dabei siehst."

„Es ist eine gute Idee. Sie hat einen redaktionellen Beitrag in der Zeitschrift *Southern Brides* an der Hand und danach noch mehrere andere Aufträge."

„Warum sollte Marilyn mich dafür wollen?"

Bruce zuckte mit den Schultern. „Spielt das eine Rolle?"

Ivy schüttelte den Kopf. Nach Greenbrier zurückgehen? Mit Marilyn zusammenarbeiten? Ausgerechnet als Model für Brautkleider? Die Idee war mehr als grotesk. „Schick mich zu ein paar Testshootings, dann bekomme ich andere Jobs."

Bruce ließ seinen Stift fallen. „Ivy …"

„Was soll ich tun, Bruce? Mir die Haare färben? Abnehmen? Ich mache, was immer nötig ist." Um Arbeit zu bekommen. Um die Anerkennung der Öffentlichkeit zu erlangen. Dafür würde sie alles tun.

„Es gibt nichts, was du tun kannst, Ivy. Du wirst älter und jüngere Models überfluten den Markt. So ist das in dieser Branche nun mal. Und das weißt du auch."

Sie hasste seinen sanften Tonfall. Sie wollte kein Mitleid von ihm; sie wollte, dass er ihr etwas zutraute. „Du versuchst es ja nicht einmal."

„Niemand will ein fünfundzwanzigjähriges Model bei den Testshootings. Vor allem keins, das sich nicht im Griff hat."

„Es dauert noch ein paar Monate, bis ich fünfundzwanzig bin, und ich habe mich im Griff. Schick mich nach Europa. Oder nach Tokio. Ist mir egal. Ich gehe sogar nach Toronto. Aber nach Greenbrier kriegen mich keine zehn Pferde." Das Letzte, was sie brauchte, war eine Begegnung mit ihrer Vergangenheit.

„Das hast du alles schon gemacht. Zweimal. Und ich habe keine Zeit, den Babysitter zu spielen."

„Babysitter?"

„Von deinem Verhalten Ventino gegenüber mal ganz abgesehen, hast du dir bei einer Party vor einigen der wichtigsten Vertretern unserer Branche die Kante gegeben und du repräsentierst meinen Namen." Bruce zeigte auf seine eigene Brust. „Charles Creighton hat mich angerufen, um mir zu sagen, dass du außer Rand und Band seist und, Zitat, ‚eine Zunge wie eine giftige Schlange' habest."

Er fand, dass sie außer Rand und Band war, weil sie etwas zu viel getrunken und ihre Meinung gesagt hatte? Und was war mit Models, die koksten wie Annalise oder sich vor Paparazzi auszogen wie Vera Morrell? Ivy rieb sich die Nasenwurzel. Sie fühlte sich wie eine schimmelige Käsepackung, die jemand in den Müll geworfen hatte, weil sie ihr Mindesthaltbarkeitsdatum überschritten hatte. „Warum sagst du nicht, worum es wirklich geht?"

„Ich weiß nicht, wovon du redest."

Sie faltete ihre Hände und legte sie auf ihren Schoß. „Dein Bruder ist tot, also brauchst du ihm keinen Gefallen mehr zu tun. Er wollte mich nicht in seiner Nähe haben, also hast du mich weggebracht, und jetzt brauchst du dir keine Mühe mehr zu geben."

„Sei nicht albern."

„Ich bin albern? Er ist noch nicht mal zwei Wochen unter der Erde und du versuchst schon, mich loszuwerden."

Bruce schüttelte den Kopf, als würde ihre Beschuldigung ihn anwidern. „Hier geht es überhaupt nicht um deinen Vater."

„Worum denn dann?" Aber schon während sie die Frage stellte, kannte Ivy die Antwort. Es ging um Bruce. Es ging immer um ihn und darum, wie viel Geld er mit ihr verdienen konnte. Und er hatte eine Menge mit ihr verdient. Er hatte sie ausgequetscht. Er hatte alles genommen. Auch ihre Seele.

„Du hast zehn Jahre Karriere gemacht und genug Geld gespart, dass du lange angenehm leben kannst. Du solltest dankbar dafür sein."

Ivy lachte. „Dankbar?"

„Weißt du, wie lange sich Models in dieser Branche normalerweise halten, wenn sie bei einer Agentur unter Vertrag genommen werden? Sechs Wochen. Sechs Wochen, Ivy. Die meisten von ihnen schaffen keinen einzigen Zeitschriftenartikel. Sie gehen ein paarmal auf dem Laufsteg auf und ab und das war's." Bruce lehnte sich in seinem Chefsessel zurück. „Und du bist seit einem Jahrzehnt dabei."

Und das reichte nicht. Jedenfalls reichte es nicht, damit die Leute sich an sie erinnerten. Die Tür zum Reich der Supermodels – in dem das Alter viel weniger wichtig war als der Ruhm und der Wiedererkennungswert des Namens – war immer noch unerreichbar. Ivy hatte gedacht, nachdem sie ein Jahr für Reynolds Cosmetics gearbeitet hatte, hätte sie zumindest die Schwelle erreicht. Aber jetzt, wo man ihr das entrissen hatte, tat ihre Zukunft sich wie ein riesiger Abgrund vor ihr auf – und sie konnte nicht hineinsehen, sosehr sie sich auch bemühte. Sie umklammerte die Armlehnen ihres Sessels und starrte auf die Wand, während sie sich darüber ärgerte, dass sie einen Kloß in der Kehle hatte.

„Ich habe niemandem einen Gefallen getan", sagte Bruce.

„Nur dir selbst, richtig? Ich bin nicht mehr nützlich, deshalb ist es Zeit, dass du mich abservierst."

„Du sitzt in meinem Büro. Also habe ich dich offensichtlich nicht abserviert."

„Du schickst mich ins Exil nach Hintertupfingen, South Carolina. Das ist dasselbe."

„Es gibt keine Alternativen, Kleines. Du musst dich zusammenreißen. Ich brauche eine Ausrede, um dich aus New York wegzubringen, bevor du Ventino das Herz brichst. Und ich sage es dir nicht gerne, Ivy, aber sonst gibt es keine Angebote."

Kapitel 7

Unverständliches Stimmengewirr von den umliegenden Tischen erfüllte den Raum, während Davis die Speisekarte betrachtete, ohne sie wirklich zu sehen. Joan Calloway, eine Frau mit kurzem kupferfarbenen Haar und limettengrüner Brille, saß ihm gegenüber, Marilyn links von ihm. Joan arbeitete in Charleston, im Hauptbüro von *Southern Brides*. Sie war Marilyn und ihm die halbe Strecke entgegengekommen und jetzt saßen sie in einem kleinen sizilianischen Restaurant und wollten über den Artikel reden. Joan legte ihre Speisekarte auf den Tisch. „Ich bin ganz aus dem Häuschen, dass Sie die Fotos machen, Davis. Als ich Ihre Arbeiten gesehen habe, war ich sofort hin und weg."

Die Bedienung ersparte es ihm, eine angemessene Antwort zu finden. „Wissen Sie schon, was Sie heute Abend essen wollen?", fragte die Frau mit einem freundlichen Lächeln.

Joan gab ihre Speisekarte zurück. „Ich nehme den Orangen-Fenchel-Salat."

Die Bedienung wandte sich an Marilyn.

„Für mich bitte dasselbe."

Davis wählte das Erste aus, worauf sein Blick fiel. „Wie wäre es mit der Auberginen-Caponata?"

„Gerne." Die junge Frau nahm alle drei Karten und ging davon, um ihre Bestellung einzugeben.

„Reden wir über die Fotosession, ja?" Joan schob ihre Brille auf der Nase nach oben. „Der aktuelle Modetrend geht in Richtung ungewöhnlich und elegant. Und genau solche Kleider kreiert Ihre Tante. Aber wie Sie selbst wissen, ist die Mode ein unbeständiges Geschäft. Ich muss diesen Trend einfangen, bevor sich die Lage ändert.

Ich dachte an vier bis sechs Doppelseiten. Große Kontraste. Historischer Süden trifft auf moderne Bräute." Joan gestikulierte, während sie sprach, so als wollte sie eine imaginäre Überschrift mit den Händen einrahmen. „Ich bin mit Candace Lipowitz befreundet, der Leiterin der alten Primrose-Plantage in Greenbrier. Sie hat sich bereit erklärt, Ihnen am nächsten Sonntagvormittag eine Privatführung zu geben. So können Sie den Ort inspizieren und für mich ein Storyboard zusammenstellen. Wenn wir es noch in die August-Ausgabe schaffen wollen, müssen wir dieses Fotoshooting unverzüglich in Angriff nehmen."

Davis blinzelte. Es war, als hätte ihn jemand aus der warmen Sonne gezogen und in ein Schwimmbecken geworfen, ohne dass er die Chance gehabt hätte, erst mal die Zehen ins Wasser zu strecken. Gerade war er noch der Hausmeister der Cornerstone Church gewesen und nun saß er mit der Moderedakteurin einer wichtigen Brautmodenzeitschrift zusammen und hörte zu, wie sie alle möglichen vertrauten Einzelheiten abspulte, während er gar nicht zu Wort kam.

„Wann soll unser Model denn ankommen?", wollte Joan wissen.

Marilyn trank mit einem Strohhalm von ihrem gesüßten Tee. „Ivy fliegt am Samstag her."

„Ich hätte nie im Leben gedacht, dass mal jemand wie Ivy Clark für meine Zeitschrift modelt. Und Sie mein Fotograf? Das wird der beste Artikel, den wir je gemacht haben." Sie streckte den Arm aus und ergriff Marilyns Hand. „Jetzt werden deine Brautmoden ins Licht der Öffentlichkeit gerückt, meine Liebe. Es würde mich nicht wundern, wenn sich künftig Bräute aus ganz Amerika bei dir melden. Und Sie, junger Mann" – Joan hielt weiter Marilyns Hand fest, sah aber jetzt Davis an –, „Sie räumen besser Ihren Kalender frei. Ich weiß, dass weitere Aufträge reinkommen werden."

Ihre Worte hätten ebenso gut ein Donnerschlag genau über seinem Kopf sein können. Die Frage, die er seit gestern nicht mehr loswurde, leuchtete wie eine Neonreklame vor seinem geistigen Auge auf.

Was mache ich hier eigentlich?

Marilyn tätschelte mit der freien Hand seinen Unterarm. „Es wird der perfekte Auftakt zu unserer Kampagne sein. Überleg doch nur, wie viel Geld wir für das Kunstprogramm einnehmen können. Sara wird begeistert sein."

Seine Tante wusste genau, was sie sagen musste, um seine wachsenden Zweifel verdampfen zu lassen. „Muss ich mich um Hairstylisten und Visagisten kümmern?"

„Das ist alles schon arrangiert, mein Lieber. Sie müssen sich nur Gedanken über die Vision machen."

Ach ja, die Vision. Etwas, worin er früher besonders gut gewesen war. Aber das war beinahe zwei Jahre her und die einzige Vision, die er seitdem im Blick gehabt hatte, war, wie er Sara helfen könnte, sich an ihre neue Normalität zu gewöhnen. Und jetzt sollte er plötzlich Joans Vision übernehmen und umsetzen. Was, wenn ihm das nicht gelang? Vielleicht hatte er ja bei dem Versuch, seine Leidenschaft zu begraben, sein Talent verloren. Es bestand die reelle Möglichkeit, dass er nicht mehr gut war.

„Ich bin überzeugt davon, dass alles fantastisch wird. Denken Sie daran, am Sonntagmorgen treffen Sie sich mit Candace zu einer Privatführung durch ihre Plantage, und wenn Sie mir dann bis Dienstag das Storyboard schicken könnten, wäre das toll."

Die Bedienung trat mit drei Tellern an ihren Tisch, die sie einen nach dem anderen abstellte. Joan nahm ihre Gabel und spießte damit etwas von dem Grünzeug auf. „Bis dahin gibt es wohl nur eins, was Sie tun können."

Davis räusperte sich. „Und was wäre das?"

„Die Kamera rausholen und üben."

Davis saß mitten in seinem Wohnzimmer, umgeben von den Gegenständen, die er aus dem Schrank in seinem Keller heraufgeholt hatte. Er nahm seine Mamiya 645 aus dem Koffer und fuhr mit den Fingern über das Display auf der Rückseite des Gehäuses. Diese Kamera hatte er sich selbst geschenkt, kurz vor dem Fotoshooting für die *Vogue*. Er hatte sie nur das eine Mal benutzt. Nachdem er die Mamiya vorsichtig zurückgelegt hatte, griff er nach der Nikon D2X – und das kühle Gewicht fühlte sich vertraut an. Bei wie vielen Modenschauen war er mit dieser Kamera im Einsatz gewesen? Er zog den Riemen über seinen Kopf und spielte mit dem Zoom.

Die Kamera um seinen Hals gehängt, drehte er sich um und betrachtete die anderen Dinge, die um ihn herumlagen. FireWire-Kabel. Verschiedene Wechselobjektive. Die Softbox und verschiedene Studioleuchten. Ein Ministativ, Klebeband, Gummibänder, passende Polarisationsfilter zu seinen Objektiven. Davis hatte Sorge gehabt, dass er sich möglicherweise nicht mehr daran erinnern würde, was das alles war oder wie man es benutzte. Er hatte befürchtet, zwei Jahre könnten zu lange sein. Jetzt fuhr er mit der Hand über die seidige Oberfläche eines Diffusors.

Seine Sorge war unnötig gewesen.

Er atmete langsam aus und packte die kleinen Gegenstände wieder in seinen Zubehörkoffer, dann legte er die Lampenstative und Schirme zusammen und schob sie vorsichtig in die zugehörigen Etuis. Alles packte er ein, bis nur noch die Nikon um seinen Hals hing – vollgeladen, schwarz und glatt ruhte sie auf seiner Brust. Er trat an die Terrassentür und dann hinaus auf den Balkon seiner Wohnung im dritten Stock.

Sein Wohngebäude ging rechterhand auf den Golfplatz hinaus, linkerhand auf Wanderwege, und dazwischen verlief ein Bach. In der Ferne näherte die Sonne sich dem Horizont. Sie ließ das Wasser des Bachs funkeln und umrandete einen Reiher in Pink- und Orangetönen. Davis nahm die Kamera ans Auge und sah durch den Sucher. Dann betätigte er den Auslöser. Als die Kamera das Bild festhielt, vollführte sein Herz eine komische Art Pirouette.

Davis atmete die feuchte Abendluft ein. Wie oft war sein Vater mit ihm wandern oder klettern gegangen, als sie in Telluride gelebt hatten? Wie oft waren sie auf Bergpfaden unterwegs gewesen und hatten auf den richtigen Augenblick gewartet, um Gottes Schöpfung abzulichten? Sie hatten auf diesen Wanderungen so viele Wunder gesehen – Elche, Bergziegen, eine leuchtend lilafarbene Blume, die auf einem Schneefeld wuchs. Eine Million Sonnenuntergänge und -aufgänge, alle von ihm eingefangen und katalogisiert.

Dad hatte immer gesagt, dass Gott seine Schöpfung für die Welt als Geschenk verpackt habe. Aber in der Hektik des Alltags hielten die Menschen nicht inne, um das Geschenk auszupacken.

„Deshalb musst du die Augen offen halten, Davis. Halte immer die Augen offen. Such diese besonderen Augenblicke.“ Dad war nicht besonders begabt im Umgang mit der Kamera. Seine Leidenschaft für dieses Kunsthandwerk war größer als sein Können, deshalb arbeitete er auch in der Verwaltung. Von der Fotografie zu leben, war für seinen Vater nie eine Option gewesen.

Aber für Davis? Bei ihm war das anders.

„Gott hat dir einen besonderen Blick für seine Schönheit geschenkt. Du siehst Dinge, die wir anderen nicht sehen", hatte sein Dad zu ihm gesagt. „Das ist eine wichtige Gabe. Also halte die Augen offen, mein Junge. Fang Gottes Schönheit ein und zeige sie dann der Welt. Denn diese Welt leidet, Davis. Die Menschen sind orientierungslos und suchen nach etwas Besonderem. Gott will, dass du ihnen hilfst, es zu sehen."

Die Erinnerungen schnürten Davis die Kehle zu. *Ich habe versagt, Dad.*

Er hatte nicht Gottes Schönheit eingefangen. Er hatte die Schönheit der Welt abgelichtet. Anstatt Gnade und Wahrheit zu zeigen, hatte er Sinnlichkeit und Lust veröffentlicht. Er hatte sein Talent nicht nur im Sand vergraben; er hatte es zu einem Götzen gemacht. Er hatte es zu seinem eigenen Ruhm benutzt und unwiderruflichen Schaden angerichtet. Jetzt ließ er das Kinn auf seine Brust sinken.

Hilf mir, den Weg zurück zu finden, Herr. Zeig mir, wie ich wieder dieses Kind werden kann, das früher im Wald für dich Fotos gemacht hat.

Das Gebet erschien ihm aussichtslos. Er war kein kleines Kind mehr. Er war ein Mann. Ein Mann, der Fehler gemacht hatte – nicht aus Versehen, sondern absichtlich. Ganz bewusst. Die Art Fehler, die bewies, wie wenig er dafür geeignet war, irgendetwas mit der Fotografie anzufangen, das nicht danebenging.

Kapitel 8

Marilyns Gedanken kamen nicht zur Ruhe. Sie verbrachte die Nacht damit, sich in ihrem riesigen Bett hin und her zu werfen, wobei ihr der schwache, aber aufdringliche Geruch von James' teurem Rasierwasser in die Nase stieg und sie immer wieder auf die Uhr sah, bis sie irgendwann doch in einen rastlosen Schlaf fiel, der sich viel zu früh wieder verflüchtigte. Gerade hatte die Uhr 1:27 angezeigt, jetzt stand sie auf 4:32, aber Marilyn hatte das Gefühl, überhaupt nicht geschlafen zu haben. Bis 4:58 Uhr zwang sie sich, im Bett zu bleiben, dann gab sie auf.

Um Viertel nach sieben hatte sie die Gästewohnung fertig gemacht, die James und sie vor drei Jahren über der Garage angebaut hatten – hatte das Bett bezogen, den Boden gesaugt, ein ohnehin makellos sauberes Bad geputzt und sogar den Kühlschrank in der Kochnische desinfiziert. Sie war mit Nancy, einer Freundin aus dem Buchklub, walken gewesen, hatte in ihrer Bibel gelesen und gebetet, dann gefrühstückt, ihre Buchhaltung gemacht und geduscht.

Sara war noch nicht einmal wach.

Jetzt saß Marilyn mitten auf ihrem Bett, Georgia, ihren weißen Zwergspitz, auf dem Schoß und eine Ansammlung verschiedener Fotos und Zeitungsausschnitte um sich herum ausgebreitet, die sie im Laufe der Jahre gesammelt hatte. Sie nahm ein zehn mal fünfzehn Zentimeter großes Hochglanzfoto in die Hand und fuhr mit dem Daumen über Ivys dünne Beine. Ihre Jeans waren halb hochgekrempelt, da sie auf einem Pediküresstuhl saß und auf ihre Füße hinunterblickte, die in einem Fußbad steckten. Dieses Foto war während ihres ersten Wochenendbesuchs entstanden, bei dem Gott seinen heiligen Ruf ausgestoßen und Marilyns Welt ins Wanken gebracht hatte. Es war ein Besuch, der nie stattgefunden hätte, wäre da nicht ihre morbide Neugier gewesen.

Aber welche Frau wäre nicht neugierig gewesen?

Erfahren zu müssen, dass der Mann, mit dem sie seit vierzehn Jahren verheiratet war, nicht nur eine Geliebte hatte, sondern auch noch ein Kind mit ihr? Ein grausamer Schicksalsschlag. Ein Schicksalsschlag, der sie an Gott hatte zweifeln lassen, obwohl sie ihm im Laufe der Jahre mit immer größerer Hingabe gedient hatte. Welche Frau in dieser Situation hätte das Kind nicht wenigstens sehen wollen? Egal, wie viel Widerstand James leistete, egal, wie sehr ihre Eltern sie davor warnten, Marilyn konnte nicht anders. Ihr Mann hatte eine Tochter. Sie konnte ihm seine Untreue verzeihen, auch wenn das sehr schwer war, aber sie konnte ihm nicht vergeben, dass er seinem eigen Fleisch und Blut so leichtfertig den Rücken kehrte. Also hatte sie mit einer Beharrlichkeit, die ihrer ohnehin zerbrechlichen Ehe noch weiter zugesetzt hatte, darauf bestanden, dass Ivy sie besuchte. Es war das erste Mal gewesen, dass sie jemals wirklich auf etwas beharrt hatte – und wie durch ein Wunder hatte sie ihren Willen bekommen.

Ivy kam. James versteckte sich in seinem Arbeitszimmer. Und Marilyn verliebte sich.

Seit damals waren sechzehn Jahre vergangen und noch immer konnte sie sich daran erinnern, wie ihr Magen sich angefühlt hatte, als sie Ivy die Treppe hinauf zu einem der Gästezimmer gebracht hatte. Sie wusste noch, wie unsicher Ivys Bewegungen gewesen waren, wie sie mit großen Augen alles ganz genau beobachtet und aufgesogen hatten. Sie war furchtbar schüchtern und still gewesen, während Marilyn ihr half, Kleider und Zahnbürste aus ihrem Aschenputtel-Rucksack zu nehmen …

„Ich verspreche dir, dass ich keine böse Stiefmutter bin.“ Ein nervöses Lachen folgte Marilyns Worten, das in der Stille viel zu laut klang. Sie hatte nicht mit solch überwältigenden Gefühlen gerechnet und konnte sie noch gar nicht recht einordnen. Sie räusperte sich und versuchte es noch einmal. „Hattest du schon mal eine Pediküre?“

Ivy betrachtete den dunkelroten Nagellack auf ihren Zehennägeln, der schon halb abgeblättert war, und schüttelte den Kopf. Marilyn fragte sich, ob Ivy sich die Nägel wohl selbst lackiert hatte oder ob es ihre Mutter gewesen war – Renee, die andere Frau.

Marilyn fuhr mit dem Fingernagel über eine Macke am Bettpfosten. „Würdest du gerne mal eine haben?“

Ivy nickte.

Also ließen sie eine Pediküre machen.

Ivy wählte einen leuchtend pinkfarbenen Nagellack und die vietnamesische Fußpflegerin klebte sogar kleine Edelsteine in Herzform auf ihre großen Zehennägel. Ivy sagte nicht viel mehr als „Ja, bitte“ und „Nein, danke“, aber das spielte keine Rolle. Das Lächeln, mit dem sie ihre Füße ansah, erfüllte Marilyn mit einer albernen Freude. Vielleicht war in dem ganzen Durcheinander ja doch Gnade zu finden.

Als sie wieder nach Hause kamen, roch es im ganzen Haus nach würzigem Jambalaya, das ihre kreolische Haushaltshilfe zubereitet hatte, und James saß im Wohnzimmer und schaute ein Football-Spiel. Als er sie sah, versteifte sich seine entspannte Haltung. Er schaltete den Fernseher aus und stand auf.

„James“, sagte Marilyn und hielt ihn auf, bevor er flüchten konnte. „Sieh dir mal Ivys Zehennägel an. Sind sie nicht hübsch?“

James fuhr sich mit dem Finger unter dem Hemdkragen entlang. „Sehr schön.“

Hätte er sich die Mühe gemacht, seiner Tochter ins Gesicht zu sehen, hätte er bemerkt, dass ihre Wangen rot wurden. Er hätte gesehen, dass sie sich ihm zuwandte wie eine Blume, die sich nach Sonne sehnt.

Aber er sah sie nicht an.

Ivy blickte ihm nach, während er in seinem Arbeitszimmer verschwand, und ihre hoffnungsvolle Miene erlosch. Sofort verspürte Marilyn einen beinahe unbändigen Drang, Ivy in den Arm zu nehmen und den Kummer durch ihre Umarmung verschwinden zu lassen. Aber dadurch hätte Ivy sich vielleicht bedrängt gefühlt, und das wollte Marilyn auf keinen Fall. Also sagte sie stattdessen: „Er hat viel Arbeit.“

Damals war das ihr subtiler Versuch, Ivy zu versichern, dass es nicht an ihr lag; es lag an James. Er war das Problem. Jetzt, sechzehn Jahre weiser, erkannte sie die Worte als das, was sie waren – eine armselige Ausrede. Worte, von denen sie sich wünschte, sie könnte sie zurücknehmen.

Ein leises Klopfen an der Tür riss Marilyn aus ihren Träumereien. Georgia hob den Kopf von ihrem Knie und stieß ein hohes Bellen aus. Schnell schob Marilyn die Fotos zu einem Stapel zusammen und legte sie wieder in eine Kiste aus Kirschbaumholz, die eigentlich für Rezepte gedacht war.

Ihre Haushaltskraft streckte den Kopf zur Tür herein. „Guten Morgen, Marilyn."

„Guten Morgen, Annie."

„Die Gästewohnung sieht aber sehr sauber aus."

„Möglicherweise habe ich dort ein wenig aufgeräumt."

Annie lächelte wissend. „Soll ich ein paar Blumen raufbringen?"

Marilyn schloss den Deckel der Schatulle und rutschte zur Bettkante. „Nicht nötig. Ich habe noch Zeit, bevor ich zur Boutique muss. Ich kann selbst einen Strauß zusammenstellen."

Sie ging in den Garten hinunter und schnitt mehrere Rhododendronzweige ab. Sie waren in den Südstaaten eigentlich nicht zu Hause und brauchten mehr Pflege und Fürsorge als die anderen Pflanzen. Aber Marilyn ließ sie trotzdem in ihrem Garten wachsen. Seit vierzehn Jahren schon – seit sie herausgefunden hatte, dass das Ivys Lieblingsblumen waren.

Davis drehte den Wasserhahn am Haus zu und rollte den Gartenschlauch auf. In der Damentoilette gab es unter dem rechten Waschbecken ein leckendes Abflussrohr, das nachgezogen werden musste, und danach würde er nach der Eiche sehen, die über den Parkplatz hinausragte. Pastor Voss vermutete, dass dort in der letzten Woche ein Blitz eingeschlagen sein könnte, und machte sich Sorgen, dass einige der Äste abbrechen könnten. Davis schob den Arm durch den aufgerollten Schlauch, nahm ihn auf die Schulter und ging damit zum Lagerschuppen der Kirche, wobei er sich einredete, dass er keine Zeit schindete. Wenn morgen während des Gottesdienstes ein Ast auf einem Auto landete, würde er sich ewig Vorwürfe machen.

Er stieß die Schuppentür mit dem Fuß auf und sofort schlug ihm eine Wand aus drückender Hitze entgegen. Als er die dunkle Hütte betrat, rann ihm augenblicklich der Schweiß zwischen den Schulterblättern hinunter. Er hängte den Schlauch auf einen rostigen Halter neben dem Aufsitzmäher und stapfte gerade durch das

Inferno zu seiner Werkzeugkiste, als ein Klopfen an der offenen Tür seine Aufmerksamkeit erregte.

„Sind Sie da, Davis?"

Er spähte durch das Halbdunkel und erblickte die Silhouette des Pastors in der sonnendurchfluteten Türöffnung. Sein zerzaustes rot-weißes Haar lockte sich aufgrund der Luftfeuchtigkeit. Davis schnappte sich seine Werkzeugkiste und begab sich durch den Hindernisparcours zurück ins Freie. Die sechsundzwanzig Grad draußen begrüßten ihn wie eine kühle Brise.

„Dachte ich's mir doch, dass ich Sie durch mein Bürofenster gesehen habe." Pastor Voss fächelte sich mit seiner verschlissenen Baseballkappe der *Atlanta Braves* Luft zu und die Falten in seinem Gesicht wirkten tiefer als sonst.

„Alles in Ordnung?"

„Nur die normalen Sorgen und Probleme. Gottes Methode, mir altem Mann ein bisschen Geduld beizubringen."

Eines seiner Probleme glaubte Davis zu kennen. Seine Tochter, Trudy Piper. Egal, wie oft der arme Mann gegen loses Geschwätz predigte, seine jüngste Tochter tratschte unbeirrt weiter und befeuerte damit die Gerüchteküche im Ort. „Sie sind doch sonst samstagsmorgens nicht hier", sagte Davis.

„Ich organisiere für heute Nachmittag eine Gebetswache für Twila Welch."

Sara gab der zwölfjährigen Twila kostenlosen Klavierunterricht. Ihre Mutter Annie putzte jeden Samstag und Dienstag bei Tante Marilyn das Haus. Davis umfasste den Griff seiner Werkzeugkiste fester und ging durch das Gras, das gemäht werden musste, auf den Hintereingang der Kirche zu. „Wie läuft die Chemo?"

„Das wissen wir noch nicht. Können Sie vielleicht zu dem Gebetstreffen dazukommen? Sie kann jeden zusätzlichen Beter gebrauchen."

Wenn der Pastor ihn nur früher gefragt hätte. Zum Beispiel gestern, bevor er sich bereit erklärt hatte, Ivy vom Flughafen abzuholen. Davis öffnete die Tür und wartete, bis der Pastor hindurchgegangen war. „Das würde ich wirklich gerne, aber ich habe meiner Tante versprochen, dass ich ihre Stieftochter vom Flughafen abhole."

„Das große hübsche Mädchen?"

Davis betrat die Kirche, froh über die Klimaanlage, die immer noch treu ihren Dienst tat. „Genau die."

Pastor Voss musterte Davis von der Seite mit geübtem Blick. „Alles in Ordnung?"

Eine so einfache Frage, die es jedoch in sich hatte. Und eine, die er nicht beantworten konnte. „Ich bin mir nicht sicher."

„Wollen Sie darüber reden?"

Er ging in den Eingangsbereich des Gebäudes. „Marilyn hat mich gebeten, ihr bei einem besonderen Projekt zu helfen."

„Sie kann eine Ablenkung sicher gut gebrauchen."

„Sie haben noch nicht gehört, um was für ein Projekt es sich handelt."

„Ach so."

„Eine Werbekampagne für ihre Brautkleidkollektion. Ich werde wieder fotografieren."

Pastor Voss zupfte an seinem Ohrläppchen.

„Marilyn will die Kampagne mit einer Benefizmodenschau eröffnen. Alle Erlöse fließen in ein Kunstprogramm für blinde Studenten."

„Ah."

„Es ist etwas, das ich tun muss." Für Sara. Wenn er es doch nur tun könnte, ohne seinen Schwur zu brechen.

„Und Marilyn hat ihre Stieftochter gebeten, das Model zu sein?"

„Ja." Davis sah Ivys Gesicht noch genau vor sich und ihren Blick bei der Beerdigung, bevor sie ihn dabei ertappt hatte, wie er sie anstarrte. Jedes Mal, wenn er die Augen schloss, sah er diesen Gesichtsausdruck. Und jedes Mal hinterließ er ein unbehagliches Gefühl, so als hätte er etwas übersehen und müsste genauer hinschauen. „Ich muss immerzu an sie denken."

„Das ist verständlich. Sie ist eine ziemliche Schönheit."

In Davis machte sich Frustration breit. Es ging nicht um ihre Schönheit. Er suchte krampfhaft nach den richtigen Worten, unsicher, wie er sich erklären sollte. „Ich habe jede Menge Frauen kennengelernt, die ebenso schön waren wie Ivy, Pastor, und keine von ihnen hat sich so in meinem Kopf festgesetzt. Das hat nichts mit ihrem Aussehen zu tun."

„Womit dann?"

„Ich weiß nicht. Ich meine, ich bin doch gerade erst gerettet worden. Diese Welt, in die ich da wieder eintrete, ist so, als würde man essen und dadurch nur noch mehr Hunger bekommen."

„Und Ivy gehört zu dieser Welt?"

„Ivy *ist* diese Welt."

Pastor Voss nahm seine Kappe ab, kratzte sich am Kopf und setzte die Kappe dann wieder auf, während er mitfühlend dreinblickte. „Wenn wir versuchen, unseren Bauch mit Essen zu füllen, das nur noch mehr Hunger verursacht, ist das ein anstrengendes Leben, meinen Sie nicht? Klingt so, als könnte das Mädchen eine anständige Mahlzeit brauchen. Lebendiges Wasser. Das Brot des Lebens."

Davis trat von einem Fuß auf den anderen, woraufhin das Werkzeug in der Metallkiste klirrte.

„Sie sind kein Gefangener dieser Welt mehr, Davis."

„Ja, Pastor."

„Das ist doch ein gutes Gefühl, oder?"

Davis nickte.

Pastor Voss drückte seine Schulter. „Vielleicht will Gott Ivy Clark dieselbe Freiheit zeigen."

Kapitel 9

Ivy lehnte neben einem der Flughafenausgänge an einer Mauer und las in der abgegriffenen Ausgabe ihres Lieblingsgedichtbandes. Wer könnte sie besser von der bevorstehenden Fahrt von Hilton Head nach Greenbrier ablenken als Billy Collins? Von allen zeitgenössischen Dichtern mochte sie ihn mit Abstand am liebsten. Seine brillante Sprache und Ironie, dazu die Art, wie er das Banale spannend machen oder das Geheimnisvolle enthüllen konnte, schafften es immer wieder, sie zu verzaubern. Und in ihrer jetzigen Situation konnte sie ein bisschen Zauber oder zumindest Ablenkung gut gebrauchen. Unbehagen machte sich in ihrem Inneren breit. Worüber sollten Marilyn und sie auf der fünfzigminütigen Heimfahrt nur reden?

Ein Laufband erwachte ratternd und brummend zum Leben und setzte eine ganze Reihe Reisender in Bewegung. Ivy blätterte gerade zur nächsten Seite ihres Buches weiter, als die Tür aufging, einen Schwall schwüler Luft hereinließ und dazu ausgerechnet Davis Knight – den Mann, der sie während der Trauerfeier angestarrt und ihr beim anschließenden Mittagessen ein Sandwich gebracht hatte. Mit selbstbewussten Schritten kam er durch die Tür und ging an ihr vorbei, ohne sie zu bemerken, weil sie an der Wand lehnte, während er den Blick über die Reisenden an der Gepäckausgabe wandern ließ. Ein Militärseesack fuhr auf dem Laufband vorbei. Ein untersetzter Mann mit Springerstiefeln trat vor und ergriff das Gepäckstück. Eine runde weiße Reisetasche kam als Nächstes, gefolgt von zwei dazu passenden braunen Koffern. Der Ballon, der sich in Ivys Brust ausgedehnt hatte, zerbarst und zischte davon. Mit Marilyns Neffen würde sie schon fertigwerden.

Sie schob Billy in ihre Handtasche, umfasste den Griff ihres Rollkoffers im typischen Design von Diane von Fürstenberg und zog ihn zu ihrem unerwarteten Chauffeur. „Und ich dachte schon, die Fahrt würde langweilig."

Davis drehte sich um, einen leichten Bartschatten am kantigen

Kinn, und nickte zur Begrüßung. „Ich hätte nicht gedacht, dass wir uns wiedersehen würden."

„Von Angesicht zu Angesicht, meinst du?" Ihre Lippen formten sich zu einem Grinsen. Wenn er ihre Karriere verfolgt hatte, wie er es vor Marilyns Haus zugegeben hatte, sah er sie sonst eher in Zeitschriften, Werbungen und Katalogen.

Eine leichte Röte stieg in seine Wange, als er auf ihren Koffer zeigte. „Ist das dein ganzes Gepäck?"

„Ich packe sehr effizient. Ein Nebenprodukt der Reiserei durch die ganze Welt." Sie zeigte mit der Hand auf die Schiebetür und trat hinter ihn. „Ich folge dir raus."

„Lass mich deinen Koffer nehmen."

Sie überließ ihm das Gepäckstück, wobei ihre Hand flüchtig die seine berührte.

Er ignorierte die Berührung und begab sich zum Ausgang.

Ivy musterte ihn. Volles, kurzes dunkelblondes Haar. Breite Schultern, von denen aus sein Rumpf sich zu einer schmalen Taille verjüngte. Und dann war da sein Gesicht – der Inbegriff eines Surfers. Er war vielleicht jünger als die Männer, auf die sie normalerweise stand, aber schließlich war das hier Greenbrier. Da musste sie schon einen kleinen Kompromiss eingehen.

Wieder grinste sie. Vielleicht würde ihr Exil in South Carolina ja doch nicht so furchtbar. Wie sollte es auch – mit einer schnuckeligen Ablenkung wie Davis Knight?

Davis spürte ein Kribbeln auf seiner Wange von Ivys gründlicher Begutachtung. Er ignorierte die Musterung jedoch und konzentrierte sich darauf, sie zu seinem Jeep zu führen, während ihm die Worte von Pastor Voss durch den Kopf gingen. Er versuchte, sie beiseitezuwischen, aber sie ließen sich nicht vertreiben.

Gott, wenn du Ivy die Freiheit zeigen willst, die du für sie bereithältst, dann wissen wir beide, dass ich für diesen Job nicht der Richtige bin.

Er warf einen verstohlenen Blick über seine Schulter. Ihre Augen waren von einer Sonnenbrille verdeckt, die für ihr Gesicht viel zu groß war, und sie hatte die Mundwinkel zu einem süffisanten Grinsen verzogen.

Und ich bin mir auch gar nicht sicher, ob sie überhaupt befreit werden will. Auf mich wirkt es so, als würde sie sich ziemlich wohlfühlen.

Aber bei der Beerdigung war das anders gewesen.

Und sosehr er sich auch bemühte, wurde er das Bild doch nicht wieder los. Das gleißende Sonnenlicht brach sich am Beton und traf Davis ins Auge, als er unter der Überdachung die Straße überquerte. Blinzelnd rollte er den Koffer über die Bordsteinkante, öffnete die Heckklappe seines Jeep Cherokees und verstaute Ivys spärliches Gepäck im Kofferraum. Entweder hatte sie nicht vor, lange zu bleiben, oder sie war wirklich extrem gut im Packen. Er schloss die Kofferraumklappe und öffnete ihr die Beifahrertür.

Ihre Absätze klackerten in einem langsamen Rhythmus auf dem Gehweg, als sie näher kam, und ihre Hüfte schwang wie bei einem Zeitlupengang auf dem Laufsteg. „Und da behaupten die Leute immer, es gäbe keine Gentlemen mehr.“ Sie trat vor ihn und sah ihn über den Rand ihrer Brille hinweg an. „Offensichtlich kennen sie Mr Knight noch nicht.“

Davis schluckte und ärgerte sich über seine eigene körperliche Reaktion.

Nimm sie wahr.

Das Flüstern überrumpelte Davis. Nimm sie wahr? Wie konnte jemand sie nicht wahrnehmen? Diese Frau fiel jedem auf, vor allem Männern. Und doch folgte diesem Gedanken der Widerhall von Worten, gesprochen vor langer Zeit.

„Du siehst Dinge, die wir anderen nicht wahrnehmen. Das ist eine wichtige Gabe.“

Die Worte seines Vaters.

Weil er nicht wusste, was er damit anfangen sollte, ging Davis um seinen Wagen herum und setzte sich ans Steuer. Der Motor gurgelte ein paarmal, bevor er zum Leben erwachte.

„Also: Bist du Marilyns Laufbursche oder darf ich mich geschmeichelt fühlen, weil du angeboten hast, mich abzuholen? Weil du ein Fan bist und so?“

„Marilyn wurde in der Boutique gebraucht. Sie hat mich gebeten, dich zu fahren.“ Er setzte rückwärts aus der Parkbucht, bog auf die

Straße ab und fuhr in Richtung Norden. Das silberne Kreuz, das an seinem Rückspiegel hing, bewegte sich und reflektierte einen Sonnenstrahl.

Ivy schnalzte mit der Zunge. „Erst Esme und jetzt du."

„Wer ist Esme?"

„So eine alte Dame im Flieger, die ständig vom ‚lieben Gott' geredet hat." Ivy berührte die Halskette. „Interessante Wahl als Autoschmuck."

Davis warf ihr einen Blick zu. „Glaubst du?"

„Glaub ich an was – Gott?"

„Was sonst?"

Sie stieß die Kette mit dem Kreuz einmal an und legte die Hand dann wieder auf ihren Schoß. „Es gibt ein ganzes Arsenal an Alternativen."

„Zum Beispiel?"

„Geld. Ruhm. Schönheit. Buddha." Sie zählte die Worte an ihren Fingern ab.

„Du glaubst an einen Menschen?"

„Jesus war ein Mensch."

Er konnte nicht anders. Er musste einfach lachen. Die junge Ivy, die religiöse Philosophin. „Ganz Mensch und ganz Gott. Ein großes Geheimnis des Glaubens. Ich kann mich natürlich irren, aber Buddha hat nie behauptet, Gott zu sein, oder?"

„Und was willst du damit sagen?"

„Dass es mir albern vorkommt, jemanden anzubeten, der ein fehlbarer Mensch ist – so wie du und ich."

Sie runzelte die Stirn.

Die kleine Falte ließ ihn genauer hinschauen. Er wollte wissen, was sie bedeutete. „Bist du wirklich Buddhistin?"

„Nein, ich bin keine Buddhistin. Aber ich war mal mit einem Buddhisten zusammen." Ivy ließ ihr Fenster herunter, sodass der Wind Strähnen ihres zu einem Pferdeschwanz zusammengebundenen Haares um ihre nackten Schultern wehte. „Es war sehr erleuchtend."

Ihr Tonfall triefte vor kaum verhohlener Doppeldeutigkeit. Er wandte sich ihr ein wenig zu. „Bist du immer so?"

„Wie denn?"

Er suchte nach dem zutreffenden Wort und entschied sich für *kokett*. Das entlockte Ivy ein belustigtes Lächeln. Davis setzte den Blinker und fädelte sich in den Verkehr auf der Autobahn ein. Grünes Laub rauschte an ihren offenen Fenstern vorbei und schwüle Luft füllte das Auto. Der Geruch von Meersalz mischte sich mit dem Kokosaroma des Autoduftspenders, den er unter seinem Sitz deponiert hatte, bevor er zum Flughafen aufgebrochen war. „Darf ich meine ursprüngliche Frage noch mal konkretisieren? Glaubst du an Gott?"

„Ja."

Ihm wurde sofort leichter ums Herz. „Wirklich?"

„Ob ich glaube, dass es einen Schöpfer irgendwo da draußen im Weltall gibt? Ja. Glaube ich, dass dieser Schöpfer, oder Gott, wie du ihn oder sie oder es nennst, sich auch nur im Entferntesten für mich armes kleines Ding interessiert? Nein." Sie runzelte die Stirn, so als hätte sie zu viel verraten und würde ihre Worte am liebsten wieder zurücknehmen. Dann zog sie ihre Schuhe aus und stellte einen perfekt pedikürten Fuß auf sein Armaturenbrett. „Normalerweise philosophiere ich mit Männern nicht über Religion, Dave. Das ist nicht gerade mein Spezialgebiet."

Sie warf ihre Worte wie Haken mit Ködern aus. Jeder andere Mann hätte angebissen – und sie gefragt, was denn ihr Spezialgebiet sei. Davis machte einen Bogen um die Würmer. Er konnte sich die Antwort ohnehin denken. „Kann ich dich was fragen?"

„Hast du doch gerade schon."

„Sehr witzig." Er legte seinen Ellbogen auf die Gummidichtung des Fensters, das komplett im Innern der Tür verschwunden war, und hielt das Lenkrad mit zwei Fingern fest. „Warum hast du eingewilligt, für meine Tante zu modeln?"

Sie wickelte sich eine Haarsträhne um den Finger. „Es ist ein Job."

„Jemand wie du hat doch wahrscheinlich Millionen Angebote, aus denen er auswählen kann. Warum gerade dieses?" Vor ein paar Wochen hatte sie gar nicht schnell genug abreisen können – hatte sogar zugegeben, dass sie floh –, und jetzt war sie wieder da?

„Es ist doch nur ein Artikel."

„Marilyn hat deutlich mehr geplant als nur einen Artikel."

Ihr Kopf fuhr zu ihm herum, als hätte jemand ihn mit Schwung angestoßen.

Davis zog die Augenbrauen hoch. Hatte Bruce Ivy nicht erzählt, was Marilyn von ihr wollte? Aber bevor er fragen konnte, machte sein Wagen einen Satz. Er packte das Lenkrad mit beiden Händen. Ivy riss den Fuß vom Armaturenbrett. Das Auto stotterte, ruckelte noch einmal und verreckte dann mitten auf der Autobahn. Davis glaubte eigentlich nicht an Omen, aber das konnte kein gutes sein.

Ivy drehte den Fußballen im Kies. Wind fegte über die Straße und streifte ihren Körper mit seinem heißen Atem. Als ihr Blick über die Autobahn hinaus zu den Wildblumen wanderte, die im Wind schwankten, ertappte sie sich bei dem Gedanken, wie es wohl wäre, eine dieser wilden Blumen zu sein, die von etwas so Riesigem wie der Sonne geliebt und versorgt wurden.

Der Drang, über die Straße zu laufen und mit ihnen zu tanzen, schwoll in ihrer Brust an. Kein Tanz wie im Nachtklub, sondern freie Bewegungen, mit vollem Arm- und Beineinsatz, wild und gelöst und voller Freude. Aber sie konnte nicht wie ein Kind über die Straße laufen. Nicht, wenn Davis ein Stück außerhalb ihrer Hörweite auf dem Grünstreifen auf und ab lief, das Telefon am Ohr und den Daumennagel zwischen den Zähnen. Er benahm sich nicht wie ein normaler Mann. Statt sie mit Verlangen anzusehen, sah er sie an, als wäre sie etwas Kleingedrucktes, für das er eine Lesebrille brauchte. Außerdem stellte er zu viele Fragen. Dadurch fühlte sie sich alt und müde und verärgert. Sie streckte die Arme aus wie Flügel und hob das Gesicht zur Sonne auf.

Wenn sie fliegen könnte, wohin würde sie dann fliegen?

Sie ließ die Arme wieder sinken, wobei ihre Hände gegen die Außenseiten ihrer Oberschenkel schlugen. Sie war kein Vogel. Keine Fledermaus. Und auch kein Pegasus. Oder irgendein anderes Wesen mit Flügeln. Oder auch nur mit Blütenblättern. Sie saß in der Klemme. Ihr Agent saß Hunderte von Kilometern entfernt in New York City – und hatte nichts außer einem einfachen Artikel für die Zeitschrift *Southern Brides* erwähnt. Dafür schuldete er ihr eine Erklärung. Ivy trat auf die Straße und ging auf den Jeep zu, der halb auf der rechten Spur, halb auf dem grasbewachsenen Randstreifen stand, die Warnblinkleuchte eingeschaltet. Sie öffnete die Beifahrertür, kramte in ihrer Handtasche und wählte mit ihrem Smartphone die Handynummer von Bruce. Er ging nicht dran. Als die Mailbox ansprang, legte sie auf und versuchte es in der Agentur. Nach zweimaligem Klingeln begrüßte sie Mayas Stimme.

„Guten Tag. Modelagentur Olsen."

„Hi, Maya, Ivy hier. Kannst du mich bitte mit meinem Onkel verbinden?"

„Tut mir leid, Ivy. Er ist heute gar nicht im Haus. Soll ich ihm was ausrichten?"

Ivy schluckte das Knurren hinunter, das in ihrer Kehle aufstieg. Es war nicht Mayas Schuld, dass Bruce sie zu einem Auftrag geschickt hatte, ohne sie umfassend zu informieren. „Wenn du mit ihm sprichst, sag ihm bitte, dass er mich anrufen soll. Es ist wichtig." Sie verabschiedete sich und schrieb Bruce eine Textnachricht, in der sie von einem Notfall sprach, bevor sie das Handy wieder in ihre Handtasche warf. Ihr Onkel hatte es verdient, erwürgt zu werden. Aber stattdessen musste sie hier die brennende Sonne ertragen, als wäre sie es, die sich etwas hatte zuschulden kommen lassen. Sie hob die Hand, um ihre Augen gegen das grelle Licht abzuschirmen, und drehte sich zu Davis um, der immer noch telefonierte und auf seinem Daumennagel kaute. Wie lange dauerte es denn, einen Abschleppdienst zu rufen?

Ein Auto raste vorbei, ohne seine Geschwindigkeit zu reduzieren. Davis steckte sein Handy ein und kam auf Ivy zu. Sie stellte ihn sich ohne Hemd und mit Surfbrett vor und nahm sich vor, ihn zu fragen, ob er mal mit ihr an den Strand kam. „Surfst du?"

„Wie bitte?"

„Surfen." Sie streckte die Arme aus und tat, als würde sie einige Wellen reiten. „Du weißt schon, so auf dem Meer."

Davis kniff die Augenbrauen zusammen.

„Nein? Du solltest es lernen."

„Okaaay." Er schüttelte den Kopf, als wollte er ihren Vorschlag abschütteln. „Ich habe die Werkstatt in Greenbrier angerufen. Jemand kommt, um uns abzuschleppen." Wie er *jemand* sagte, klang irgendwie merkwürdig.

„Weißt du, wer dieser Jemand sein wird?"
„Der Sohn des Eigentümers."
„Und du magst ihn nicht, weil …?"
„Ich habe nicht gesagt, dass ich ihn nicht mag."
„Das war auch gar nicht nötig. Ich habe diese Schlussfolgerung aus der grimmigen Miene gezogen, die ich vor mir sehe."
„Ich finde ihn völlig okay. Es ist nur …" Davis rieb sich den Nacken und schüttelte den Kopf, so als spielte es keine Rolle.
„Nur was?"
„Er war mal mit meiner Schwester zusammen."
Davis' Schwester. Weißblonde Haare und Sonnenblumenkleider. Ständig am rumhüpfen. An sie erinnerte Ivy sich deutlich besser als an Davis, weil Sara und sie altersmäßig viel dichter beieinanderlagen. Als Ivy irgendwann auf Dauer zu James und Marilyn gezogen war, war Davis bereits zum Studium weggegangen. „Ich erinnere mich an sie. Sara, richtig?"
Davis nickte.
Ivy durchforstete ihre Erinnerungen. Bei der Trauerfeier hatte sie Sara nicht gesehen. Nur Marilyn und Davis. Aber andererseits hatte Ivy auch keinen geschulten Radar für Frauen. „Dieser Typ hat Sara also das Herz gebrochen und du machst jetzt einen auf großen Bruder mit Beschützerinstinkt?" Ein dumpfer Schmerz pochte in ihrem Bauch. Wann hatte ein Mann sie jemals so beschützt? „Das dürfte interessant werden."
„Was?"
„Die Fahrt." Ein weiteres Auto fuhr vorbei, dieses wurde jedoch etwas langsamer, so als könnte der Fahrer sich nicht recht entscheiden, ob er anhalten und helfen oder weiterfahren sollte. „Wie lange dauert es noch, bis ich den Herzensbrecher kennenlerne?"
„Etwa eine Dreiviertelstunde. Und er heißt Jordan." Davis trat mit der Schuhspitze gegen den Reifen. „Ich kann nicht fassen, dass mein Wagen eine Panne hat."
Ivy betrachtete das Fahrzeug und konnte Davis' Fassungslosigkeit nicht teilen. Das Ding sah genauso aus wie ein Auto, das jeden Augenblick eine Panne haben konnte. Ein Sattelschlepper fuhr vorbei, gefolgt von einem Wohnmobil. Sie fingerte an der Gummidichtung am Fenster der Beifahrerseite herum und stützte dann den Kopf auf

die Hand. „Und was machen wir jetzt, Davis? Eine Dreiviertelstunde ist lang."

„Wir könnten uns unterhalten."

„Worüber? Gott? Politik? Den Sinn des Lebens?" Was hatte jemand wie sie schon über solche Themen zu sagen? Nichts Hörenswertes jedenfalls. „Das hatte ich eigentlich nicht vor."

Er zupfte an seinem Kinn.

„Mache ich dich nervös?", fragte sie.

„Nein."

„Lügner."

„Du machst mich nicht nervös. Du machst mich neugierig."

„Das ist ja mal ganz was Neues. Und was genau interessiert dich so?"

„Wer du bist." Davis streckte die Hand aus und bewegte sie vor ihrem Körper auf und ab. „Unter all dem."

Unter all dem? Meinte er mit *all dem* ihre Haare, ihre Beine, ihr Gesicht? Ivy nahm ihren Arm vom Wagendach. Unter all dem war sie gar nichts. All das war alles. Sie wandte sich nach Süden und blickte die Straße hinunter. In der Ferne sah sie einen roten Sportwagen. „Es macht keinen Sinn, hier draußen in der Hitze auf den Abschleppwagen zu warten, wenn es nicht nötig ist, meinst du nicht auch?" Sie trat um ihn und seinen kaputten Jeep herum, baute sich so auf, dass der vorbeifahrende Fahrer sie gut sehen konnte, und streckte den Daumen raus.

„Was machst du da?"

„Per Anhalter fahren."

„Sei nicht albern."

Sie reckte den Daumen nur noch weiter vor. „Vertrau mir, Dave."

Der rote Wagen wurde langsamer.

Davis packte sie am Arm und bedeutete dem Fahrer mit der anderen Hand, dass er weiterfahren solle.

„Du hast uns gerade eine Mitfahrgelegenheit vermasselt."

Er ließ sie los und trat einen Schritt zurück. „Du weißt doch nicht, ob der Kerl nicht ein Serienmörder ist."

„Ein Serienmörder? Hier?" Das war statistisch gesehen ziemlich unmöglich. „Du bist paranoid."

„Wahrscheinlich." Davis presste die Lippen zusammen. In seinen

Augen blitzte etwas auf, das jedoch schnell wieder erlosch. „Aber ich will nicht dafür verantwortlich sein, dass du in Gefahr gerätst."

Eine faszinierende Reaktion. Leider hielt sie das Klingeln ihres Handys davon ab, sie näher zu ergründen. Dem Klingelton nach zu urteilen war es ihr lieber Onkel, der anrief.

Davis schlenderte den Grünstreifen hinunter und setzte sich unter das dichte grüne Blätterdach eines Baumes, um etwas Schutz vor der Sonne zu finden. Er starrte auf den Mohn und die Kornblumen, die den Streifen Land zwischen der Spur nach Norden und der nach Süden zierten. Obwohl er sich einen Platz gesucht hatte, der so weit von Ivy entfernt war, dass sie ungestört telefonieren konnte, kam er nicht umhin, Bruchstücke von ihrem Teil der Unterhaltung aufzuschnappen.

Sie wippte mit dem Fuß, hatte aber zum Glück die Hand mitsamt Daumen sicher in der Tasche ihrer dunkelblauen Shorts verstaut. Eine Frau wie sie sollte auf keinen Fall per Anhalter fahren. Er vergrub die Sohlen seiner Schuhe im Gras und schlang die Ellbogen um seine Knie, während er sich wünschte, die Worte seines Vaters würden ihn in Ruhe lassen.

„Für mich war das ein Notfall!" Ivys erhobene Stimme unterbrach einen Vogelchor bei seinem Gesang.

Zweifellos sprach sie mit Bruce. Wahrscheinlich verlangte sie von ihm, dass er sie mit dem nächsten Flieger nach New York zurückholte, sobald Davis das letzte Foto für den Artikel geschossen hatte. Er wischte den Schweiß fort, der seine Schläfe hinunterlief, und sah auf seine Armbanduhr. Er musste sie beide heil nach Greenbrier bringen, Ivy zur Boutique und seinen Wagen zur Werkstatt, und das alles vor dem Festessen anlässlich des Hochzeitstags seiner Großeltern. Außerdem musste er vierzig Minuten mit Jordan Ludd in einem Auto sitzen, der behauptet hatte, Sara zu lieben, sie aber sofort sitzen gelassen hatte, als es Schwierigkeiten gab. Davis spürte, wie sein Magen sich zusammenzog. Er hatte kein Recht, wütend auf Jordan zu sein. Nicht wenn doch die Schuld für Saras ganzen Kummer letzten Endes bei ihm selbst lag.

„Und du bist überzeugt davon, dass ich damit in die Presse komme?“ Ivy scharrte mit der Schuhspitze im Gras. Ihre gebräunten Beine waren unglaublich lang. Als sie Davis den Rücken zuwandte, war ihre Stimme nicht mehr zu hören. Nach einer Weile nahm sie das Handy vom Ohr.

Davis ließ seine Knie los. „Alles in Ordnung?“, rief er zu ihr hinüber.

„Ja, alles bestens.“

„Willst du darüber reden?“

Sie fuhr herum. „Du hältst ja echt viel vom Reden.“

„Du willst nicht bleiben, oder?“

Sie kam zu ihm herüber, schwang die Hüfte und stemmte eine Hand in die Taille. Sie hatte sich genau vor ihm aufgebaut. Davis hielt den Blick starr auf ihr Gesicht gerichtet, auch wenn das bedeutete, dass er seinen Hals unangenehm überstrecken musste. „Du weißt noch, wie ich als Kind war, nicht wahr?“

Er nickte.

„Bin ich dir damals sehr glücklich vorgekommen?“

Nein, Ivy war nicht glücklich gewesen. Sie hatte traurig ausgesehen. So wie bei der Beerdigung. Er pflückte einige Kleeblüten. „Ich finde, du solltest bleiben.“

„Vor einer halben Stunde konntest du nicht fassen, dass ich den Job angenommen habe. Und jetzt erwartest du von mir, dass ich hierbleibe?“

„Ich erwarte es nicht. Ich finde nur, dass du es tun solltest. Es könnte gut für dich sein.“ Er stützte die Hände hinter sich auf, streckte die Beine aus und kreuzte sie, als könnte seine entspannte Haltung davon ablenken, dass er seiner eigenen Aussage zwiespältig gegenüberstand. Er hatte keinen Zweifel daran, dass Greenbrier gut für Ivy sein könnte, aber er wusste auch, dass ihre Anwesenheit die klaren Grenzen verwischen würde, die er so sorgfältig um sein Leben gezogen hatte. „Ich wollte deine Entscheidung übrigens nicht infrage stellen. Ich war nur neugierig. Als du das letzte Mal hier warst, hast du zugegeben, dass du wegläufst, und jetzt kommst du für eine Arbeit wieder, die du nicht brauchst.“

In ihrem Gesicht zuckte etwas.

Oder brauchte sie den Job vielleicht doch? Er wusste besser als die meisten anderen Menschen, wie schnell das Wetter in der Modebranche für Models umschlagen konnte. Drehte der Wind für Ivy? Er warf den Klee auf den Boden. „Aber ist ja auch egal. Dein Onkel hat recht, was die Publicity angeht. Marilyns Brautkleidkollektion wird der Hit. Schon jetzt kommen Bräute aus dem ganzen Süden von South Carolina in ihre Boutique."

„Du bist also ein Experte in Sachen Brautmoden?" Ivy setzte sich neben ihn. „Das ist ein merkwürdiges Hobby für einen Mann wie dich."

Für einen Mann wie ihn? Ivy wusste doch sicher, dass er früher Fotograf gewesen war.

„Jetzt guck nicht so ängstlich, Dave. Bruce hat mir versichert, dass ich meine Zeit hier nicht verschwende." Sie beugte sich näher und flüsterte ihm die nächsten Worte ins Ohr. „Sieht so aus, als würde ich bleiben. Jedenfalls erst einmal. Glück für dich."

Sein Adamsapfel zuckte. Ja. Glück für ihn.

Kapitel 10

Bei der Beerdigung hatte Ivy nicht viel von Greenbrier gesehen. Sie war nur einen Tag in der Stadt gewesen und durch die Umstände etwas abgelenkt gewesen. Die Tatsache, dass sie mit angesehen hatte, wie der Mann, der für ihr Leben verantwortlich war, in die Erde hinabgelassen wurde, hatte ihr den Spaß am Auskundschaften vertrieben. Aber jetzt, wo sie keine Gesellschaft hatte außer ihrer eigenen Angst, suchte sie die Ablenkung.

Sie reckte den Hals und spähte an Davis vorbei, der ihr weitgehend die Sicht versperrte. Vierzig Minuten eingeklemmt zwischen ihm und Jordan Ludd zu sitzen, dem die Situation offensichtlich ebenso unangenehm war wie Davis, hatte seinen Reiz nach ein paar Kilometern verloren. Sie hatte versucht, mit dem jungen Mann zu flirten, um Davis zu ärgern, aber genauso gut hätte sie mit einem Haufen Backsteine flirten können. Und Davis starrte ohnehin nur aus dem Fenster, während seine Unterkiefermuskulatur wie ein Herzschlag pochte. Das mangelnde Interesse von Jordan schrieb Ivy einem ebenso großen Mangel an Intelligenz zu, aber Davis' Gleichgültigkeit konnte sie sich nicht erklären. Nach der Fahrt hatte sie ein angekratztes Ego und dank der wenig beeindruckenden Klimaanlage im Auto ganz klebrige Finger.

Davis lehnte sich auf seinem Sitz zurück, sodass sie die Welt außerhalb der engen Fahrerkabine des Abschleppfahrzeugs betrachten konnte. „Wir müssen Ivy bei *Something New* absetzen, bevor wir zur Werkstatt fahren."

Jordan murmelte eine Antwort, oder grunzte sie vielmehr, und fuhr durch einen Kreisverkehr, in dessen Mitte ein von Hibiskusblüten eingerahmter Steinreiher Wasser aus dem Schnabel spuckte. Die Inselstadt hatte sich kaum verändert. Die Rasenflächen, die die Häuser aus der Zeit vor dem Bürgerkrieg umgaben, wirkten allesamt sehr gepflegt und Ivy hatte das Gefühl, als wäre sie mit einer Zeitmaschine ins neunzehnte Jahrhundert gereist. Ihr war, als könnten in der Ferne jeden Augenblick Kanonenschläge ertönen oder konföderierte Soldaten mit Musketen die Straße hinaufmarschieren, während Frauen mit wehenden Taschentüchern den Bordstein säumten.

Der Wagen bog in eine asymmetrische Straße namens Palmetto Boulevard ein. Asymmetrisch deshalb, weil sich nur auf der einen Straßenseite Geschäfte befanden. Die Sonne lugte über die Reihe aus mehrgeschossigen Steingebäuden hinweg und warf lange Schatten auf das Kopfsteinpflaster – fette schwarze Arme, die sich nach dem von Palmen verzierten weißen Strand ausstreckten. Jordan hielt ein Stück weiter vor einer schwarzen Markise mit weißer Beschriftung.

Something New.

Die Boutique, die Marilyn vor zehn Jahren eröffnet hatte, also in dem Jahr, in dem Ivy endgültig nach New York gezogen war, stach mehr heraus als die anderen Läden. Haute Couture war nichts, wofür Greenbrier bekannt war, aber irgendwie war ihre Stiefmutter erfolgreich. Ivys Handflächen waren feucht vom Schweiß. Marilyn war im Laden. Bruce hatte Ivy am Telefon ermahnt, sie solle sich benehmen. Er hatte sie daran erinnert, dass Marilyn eine zahlende Kundin war und dies ihre, Ivys, Chance, wieder in Fahrt zu kommen. Dass die Wogen in New York sich glätten konnten, während sie hier welche schlug. Gute Wogen. Sie holte tief Luft und wischte sich die Hände an ihren Shorts ab. Im Laufe ihrer Karriere hatte sie gelernt, mit Kunden umzugehen. Nur weil es sich diesmal um Marilyn handelte, musste es nicht anders laufen. Sie musste nur hineingehen, nach dem Zeitplan und den Einzelheiten für diesen speziellen Auftrag fragen und sich dann ein Zimmer suchen, in dem sie wohnen konnte, während sie hier ihre Strafe absaß.

Davis öffnete die Wagentür und stieg aus. Ivy löste die Rückseite ihrer Oberschenkel von dem klebrigen Kunstleder und rutschte über den Sitz zur Tür, um sich zu Davis auf den Bürgersteig zu gesellen. Die Seeluft roch in South Carolina ganz anders als in Staten Island. Selbst der Himmel sah anders aus, als hätte jemand einen Kontrastfilter aufgeschraubt und ihn blauer gemacht. Und die Straße war nicht einfach sauber; sie war so makellos, dass man das Gefühl hatte, man müsste die Schuhe ausziehen. Kein Müll am Bordstein. Keine Zigarettenkippen. Nicht einmal ein Riss in den Gehwegplatten, in die Zigarettenkippen hätten fallen können, wenn es welche gegeben hätte. Die Vollkommenheit dieses Ortes machte sie nervös. Da sie in Chicago aufgewachsen war und dann an Orten wie New York und Paris gelebt hatte, bevorzugte Ivy ein bisschen Schmutz unter ihren Füßen.

Davis ging zum Heck des Abschleppwagens, wo er ihr Gepäck verstaut hatte, zog ihren Koffer heraus und reichte ihn ihr. „Sobald mein Wagen repariert ist, kann ich Marilyn und dich zum Haus fahren."

Das Haus. Ivy gefiel nicht, wie er das sagte. Als wäre es das einzige Haus auf der ganzen Insel. Als erwartete er, dass sie dort wohnen würde. „Hat Marilyn kein Auto?"

„Sie fährt mit nur zwei Rädern zur Arbeit."

„Mit zwei Rädern?" Ivy schob den Riemen ihrer Handtasche die Schulter hinauf. „Mit einem Fahrrad oder einer Harley?" Irgendwie konnte sie sich Marilyn weder auf dem einen noch auf dem anderen Gefährt vorstellen.

Davis lächelte. Ein echtes, offenes Lächeln, das seine leicht schiefen Zähne zeigte und klammerförmige Grübchen erscheinen ließ. „Eindeutig keine Harley." Er blickte über die Schulter zu Jordan und zeigte dann in Richtung Westen. „Ich bin zwei Blocks weiter in der Peterson Street, falls du mich brauchen solltest. Es dürfte nicht so lange dauern. Wenn dir langweilig wird, kannst du dir ja den Strand ansehen."

„Ganz alleine?"

Seine Grübchen verschwanden. „Wir sehen uns später."

Sie beobachtete, wie er wieder einstieg, und kämpfte gegen ein Gefühl an, das ihr nicht gefiel. Normalerweise genossen Männer ihre Gegenwart, aber Davis wirkte völlig unbeeindruckt. Hatte Bruce recht? Hatte sie es nicht mehr drauf? Sie atmete tief ein und kniff die Augen ein wenig zusammen, während der Abschleppwagen davonfuhr, Davis' Jeep Cherokee im Schlepptau. Auch ein Mr Knight war nicht gegen Verführung immun. Kein Mann war es. Sie würde seine Aufmerksamkeit schon noch erregen und es würde keine Woche dauern. Damit würde sie sich selbst beweisen, dass sie immer noch das gewisse Extra hatte.

Jetzt wandte Ivy sich zu der Boutique um und stieß die Eingangstür auf. Ein Glockenspiel erklang über ihr und ein Schwall kühler

Luft und leise Jazzmusik schlugen ihr entgegen. Sie betrat einen gebohnerten Mahagoniboden, der eher wie Glas als wie Holz wirkte, und befand sich auf einer tief in den Raum hineinreichenden Verkaufsfläche, die von Schaufensterpuppen in weißen Kleidern gesäumt wurde, die vor hell erleuchteten dreiteiligen Spiegeln standen.

Das Klackern von Absätzen riss sie aus dem Gefühl widerstrebender Anerkennung. Marilyn kam in einem ecrufarbenen Kostüm auf sie zu, ein Maßband in der einen und Nadeln in der anderen Hand. Abgesehen von dem Grau am Haaransatz und einigen zusätzlichen Fältchen um die Augen sah sie aus wie immer. Sie war vielleicht nicht die umwerfende Schönheit, die Mom gewesen war, aber durchaus so hübsch, dass Ivy sich fragte, warum James getan hatte, was er getan hatte. Sie schob den Gedanken beiseite und erwiderte Marilyns Lächeln.

Ihr Lächeln.

Wie konnte diese Frau Ivy so anlächeln – als käme das Lächeln wirklich von Herzen? Es widersprach jedem Fitzelchen Logik und verwirrte Ivy genauso wie damals. Die Frau musste doch irgendwelche Hintergedanken haben.

„Wie geht es dir?" Marilyns Stimme war weich und leise und mit genau der richtigen Menge Südstaatenakzent gefärbt. „Davis hat angerufen und mir von dem Wagen erzählt."

Ivy zuckte mit den Schultern.

Ein Schweigen schob sich zwischen sie und behauptete sich. Die Jazzmusik änderte daran wenig. Ivy wusste nicht, was sie mit ihren Händen machen sollte, und suchte nach einem Anfang. Jede ihrer Fragen würde gehen. *Wie lange brauchst du mich hier? Was gehört zu dem Job? Warum bezahlst du so viel Geld, um mich zu bekommen? Wieso um alles in der Welt willst du dir ausgerechnet mein Gesicht in deine Boutique hängen?*

Okay, die letzte vielleicht nicht.

Die Stimme einer Fremden durchbrach die Verlegenheit. „Meine Tochter wäre dann so weit, Marilyn." Eine Frau mittleren Alters mit grau melierten Locken und pfirsichfarbenem Lippenstift kam hinter einem der Spiegel hervor, eine Flasche Fruchtsaft in der Hand. „Oh, tut mir leid. Ich wusste nicht, dass jemand ..." Ihre

Stimme versandete so langsam, wie ihr Mund sich öffnete und dann erstarrte. Es war, als hätte jemand zuerst die Zeitlupentaste betätigt und dann auf Pause gedrückt.

Marilyn ignorierte die Reaktion der Frau. „Und, wie schön ist sie?“

Die Frau riss ihre Aufmerksamkeit von Ivy los, blinzelte und nahm dann die Saftflasche in die andere Hand. „Die reinste Südstaatenschönheit. Sie glaubt, das ist das richtige Kleid.“

„Oh, wie wunderbar. Sagen Sie ihr, dass ich in zwei Sekunden bei ihr bin.“

Die Frau nickte und eilte in ihr verspiegeltes Versteck.

Zwei Sekunden waren nicht viel Zeit. Ivy sollte besser guten Gebrauch davon machen. „Bruce hat mir erzählt, dass du mir genauer erklärst, was du erwartest.“

„Ich hatte gehofft, wir könnten uns in Ruhe zusammensetzen und vielleicht heute Abend darüber reden.“

„Was ist heute Abend?“

„Ich koche bei mir zu Hause für Mom und Dad. Sie feiern ihren dreiundfünfzigsten Hochzeitstag. Ich hatte eigentlich gehofft, dass Rose – das ist Davis’ Mom, wie du vielleicht noch weißt – auch noch in der Stadt sein würde, aber sie und ihr Mann mussten wieder zur Arbeit. Du bist herzlich eingeladen, mit uns zu feiern.“

Das uneheliche Kind gesellte sich zur Witwe und deren Eltern, um dreiundfünfzig Jahre Treue zu feiern? Irgendwie war das für Ivys Geschmack zu ironisch.

„Davis und Sara werden auch dort sein. Du erinnerst dich doch noch an Sara? Ich dachte, wir könnten anschließend noch zusammensitzen und über die Kampagne reden. Bestimmt hast du mit Davis schon ein paar Dinge besprochen, aber ich vermute, du hast noch eine Menge Fragen.“

„Warum sollte ich mit Davis über die Kampagne reden?“

Marilyn runzelte die Stirn. „Hat er es dir nicht erzählt?“

„Was erzählt?“

„Davis ist dein Fotograf.“

Ivy lächelte, als hätte Marilyn einen köstlichen Witz erzählt. Aber Marilyn erwiderte ihr Lächeln nicht.

Moment mal. Davis würde sie fotografieren? Das war doch lächerlich. Sie schüttelte den Kopf. Beinahe hätte sie sich die Finger in die Ohren gesteckt, um sie zu reinigen. Nein. Sie musste sich verhört haben. „Tut mir leid – hast du gerade gesagt, dass Davis mein Fotograf sein wird?“

„Ja.“

Das leise Wort kratzte wie Schmirgelpapier. Auf keinen Fall konnte Davis Knight ihre Fotos machen. Es war ihr egal, wie viel Marilyn bezahlte oder welche Medienwirkung ihr versprochen wurde. Sie konnte keine schlechten Fotos in einem mehrseitigen Artikel riskieren, auch nicht in der *Southern Brides*, nur damit er einem Hobby frönen konnte. Nicht wenn ihre Karriere auf dem Spiel stand. Sie konnte nicht fassen, dass die Redakteurin der Zeitschrift einen Amateur engagierte. Nichts gegen Davis. Aber was verstand er schon von Modefotografie?

Marilyns hastige Versicherung, dass ihr Neffe brillant sei, beseitigte Ivys Zweifel kein bisschen. Wahrscheinlich hatte Davis bei irgendeinem Sonntagnachmittags-Picknick Bilder von Marilyns Hund gemacht und sie hatte sich Hals über Kopf in diese verliebt. Alles schön und gut, nur dass Hobbyknipserei niemanden zu einem Profifotografen machte – schon gar nicht zu einem Modefotografen. Diese Bilder mussten Wellen schlagen, doch ohne einen erfahrenen Fotografen würden sie nicht einmal ein sanftes Kräuseln verursachen. Oder schlimmer noch: Sie würden Löcher in Ivys Boot bohren und es ganz untergehen lassen.

Ivy stapfte die Straße hinauf, bis sie zu einem Schild kam, auf dem Peterson Street stand, dann bog sie um die Ecke. Das Kopfsteinpflaster wich normalem Asphalt und von bunten Markisen war nichts mehr zu sehen. Sie suchte die Straße nach Ludds Kfz-Werkstatt ab. Schließlich fand sie sie zwischen einem Pfandleihhaus und einer Autowaschanlage. In der offenen Werkstatt stand Davis’ Jeep. Ein Paar Füße ragten unter dem Fahrzeug hervor. Als Ivy sich prüfend umsah, entdeckte sie Davis durch ein Fenster in dem zugehörigen Büro. Er saß auf einem Plastikstuhl, wippte auf dem ölbefleckten Betonboden mit dem Fuß und hatte die Arme vor der

Brust verschränkt. Sie durchquerte die Werkstatt und trat durch eine Seitentür ein.

Davis blickte auf und was folgte, war eine Art elektrisch geladenes Duell – ein Wettkampf der Blicke mitten in einer dreckigen Autowerkstatt. Sie formte ihren Zeigefinger zu einem Haken und winkte ihn zu sich. Aber er kam nicht. Jedenfalls nicht zu ihr. Er stand auf und ging durch die Eingangstür hinaus, wobei er ihr mit einer Kopfbewegung zu verstehen gab, dass sie ihm folgen solle. Sein subtiles Verhalten sprach Bände. Sie vernahm seine Botschaft laut und deutlich: Davis Knight ließ sich nicht herumkommandieren.

Er lehnte sich an den Außenputz, die Hände in den Taschen seiner Cargoshorts vergraben. „Bist du in der Boutique schon fertig?"

„Ich habe eine interessante Neuigkeit erfahren."

„Okay."

„Marilyn hat gesagt, du wirst mein Fotograf sein." Ivy wartete darauf, dass er lachte. Aber das tat er nicht. „Du magst mich für verrückt halten, aber was weißt du denn über Modefotografie?"

Davis verzog das Gesicht – so als hätte er einen schwachen säuerlichen Geruch eingeatmet.

„Ich fühle mich wirklich geschmeichelt, Davis, dass du meine Karriere verfolgt hast." Sie trat näher. „Aber wenn es dir darum geht, Bilder von mir zu machen, brauchst du Marilyn nicht dafür."

Er blieb stehen, aber in seinem Inneren schien sich etwas noch weiter zurückzuziehen. Er legte den Kopf schief. „Bist du es nicht leid?"

„Leid?" Es war eine unerwartete Frage.

„Diese Show, die du abziehst. Denn ich glaube nicht, dass du wirklich so bist."

Sie verschränkte die Arme, als könnte sie dadurch verbergen, was auch immer Davis sah. Glaubte er wirklich, eine fünfzigminütige Autofahrt und ein paar gemeinsame Erinnerungen machten ihn zu einem Experten in Sachen Ivy Clark? Er hatte keine Ahnung, was sie war und was nicht. „Du meinst, weil du meine Karriere verfolgt hast und vielleicht ein bisschen was über Hochzeitskleider weißt, hast du das Zeug dazu, Bilder für eine Zeitschrift zu machen?"

„Du kannst mir glauben, dass mir die Vorstellung genauso wenig gefällt wie dir."

„Warum machst du es dann?“

„Ich habe meine Gründe.“

„Danke für die konkrete Erklärung.“

Sein Mundwinkel zuckte. „Worüber machst du dir Sorgen? Dass ich schreckliche Fotos mache und deine Karriere ruiniere?“

„Weißt du was? Du hast den Hammer auf den Kopf getroffen.“

„Den Nagel.“

„Was?“

„Du hast den Nagel auf den Kopf getroffen, nicht den Hammer.“

„Was für Qualifikationen hast du denn? Und wenn du jetzt was von Geburtstagsfeiern bei Freunden sagst, schreie ich.“

„Ich war ein paar Jahre lang Modefotograf in New York.“

Eine Mücke summte um ihre Nase und sie schlug danach. Was Davis sagte, ergab keinen Sinn. „Kein Mensch ist ein paar Jahre lang Modefotograf in New York.“

„Kein normaler Mensch, das stimmt. Aber ich behaupte ja auch nicht, normal zu sein.“

„Warum hast du aufgehört?“

Er kratzte sich am Hinterkopf. „Das ist kompliziert.“

Für sie klang es nicht kompliziert. Offensichtlich hatte er es in New York zu nichts gebracht, also war er hierher zurückgekommen, um seine Wunden zu lecken, und jetzt ruhte das Wohl ihrer ganzen Karriere in den Händen eines Möchtegernfotografen. „Kann ich dein Portfolio sehen? Hast du vielleicht eine Internetseite? Etwas, wonach ich entscheiden kann, ob ich mich auf diese Sache einlassen will?“

„Hast du dich nicht schon darauf eingelassen?“

„Ich will deine Arbeiten sehen.“

„Ich habe nichts, was ich dir zeigen kann.“

„Wie kommt es, dass ein Fotograf nichts zu zeigen hat?“

„Ich kann dir nichts zeigen, weil ich kein Fotograf bin. Jedenfalls nicht mehr. Ich habe seit beinahe zwei Jahren keine Fotos mehr gemacht.“

„Das wird ja immer besser.“

Ein schwarzer Pick-up mit riesigen Rädern rollte die Peterson Street hinunter. Am Steuer saß ein Mann mit ledrigem Gesicht, der lächelte und Davis zuwinkte, bevor er sein Ungeheuer in die

Autowaschanlage fuhr. Die Mücke kam zurück und Ivy wedelte mit der Hand um ihre Haare. „Wenn du seit zwei Jahren kein Foto gemacht hast, warum in aller Welt hat Marilyn dir dann den Auftrag gegeben?"

„Hat sie einfach. Wenn Marilyn sich etwas in den Kopf gesetzt hat, kann niemand sie aufhalten. Nicht einmal ich."

Ivy rieb sich mit den Fingerspitzen die Schläfen. „Das kann ich nicht machen."

„Warum nicht?"

„Das wäre beruflicher Selbstmord." Marilyns Brautkleider für ihren attraktiven, aber ganz sicher unqualifizierten Neffen zu modeln? Einen Typen, der offen zugab, kein Fotograf zu sein? Wusste Bruce davon? Sie schüttelte den Kopf. Nein, natürlich wusste er es nicht. Sonst hätte er sie nie hierhergeschickt, um etwas so Amateurhaftes zu machen.

„Hör zu, Ivy. Ich weiß, was du jetzt denkst." Davis fuhr sich mit seinen breiten Händen übers Gesicht und blickte zum Himmel hinauf. „Du glaubst, ich weiß nicht, was ich tue. Aber ich kann dir versichern, dass ich ein guter Fotograf war."

„Nicht gut genug, um in New York Fuß zu fassen."

„Ich war dort gut im Geschäft."

„Sag mir, was du unter ‚gut' verstehst." Denn eine Handvoll Probeshootings mit Models und ein paar Bilder in einem Anfängerportfolio entsprach ganz eindeutig nicht ihrer Definition von gut.

„Gut genug, um davon zu leben. Gut genug, dass meine Fotos in ein paar Zeitschriften veröffentlicht wurden und eins auch auf dem Cover."

„Was für Zeitschriften – *Der Angler*?"

„*Vogue*."

Sie riss die Augen auf. „Tut mir leid, aber ich dachte gerade, du hättest *Vogue* gesagt."

„Hab ich auch."

„Das glaube ich dir nicht."

Ein Teenager sauste auf einem Roller vorbei und fuhr so durch die Pfützen, dass Wasser auf Ivys Schuhe spritzte. Sie machte einen Schritt in Richtung Werkstatt und Davis tat es ihr gleich. „Warum sollte ich lügen?"

„Warum hättest du das Handtuch werfen sollen?“ Wenn seine Bilder es auf den Umschlag von Zeitschriften wie *Vogue* geschafft hatten, musste er verrückt sein, um mit dem Fotografieren aufzuhören. Er hatte den Sprung vom Möchtegern zum Star geschafft. Wer würde davonlaufen, wenn sein Traum endlich wahr wurde? „Und warum habe ich nie von dir gehört?“

„Kennst du die Namen von allen Modefotografen in der Branche?“

„Die von den guten schon.“

„Ich hatte gerade erst angefangen, mir einen Namen zu machen, als ich den Job an den Nagel gehängt habe, also gibt es keinen Grund, warum du von mir gehört haben solltest. Und außerdem ist es beinahe zwei Jahre her, das heißt, ich bin nichts als eine vage Erinnerung, wenn überhaupt.“

„Ich verstehe das nicht. Du bist nach New York gegangen, um dort als Fotograf zu arbeiten?“

„Ja.“

„Weil es ein Traum von dir war oder so?“

„Damals ja.“

„Du hattest schon einen Fuß in der Tür?“ Die *Vogue* war mehr als ein Fuß in der Tür. Sie war eine Eintrittskarte zu den Privatgemächern. „Und dann bist du gegangen.“

„Richtig.“

„Warum?“

Er holte tief Luft, so als bräuchte er allen Sauerstoff, den er kriegen konnte, um der Sache gerecht zu werden. Aber bevor er etwas sagen konnte, kam Jordan Ludd aus der Werkstatt, ein Schlüsselbund am Finger baumelnd. „Das Getriebe ist im Eimer.“

Davis sah ihn entsetzt an. „Im Ernst?“

„Fürchte, ja.“ Jordan hielt ihm den Schlüssel hin. „Es wird ein paar Tage dauern, die Teile zu bestellen und es zu reparieren, wenn du das willst.“

„Ich kaufe mir kein neues Auto, also bleibt mir wohl nichts anderes übrig.“

„In der Zwischenzeit kannst du eins von unseren benutzen.“ Er zeigte auf einen blauen Mazda, der auf dem Parkplatz stand. Die eine Hälfte der Stoßstange war von Rost zerfressen und die andere zierte eine große Delle. „Aber sei nett zu ihm.“

Davis fischte sein Portemonnaie aus der Gesäßtasche seiner Jeans. „Was schulde ich dir?"

„Wir rechnen ab, wenn dein Wagen repariert ist." Jordan machte ein verlegenes Gesicht, so als wollte er etwas sagen, brachte es aber nicht über die Lippen. „Wie, äh … also, wie …" Seine halb formulierte Frage kapitulierte und fiel zu Boden. Er scharrte mit den Füßen, als wollte er die Worte wegwischen.

„Es geht ihr gut."

Ivy spitzte die Ohren. Sie konnte nur vermuten, dass mit *ihr* Sara gemeint war.

Jordans Kopf fuhr auf und ab, oder vielmehr sein ganzer Körper. „Das ist gut."

Davis nahm ihm das Schlüsselbund ab.

Jordan murmelte eine Verabschiedung und kehrte in die Werkstatt zurück. Ivy stieß einen leisen Pfiff aus, schob die Hände in die Gesäßtaschen ihrer Shorts und lehnte sich zurück. „Sollten Leute, die Kreuze an ihrem Rückspiegel hängen haben, nicht anderen vergeben oder so?"

„Er ist nicht derjenige, der Vergebung braucht."

Eine seltsame Bemerkung, aber sie hatte wichtigere Fragen, auf die sie Antworten brauchte. „Wo waren wir? Ach ja. Du wolltest mir erklären, warum du mit dem Fotografieren aufgehört hast."

Davis seufzte. „Ich musste all das Durcheinander hinter mir lassen. Irgendwohin gehen, wo ich nachdenken konnte."

„Deshalb hast du alles hingeschmissen – um nachzudenken?"

„Du bist Model, Ivy. Du kennst die Branche. Es ist eine berauschende Welt. Du weißt, wie leicht man sich darin verlieren kann."

Nein, das wusste sie nicht. Sie hatte keine Ahnung. Wie konnte sie sich verlieren, wenn sie doch gar nichts an sich hatte, was sie hätte verlieren können? „Die meisten Leute machen Urlaub, um nachzudenken. Sie schmeißen nicht alles hin und gehen ganz."

„Mir gefiel nicht, was für ein Mensch ich geworden war."

„Und was für ein Mensch war das?"

„Sagen wir, ich hatte mich so weit verloren, dass es hässlich wurde, und dann ist etwas geschehen und Gott hat mir die Tür vor der Nase verschlossen und mich hierher zurückgebracht."

Ach du liebe Güte. Gott hat ihn zurückgeholt? „Also hat Gott dir damals gesagt, dass du keine Fotos mehr machen sollst, aber jetzt sagt er dir, dass du wieder damit anfangen sollst?“

Er zuckte mit den Schultern. „Ich weiß nicht.“

Sie riss alte Wunden auf, bedrängte ihn zu sehr, das sah sie an seiner Miene. Sie wollte ihn nicht verletzen, aber sie konnte einfach nicht anders. Sie musste wissen, warum sie bleiben sollte. Warum sie ihre Karriere einem Mann anvertrauen sollte, der ungefähr siebenhundertdreißig Tage lang kein professionelles Foto geschossen hatte. „Kann ich dir noch eine Frage stellen?“

„Klar.“

„Wenn dir der Mensch, der du in New York geworden warst, nicht gefallen hat, wieso glaubst du dann, dass du hier anders sein wirst?“

Auf diese Frage gab Davis ihr keine Antwort.

Kapitel 11

„Ich kann nicht hier wohnen, Marilyn." Ihre Worte klangen emotionslos, doch während sie an dem hoch aufragenden zweistöckigen Steinhaus mit den großen Fenstern hinaufstarrte, regten sich unter der Oberfläche stachelige Gefühle.

Mit acht Jahren hatte Ivy angefangen, in jedem Sommer einen Monat in diesem riesigen Haus zu verbringen, und zuerst hatten die gewölbten Decken, die breite Treppe, die Dienstbotenkammer und der Garten mit dem Marschland dahinter sie fasziniert. Es war so ganz anders als die Innenstadtwohnung ihrer Mutter in Chicago, die schick und cool gewesen war, aber nichts im Vergleich zu dem hier. Ivy war wie ein gehorsames Hündchen hingefahren, mit völlig verkrampftem Magen, weil sie nicht gewusst hatte, was sie anziehen oder sagen sollte, falls ihr Vater sie ansprach. Wie sich herausstellte, hatte sie sich völlig umsonst Gedanken gemacht. James hatte kaum ein Wort zu ihr gesagt.

„Natürlich kannst du." Marilyn nahm Ivys Koffer und ging auf das Haus zu. „Wir haben vor ein paar Jahren eine Gästewohnung angebaut."

Ivy folgte ihr, fest entschlossen, ihr den Koffer notfalls zu entreißen und wieder das gelbe Taxi zu rufen. Sie würde dieses Haus nicht betreten. Diesmal hatte sie die Wahl. „Marilyn."

Sie blieb vor der Veranda stehen und drehte sich um. In ihren Zügen lagen Müdigkeit und ein Rest Trauer. „Bitte, Ivy. Ich würde mich sehr freuen, wenn du hier wohnst. Dieses Haus ist für zwei Personen einfach zu groß."

„Zwei Personen?"

„Sara wohnt hier. Sie freut sich darauf, dich wiederzusehen." Marilyn befingerte das kleine Kreuz an ihrer Halskette. Ivy runzelte die Stirn. Davon sah sie in letzter Zeit eine Menge. „Bei der Beerdigung hatte sie keine Gelegenheit, sich mit dir zu unterhalten."

Lieb von Sara, aber sie hatten sich ja schon als Kinder nicht besonders gut gekannt und jetzt waren sie praktisch Fremde füreinander. Ivy warf einen Blick über ihre Schulter zurück zu der Stelle, an der gerade noch Davis' Leihwagen gestanden hatte, und rümpfte die Nase. Schwefelgeruch hing in der Luft. Der kam von dem Marschland hinter dem Haus. Als Kind hatte sie sich nie daran gewöhnen können. „Wenn ich hier in Greenbrier bleiben soll, brauche ich meine eigenen vier Wände."

„Die Gästewohnung ist ganz in sich abgeschlossen. Komm mit, ich zeige sie dir." Marilyn trug den Koffer über den Rasen zur Garage. Ivy folgte ihr, wobei ihre Absätze dünne Löcher in den Boden bohrten.

Marilyn zeigte auf eine weiße Holztreppe, die zu dem Stockwerk über der Dreiergarage führte. „Siehst du? Du musst nicht einmal das Haus betreten, wenn du nicht willst. Obwohl ich natürlich hoffe, dass du mit reinkommst. Irgendwann müssen wir über die Kampagne reden und außerdem ist heute Abend das Essen für Mom und Dad. Du bist herzlich willkommen."

Ein Lachen gurgelte in Ivys Brust, blieb jedoch irgendwo in ihrer Kehle hängen. Sie bezweifelte, dass Marilyns Eltern das genauso sahen.

„Ich fände es schrecklich, wenn du in einem Hotelzimmer säßest, während du hier bist." Marilyn schleppte den Koffer die Treppe hinauf und öffnete die Tür. „Wie du weißt, ist der Strand nur zwei Blocks von hier entfernt und auch der Countryclub ist ganz in der Nähe. Die Lage ist nicht zu überbieten."

Ivy spürte, wie sich die Luftfeuchtigkeit auf ihren Nacken legte. Sie wischte sich feine Schweißperlen vom Haaransatz und dann stach etwas sie am Unterarm. Sie schlug auf die Stelle und erwischte die Mücke. Dann folgte sie Marilyn die Treppe hinauf, aber nur, um der Hitze zu entfliehen. Und den Insekten. Sie erwartete einen ungemütlichen Raum und Wände, die voller Erinnerungen hingen, aber als sie eintrat, erlebte sie etwas ganz anderes.

Kühle Luft streichelte ihre Haut. Ein einladendes Himmelbett mit einer weißen Tagesdecke lockte auf der gegenüberliegenden Seite des Zimmers, von dem eine urige Kochnische, ein geräumiges Bad und ein begehbarer Kleiderschrank abgingen. Weißer Teppichboden bedeckte den Estrich und geradeaus stand eine Spiegelkommode, auf der ein Strauß pinkfarbener Rhododendronblüten in einer Glasvase geradezu explodierte. Die leuchtende Farbe wurde durch das sie umgebende Weiß im Raum noch verstärkt. Der Rhododendron war Ivys Lieblingspflanze, aber an ein so unbedeutendes Detail erinnerte Marilyn sich sicher nicht.

„Du mochtest früher immer Blumen. Es ist nichts Großes, aber ich wollte, dass du weißt, wie sehr ich schätze, was du für mich tust." Sie stellte den Koffer neben die Tür und knetete ihre Hände. „Ich weiß, dass es bestimmt nicht einfach ist."

Ivy biss sich auf die Lippe.

„Ich habe heute Morgen das Bett frisch bezogen und den Kühlschrank ausgewischt, falls du ihn benutzen willst."

„Was ist mit Bernice passiert?" Die gute alte Bernice, die kreolische Haushälterin, die gekocht und geputzt und Ivys Kleidung gewaschen hatte, wenn sie im Sommer zu Besuch gewesen war. Ivy war sie immer wie ihre einzige Freundin erschienen. Sie sprach mit einem so starken Akzent, dass man es kaum noch als Englisch bezeichnen konnte. Die Vorstellung, dass Marilyn hier putzte, wenn Bernice es tun konnte, war seltsam.

„Sie ist vor einiger Zeit nach Atlanta gezogen. Annie macht jetzt den Haushalt für uns." Marilyn knetete weiter ihre Finger. „Aber jetzt lass ich dich in Ruhe, damit du dich häuslich einrichten kannst. Um sechs gibt es Essen, falls du Lust hast, mit uns zu essen."

Und das war's. Irgendwie blieb Ivy nun doch.

Sobald Marilyn gegangen war, trug Ivy die Blumen ins Bad, nahm sie aus der Vase und goss das Wasser in den Abfluss. Dann nahm sie die Zweige mit einer Hand zusammen und zog mit der anderen ihr Haarband heraus. Das wickelte sie um den Strauß und hängte die Blumen kopfüber an eines der Fenster, bevor sie sich daran machte, ihre Sachen auszupacken.

Als sie am Boden ihres Koffers angekommen war, zog sie eine Schneekugel heraus. Die einzige, die sie eingepackt hatte. Die Glaskuppel fühlte sich kühl und schwer an. Als Ivy sie drehte, flirrten und tanzten die Schneeflocken um den Eiffelturm herum. Ivy erinnerte sich an das erste Mal, als sie dieses berühmte Wahrzeichen gesehen hatte. Raymond war mit ihr hingegangen. Er hatte sie zum Essen ausgeführt und sie dann in ein schickes Hotel gebracht. Damals war sie zum ersten Mal verliebt gewesen. Zum ersten Mal hatte ein Mann ihr in die Augen gesehen und ihr gesagt, dass er sie liebte. Zum ersten Mal hatte sie das euphorische Hochgefühl erlebt, das ein solches Werben auslöste.

Sie war vierzehn Jahre alt gewesen.

Ivy sank auf das Bett und starrte die Blumen an. In ein paar Tagen würde die Sonne sie trocknen. Dann waren sie nichts als schöne tote Blüten.

Ivy öffnete die Tür, die ins Haupthaus führte. Sie musste mit Marilyn sprechen und ihre Essenseinladung dankend ablehnen. Sie konnten morgen früh über die Einzelheiten der Kampagne reden. Ein Hochzeitstag war ein bisschen viel, vor allem der von Marshall und Eleanor. Marilyn redete sich vielleicht ein, dass die beiden sich freuen würden, sie zu sehen, aber Ivy wusste es besser.

Die Tür knarrte, als sie den Treppenabsatz betrat und die kurze Treppe in den Flur im zweiten Stock hinunterstieg. Stille erfüllte das Haus und wurde zu einem Amboss in ihrem Körper. Sie hasste Stille. Tanzklubs waren gut. Musik. Ablenkung. Alles außer Stille. Unter ihr ging die Haustür auf. Ein Hund bellte und Pfoten rutschten über die Holzdielen.

„Dad, Mom! Herzlichen Glückwunsch zum Hochzeitstag!“

Na, so viel dazu, dass sie mit Marilyn sprechen wollte, bevor die Ehrengäste eintrafen.

Ivy trat an die Balustrade und bei dem Duft von Butter und Meeresfrüchten lief ihr das Wasser im Mund zusammen. Sie versuchte, die Treppe hinunterzuspähen, aber außer einem kleinen weißen Hund, der herumhüpfte, konnte sie nichts sehen, ohne selbst gesehen zu werden.

„Platz, Georgia!“

Der weiße Hund umkreiste Marilyns Füße und ließ sich dann neben ihr nieder.

„Das Essen duftet wunderbar, Liebes. Du hättest dir nicht so viel Arbeit machen sollen.“ Das war die Stimme von Eleanor. Sie klang noch genauso wie früher.

„Es ist euer dreiundfünfzigster Hochzeitstag, Mom. Natürlich habe ich mir Arbeit gemacht.“

Ivy setzte den Fuß auf die oberste Treppenstufe.

„Bitte sag, dass es nicht wahr ist."

Sie umfasste den Handlauf und blieb stehen. Diese Stimme gehörte Marshall. Auch sie klang genau wie immer.

„Dass was nicht wahr ist?" Marilyns Worte klangen so steif wie ein zu sehr gestärktes Anzughemd.

„Dass du dieses Mädchen nicht hierher eingeladen hast."

Die scharfen Worte schleuderten Ivy in die Vergangenheit zurück. Sofort war sie wieder ein kleines Mädchen, das eine Unterhaltung belauschte, die es nicht hören wollte – nur waren es damals Marilyn und James gewesen.

„Das Mädchen ist deine Tochter, James."

„Ich fühle mich nicht wohl, wenn sie hier im Haus ist", hatte er geantwortet. *„Und wenn du sagst, dass du dich dabei wohlfühlst, dann lügst du. Sie war ein Fehler, Marilyn."*

Ivy knirschte mit den Zähnen. Sie würde nicht zulassen, dass diese vor einer Ewigkeit gesprochenen Worte sie verletzten. Dass sie irgendeine Bedeutung hatten. Was machte es schon, wenn ihr Vater sie nicht gewollt hatte? Hunderte anderer Männer seither hatten sie gewollt.

„Bitte, Marshall, lass uns heute nicht darüber streiten." Eleanor legte eine Hand auf seinen Arm. „Nicht an unserem Hochzeitstag."

„Es war eine Sache, dass sie zu Besuch kam, als James noch lebte, aber er ist tot. Es gibt keinen Grund mehr, sie hierzuhaben. Schon gar nicht unter diesem Dach. Weißt du, was die Leute sagen werden?"

„Mir ist egal, was die Leute sagen werden, Dad."

„Ich verstehe nicht, warum du diese fixe Idee wegen ihr hast. Du bist meine Tochter und ich werde nicht tatenlos zusehen, wie du dich quälst."

„Es ist keine fixe Idee."

Eleanors Füße waren auf dem Boden zu hören. „Jetzt reg dich bitte nicht auf, Liebling. Denk daran, was der Arzt gesagt hat."

Der alte Haudegen hatte also ein schwaches Herz. Die Karma-Idee hatte eindeutig ihren Reiz.

„Meinem Herzen geht es gut, El. Und natürlich ist es eine fixe Idee, Marilyn. Du öffnest schmerzlichen Erinnerungen Tür und Tor. Du weigerst dich, die Vergangenheit vergangen sein zu lassen.

James hatte Buße getan und wollte vergessen, aber du hast ihn nie gelassen. Du hast darauf bestanden, dass sie herkam."

Es war also Marilyn gewesen, die ihre Sommerferien arrangiert hatte. Ivy hatte schon immer den Verdacht gehabt, aber dies war das erste Mal, dass dieser Verdacht bestätigt wurde.

„Ivy gehörte zu James' Leben, Dad, ob es ihm gefiel oder nicht. Sie ist seine Tochter, zum Henker noch mal. Seine Tochter. Ich konnte doch nicht zulassen, dass er das ignoriert."

„Aber James ist nicht mehr hier. Du hast getan, was du konntest. Jetzt wird es Zeit, die Sache auf sich beruhen zu lassen."

„Ich will sie hierhaben."

„Das ist doch lächerlich. Wenn du willst, dass sie deine Kleider modelt, gut. Soll sie. Wir wissen alle, dass sie toll aussieht. Aber sie in dein Haus zu bringen? Dazu gibt es keinen Grund."

Marilyn seufzte. „Ich erwarte ja gar nicht, dass du das verstehst."

„Das Mädchen gehört nicht in dieses Haus. Ich werde nicht zulassen, dass sie Einfluss auf meine Enkel nimmt."

„Einfluss auf deine Enkel? Davis und Sara sind keine kleinen Kinder mehr, Dad. Sie sind beide erwachsen und ich bin es auch. Es tut mir leid, aber dies ist mein Haus und du wirst meine Wünsche respektieren müssen."

„Sie ist nicht deine Tochter, Liebes. Sosehr du dir das auch wünschen magst …"

„Es reicht!" Marilyns scharfe Antwort schnitt Marshalls Bariton das Wort ab.

Schweigen folgte wie ein ungebetener Hausgast. Ivy wusste, wie sich das anfühlte. Sie drückte eine Faust in ihren Magen. Als Kind hatte sie sich versteckt, hatte so getan, als hätte sie nichts gehört. Aber sie würde nicht mehr so tun als ob. Sie würde nicht weglaufen. Vielleicht würde sie Marilyns Essenseinladung doch annehmen und zusehen, wie Marshall sich vor Unbehagen wand.

Sie ließ das Geländer los und ging die Treppe hinunter. „Marshall. Eleanor. Ich wusste gar nicht, dass ich solche hitzigen Debatten auslösen würde. Und das ausgerechnet an eurem Hochzeitstag."

Marshalls Blick huschte zur Treppe. Eleanor starrte sie mit offenem Mund an. Marilyn war bleich wie die Wand. „Ivy, ich weiß nicht, was du mitbekommen hast, aber …"

Ivy hob eine Hand, um Marilyns Entschuldigung zu unterbrechen, ging auf Marshall zu und wandte sich an seine buschigen Augenbrauen. „Herzlichen Glückwunsch zu dreiundfünfzig Jahren Ehe. Treue ist etwas Schönes, das man feiern sollte."

Er funkelte sie wütend an.

Ein Lächeln zuckte um Ivys Lippen, erstarb jedoch, als eine junge Frau das Zimmer betrat. Federleichte blonde Haare. Ein gewöhnliches Gesicht. Wrangler-Jeans. Einfaches T-Shirt. Sara. Nur dass sie nicht durch den Raum wirbelte und tanzte, wie Ivy es in Erinnerung hatte. Sie ging neben einem Golden Retriever her und hielt sich an einem Ledergeschirr fest, das um den Rumpf des Hundes geschnallt war.

„Grandpa Marshall, Grandma Eleanor – herzlichen Glückwunsch!" Ihr Gesicht leuchtete bei den Worten auf, aber ihre Augen taten es nicht. Sie waren leer. Fokussierten nicht. Ivy trat einen Schritt zurück. Was war mit Sara geschehen?

„Deine Schwester ist blind", fing Ivy Davis direkt an der Haustür ab.

Georgia kläffte ihn an, als er mitten auf der Schwelle erstarrte. Was für eine Begrüßung war das denn? Davis fuhr sich mit der Hand über sein Hemd und trat dann ins Foyer. Er konnte nicht fassen, dass Ivy Marilyns Einladung zum Essen tatsächlich angenommen hatte. Wie konnte er den Hochzeitstag seiner Großeltern feiern, wenn Ivy dabei war und ihm pausenlos die Frage durch den Kopf ging, die sie ihm gestellt hatte?

„Wieso glaubst du, dass du hier anders sein wirst?"

Tja, warum eigentlich?

„Es wundert mich, dass du hier bist."

„Ich hatte es nicht vor, aber dann hat Marshall den Mund aufgemacht und ich konnte nicht widerstehen." Sie warf einen Blick über ihre Schulter und wandte sich dann wieder ihm zu. „Du hast mir nicht erzählt, dass sie blind ist."

Sie sagte es, als wäre Sara verlobt. Als wäre es etwas, worüber man sich freuen sollte. Ihr Tonfall ärgerte ihn. „Spielt es eine Rolle?"

Ihre Augen wurden größer und sie lehnte sich zurück. „Für mich nicht, aber für dich ganz offensichtlich schon."

Natürlich spielte es eine Rolle. Seine Schwester, die früher eine vielversprechende Künstlerin gewesen war, konnte nicht malen oder durch Ausstellungen gehen, ohne Dunkelheit zu sehen. Davis hatte sie einmal dabei ertappt, wie sie an Pinseln gerochen hatte, so als könnte der Geruch der Borsten ihren blinden Augen Form und Farbe bescheren. Wann immer er daran dachte, brach es ihm das Herz.

Ivy warf noch einen verstohlenen Blick über ihre Schulter. „Sie war nicht blind, als wir Kinder waren."

Davis schob den Hund, der an ihm hochsprang, mit einem Fuß fort. „Worauf willst du hinaus?"

„Wie ist das passiert?"

„Wenn du so neugierig bist, warum fragst du sie dann nicht?"

„Das wäre unhöflich."

„Und ihren Bruder hinter ihrem Rücken zu fragen, ist es nicht?"

„Neugier ist keine Sünde." Ihr Mund formte sich zu einem Lächeln. „Du bist auch neugierig, was mich betrifft, weißt du noch?"

Davis trat einen Schritt zurück. Warum musste sie bei allem, was er sagte, den Spieß umdrehen? Seine Neugier hatte nichts damit zu tun, dass er sich zu ihr hingezogen fühlte. Sie lag in der Traurigkeit begründet, die er in den Augenblicken sah, in denen Ivy dachte, niemand würde sie beobachten.

„Davis?"

Georgia rannte schwanzwedelnd durch den Raum und er drehte sich zu Marilyn um, die unter dem Deckenstuck am anderen Ende des Foyers stand. „Dachte ich's mir doch, dass ich dich habe hereinkommen hören. Kommst du mit rein?"

Wollte er der Unterhaltung mit Ivy entfliehen? Ja. Hundertprozentig. Er machte eine Handbewegung in Marilyns Richtung. „Nach dir."

Ivy runzelte die Stirn, sagte aber nichts.

Er folgte ihr ins Esszimmer und sah Sara am Tisch sitzen, ihr leerer Blick auf die Fenster gerichtet, während sie sich mit Grandma Eleanor unterhielt. Die Abendsonne umrandete ihre Silhouette und ließ ihre Haut leuchten. Zu ihren Füßen lag der Blindenhund. Der

Anblick ließ seine Entschlossenheit wachsen. Er musste etwas tun – selbst wenn es nur ein Tropfen auf den heißen Stein war –, um Sara zu helfen. Auch wenn es bedeutete, dass er dazu seine Kamera wieder auspacken musste.

„Davis, mein Lieber, du siehst müde aus. Ist alles in Ordnung?"

Er wischte Eleanors Bemerkung mit einem Achselzucken beiseite und umarmte sie.

„Natürlich ist nicht alles in Ordnung." Sein Großvater stand am Fenster und trommelte mit den Fingern auf dem Rahmen. „Er verschwendet sein Studium, indem er als Hausmeister einer Kirche arbeitet, anstatt mein Geschäft zu übernehmen."

Dass Davis sich nicht für Hotels oder Investments interessierte und dass er das langsame Tempo bei der Cornerstone Church wirklich genoss, war völlig egal. Er ließ seine Großmutter los. „Ich dachte, Pastor Voss und du, ihr wäret befreundet."

„Was hat das damit zu tun?"

„Meinst du, er fände es gut, dass du versuchst, mich von der Kirche abzuwerben?"

„Jeder kann eine Kirche instand halten."

Davis biss die Zähne zusammen, gab Sara einen Kuss auf die Wange und setzte sich neben sie. Er tat so, als bemerkte er nicht, dass Ivy sich mit verschränkten Armen auf ihrem Stuhl zurücklehnte und den Schlagabtausch zwischen ihm und seinem Großvater unverhohlen beobachtete.

„Komm, setz dich, Liebling." Grandma Eleanor zeigte auf den Platz am Kopfende des Tisches.

Ihr Mann setzte sich.

Marilyn reichte das Gemüse herum und füllte die Gläser mit gesüßtem Tee. „Ich dachte mir, es wäre vielleicht eine gute Idee, wenn Ivy morgen mit dir zur Plantage geht, Davis."

„Schon gut, ich kann da allein hingehen." Seine Antwort klang zu hastig.

Sara streckte eine Hand aus, die Handfläche nach oben geöffnet, und wartete, bis ihr Bruder sie ergriff. „Sprichst du das Tischgebet, Davis?"

Alle neigten die Köpfe. Er richtete einige gestelzte Worte an Gott, wohl wissend, dass Ivy den Blick nicht gesenkt hatte, sondern ihn neugierig musterte. Nachdem er Amen gesagt hatte, legte er eine Hand um sein Glas.

Herr, wenn du willst, dass ich sie so sehe, wie du sie siehst, brauche ich deine Hilfe.

Ivy spießte mit der Gabel ein Salatblatt auf. Sie kaute auf dem knackigen Bissen und fuhr sich mit dem kleinen Finger über die Unterlippe. „Ich würde morgen gerne mitkommen. Danke, Marilyn."

Eine unbehagliche Atmosphäre machte sich in dem Raum breit und wollte einfach nicht vergehen – nicht während des Krabbenauflaufs mit Brötchen, nicht als Marilyn die Schokoladentarte mit Sahnehaube auftrug und auch nicht, als sie auf die Boutique und Marilyns Brautmodenkollektion zu sprechen kamen.

„Ich freu mich ja so, dass du wieder Fotos machst." Sara lächelte so freudig und echt, dass Davis sie anstarrte. Wie sie so lächeln konnte – vor allem in Zusammenhang mit ihm und seiner Kamera –, würde er nie verstehen.

Grandpa schnaubte verächtlich. „Er sollte keine Fotos machen."

Marilyn rieb sich die Schläfen. „Bitte, Dad, nicht heute Abend."

Davis schluckte einen Bissen Kuchen hinunter. „Er hat ja recht."

Sara wandte sich in Ivys Richtung, aber ihr Blick landete etwas links von dem angepeilten Ziel. „Er ist umwerfend. Hast du seine Arbeiten gesehen?"

Ivy fuhr mit den Gabelzinken um ihr halb gegessenes Stück Tarte. „Er hat mir gesagt, er hätte nichts, was er mir zeigen könnte."

„Ich glaube, Marilyn hat seine Zeitschriftenfotos aufgehoben."

„Das habe ich!" Marilyns Stuhl kratzte über den gebohnerten Holzfußboden. Davis hob eine Hand, um sie aufzuhalten, aber sie ignorierte ihn und verließ das Zimmer.

„Ausgerissene Zeitschriftenseiten?" Ivy zog die Augenbrauen hoch. „Wie professionell."

Er umfasste seine Gabel fester und schob den restlichen Kuchen auf seinem Teller hin und her. Als Marilyn zurückkam, schwenkte sie die Zeitschriftenseiten in der Hand und schob sie über den Tisch, während sein Großvater leise etwas Unverständliches murmelte.

Ivy nahm zwei der Seiten – eine aus *Harper's Bazaar* und die andere von seinem letzten Fotoshooting für die *Vogue,* das mit dem Supermodel Clarissa von Steuben. Wegen dieser Arbeiten riefen selbst jetzt noch gelegentlich Moderedakteurinnen und Agenturen an. Er sah zu, wie sie die Blätter umdrehte und die Rückseiten studierte, und der Anflug von Stolz in seiner Brust gefiel ihm gar nicht. Es war ihm nicht recht, dass Ivys Meinung ihm nicht egal war oder dass diese Blätter in ihren Augen seinen Wert unter Beweis stellten. Davis blickte auf seinen Teller hinunter. Sein Wert kam nicht von seinen Fotos oder von den Frauen, die ihn anhimmelten, oder von seinem Erfolg.

Vergib mir, dass ich das einmal vergessen habe. Und hilf mir, es nicht wieder zu vergessen.

„Also muss ich mir wohl keine Sorgen mehr machen. Ich bin überzeugt."

Er sah Ivy über den Tisch hinweg an. „Wovon?"

Sie fächelte sich mit den Zeitschriftenseiten Luft zu und in ihren karamellfarbenen Augen blitzte so etwas wie Hunger auf. „Dass du genau weißt, was du tust."

Wenn er doch nur das gleiche Gefühl hätte.

Kapitel 12

Der heiße Fahrtwind fuhr durch Ivys Haare und wirbelte sie ihr ins Gesicht. Anfang Juli war in South Carolina eine denkbar ungünstige Zeit, um in einem Mietwagen mit defekter Klimaanlage herumzufahren. Davis beobachtete aus dem Augenwinkel, wie sie ihre Haare zusammenfasste und mit einer Hand festhielt, sodass nur noch einzelne Strähnen in ihre Augen flatterten. „Dein Großvater ist wirklich charmant."

Er bog in die Auffahrt zur Primrose-Plantage ein. Bevor er am Abend zuvor nach Hause gefahren war, hatte Marilyn ihn beiseitegenommen und ihm von der Unterhaltung erzählt, die Ivy vor dem Essen mit angehört hatte. Er hatte schlagartig Brustschmerzen bekommen, und soweit er wusste, hatte er nicht die Herzprobleme seines Großvaters geerbt.

„Ich meine, ein echter Charmeur."

„Er ist sehr wählerisch und mag nicht jeden." Das war die Untertreibung des Jahrhunderts. Sein Großvater hielt von fast niemandem etwas, und das bedeutete, dass Ivy nicht die geringste Chance hatte.

„Mich mag er ganz eindeutig."

„Du solltest dich nicht darüber ärgern."

„Sehe ich so aus?"

Er wandte den Blick von der Straße ab und starrte ihre geschwungenen Augenbrauen an. Nein, sah sie nicht. Sie sah gelangweilt aus und vielleicht unantastbar. Der Schmerz in seiner Brust kehrte zurück. Und damit die Worte seines Vaters ...

Aber wenn es um die Frau auf seinem Beifahrersitz ging, war Davis sich nicht sicher, ob Dad recht hatte. Er war sich ganz und gar nicht sicher, dass er wusste, was er sah. Die Bremsen quietschten, als er den geliehenen Mazda vor dem geschlossenen Tor anhielt. Im Pförtnerhäuschen saß ein Junge, der sich hinter dem Fenster lümmelte und dessen Haare vom Hinterkopf abstanden wie die Federn einer kaputten Matratze. Seine Augenlider hingen auf Halbmast, als würde er jeden Moment einschlafen. Davis legte den Ellbogen auf das geöffnete Wagenfenster und lehnte sich hinaus. „Wir möchten gerne zu Mrs Lipowitz."

Der Junge schob sich den langen Pony aus der Stirn. „Sie ist heute nicht da."

„Wir sollen uns heute Vormittag mit ihr treffen." Joan hatte Sonntag gesagt und heute war Sonntag. Er musste bis Dienstag ein Storyboard entwerfen, aber das konnte er nicht, ohne den Ort gesehen zu haben.

„Sie hat heute Morgen angerufen." Der Teenager gähnte. „Irgendein Familiennotfall."

„Wissen Sie, wann sie zurückkommt?"

„Hat sie nicht gesagt."

Davis kratzte sich am Nacken, zog dann sein Handy aus der Mittelkonsole und sah nach, ob er eine Nachricht erhalten hatte. Nichts. „Ich bin Davis Knight. Ich mache nächste Woche hier auf dem Gelände ein Fotoshooting für *Southern Brides*. Wir sollten uns heute mit Mrs Lipowitz treffen, um uns die Plantage und das Haus anzusehen, damit wir uns auf die Fotosession vorbereiten können."

Wieder gähnte der Junge mit weit geöffnetem Mund; er versuchte nicht einmal, sein Gähnen hinter einer Hand zu verbergen.

„Können wir mit jemand anderem sprechen?", wollte Davis wissen. „Jemandem, der hier was zu sagen hat?"

„Es gibt jemanden, der Führungen macht."

„Super. Dann machen wir das."

„Aber Sie müssen warten, bis er kommt, und er macht keine privaten Führungen."

„Wann kommt er denn?", presste Davis zwischen zusammengebissenen Zähnen hervor.

Der Junge sah auf seine Uhr. „In vierzig Minuten."

„In Ordnung. Können Sie uns reinlassen? Dann warten wir drinnen auf ihn."

„Ich darf das Tor erst um halb zehn für Besucher aufmachen."

Es würde halb zehn sein, bis sie die Sache erfolgreich ausdiskutiert hatten. „Hören Sie, wir sind ja streng genommen keine Besucher. Wir sind mit Mrs Lipowitz verabredet, die uns, wie gesagt, eine Privatführung geben wollte. Ich bin mir sicher, wenn Sie sie anrufen, wird sie Ihnen bestätigen, was ich gesagt habe."

„Tut mir leid, Mister, aber ich kann sie jetzt nicht stören. Und ich darf niemanden ohne besondere Genehmigung reinlassen."

Was brauchte er – eine Dienstmarke?

Ivy legte eine Hand auf Davis' Knie und beugte sich über seinen Schoß.

Er drückte sich ganz in seinen Sitz, möglichst weit weg von dem Fliederduft ihrer Haare. Was fiel ihr ein, sich so über ihn zu beugen?

„Wie nennen die Leute dich, Süßer?"

Der Junge starrte sie mit offenem Mund an, nur dass es diesmal kein Gähnen war. Wahrscheinlich hatte er noch nie eine Frau wie Ivy Clark gesehen, geschweige denn, dass er von ihr als Süßer bezeichnet worden war. Davis hätte der junge Mann leidgetan, wenn Ivy sich nicht quer über seinen Schoß geworfen hätte. Der Adamsapfel des Jungen hüpfte auf und ab. „Colton."

„Freut mich, dich kennenzulernen, Colton." Sie streckte den Arm zu Davis' Fenster hinaus und hielt ihm die Hand hin. Colton starrte sie mit großen Augen an. Als deutlich wurde, dass er – aus welchen Gründen auch immer – nicht in der Lage war, seine Hand aus dem Häuschen zu strecken und Ivys Hand zu ergreifen, legte sie sie auf dem Lenkrad ab. „Hör zu, Colt, ich hab gerade einen richtig miesen Vormittag. Die Klimaanlage in diesem Wagen funktioniert nicht und meine Haare sind völlig ruiniert. Weißt du, was die ganze Sache wenden könnte?"

Colt machte etwas mit seinem Kopf, das halb wie ein Nicken, halb wie ein Kopfschütteln aussah.

„Wenn du die Regeln ein ganz kleines bisschen lockerer sehen und uns reinlassen könntest." Sie hob die Hand wie zum Schwur. „Ich verspreche, dass wir ganz brav sein werden."

„Äh ... ja, klar. Das ginge wohl." Ein benommen dreinblickender Colton streckte die Hand nach einem Drücker aus und das Tor öffnete sich quietschend.

„Das ist echt lieb, Colt. Wir sagen dem Typen, der die Führungen macht, was für ein höflicher junger Mann du bist."

Kopfschüttelnd fuhr Davis auf das Gelände, bevor der Junge wieder zur Besinnung kommen und es sich anders überlegen konnte. „Der arme Colton hatte überhaupt keine Chance."

„Hey, jeder muss doch irgendwas gut können, oder?" Ein winziger Hauch von Gebrochenheit lag in ihrer Stimme. Er war tausendmal interessanter als ihr Zwinkern, ihre Berührungen oder ihre verhangenen Blicke.

Davis legte den Kopf schief. „Das ist deine Begabung – junge Männer zu verzaubern?"

„Sie müssen nicht jung sein."

Auf einmal fühlte Davis ein merkwürdiges Gewicht auf seinen Schultern lasten. Es hatte nichts mit Sara oder dem Fotografieren zu tun, sondern vielmehr mit den Worten von Pastor Voss, die ihm nicht mehr aus dem Sinn gingen. *„Vielleicht will Gott ja Ivy Clark die gleiche Freiheit zeigen."* Davis war sich zu fünfundneunzig Prozent sicher, dass Ivy ihre Ketten gar nicht abschütteln wollte. Zu fünfundneunzig Prozent sicher, dass sie sie gar nicht als Fesseln betrachtete. Aber was war mit den anderen fünf Prozent? Was, wenn ein Teil von ihr – egal, wie klein er war – gerettet werden musste oder vielleicht sogar wollte? Das Gewicht nahm zu. Und mit ihm die Anziehungskraft, dieselbe Faszination, die er Ivy gegenüber empfunden hatte, als sie nichts als ein Geist in Marilyns Haus gewesen war, der durch die Flure huschte. Kaum da. „Du brauchst dich nicht so zu verhalten, um die Aufmerksamkeit eines Mannes zu erlangen."

Sie zuckte mit den Schultern. „Funktioniert bei den meisten Männern. Wenigstens bei den meisten normalen Männern."

„Womit du andeuten willst, dass ich nicht normal bin, weil ich deinem Bann noch nicht verfallen bin?"

„‚Noch' ist das Schlüsselwort."

„Du unterschätzt mich." Wenn er diesmal hinter der Kamera stand, würde es nicht um Frauen oder Ruhm gehen. Es würde ihm darum gehen, Schönheit einzufangen – so wie Dad es ihn gelehrt hatte. Die Schönheit von Hochzeiten und Ehe, von lebenslangen Beziehungen, von einer Einrichtung, die Gott geschaffen hatte. Er fuhr in eine Parkbucht und schnallte sich ab.

„Und du unterschätzt mich", antwortete sie.

„Ich glaube, du unterschätzt dich selbst." Seine Worte waren leise und sanft, aber sie zuckte trotzdem zusammen, als er sie aussprach.

„Hat dir die Plantage gefallen?", fragte Marilyn, als sie den Reißverschluss des Kleides schloss.

„War in Ordnung." Ziemlich faszinierend sogar, aber Ivy war nicht nach Schwärmen zumute. Ihr war immer noch ganz schwindelig von Davis' Jo-Jo-Verhalten an diesem Morgen. Im einen Moment war er verärgert, im nächsten vorsichtig. Und gleich darauf so zart, dass eine Sehnsucht in ihr geweckt wurde, die sie nicht fühlen wollte – die wie Schmirgelpapier kratzte. Verärgert. Vorsichtig. Zart. Verärgert. Vorsichtig. Zart. Eins-zwei-drei. Eins-zwei-drei. Bis Ivy ganz durcheinander gewesen war wie ein verknotetes Garnknäuel. Was war nur mit ihm los? Warum benahm er sich nicht wie ein normaler Kerl?

In dem Versuch, ihre Gedanken beiseitezuschieben, konzentrierte Ivy sich auf das Kleid. Das trägerlose Etuikleid schmiegte sich an ihren Körper und endete kurz über ihren Knien. Die Seide fühlte sich auf ihrer Haut kühl und glatt an. Marilyn hielt einen perlweißen Bolero hoch, der zum Kleid passte. Ivy schob die Arme hinein und zog das Kleidungsstück über ihre Schultern. Der hohe Kragen legte sich um ihren Nacken wie Mohnblütenblätter, lenkte den Blick zu ihrem entblößten Schlüsselbein und betonte zugleich ihren honigfarbenen Teint.

Ein verträumter Ausdruck huschte über Marilyns Gesicht, während sie Ivys Spiegelbild betrachtete. Sie sah aus, als wollte sie ganz viel sagen, aber seit dem Essen am vergangenen Abend hatte ihre Interaktion sich in einen steifen Walzer verwandelt – führungslos und ungeschickt. Die Art Tanz, bei dem man das Lied nur irgendwie hinter sich bringen will und der an Schwung verliert, noch bevor die Musik zu Ende ist. Marilyn faltete die Hände unter ihrem Kinn. „Ich hole die Accessoires."

Ivy drehte sich vor dem Spiegel, um ihren Rücken zu sehen, und fuhr mit den Händen über die Vorderseite des Kleides. Es fühlte sich an, als hätte Marilyn sie direkt hineingenäht. Einen unzensierten Moment lang stellte sie sich vor, wie sie einen Mittelgang voller Rosenblüten hinunterschritt, umgeben von Menschen ohne Gesichter, und auf einen gesichtslosen Bräutigam zuging. Sie ließ das Bild verblassen und ärgerte sich über das winzige Loch, das es in ihrem Herzen hinterließ. Sich zu verlieben und dauerhafte Liebe zu erleben, waren zwei vollkommen verschiedene Paar Schuhe. Während Ivy die Kunst beherrschte, Männer dazu zu bringen, dass sie sich in sie verliebten, machte sie einen großen Bogen um die andere Art Liebe und ein Hochzeitstag erforderte ganz eindeutig letztere. Sie straffte die Schultern und versuchte, das kleine Loch zu reparieren, während sie nach Marilyn Ausschau hielt. Das dämliche Kleid passte wie angegossen. Also konnte sie es genauso gut wieder ausziehen. Wen kümmerten die Accessoires?

„Sie sind eine umwerfende Braut."

Eine junge Frau mit leuchtend roten Haaren starrte Ivy im Spiegel an. In ihren mandelförmigen Augen lag ein Funke Neid. „Ich könnte nie ein solches Kleid tragen." Sie zupfte an dem Kleid, das sie über dem Arm trug, und ihr großer Diamantring blieb an einigen Perlen hängen. „Solche Kleider sehen nur an Models gut aus. Oder an Frauen wie Ihnen."

Ivy drehte sich kokett vor dem Spiegel. „Gefällt es Ihnen?"

„Es ist hinreißend." Der Rotschopf ließ den Blick zu Ivys linker Hand wandern. „Wer ist der Glückliche?"

Ivy versteckte ihren unberingten Finger schnell hinter dem Rücken, während ihr eine köstliche Idee in den Sinn kam. Wie schnell arbeitete wohl die Gerüchteküche in einer Kleinstadt wie Greenbrier? Vielleicht konnte sie Davis nicht so für sich entflammen, wie es ihr bei den meisten Männern gelang, aber das bedeutete nicht, dass sie ihm nicht wenigstens unter die Haut gehen konnte. Sie drehte sich um. „Davis Knight."

Der jungen Frau rutschte fast das Kleid vom Arm. „Das ist nicht Ihr Ernst!"

„Kennen Sie ihn?"

„Ob ich ihn kenne? Mensch, jede unverheiratete Frau in Greenbrier kennt ihn. Er ist nicht gerade leicht zu übersehen, wenn Sie wissen, was ich meine. Aber andererseits sind Sie das ja auch nicht." Sie legte das Kleid über ihrem Arm wieder zurecht. „Ich heiße übrigens Rachel Piper. Mein Großvater ist Pastor in der Kirche, in der Davis arbeitet. Wir sind zusammen zur Schule gegangen, er war ein Jahr über mir. Ich wusste nicht einmal, dass er mit jemandem zusammen ist."

„Wir haben es auch noch nicht offiziell verkündet. Es ging alles ziemlich schnell."

„Das ist ja echt ein Ding. Es wird jede Menge gebrochene Herzen in Greenbrier geben, wenn ihr mit der Nachricht rausrückt."

Eine Frau mittleren Alters mit identischem rotem Haar winkte hektisch aus dem hinteren Teil der Boutique.

Rachel verdrehte belustigt die Augen. „Das hier ist das zwölfte Kleid, das ich heute anprobiert habe. Mama ist fest entschlossen, mir das beste Hochzeitskleid in ganz South Carolina zu besorgen. Aber Sie wissen bestimmt, wie das ist."

Das kleine Loch wurde größer. Nein, das wusste Ivy nicht.

„Sagen Sie Davis bitte einen schönen Gruß und herzlichen Glückwunsch. Ihr zwei gebt ein tolles Paar ab." Rachel winkte Ivys Spiegelbild zu und eilte dann zu ihrer Mutter, die ein elfenbeinfarbenes, mit Perlen besticktes Kleid hochhielt wie einen Lottoschein, der gewonnen hat.

Durch das sich weitende Loch in ihrem Innern fühlte Ivy sich wie eine Luftmatratze, die immer mehr in sich zusammenfiel. Sie funkelte sich selbst im Spiegel an. Sie musste dieses Kleid ausziehen und sich wieder aufpumpen. Irgendetwas Unterhaltsames finden, etwas Lautes und Aufregendes, das die Leere füllte. Sie warf einen verstohlenen Blick zu Rachel und ihrer Mutter hinüber, die im hinteren Teil der Boutique die Köpfe zusammensteckten und freudestrahlend ihren jüngsten Fund betrachteten, während das Sonnenlicht sich in Rachels Verlobungsring brach und eine Frage durch Ivys Seele geisterte.

Sie konnte sich aufblasen, soviel sie wollte, aber wer würde das Loch flicken?

Entmutigt ließ sie die Schultern hängen.

Marilyn kam zurück, gefolgt von Sara, die noch genauso blind war, wie sie es gestern gewesen war. Sie hielt sich an dem Geschirr fest, das ihr Blindenhund Sunny trug. Der Golden Retriever führte sie um die Möbel herum und blieb vor einem gepolsterten Stuhl stehen. Sara tastete nach dem Stuhl und setzte sich. „Marilyn sagt, du siehst wunderschön aus." Sie hielt eine Halskette in der Hand, die auf ihrem Schoß lag. „Ich wünschte, ich könnte dich sehen."

Unsicher, wie sie reagieren sollte, fuhr Ivy sich mit der Hand über den Bauch, als Marilyn sich auf Zehenspitzen stellte und den kurzen Schleier aus französischem Netzstoff in ihren Haaren befestigte. Es war erstaunlich, wie sehr das Accessoire das Ensemble vervollständigte. Vielleicht hatte Bruce recht. Wenn sie dieses Kleid auf der Primrose-Plantage trug und Davis hinter der Kamera stand, würden umwerfende Fotografien dabei herauskommen.

Nachdem der kurze Schleier befestigt war, nahm Marilyn Sara die dreisträngige Perlenkette ab und schloss sie in Ivys Nacken. Ivy schlüpfte in die hohen Pumps und betrachtete ihr Spiegelbild. In ein paar Tagen würde sie die Rolle der glücklichen Braut spielen. Eine verliebte Frau. Sie lächelte breit – so als sprudelte das Glück aus ihr heraus und veränderte ihr Äußeres. Es sah zu verkrampft aus. Sie würde üben müssen.

Marilyn machte einen Schritt zurück. „Irgendwann wirst du eine atemberaubende Braut sein."

Ivys Lächeln erstarb.

Sara tätschelte Sunnys Kopf. „Davis ist spät dran. Ich sollte mich schon vor zwanzig Minuten mit meiner Lehrerin treffen."

„Lehrerin?"

„Ich lerne Blindenschrift. Das hat Davis arrangiert."

„Ihr zwei scheint euch sehr nahe zu stehen."

„Das hoffe ich", sagte Sara.

„Ich komme gleich wieder und helfe dir aus diesem Kleid." Marilyn berührte Ivys Ellbogen mit kalten Fingern und ging davon, um Mutter und Tochter – großer und kleiner Rotschopf – in der Ecke der Boutique zu helfen.

„Wie hat dir die Plantage gefallen?", wollte Sara wissen.

„Sie ist wirklich schön."

„Früher ist mein Großvater mit mir dorthin gefahren. In dem Herrenhaus gibt es einige beeindruckende Kunstwerke. An eines erinnere ich mich besonders. Ein Rembrandt. Einfach wundervoll! Und die Gärten. An die erinnere ich mich auch." Sara redete nicht einfach nur. Sie bewegte sich. Ihr ganzer Körper sprach.

„Ich glaube, dein Bruder war begeistert."

„Das freut mich."

„Also, Sara ..." Ivy trat verlegen von einem Fuß auf den anderen. Sie wollte mehr über Saras Erblindung wissen. Wie es dazu gekommen war und warum Davis sich weigerte, darüber zu reden. Sie wollte auch mehr über Davis selbst erfahren. Zum Beispiel, warum jemand mit seinem Talent das Handtuch warf. Oder warum er sich wie ein Mann mit multiplen Persönlichkeiten verhielt. „Arbeitest du hier im *Something New*?“

„In gewisser Weise. Ich helfe Marilyn jetzt schon seit ein paar Monaten. Um ehrlich zu sein, gewöhne ich mich erst langsam an das Blindsein. Wenn man sich überhaupt jemals daran gewöhnen kann.“

Ivy schluckte. Sara hatte die Tür geöffnet und Ivys Neugier ließ sie über die Schwelle treten. „Wie lange bist du ... schon so?“

„Beinahe zwei Jahre.“

„Was ist passiert? Ich meine, wie ist es dazu gekommen?“

Sara kraulte Sunnys Ohren. „Ich bin eine Betontreppe hinuntergefallen und habe mir den Kopf an einem Geländer gestoßen. Als ich im Krankenhaus aufwachte, konnte ich nicht mehr sehen.“

Sie erzählte die Geschichte, als würde sie einen albernen Zeitungsartikel vorlesen, so als hätte dieser eine Sturz ihr Leben nicht auf grundlegende und unwiderrufliche Weise verändert. „Wow.“

„Kann man wohl sagen. Die meisten ungeschickten Leute haben mit ein paar Beulen oder Kratzern zu kämpfen, vielleicht gibt es auch mal ein verschüttetes Getränk oder eine kaputte Vase. Ich bin ein Extremfall.“

„Was hast du ... vorher gemacht?“

„Ich habe an der Uni studiert. Mein Hauptfach war Kunstgeschichte. Ich wollte vielleicht Kuratorin werden, war mir aber nicht sicher.“ Sie schürzte die Lippen. Dann zog sie die Schultern hoch, als wollte sie die Überlegung abtun. „Jetzt investiere ich meine kreative Energie in Musik. Ich komponiere. Ich bin zwar eigentlich nicht sehr gut, aber es ist ein Fluchtweg. Wenn ich Klavier spiele, ist es beinahe so, als könnte ich wieder sehen.“

Ivy befingerte die Perlen um ihren Hals. „Ich würde dich gerne mal spielen hören.“

Die Tür der Boutique flog auf und ein Schwall heißer Luft fegte über den Boden und legte sich um Ivys Waden. Davis kam auf sie zugestapft, die Kamera vor der Brust, einen panischen Blick in den Augen. Ivy rückte ihren Schleier zurecht. Einen Augenblick lang hatte sie sich selbst vergessen, als sie mit Sara geredet hatte.

„Hast du es so eilig, mich zu sehen?“, fragte sie, als er bei ihrem Spiegel angekommen war.

Davis' Lider flatterten, als würde ihre Anwesenheit ihn überraschen. Und dann sah sie ihn. Endlich. Den Anflug von Verlangen in seinen Pupillen. Es gefiel ihm, wie sie in diesem Kleid aussah. Er schüttelte den Kopf, als wollte er sich aus einer Trance reißen, und wandte sich dann an Sara. „Ich kann nicht fassen, dass ich nicht an deinen Unterricht gedacht habe. Ich war mit dem Storyboard für Joan beschäftigt und habe die Zeit komplett vergessen."

„Ist nicht so schlimm. Wir machen einfach einen neuen Termin aus."

Davis wirkte bedrückt. Wenn man ihn ansah, hätte man meinen können, diesen einen Termin zu vergessen, wäre eine Frage von Leben oder Tod.

Ivy zeigte auf seine Kamera. „Der neue Look gefällt mir."

Er riss sich den Riemen über den Kopf und hielt die Kamera an seine Seite gepresst – so als wäre er mit belastenden Beweisen ertappt worden. Bevor Ivy ihn wegen dieser merkwürdigen Reaktion aufziehen oder danach fragen konnte, entdeckte Rachel Piper Davis vom anderen Ende der Boutique aus und wedelte mit den Armen wie ein aufgeregter Vogel.

„Davis! Es bringt Unglück, die Braut in ihrem Kleid zu sehen! Weißt du das nicht?" Rachel sah Ivy an, die die Augen verdrehte, als wollte sie sagen: *Dummer Bräutigam.*

Davis runzelte die Stirn.

„Herzlichen Glückwunsch! Ich freue mich ja so für euch", rief Rachel.

Davis sah Ivy mit gerunzelter Stirn an. „Hast du Rachel von unserem Fotoshooting erzählt?"

Ivy nickte. „Offenbar ist sie ganz begeistert."

Marilyn kam wieder und hakte sich bei Davis ein, während sie auf Ivys Spiegelbild zeigte. „Was meinst du?"

Er kratzte sich im Nacken. „Sieht gut aus."

Sara lachte. Und Ivy konnte nicht anders, sie musste auch lachen.

Daraufhin schienen die Falten auf Davis' Stirn noch tiefer zu werden. „Wenn wir uns beeilen, können wir deine Lehrerin noch erreichen."

„Kann Ivy nicht mitkommen?"

„Ich glaube, sie und Marilyn müssen noch weiterarbeiten", erwiderte Davis.

Marilyn machte eine abwehrende Handbewegung. „Nein, nein, wir sind für heute fertig."

„Vielleicht können wir anschließend was essen gehen", schlug Sara vor, während sie sich erhob.

„Das klingt gut. Danke für die Einladung, Sara." Ivy grinste Davis spöttisch an. „Deine Schwester und ich werden bestimmt richtig gute Freundinnen. Das spüre ich."

Sein Blick verfinsterte sich und Ivy musste unwillkürlich an Donnerwolken denken, die an einem blauen Himmel heraufziehen. Als er sich bewegte, stach ihr etwas ins Auge. Eine Schwarz-Weiß-Fotografie, die gerahmt an der Wand hinter Davis hing. Marilyn in einem weißen Kleid, an den Arm des Bräutigams geklammert. Der Mann war der Inbegriff von Attraktivität und strahlte mit einem charmanten Zahnpastalächeln selbstbewusst in die Kamera, während er seine Braut vor dem Reis abschirmte, den die Leute warfen.

James. Ihr Vater.

Das Grinsen auf Ivys Lippen erstarb. So hatte er sie nicht ein einziges Mal angestrahlt. Nicht ein einziges Mal hatte er sie vor etwas beschützt. Und jetzt, wo er begraben war, würde sie auch nie die Gelegenheit bekommen, ihn zu fragen, warum nicht.

Kapitel 13

Sara folgte Sunny zur Eingangstür der Schule, die zwischen Berrys Pizzapalast und dem Bootsverleih gegenüber vom Yachthafen lag. In diesem Lehrinstitut wurde alles unterrichtet. Fremdsprachen. Braille. Zeichensprache. Während Davis beobachtete, wie Sara in dem Gebäude verschwand, quietschte das Kunstleder der Rückbank, sodass er einen Blick in den Rückspiegel warf. Ivy hatte während der kurzen Fahrt zum Hafen kein Wort gesprochen. Sie hatte reglos wie eine Statue dagesessen und aus dem Fenster gestarrt.

Davis zog den Schlüssel ab und stieg aus. Dann öffnete er Ivy die Tür. Während sie sich zu ihm gesellte, beugte er sich noch einmal in den Wagen und holte seinen Zeichenblock heraus. Den hatte er benutzt, um Ideen für das Storyboard zu notieren.

Nach der Besichtigung der Primrose-Plantage, nachdem er die Architektur des Hauses und den Rhythmus und die Bewegung des Geländes gesehen hatte, hatte sich zwei Jahre angestaute Kreativität mit Macht entladen. In seinem Innern war ein wahres Feuerwerk der Ideen aufgestiegen und so hatte er zu einem Block gegriffen, in einem Laden eine Auswahl Brautmagazine gekauft und seine Vision auf Papier fließen lassen.

Jetzt wollte er Ivy von seinen Gedanken erzählen. Immerhin hatte sie mehr Zeitschriftenreportagen gemacht als er. Ihr Feedback würde hoffentlich nicht nur seiner eigenen Unsicherheit entgegenwirken – Unsicherheit, die von der langen Auszeit herrührte –, sondern ihnen außerdem etwas geben, worüber sie reden konnten, während sie darauf warteten, dass Sara zurückkam. Er hielt seinen Block hoch.

„Was hast du da?“, fragte sie.

„Ideen. Für das Fotoshooting.“

„Wie aufregend.“

Er ignorierte ihren sarkastischen Tonfall. „Ich hatte gehofft, du könntest mir helfen. Mir sagen, was du davon hältst.“

„Du willst meine Meinung hören?“

„Natürlich. Warum denn nicht?"

„Ich bin das Model. Meine Meinung spielt keine Rolle."

Sie würde den Mittelpunkt eines jeden Fotos bilden. Wieso sollte ihre Meinung keine Rolle spielen? Er lehnte sich an den Wagen und musterte sie mit zusammengekniffenen Augen. „Ich verstehe deine Logik nicht."

Sie wedelte mit der Hand, so als wollte sie die ganze Unterhaltung beiseitewischen, und nahm dann seine Nikon vom Rücksitz des Mazdas. „Wie wäre es, wenn du deine Notizen weglegst und wir ein paar Probeaufnahmen am Strand machen?" Sie hängte sich die Kamera um und hob sie an ein Auge. „Oder ich könnte Fotos von dir machen. Du bist gar nicht so unansehnlich, weißt du."

Davis klemmte sich den Zeichenblock unter den Arm.

„Lächle für die Kamera, Davis. Zeig mir sexy. Zeig mir ungezogen." Der Auslöser klickte mehrmals. „Komm schon, zeig mir irgendetwas."

„Gib sie her, Ivy." Er streckte die Hand nach der Kamera aus.

Sie wich zurück.

Davis runzelte die Stirn.

„Oh, der frustrierte Blick. Das gefällt mir. Gib mir noch mehr davon."

„Lass das."

„Mehr, Davis. Ich brauch mehr von dir." *Klick. Klick.*

Ihre Worte machten ihn nervös. „Komm schon."

Sie lachte, nur dass es irgendwie hohl klang. „Gib mir alles." *Klick. Klick. Klick.* „Alles, Davis. Bis nichts mehr übrig ist."

Er bekam ihren Ellbogen zu fassen und hielt ihn mit sanftem Druck fest. „Hey."

Sie versteckte die Kamera hinter ihrem Rücken.

Als er den Arm ausstreckte und ihr den Apparat aus den Händen wand, hörte Ivy auf zu lachen. Hörte auf, sich zu bewegen. Plötzlich spürte Davis ihre Nähe. Und sein Körper reagierte.

Einladend hob sie das Kinn. Aber ihre Augen hielten ihn zurück. Zwei honigfarbene Seen, gefüllt mit einer Welt der Gegensätze – Tiefe und Leere, Schmerz und Lachen, Einladung und Weigerung, und hinter all diesen Unstimmigkeiten, Sehnsucht. Eine Sehnsucht, die ihn mit Haut und Haar verschlingen könnte, wenn er es zuließe. Eine Sehnsucht, die zu groß und weit war, als dass er oder irgendjemand anders sie füllen könnte. Sie flackerte nicht nur wie eine Kerze; sie loderte wie ein Waldbrand. Unwillkürlich trat er einen Schritt zurück.

Einer ihrer Mundwinkel wanderte nach oben. „Und ich dachte schon, du würdest mich küssen."

Er wich noch einen Schritt zurück, in der Hoffnung, dass die Distanz ihn abkühlen würde. „Angenommen, ich hätte es getan. Was würde das bringen?"

„Warum muss es etwas bringen?"

Er fuhr sich mit den Fingern durch die Haare. Sein Kuss wäre wie ein Tropfen, obwohl sie einen Regenguss brauchte.

„Es ist in Ordnung, mich zu küssen, Davis. Die meisten Männer tun es."

„Würde es dich glücklich machen – wenn ich dich küsse? Würde es alles besser machen?"

„Du denkst zu viel nach." Sie schob die Hände in die Taschen ihrer Shorts und trat selbst einen Schritt zurück. „Warum muss es etwas besser machen? Warum kann es nicht einfach nur Spaß machen?"

„Weil ich nicht glaube, dass es dir Spaß macht. Ich glaube nicht, dass du es deshalb tust."

Ihr Lächeln wurde bitter. „Okay, Dr. Knight, da du schon dabei bist, mich zu analysieren: Warum tue ich *es* denn? Was auch immer *es* ist."

„Ich glaube, du suchst in mir etwas, das du nicht bekommen wirst."

„Zum Beispiel?"

„Liebe."

Sie legte den Kopf in den Nacken und lachte laut auf. „Dann sollte ich dir wohl besser für deine Ehrlichkeit danken. Jetzt, wo ich weiß, dass du unmöglich jemanden wie mich lieben kannst, kann ich meine Bemühungen woandershin richten."

„Ich habe nicht gesagt, dass ich dich nicht lieben könnte. Ich glaube nur nicht, dass meine Liebe genügen würde."

Sie verschränkte die Arme. „Das ist eine völlig abgedrehte Unterhaltung. Ich wollte nur einen Kuss und du machst Liebe daraus. Aber danach sucht gar kein Teil von mir, Dr. Knight."

Ihre leidenschaftlich vorgebrachten Worte trafen ihn ins Herz. Wen wollte sie eigentlich überzeugen – ihn oder sich selbst? „Ivy, ich versuche ja gar nicht …"

„Davis!"

Die vertraute Stimme hätte ihn fast aufstöhnen lassen. Violet Bogden, die Frau des Hafenverwalters, winkte ihm mit wild gemusterten Caprihosen und einem aufgeregten Lächeln über den Parkplatz zu. Dann kam sie über den unebenen Beton gehüpft – halb laufend, halb gehend, während eine Wolke am Himmel einen Schatten auf ihre bunte Gestalt warf.

„Wie schön, euch beide hier im Hafen zu sehen." Sie wandte sich an Ivy und legte eine Hand auf ihr von der Sonne fleckiges Dekolleté. Ihre sommersprossige Haut bildete Grübchen. „Es tut mir schrecklich leid, dass du deinen Vater verloren hast. Dass er so jung sterben musste. Er war so ein attraktiver, erfolgreicher Mann."

Ivys Gesicht erstarrte zu einer schön geformten Eisskulptur.

Violet ließ sich davon nicht abschrecken. „Über die wunderbaren Neuigkeiten nach diesen traurigen Ereignissen freu ich mich scheckig."

„Das sieht man."

Normalerweise hätte Davis über Ivys trockene Erwiderung gelacht, aber er war zu abgelenkt von Violets Worten. Wunderbare Neuigkeiten? Sie konnte unmöglich von dem Fotoshooting sprechen. Es gab keinen Grund, warum sie sich darüber freuen sollte, wo sie doch gar nichts damit zu tun hatte.

„Ihr beide werdet bezaubernde Babys bekommen."

Seine Verwirrung vervielfachte sich. Babys? Mit Ivy? Davis zupfte an seinem Ohrläppchen. „Tut mir leid, aber haben Sie gerade *Babys* gesagt?"

„Ich habe vorhin mit Trudy Piper telefoniert. Sie war heute Morgen im *Something New*, um ihrer Tochter Rachel beim Aussuchen eines Brautkleides zu helfen, und sie hat mir von den Neuigkeiten erzählt."

Davis drehte sich zu Ivy um. Der Anflug eines Lächelns taute ihre erstarrte Miene auf – so als müsste sie sich ein Lachen verkneifen.

„Mrs Bogden, Ivy ist nicht schwanger. Oder wenn sie es ist …" Sein Blick wanderte zu Ivys Bauch. Wenn sie schwanger war, dann noch nicht sehr lange. „Also, wenn sie es ist, dann ist es nicht mein Kind. Wir sind nicht ... Ich meine, wir haben nicht ...“ Seine Wangen brannten. Wie war er nur in diese Unterhaltung geraten?

Violet zwinkerte Ivy zu. „Was für ein Gentleman.“

Ivy nickte zustimmend.

„Und wann ist der große Tag? Wann gebt ihr Turteltauben einander das Jawort?“

Davis hustete. „Welches Wort?“

„Na, das Eheversprechen.“ Sie lachte. „Du liebe Güte, Davis, du bist aber wirklich sehr schüchtern, was diese Dinge betrifft. Heiraten ist doch ganz normal. Du solltest das wissen, wenn man bedenkt, wie viele zukünftige Bräute ihre Kleider bei deiner Tante kaufen.“

Er fuhr sich mit der flachen Hand über den Hinterkopf. „Ich bin nicht verlegen. Ich bin verwirrt. Wie kommen Sie darauf, das Ivy und ich heiraten?“

„Das habe ich doch gesagt. Trudy hat vorhin angerufen, um es mir zu sagen.“

„Das muss es ein Missverständnis sein.“ Nach Ivys Lächeln zu urteilen war sie der Grund für dieses Missverständnis. „Ivy und ich sind nicht verlobt. Wir sind nicht einmal ein Paar. Sie ist in der Stadt, weil ich mit ihr ein Fotoshooting für Marilyn mache.“

„Oh.“ Violet schrumpfte in sich zusammen wie ein Ballon, aus dem man die Luft herausgelassen hatte. „Ich wusste nicht, dass du Model bist.“

„Ich bin kein Model. Ich mache die Fotos.“ Er hielt seine Kamera hoch, als wollte er das Missverständnis dadurch schneller aufklären. „Ich bin Fotograf.“

„Oh. Fotograf. Das wusste ich nicht.“ Violets Wangen leuchteten so rot, wie seine sich anfühlten. Einen unangenehmen Augenblick lang stand sie da und sah sie beide an, als wartete sie darauf, dass jemand ihr erklärte, wie ihre Freundin Trudy sie so in die Irre führen konnte. Als deutlich wurde, dass sie keine Erklärung bekommen würde, wippte sie auf ihren Flipflops vor und zurück. „Dann genießt noch das schöne Wetter.“

„Das machen wir.“

Sie nickte geistesabwesend und entfernte sich in Richtung Hafen.

Davis blickte ihr nach. „Interessantes kleines Gerücht. Ich frage mich, wie es angefangen hat."

Ivy zuckte mit den Schultern. „Kleinstädte."

Klar, aber so klein war Greenbrier nun auch wieder nicht.

Marilyn hängte das Kleid ins Hinterzimmer, damit es bis zum Fotoshooting sicher verwahrt war, und fuhr mit den Händen über den seidigen Stoff. Endlich war Ivy wieder in Greenbrier, aber irgendwie fühlte sich der Abgrund zwischen ihnen breiter an als je zuvor.

Herr, wie sehr muss mein Herz denn noch bluten?

Marilyn ging zurück in den Laden. Gott war nicht grausam. Vom Kopf her wusste sie das, aber manchmal zweifelte ihr Herz dennoch. Und egal, wie sehr sie sich bemühte, diese Gedanken und Empfindungen durch Gebet und Schritte des Gehorsams zu unterdrücken, konnte sie sie doch nicht ganz loswerden. Zehn Jahre lang hatten sie im Hintergrund gelauert, doch jetzt hatte Ivys Rückkehr dazu geführt, dass sie aus den Schatten gekrochen kamen. Gott würde ihr diese Liebe doch gewiss nicht nur geben, damit sie litt ... oder? Dieses letzte Wort ließ Marilyn innehalten und die Augen zusammenpressen.

Ich will diese Gedanken nicht haben. Bitte nimm sie mir.

Als sie die Augen öffnete, sah sie, dass sie vor dem großen Rahmen stand, der hinter dem Tresen an der Wand hing – ein Bild von ihr und James an ihrem Hochzeitstag. Sie hatte vorhin gesehen, wie Ivy es angestarrt hatte. Ihr Gesichtsausdruck hatte eine Erinnerung wieder aufleben lassen, die so klar und deutlich war, dass sie von gestern hätte stammen können und nicht von vor zwölf Jahren. Ivys fünfter Sommerbesuch. In jedem Jahr, das sie zu ihnen kam, war wieder etwas in ihren Augen gestorben – ein Stück des kleinen Mädchens, das sie hätte sein sollen – und mit dem Tod war eine Distanz gekommen, von der Marilyn nicht wusste, wie sie sie überbrücken sollte.

Am letzten Tag, bevor Ivy nach Chicago zurückkehren sollte, hatte Marilyn sie eingeladen, im Einkaufszentrum shoppen zu gehen, da Ivys Kleider allesamt eine Größe zu klein zu sein schienen. Selbst ihre Schuhe. Aber Ivy hatte abgelehnt, also war Marilyn allein losgezogen, hatte Ivys Geschmack erraten und bei ihrer Rückkehr gesehen, wie Ivy mitten auf ihrem Bett saß und in einem Fotoalbum blätterte.

„Was hast du da?", hatte Marilyn von der Tür aus gefragt.

Ivy hatte das Album hinter ihrem Rücken versteckt.

Vielleicht hätte Marilyn sie nicht drängen sollen; vielleicht hätte sie Ivy die Sachen geben und es auf sich beruhen lassen sollen, aber die Reaktion hatte ihre Neugier geweckt. Sie betrat das Zimmer, das sie mit rosa Farbe und Spitze dekoriert hatte, stellte die Einkaufstaschen neben die Kommode und setzte sich auf die Bettkante.

Langsam zog Ivy das weiße Fotoalbum hervor.

Es war Marilyns Hochzeitsalbum. Sie hatte keine Ahnung, wo Ivy es gefunden hatte. Marilyn fuhr mit der Hand über das Leder und schlug eine Seite auf, die ein Foto von James zeigte, eine Hand um ihre Taille gelegt, während sie beide vor einer fünfstöckigen Hochzeitstorte standen und lächelten, als wollten sie nie wieder aufhören. Sie blätterte um und stieß auf ein Bild, auf dem sie und James einander auf der Tanzfläche küssten.

„Ich hasse ihn."

Erschrocken blickte Marilyn auf.

Ivy starrte sie an und ihre Unterlippe zitterte, obwohl sie zugleich das Kinn vorstreckte, als erwartete sie, ausgeschimpft zu werden. Aber das würde Marilyn niemals tun, denn wenn sie ehrlich war, hasste sie ihn manchmal auch. „Ivy ..."

„Ich hasse ihn." Eine einzelne Träne rann über ihre Wange. „Und dich hasse ich auch." Bevor Marilyn etwas erwidern konnte, kletterte Ivy vom Bett und eilte aus dem Zimmer.

Bei diesem Besuch sagte sie kein Wort mehr.

Je mehr Marilyn Ivy drängte, ihr ihr Herz auszuschütten, desto mehr zog sie sich in ihre Höhle zurück und desto schlimmer wurde das Gefühl in Marilyns Bauch. Nachdem Ivy abgereist war, versuchte sie, Renee anzurufen, aber der Anschluss war abgemeldet worden. Erst als das Jugendamt Renee das Sorgerecht für Ivy entzog, verstand Marilyn Ivys Schmerz ganz. Aber da war das schüchterne achtjährige Mädchen, das damals in ihr Herz und ihr Haus eingezogen war, schon nicht mehr da.

Marilyn blinzelte das Bedauern und die Erinnerungen fort, bis ihr Blick sich wieder auf die gerahmte Fotografie von ihr und James konzentrierte. Sie starrte eine jüngere Marilyn an und wunderte sich darüber, wie sie so naiv hatte sein können. Diese junge Frau war so voller Hoffnung gewesen, was die Zukunft betraf. Diese junge Frau hatte nicht gewusst, dass sie sich mit Unfruchtbarkeit und Untreue würde auseinandersetzen müssen. Diese junge Frau hatte keine Ahnung gehabt, wie ihr Leben aussehen würde.

Ich werde Erlösung schenken …

Die geflüsterten Worte stiegen aus der Dunkelheit auf. Marilyn klammerte sich mit aller Macht an sie.

Kapitel 14

Ivy hielt sich das Handy ans Ohr und wippte ungeduldig mit dem Bein, während sie auf eine nähere Erklärung wartete. Die Nachricht musste doch noch irgendwie weitergehen. Im Spiegel sah sie, wie die Visagistin Glasbehälter mit Grundierung aus einer billig aussehenden Krokotasche holte und Marilyns Fragen beantwortete. Ivy drückte die Austaste, als könnte die ruckartige Bewegung die zu kurze Nachricht von der Mailbox radieren. Nicht von Bruce, der ihren Anruf nicht entgegengenommen hatte, sondern von einer seiner Assistentinnen.

„Keine Aufträge in Sicht. Bleib da. Mach den Job für Marilyn fertig."

Nur erforderte ihr Job für Marilyn, dass sie in Greenbrier blieb, und sie verspürte schon jetzt das dringende Bedürfnis abzuhauen. Sie musste weg von dem Haus und den Bildern von James. Von Davis und seinem Jo-Jo-Verhalten. Von dem Flüstern und den Blicken, wann immer sie durch die Stadt lief. In New York kannte niemand ihre Geschichte. Wenn sie dort durch die überfüllten Straßen ging, war sie nicht das uneheliche Kind. Sie war eine Frau, nach der man sich umdrehte. Klar, die Leute tuschelten auch, aber sie tuschelten Dinge wie: „Glaubst du, dass sie ein Model ist?" oder: „Hast du ihre Beine gesehen?"und nicht: „So ein trauriger Start ins Leben!".

Ivy ließ ihren Fuß noch schneller wippen und presste die 3 auf ihrer Tastatur. Die Kurzwahl von Annalise. Wenn sie schon nicht hier wegkam, fühlte sie sich vielleicht besser, wenn sie ihrem Unmut am Telefon Luft machte. Nach dem dritten Klingeln wurde sie zur Mailbox weitergeleitet. Ging denn niemand mehr an sein Telefon? Ivy feuerte ihr Handy auf den Schminktisch.

„Sauer auf Ihr Smartphone?" Die Armreifen der Hairstylistin klingelten, während sie eine dicke Strähne von Ivys Haaren von einem Lockenwickler befreite. Der Schmuck der Frau musste mehr wiegen als die Frau selbst. Ringe an jedem Finger. Armreifen, die an dünnen Handgelenken baumelten. Nasenring. Augenbrauen-Piercing. Ohrringe – und zwar nicht nur Stecker, sondern riesige hängende Teile aus Silber, die ihre Ohrläppchen in die Länge zogen.

Ivy zwang sich, mit dem Fußwippen aufzuhören. „So etwas in der Art.“

Die Unterhaltungen im Hintergrund nervten. Sie schloss die Augen und holte tief Luft. Die Visagistin bewahrte ihr Make-up also in einer billigen Tasche aus Lederimitat auf. Und der Schmuck der Hairstylistin wog mehr als ein Elefantenbaby. Na und? Solange sie ihre Arbeit machte, war das egal. Wichtig war nur, dass sie ihre zunehmende Frustration und, ja, auch ihre Angst, in das Fotoshooting goss. Die Energie nutzte. Das hatte Annalise ihr beigebracht. Die Unsicherheit, die Aufregung, die Nerven – das alles konnte man zu einer Batterie zusammenrollen, deren Energie die Kamera nicht ignorieren konnte.

War doch egal, dass Davis sich so merkwürdig verhielt. Dass die Universität von New York sie nicht genommen hatte. Dass ihr Agent sie vernachlässigte und sie in gut zwei Monaten fünfundzwanzig wurde. Sie würde die besten Fotos ihres Lebens machen. Sie würde Bilder abliefern, die weder Bruce noch sonst jemand ignorieren konnte.

Ivy öffnete die Augen.

Die Klunkerkönigin zog gerade den letzten Lockenwickler aus ihrem Haar und begann daran zu ziehen und zu zerren und es mit Haarspray zuzukleistern. Auf dem Stuhl neben Ivy saß inzwischen ein Mann und betrachtete sein Profil im Spiegel, während die Visagistin sich über sein Gesicht hermachte. Hohe Wangenknochen, ein kantiges Kinn und mitternachtsblaue Augen, die unter dunklen Brauen hervorfunkelten – Augenbrauen, die natürlich aussahen, aber in Wirklichkeit gewachst waren. Perfekt wie aus dem Katalog. Das musste ihr Bräutigam sein.

„Bist du meine Zukünftige?“ Er sprach mit einem schwachen Akzent.

Ivy streckte die Hand aus. „Nur, wenn es Euch beliebt.“

Er beugte sich vor, ohne Rücksicht auf die Arbeit der Taschendame zu nehmen, und küsste ihre Hand. „Ich heiße Stefano. Aber die meisten Leute nennen mich Stefan.“

„Kommst du aus Italien?“

„*Benissimo, bella*! Du hast meinen Akzent erkannt. Und ich dachte, ich hätte inzwischen gelernt, ihn zu verbergen."

„Ich habe ein gutes Ohr für so etwas. Wie lange bist du schon in den Staaten?"

„Letzte Woche waren es vier Jahre. Was hältst du von meinem Land?"

„*Magnifico.*"

Stefano zog einen Mundwinkel hoch. „Wir werden ein glückliches Leben zusammen verbringen, *no*?"

Ivy erwiderte sein Lächeln. Sie würden prima miteinander auskommen.

Die Klunkerkönigin war fertig. Die freiberufliche Modeberaterin, die *Southern Brides* engagiert hatte, führte Ivy hinter einen Paravent und machte sich an die Arbeit – zog sie an, befestigte den Schleier, legte ihr die Perlenkette um, glättete jede Falte und brachte Ivy dann wieder zum Spiegel zurück, damit die Taschendame ihr Makeup fertigstellen konnte. Stefano war nicht mehr da. Wahrscheinlich war auch er in der Garderobe.

Als alles vollständig war, stand Ivy da und starrte ihr Spiegelbild an. Das Kleid. Den kurzen Schleier, der ihr Gesicht einrahmte. Die Perlenkette mit den drei Strängen, die um ihren Hals lag. Der Lippenstift passte zu den blutroten Rosen in ihrer Hand. Der Diamantring glitzerte an ihrem Finger. Alles war makellos. Perfekt. Ohne Fehler. Sie sah aus wie eine Braut, die es verdient hatte, Weiß zu tragen.

Nur Ivy kannte die Wahrheit.

Konzentrier dich. Davis hatte nur noch drei Stunden für das Fotoshooting und bis jetzt hatte er noch kein einziges Bild, das er für die Reportage verwenden wollte. Er schoss drei weitere Fotos. Stefan starrte Ivy an, als wäre sie ein Stück Fleisch. Davis wusste nicht, was ihm mehr missfiel – Stefans fehlende Originalität oder sein hungriger Blick. In diesem Artikel sollte es um den glücklichen Aufbruch zu einer lebenslangen Reise gehen. Seine Bilder sollten eine ehrliche

Geschichte über eine liebende Frau an ihrem Hochzeitstag erzählen. Eine Geschichte, auf die er am Ende stolz sein konnte.

Aber irgendetwas passte nicht.

Und dieses Etwas war Stefan. Er sah nicht aus wie ein treuer Ehemann, der seine Braut zu würdigen wusste. Davis kaufte ihm die Rolle einfach nicht ab und diese Bilder mussten glaubwürdig sein. Er machte noch ein paar Fotos und betrachtete die Bilder auf dem Display. Er konnte jetzt keinen Ersatz mehr finden. Es war zu spät. Stefan war sein Bräutigam, Ivy seine Braut.

Herr, hilf mir, mich zu konzentrieren. Hilf mir bei der Regie. Hilf mir, die Schönheit eines Hochzeitstages einzufangen.

Er trat von der Kamera zurück und rieb sich das Kinn. Die Stylistin sprang ins Bild und zupfte an Ivys und Stefans Kleidung herum – tupfte Schweiß fort, erneuerte das Make-up, richtete und rückte. Davis sah hinter sich, wo seine Schwester saß. Sie trug eine Sonnenbrille und einen breitkrempigen Hut und gestikulierte, während sie sich mit Marilyn unterhielt. Diese Bilder mussten fantastisch werden. Nicht seinetwegen. Sondern um Saras willen. Weil ein Teil des Erlöses von jedem Kleid, das Marilyn verkaufte, in das neue Kunstprogramm für Sehbehinderte fließen würde und schöne Bilder Käufer anlocken würden.

Die Stylistin bedeutete ihm, dass sie fertig war, und trat zurück. Jeff, ein alter Freund, der einiges von Fotografie verstand, schob einen Diffusor vor das Fenster, um das Sonnenlicht, das durch die Scheibe fiel, zu dämpfen. Davis blickte durch den Sucher und runzelte die Stirn. Er wollte Liebe einfangen, nicht Begierde. Er hob den Kopf über die Kamera.

„Stefano, Sie müssen Ivy ansehen, als hielte sie Ihr Herz in der Hand. So als würden Sie sogar die Luft, die sie einatmet, in Ehren halten. Sehen Sie hinter das Äußere. Sehen Sie Ivy an, als würden Sie etwas sehen, das niemand sonst sieht." Er verschwand wieder hinter der Kamera, seine Wangen wurden plötzlich heiß, und gab Jeff ein Zeichen, der den Diffusor daraufhin nach links bewegte. „Ivy, mach einfach weiter mit dem, was du tust."

Stefan umfasste mit einer Hand Ivys Taille und stützte sich mit der anderen an den Türbogen. Davis verdrehte die Augen. Er zoomte Ivy näher heran und ging drei Schritte nach rechts. Wenn er nur Stefans Profil zeigte, spielte sein Gesichtsausdruck keine Rolle. Niemand würde ihn bemerken. Alle Blicke würden nur auf Ivy in diesem Kleid gerichtet sein.

Mit aller Energie, die er bündeln konnte, machte er die Bilder und tat genau das, was er zu Stefan gesagt hatte. Er blickte hinter Ivys Äußeres. Hinter ihre Konturen. Er blickte hinter ihr Lächeln und ihr aufgesetztes Lachen. Hinter seiner Kameralinse fand er etwas Echtes und fing Aspekte einer Frau ein, die sonst niemand sah. Wahrhaftigkeit hinter der Vollkommenheit. Verletzlichkeit, verborgen hinter Schönheit. Und noch tiefer eine Gebrochenheit, die seinem Herzen einen Stich versetzte und ihn mit ihr mitleiden ließ.

Ivy ignorierte das Hämmern ihres Herzschlags und die Röte in ihren Wangen. Sie bedachte den Mann, der sie in seinen Armen hielt, mit ihrem Lächeln und Lachen. Stefano. Ein Mann, den sie verstand. Ein Mann, der sie nicht aufschlitzte und ihr Inneres aufdeckte, so wie Davis es mit dieser Kamera tat.

Sie hatte in ihrem Leben schon Millionen Fotos geschossen und noch nie hatte sie sich so bloßgestellt gefühlt. Ihr war auch noch nie so heiß gewesen. Sie waren für die Außenaufnahmen nach draußen gegangen, und obwohl der Spätnachmittag inzwischen in den Abend überging, wollte die Hitze des Tages einfach nicht nachlassen.

Die Kamera klickte. Davis positionierte sie, sagte Stefan, er solle ihre Hand nehmen, und bat Ivy, sich abzuwenden und zu lächeln. Sie konzentrierte sich auf Stefanos Finger in ihrer Hand – darauf, wie warm und glatt sie waren. Sie richtete ihre Aufmerksamkeit auf die Blumen, die aus dem Boden hervorbrachen – wie ein Feuerwerk in Gelb und Orange, das vor einem grünen Himmel explodiert. Sie dachte an das seidige Gefühl des Kleides auf ihrer Haut. Einige Touristen unterhielten sich und blieben stehen, um zuzusehen. Sie konzentrierte sich ganz darauf, alles in diese Bilder zu legen.

Stefano zog sie am Arm zu sich. Sie landete weich auf seinem Körper, ihre Hand auf seiner Brust. Er hob ihr Kinn an und in seinen Augen funkelte Verlangen. Das war ein Mann, den sie verstand.

Er beugte sich zu ihrem Ohr hinunter. „Du bist wunderschön."

Sie legte den Kopf schief, als hätte Stefan ihr ein amüsantes Geheimnis erzählt.

Noch ein paar Klicks und dann endlich: „Das war's."

Ivy stieß sich von Stefans Brustkorb ab. Sie wollte sich so schnell wie möglich zurückziehen. Nicht nur, weil sie zunehmend Druck auf ihrer Blase verspürte, sondern auch, weil sie einen Augenblick brauchte, um sich zu sammeln. Sie wand sich aus Stefans Griff und lief in Richtung Haus.

Als sie an Davis vorbeiging, hielt er sie am Ellbogen fest. „Hey. Alles in Ordnung?"

Seine Berührung war alles andere als beruhigend. „Klar, alles gut. Ich muss nur auf die Toilette."

Er ließ sie los.

Ivy konzentrierte sich darauf, einen Fuß vor den anderen zu setzen, während sie nach einer Erklärung für ihre verwirrenden Gefühle suchte. Warum kam sie sich so unangenehm nackt vor, obwohl sie doch den letzten Hauch von Sittsamkeit bereits vor zehn Jahren verloren hatte? Sie zog ihre neuen Schuhe einen nach dem anderen aus, ohne stehen zu bleiben, und griff nach den Perlen um ihren Hals. Sie brauchte Luft. Sobald sie im Gebäudeinneren war, streifte sie den Bolero ab.

Ihre Füße brachten sie zur Treppe. Sie umklammerte das Geländer und beugte sich über ihre Tasche, während sie die kühle Luft einatmete. Hatte sie vielleicht eine Panikattacke? Sie hatte noch nie eine gehabt, deshalb wusste sie nicht so recht, wie sich das anfühlte. Ihr Handy vibrierte an der Holzbalustrade. Sie kramte in ihrer Handtasche und sah eine vertraute New Yorker Nummer auf ihrem Display aufleuchten. Voller Erleichterung entwich die Luft aus ihrer Lunge. Bruce hatte gesagt, er würde nicht anrufen, es sei denn, er hätte Arbeit für sie. Sie nahm das Gespräch entgegen. „Bruce. Du bist es."

Hastig versuchte sie den Anflug von Hysterie aus ihrer Stimme zu verdrängen und nicht so überrascht darüber zu klingen, dass ihr Agent sie anrief. „Wir haben gerade das Fotoshooting beendet. Hast du einen neuen Auftrag für mich?" Die Fashion Week in New York stand kurz bevor. Vielleicht wollten einige Designer, dass Ivy für sie modelte. Im Laufe der Jahre hatte sie ihren Marktwert unter Beweis gestellt. Die Öffentlichkeit mochte sie. Vielleicht nicht so gern wie Alessandra Ambrosio oder Gisele Bündchen, aber genug.

„Ich bin mir nicht sicher, wie ich dir das sagen soll." Er klang sehr weit weg und seine Worte waren so undeutlich, als würde er sie durch ein winziges Loch pressen.

Ivy umfasste das Handy mit beiden Händen und drückte es an ihre Wange. „Ich glaube, die Verbindung ist ziemlich schlecht, Bruce. Kannst du mich hören?"

Schweigen.

„Bruce? Bist du noch dran?"

„Es geht um Annalise, Ivy."

„Annalise? Wovon redest du, Bruce?"

„Sie ist tot."

Kapitel 15

Wellen klatschten auf die Felsen und spuckten Salz und Meerwasser in die Luft. Die Nacht umhüllte Ivy wie eines der riesigen Handtücher, in die ihre Mom sie eingewickelt hatte, wenn sie als kleines Mädchen bibbernd aus dem Swimmingpool gestiegen war. Warm und weich. An der Strandpromenade brannte keine einzige Straßenlaterne. Licht spendeten nur der Mond – eine silberne, an den schwarzen Himmel geheftete Sichel – und eine Handvoll ferner Sterne, winzige Lichtpunkte, die die Dunkelheit abmilderten wie schimmernder Staub. Ihr weißes Flimmern tropfte vom Himmel und verwandelte die Brandung in welliges Porzellan.

Ivy wusste nicht mehr, wie sie hierhergekommen war. Sie wusste nur, dass sie jetzt hier saß, ihre Zehen im Sand vergraben waren, ihre Sandalen an ihren Handgelenken baumelten und sie die Arme um ihre Schienbeine geschlungen hatte. Verglichen mit der Unermesslichkeit des Ozeans, der in den weiten Horizont überging, kam sie sich vor wie ein winziges Sandkorn. Oder wie eines von den Millionen Staubpartikeln, die über ihr leuchteten.

Annalise ist tot ... James ist tot ... Annalise ist tot ... James ist tot ... Du, Ivy Clark, bist tot.

Sie hielt ihre Knie noch fester und atmete zitternd aus. Wie konnte Annalise tot sein, wenn sie doch vor zwei Tagen noch mit ihr telefoniert hatte? Wie konnte es sein, dass James tot war, wo er doch ihr ganzes Leben da gewesen war – nicht auf emotionale, väterliche Weise, aber am Leben –, nur wenige Bundesstaaten entfernt in South Carolina? Gerade noch da, dann nicht mehr. Ausgelöscht wie eine Kerzenflamme. Der Tod war eine geheimnisvolle, unergründliche Bestie für alle, die hier auf dieser Seite waren. Und diejenigen, die sie ergründet hatten, konnten die anderen nicht mehr in das Geheimnis einweihen.

Wie fühlte es sich wohl an, tot zu sein?

Ivy ließ ihre Beine los und grub die Finger in den Sand. Körnig und feucht schob er sich unter ihre Fingernägel. War der Tod ganz anders als das hier? Sie bohrte die Fingerknöchel in die Erde. Der

Sand kratzte über ihre Haut. Marilyn hatte früher immer gesagt, ein Nachmittag am Strand sei besser als eine professionelle Pediküre. Ob das auch für Hände galt? Ob ihre Finger sauber und wie neu sein würden, wenn sie sie nur fest genug über den Boden rieb?

Sie schloss die Augen und lehnte sich zurück. Die Wellen brachen sich krachend, dann liefen sie flüsternd aus. *Krach. Flüstern. Krach. Flüstern.* Sie atmete den Rhythmus ein und ließ ihr Herz vom Herzschlag des Meeres streicheln.

Als sie die Augen wieder öffnete, stand Davis Knight über sie gebeugt. Sein Gesicht lag im Dunkeln, aber der Mond zeichnete die vertraute Silhouette, die Ivy jederzeit erkennen würde.

„Wir haben dich überall gesucht." Seine Worte klangen atemlos, so als wäre er gerannt, so schnell er konnte.

Sie setzte sich auf. „Wir?"

„Marilyn und Sara. Und sogar Stefan. Du bist einfach verschwunden."

„Kann ein Mensch verschwinden?" Verschwand sie, wenn es dunkel war? Oder wenn sie mit Sara sprach? Wenn ein Mensch sie nicht sehen konnte, existierte sie dann noch? Das war eine Frage, auf die es keine Antwort gab, wie die mit der Henne und dem Ei, nur dass es dabei nicht um eine allgemeine Überlegung ging, sondern um sie selbst. Wenn niemand Ivy Clark sehen konnte, verschwand Ivy Clark dann? Sie schloss die Faust um etwas Sand und ließ die Körner durch ihre Finger rieseln.

Davis setzte sich und stützte die Arme auf den Knien ab, wobei er zum Meer hinausblickte, anstatt sie anzusehen. Sein Gesicht war wie dunkles Denim, genäht mit blassem Mond. „Was ist passiert, Ivy? Warum bist du so plötzlich abgehauen?"

„Waren wir nicht fertig?"

„Mit den Bildern schon. Aber du hattest noch nicht das Formular unterschrieben und ..." Seine Stimme verebbte. Er wandte sich wieder dem Wasser zu, dem brüllenden, krachenden, riesigen Meer. „Ich hatte mich noch nicht bei dir bedankt."

„Wofür?"

„Für das Fotoshooting. Du warst zauberhaft."

Sie – zauberhaft? Sie brachte kein Lachen zustande, obwohl seine Worte lachhaft waren. Dieses Shooting hatte ihr das Gefühl gegeben, alles andere als zauberhaft zu sein. „Glaubst du, dass wir zu Sand werden, wenn wir sterben? Oder vielleicht zu Sternen?"

Er neigte den Kopf ein wenig zur Seite.

„Dass James vielleicht" – Ivy nahm noch eine Handvoll Sand und ließ ihn dann auf den Boden rieseln – „hier in diesem Sand ist?" Sie presste die letzten Körner in ihrer Faust zusammen und blickte dann zu der weiß gesprenkelten Unendlichkeit hinauf. „Oder vielleicht ist er dort oben, irgendwo in den Sternen."

Davis ließ die Knie sinken und setzte sich in den Schneidersitz.

Ivy lächelte. Mom hatte ihr den Begriff „Türkensitz" verboten. *„Was soll das überhaupt heißen, Ivy?"*, hatte sie eines Abends gesagt, als sie einander die Zehennägel lackierten – vor Ivys Sommerbesuchen in Greenbrier, als das Leben noch gut war. *„‚Türkensitz'? Ich glaube nicht, dass die Türken häufiger so sitzen als Menschen in Amerika."*

„Mom, das sagt man einfach so, da ist nichts dabei."

Mom hatte Ivys Schultern gepackt und sie angesehen, als wäre sie erwachsen. Als wäre sie nicht sechs Jahre alt, sondern sechsundzwanzig. *„Was, mein liebes Kind, bringen sie euch in der Schule eigentlich bei?"*

Ivy seufzte bei der Erinnerung.

„Ich glaube nicht, dass dein Vater im Sand oder in den Sternen ist."

„Wo ist er dann?" Eigentlich brauchte sie nicht zu fragen. Davis hatte ein Kreuz an seinem Rückspiegel hängen. Er glaubte, dass James im Himmel war. Oder in der Hölle. Oder vielleicht im Fegefeuer. Glaubten Christen nicht ans Fegefeuer? Oder waren das die Katholiken? Keine Ahnung. Vielleicht waren Christen und Katholiken auch dasselbe.

„Warum sitzt du hier und denkst über die Toten nach, Ivy?"

„Weil ich nachts oft an den Tod denken muss." Sie warf einen Blick über die Schulter und sah den Strand hinauf. „Hält Greenbrier nichts von Straßenlaternen?"

„Wasserschildkröten."

„Was?"

„Sie brüten gerade. Die weiblichen Schildkröten kommen an den Strand und legen hier ihre Eier ab. Dann, ungefähr drei Monate später, sind die Eier ausgebrütet und die Babyschildkröten begeben sich ins Wasser. Die Lampen verwirren sie. Manchmal krabbeln sie auf das Licht zu anstatt aufs Meer, und dann geraten sie auf die Straße. Also hat der Bürgermeister verfügt, dass nach neun Uhr abends die Lichter aus sind. Für die Wasserschildkröten."

Etwas an dieser Geschichte hallte tief in Ivys Innern wider, wie das Echo eines Gongs in der Tiefe ihrer Seele. Sie war eine Wasserschildkröte. Nur dass niemand sich die Mühe gemacht hatte, das Licht auszumachen. Nicht für sie.

„Manchmal glaube ich, dass wir genau wie die Wasserschildkröten sind."

Ivy starrte Davis, den Gedankenleser, an. „Inwiefern?"

„Mir kommt diese Welt oft wie eine einzige große Ablenkung vor. Ein Haufen Lichter. Viele von uns krabbeln in die falsche Richtung. Weg vom Meer. Manchmal müssen wir all das ausschalten, um wieder auf den richtigen Weg zurückzufinden."

„Bist du deshalb weggegangen? War New York deine Straßenlaterne?"

„Das könnte man so sagen."

Ihre Schultern sackten nach vorne. Sie fühlte sich so alt und ausgelaugt. Wenn jemand sie auf links drehen würde, würden anstelle der Schönheit nur Falten und Altersflecken und labbrige Haut zum Vorschein kommen.

Sie holte tief Luft und schloss wieder die Finger um eine Faust voll Sand. „Annalise ist tot." Die kalten Worte passten nicht zu der Wärme, die sie umgab.

„Wer ist Annalise?"

„Eine Freundin." Eine Mentorin. Eine Mischung aus beidem. „Als ich nach New York kam, war ich noch nicht einmal vierzehn. Bruce hat uns miteinander bekannt gemacht. Wir haben uns eine Zeit lang eine Wohnung mit vier anderen Models geteilt, was keine gute Idee war, für den Fall, dass du dich das fragst. Sie war nur zwei Jahre älter als ich, aber mir kam sie so viel älter und weiser vor." Ivy schob den Sand unter ihren Knien zusammen. „Sie hat mich unter ihre Fittiche genommen. Hat mir die Spielregeln erklärt. Mir beigebracht, was ich sagen und wie ich mich verhalten soll und wem ich trauen kann." Ohne Annalise hätte Ivy keine zwei Wochen überlebt.

„Bist du deshalb vorhin verschwunden? Weil du erfahren hast, dass sie gestorben ist?"

„Bruce hat angerufen. Da hätte ich schon wissen können, dass etwas nicht stimmt." Ihre Muskeln verkrampften sich plötzlich ganz unerwartet vor Wut. Annalise nahm Koks und Abnehmpillen und trank Red Bull. Das wusste Ivy. Bruce wusste es auch. Aber keiner von ihnen hatte je ein Wort darüber verloren. Warum sollten sie auch? Es war ganz normal in dieser Branche. „Sie ist in irgendeinem Nachtklub zusammengebrochen. Als die Sanitäter kamen, war sie schon tot. Angeblich war es Herzversagen."

„Herzversagen bei jemandem, der so jung ist?"

„Kokain nimmt keine Rücksicht aufs Alter."

Davis atmete langsam laut hörbar aus. „Nimmst du ... ich meine ..."

„Keine Angst, Davis. Meine Lieblingsdroge waren immer die Männer."

Ihre Worte mussten ihn sprachlos gemacht haben, denn er antwortete nicht.

Ein grimmiges Gefühl der Zufriedenheit kroch durch Ivys Körper. Jetzt war er angewidert. Er würde sie verurteilen, vielleicht sogar hassen. Ganz bestimmt würde er nicht mehr versuchen, sie besser kennenzulernen. „Hey, Männer sind wenigstens nicht gefährlich, oder? Ach ja, und sie kosten nichts. Das darfst du nicht vergessen. Wenigstens habe ich immer die Kontrolle behalten. Annalise hätte sich an die Männer halten sollen."

„Ivy?"

Die Haare auf ihren Armen stellten sich auf, als er ihren Namen so flüsterte – leise und traurig, mit unendlicher Zärtlichkeit. „Was?"

„Dein Verlust tut mir unendlich leid."

Sie biss sich auf die Lippe. Die Flut kroch näher auf ihre Füße zu. *Krach. Flüstern. Krach. Flüstern.* War das ihr Herz oder waren es die Wellen?

„Wenn du willst, begleite ich dich zur Beerdigung."

Ihr Geist atmete auf, aber sie erstickte das warme Gefühl der Erleichterung gleich im Keim. Trotz seines Nachnamens konnte sie nicht zulassen, dass Davis ihr Ritter in glänzender Rüstung war. Ritter gab es nicht. Nicht in ihrer Welt. „Das ist nicht nötig, Dave.

Du bist eine Wasserschildkröte, vergiss das nicht. Nach New York zu reisen, würde dich in die falsche Richtung drehen."

„Gut, aber wer hilft dir, das Meer zu finden?"

Die Frage war zu viel. Sie vergrub das Gesicht in ihren Knien und ließ den Tränen freien Lauf, froh über die Nacht, die ihren Kummer verbarg.

Kapitel 16

„*Wer hilft dir, das Meer zu finden?*"

Zwei Tage später und weit mehr als tausend Kilometer von Greenbrier entfernt, gingen Ivy Davis' Worte immer noch nicht aus dem Sinn. Sosehr sie es auch versuchte, sie konnte seine Frage nicht abschütteln. Oder die Art, wie er sie gestellt hatte – buttrig und leicht war sie über ihr geschmolzen und hatte sie ganz aufgeweicht. Die Frage verfolgte Ivy nachts. Quälte sie am Tag. Und wob sich in ihr Bewusstsein, während sie auf einem unbequemen Stuhl in einem New Yorker Bestattungsunternehmen saß und zuhörte, wie Annalises Cousin die Trauerrede hielt.

Die zweite Beerdigung innerhalb eines Monats.

Ivy schloss die Augen. Sie wollte ihrer verstorbenen Freundin gedenken. Sie wollte Annalises Lächeln aus ihren Erinnerungen hervorkramen oder die Gelegenheiten, bei denen sie zusammen gearbeitet hatten, aber das Gesicht ihres Vaters versperrte den Weg zu all diesen Erinnerungen wie eine unbewegliche Wache, die absolut niemanden vorbeiließ. Sosehr sie sich auch an Annalise erinnern wollte, sah sie doch immer nur das Gesicht eines toten Mannes vor sich.

James hatte Marilyn einmal geliebt, vielleicht sogar später noch einmal. Ivys Mutter hatte er auch geliebt – leidenschaftlich. Nicht lange genug für Renee, aber wenigstens eine Zeit lang. Vor Ivys Geburt und sogar noch in ihrer frühen Kindheit war James den ganzen Weg nach Chicago geflogen, selbst wenn seine Geschäfte es nicht erforderten, nur um mit ihrer Mutter zusammen zu sein. Ivy wollte es leugnen, aber wie konnte sie das? Ihre eigene Existenz bewies ihre Leidenschaft. Zugegeben, diese Liebe war irgendwann erloschen. Zugegeben, das Ende dieser Liebe hatte alles Gute an ihrer Mutter zerstört. Aber wenigstens war sie dagewesen. Die einzige Person, die James nie geliebt hatte, saß auf Ivys Stuhl. Steckte in Ivys Haut. Dachte an eine Nacht am Strand zurück, während die Schwere auf ihrer Brust ihre Lunge einengte. Sie hätte er am meisten lieben müssen. Sie war seine Tochter. Sein eigen Fleisch und Blut.

Aber er hatte sie überhaupt nicht geliebt.

Sie vermisste James nicht. Sie trauerte nicht um den Verlust ihrer Beziehung oder um die Hoffnung, dass sie eines Tages eine Beziehung haben könnten. Sein Tod brachte nicht die Art Verlust mit sich, die man erwarten könnte – Tränen, Kummer, Bedauern. Aber er hinterließ eine Lücke. Eine unbeantwortete Frage. Eine Frage, die nur er beantworten konnte.

Warum war sie nicht liebenswert?

Das hatte sie ihn nie fragen können.

Gelächter lief durch die Versammlung der Trauergäste. Ivy zwang sich, sich auf die Feier zu konzentrieren.

„Ich bin sehr traurig, weil ich mich von meiner einzigen Cousine verabschieden muss. Wir sind uns sicher alle einig, dass sie schön und lebensfroh war. Sie hat sich gerne amüsiert. Sie hat gelebt und gelacht, und auch wenn diese Welt sie vermissen wird, auch wenn die Welt ohne sie dunkler ist, lebt ihr Geist weiter. Wir können uns damit trösten, dass sie an einem besseren Ort ist."

Alle klatschten.

Ivy wäre am liebsten aufgestanden und hätte dem Mann einen Schuh an den Kopf geworfen. Warum wurden die Toten auf Trauerfeiern immer verherrlicht? Warum wurde das Schlechte beschönigt? *„Sie hat gelebt und gelacht"*? Keine Rede davon, wie sie gestorben war, zugedröhnt in einem Klub, ihre Venen voller Kokain. Das war ja nicht wichtig. Jetzt war sie an einem besseren Ort. Ivy hätte kotzen können. In ihrem Magen brodelte genügend Bitterkeit dazu. Wer sagte denn, dass sie jetzt an einem besseren Ort war? Nur weil ein Typ im Anzug das behauptete, war es noch lange nicht wahr.

Niemand wusste, wo Annalise jetzt war.

Ein kalter Schauer fuhr Ivy über den Rücken und verschloss ihr den Mund.

Davis versuchte wenigstens nicht, Trauer mit nichtssagenden Floskeln zu übertünchen. Sie würde lieber neben ihm im warmen Sand sitzen als in diesem Raum voller bekannter Fremder. Wut stieg in ihr auf. Nein. Sie durfte sich nicht wünschen, neben Davis zu sitzen; sie musste Abstand von ihm bekommen. Und von Greenbrier. Während sie ihre Handtasche auf ihren Schoß zog, sah sie sich in der Halle des Bestattungsunternehmens um.

Kein Bruce.

Zu der Beerdigung seines Bruders war er gegangen. Hatte sie mitgeschleift. Aber für seine älteste Klientin konnte er keine Stunde erübrigen. Ivy presste die Lippen aufeinander. Es war an der Zeit, ihrem lieben Agenten einen Besuch abzustatten.

„Was machst du hier? Du solltest doch in Greenbrier sein."

Ivy warf ihre Handtasche auf den Stuhl vor Bruces Schreibtisch. „Ich musste zu einer Beerdigung. Oder hast du Annalise schon vergessen?"

Er richtete sich auf seinem Sessel auf. „Natürlich nicht."

„Warum bist du dann hier? Warum nicht bei der Beerdigung? Sie war zwölf Jahre lang deine Klientin, Bruce. Zwölf Jahre! Bedeutet dir das gar nichts?"

„Ich war bei der Aufbahrung. Es gab keinen Grund, warum ich auch zu der Trauerfeier gehen sollte."

„Du nimmst dir zwei Tage frei und kaufst ein Flugticket, um zu der Beerdigung deines Bruders zu gehen, mit dem du kaum geredet hast. Das Mindeste, was du hättest tun können, ist, bei Annalises Begräbnis zu erscheinen."

„Hör zu, ich wäre ja hingegangen. Aber ich habe eine wichtige Besprechung" – er zog an seinem Ärmel und sah auf die Armbanduhr – „in drei Minuten. Eine, die ich nicht verschieben konnte."

„Jede Besprechung kann verschoben werden."

„Aber es ist nicht bei jeder Besprechung sinnvoll." Er lehnte sich in seinem Sessel zurück. „Ich weiß, dass Annalise und du gut befreundet wart. Es tut mir leid, dass sie gestorben ist."

„Wenn sie jünger gewesen wäre, hätte es dir noch viel mehr leidgetan."

Seine Augen blitzten auf. „Du findest also, ich bin hartherzig?"

Sie verweigerte die Aussage. Wenn sie nichts Nettes zu sagen hatte, konnte sie genauso gut den Mund halten. Das hatte ihre Mutter ihr einmal beigebracht. Vor sehr, sehr langer Zeit.

Bruce wippte mit der Rückenlehne vor und zurück und drehte

einen Stift zwischen seinen Fingern. „Da du schon mal hier bist: Wie lief das Shooting?“

„Gut.“

„Ich habe vor ein paar Tagen mit Marilyn gesprochen. Sie schien mit deiner Arbeit sehr zufrieden zu sein. Und sie hat gesagt, dass sie gerne noch mehr Bilder für ihre Werbekampagne machen möchte. Außerdem hat sie etwas von einer Modenschau erzählt.“

„Na, dann redest du offensichtlich wenigstens mit einer von uns. Auf meine Anrufe reagierst du ja nicht mehr, Bruce.“

„Das war ein Anruf, Ivy. Wir wollen mal nicht übertreiben. Und was wolltest du hören? Dass ich keine Arbeit für dich finde?“

„Du suchst ja gar nicht.“

„Natürlich suche ich.“

Was würde geschehen, wenn er keine Arbeit für sie finden konnte? „Wenn der Artikel erschienen ist, kannst du ihn vielleicht ein paar Designern von Brautmoden zeigen.“

Er hörte auf, den Stift zu drehen, und lachte. „Du hast mir ausdrücklich gesagt, dass du solche Jobs nicht mehr machen willst.“

„Jetzt will ich aber.“ Ihr war alles recht, was sie von Greenbrier fernhielt. Sie konnte nicht in diese drückende Hitze und zu Marilyns beunruhigender Freundlichkeit und Davis’ verwirrend prüfenden Blicken zurückkehren. Allein bei dem Gedanken wurde ihr Mund ganz trocken. Wie könnte sie dorthin zurückgehen? Davis war dort. Davis war überall. Stocherte. Hakte nach. Bohrte. Sie musste weg, nicht noch einmal hin. Sonst würde sie nicht überleben. „Ein paar Testshootings, Bruce. Mehr verlange ich ja nicht. Kataloge. Werbung. Es müssen nicht Ralph Lauren oder Calvin Klein sein. Es kann alles sein. Es ist mir egal. Nur beschaff mir einen Job.“

„Wie lange bist du hier?“

„Mal schauen. Ich habe den Rückflug noch nicht gebucht.“

„Aber du gehst zurück.“

Ivy presste die Lippen aufeinander und musterte die Wand zu ihrer Linken, die mit Fotos bedeckt war. Gerahmte Zeitschriftenseiten von jedem Designer und Modemagazin, die man sich nur denken konnte. *Vogue. Harper’s Bazaar. Elle.* Calvin Klein. Dolce und Gabbana. Armani. Christian Dior. Gucci. Valentino. Chanel.

Die Gesichter von Bruces Models starrte sie an. Annalises Gesicht. Ihr eigenes. Sie sahen alle gleich aus. Jedes einzelne Gesicht verkörperte eine andere Form von sexy. Der plötzliche Drang, die gerahmten Bilder von der Wand zu reißen und auf dem Boden zu zerschmettern, überwältigte sie. Sie kam sich vor wie eine Raubkatze – wild und gefährlich.

Bruce stützte die Ellbogen auf den Tisch und stieß einen zu langen, zu lauten Seufzer aus. „Du kannst nicht einer Kundin zusagen und dann einen Rückzieher machen, weil du dich langweilst."

„Ich langweile mich nicht."

Er betätigte die Miene des Stiftes mit einem Klicken. Es klang wie eine altmodische Schreibmaschine. Am liebsten hätte Ivy ihm den Stift aus der Hand genommen und damit auf das Foto genau über seinem Kopf eingestochen, auf dem sie für Calvin-Klein-Jeans posierte. Damals war sie sechzehn gewesen. Dünn wie eine Bohnenstange. Ungeheuer schön. Bruce war auf dieses Foto sehr stolz gewesen. Und trotzdem erinnerte Ivy sich vor allem daran, wie leer sie sich gefühlt hatte. So als würde ihr Äußeres immer mehr Kontur gewinnen, während ihr Inneres sich völlig auflöste. Und niemanden kümmerte es. Niemand bemerkte es.

„Wir machen Folgendes." Er nahm die Ellbogen von der Schreibtischplatte. „Ich organisiere dir ein paar Testshootings. Ein paar meiner Models nehmen in den nächsten zwei Wochen an einigen teil. Du gehst hin und dann kaufst du dir ein Ticket und fliegst nach Greenbrier zurück und erfüllst deinen Auftrag. Wenn du da fertig bist, können wir über deinen nächsten Karriereschritt sprechen."

Bruce erhob sich von seinem Sessel. „Ich begleite dich raus. Die Termine kannst du mit Maya klären." Er ging zur Tür und öffnete sie weit. „Sie gibt dir auch die Adressen und sonstigen Infos."

Ivy blinzelte. „Du schmeißt mich raus?"

„Ich habe eine Besprechung mit einem neuen Model." Er tippte auf seine Uhr. „Weißt du noch? Ich bin schon zwei Minuten zu spät und du weißt, dass ich meine Klientinnen nicht gerne warten lasse." Er nahm ihren Arm und schob sie in Richtung Flur. Ihr blieb nichts anderes übrig, als zu gehen, denn Bruce folgte ihr auf den Fersen. Sie lief den Gang hinunter und trat in den hell erleuchteten Eingangsbereich.

Ein schlaksiger Mann mit graumelierten Haaren und einem auffälligen Adamsapfel wartete dort in einem der Sessel, ein Bein übergeschlagen. Neben ihm saß ein Mädchen. Groß. Dünn. Platinblonde Haare bis auf den Rücken. Exotische grüne Augen. Ihrem Aussehen nach zu urteilen war sie keinen Tag älter als zwölf.

Bruce klatschte in die großen Hände. „Luke, Tatiana, es tut mir wirklich leid, dass Sie warten mussten. Kommen Sie doch bitte mit in mein Büro."

Ivy fuhr herum und sah ihren Onkel an. „Sie ist dein neues Model?"

„Sie ist umwerfend, nicht wahr? Sieh dir nur diese Augen an." Bruce senkte dabei nicht die Stimme, sondern sprach so laut, dass das Mädchen es hörte. Auf Tatianas glatten Wangen blühte Farbe auf. Sie wirkte verlegen, aber zufrieden. „Ich habe sie bei einer Model-Messe gefunden – ausgerechnet in Boston."

Er hatte sie gefunden? Dieses Mädchen war weder ein Penny noch ein streunender Hund. „Sie ist ein Kind."

„Sie ist dreizehn. Nicht viel jünger als du, als du angefangen hast."

Ivys Inneres explodierte und sie wurde von Gefühlen überwältigt. Erinnerungsfetzen zuckten vor ihrem geistigen Auge auf, als würden sie von einer Discokugel im Nachtklub in Szene gesetzt. Sie tanzten in scherbenartigen Fragmenten und sammelten sich dann zu einer lebhaften Erinnerung – stärker als alle anderen.

Es war ein Jahr, nachdem eine Sozialarbeiterin bei ihnen auf der Matte gestanden und sie ihrer Mutter weggenommen hatte. Ihr sechster Tag in New York City. Onkel Bruce stellte sie einem Fotografen vor – einem kettenrauchenden Fremden, der in abgehackten einsilbigen Worten redete, sie herumkommandierte, damit sie bestimmte Posen einnahm, während das gleißende Licht der Scheinwerfer in ihren Augen brannte. Der Tränenstaudamm, der sich in den elf Monaten aufgebaut hatte, die sie in James' Haus gelebt hatte, als die ungewollte Tochter, die darauf wartete, dass ihre Mutter clean wurde und sie rettete, gab nach und zerbarst. Sie löste sich auf wie eine Pfütze auf dem Fußboden. Der Fotograf fluchte. Bruce zog sie hoch und nahm ihre dünnen Ärmchen. Sie wollte sich an seine Brust werfen, wollte, dass er sie in den Arm nahm, ihr über das Haar strich und ihr sagte, dass alles gut werden würde. Stattdessen hob er ihr Kinn an und lächelte. Er war so gut aussehend, dass es ihr den Atem verschlug. Er sah genauso aus wie ihr Vater. „Du bist als Schönheit geboren worden, Kleines. Dafür würden die meisten Mädchen töten. Ich habe dein Potenzial schon erkannt, als du acht Jahre alt warst. Du willst doch Model sein, oder? Du willst hier bei mir bleiben, nicht wahr?"

Was blieb ihr denn anderes übrig? Bei ihrem Vater und Marilyn zu leben – bei einem Mann, der sie nicht wollte, und einer Frau, die nicht ihre Mutter war? Nein. Niemals. Sie trocknete sich die Augen und nickte ernst.

„Also dann. All das Zeug, was hier drin los ist?" Bruce klopfte auf seine Brust. „Es spielt keine Rolle. Das schert niemanden, solange du für die Kamera schön bist. Wenn du all das beiseiteschiebst, wird sich jeder in dich verlieben. Wenn du das tust, wirst du lange in New York bleiben können. Dann hast du es geschafft, Kleines."

Ja. Zehn weitere Jahre voller aufmunternder Worte von Bruce und sie hatte es tatsächlich geschafft.

Luke erhob sich und Tatiana stand ebenfalls auf. Sie wirkte aufgeregt und nervös und schüchtern, während sie mit staunendem Blick ihre schicke Umgebung betrachtete. Ivy konnte die gemischten Gefühle in ihrem Gesicht sehen, jedes einzelne. Und bald würde Bruce ihr sagen, dass sie diese Gefühle verbergen sollte. Vergraben, weil niemand sich dafür interessierte. Kein Mensch würde sich jemals dafür interessieren. Aber vielleicht tat Luke es ja doch.

Bruce ging pfeifend den Gang hinunter.

Luke machte Anstalten, ihm zu folgen.

„Ist sie Ihre Tochter?", fragte Ivy.

„Ja." Lukes Antwort war zögerlich. Unsicher.

„Lieben Sie sie?"

Er runzelte die Stirn. „Was für eine Frage ist das denn?"

Bruce hörte auf zu pfeifen und drehte sich um. „Ivy, was machst du da?"

„Lieben Sie Ihre Tochter?"

Lukes Verwirrung wich einer gewissen Verärgerung. „Natürlich liebe ich sie."

„Dann lassen Sie nicht zu, dass sie das hier tut." Ivy wandte sich an Tatiana und sagte dem Mädchen, was James und ihre Mutter und Bruce ihr selbst vor Jahren hätten sagen sollen. „Sei ein Kind, Tatiana. Genieß das Leben. Lach und spiel und kletter auf Bäume. Die Welt braucht nicht noch ein Sexsymbol."

Bruce packte Ivy am Ellbogen. „Danke für diese eloquente Rede." Er lächelte Luke an und danach das Mädchen – als wollte er sie beruhigen – und dann drehte er Ivy um und ging mit ihr zum Ausgang. „Wenn du nicht meine Nichte wärst, würde ich dich auf der Stelle fallen lassen."

„Was habe ich doch für ein Glück, dass ich einen so verständnisvollen, mitfühlenden Onkel habe." Sie hauchte ihm die streitlustigen Worte ins Gesicht und stapfte aus seiner Agentur.

Kapitel 17

Der Schweiß lief Davis zwischen den Schulterblättern hinunter und rann ihm über sein Gesicht, während er mit dem Hammer auf die Dachschindeln der Cornerstone Church schlug. Bald würden sie ein neues Dach brauchen. Seine Flickarbeiten während der Hurrikansaison verschafften ihnen lediglich einen Aufschub. Die Helligkeit des späten Vormittags verlor ihre Schärfe und bot eine kurze Atempause von der Hitze. Aber die Luftfeuchtigkeit blieb. Die Sonne musste hinter einer Wolke verschwunden sein.

Davis schob sich etwa einen Meter seitwärts und hämmerte weiter in der Hoffnung, dass genügend Hammerschläge die chaotischen Gedanken, die durch seinen Kopf schwirrten, ermüden würden. Mit einem Vormittag voller körperlicher Arbeit müsste er doch das Chaos ausschwitzen können. Die Sonne ließ ihn erneut ihre Kraft spüren und drückte heiße Finger auf seinen Rücken. Offensichtlich war die Wolke nicht groß gewesen.

„Haben Sie was gegen das Dach?" Die Stimme von Pastor Voss ließ Davis mitten im Schlag innehalten. Er blickte über die rostige Dachrinne der Kirche, die ebenfalls eher früher als später repariert werden musste. Der Pastor stand vor einem blühenden Strauch, zwei Flaschen Eistee in einer Hand und die andere zum Schutz gegen das gleißende Licht wie ein Visier geformt. „Hier unten sind es fünfunddreißig Grad und ich mag mir gar nicht ausmalen, wie heiß es da oben ist. Wollen Sie nicht runterkommen und eine Pause machen?"

Davis ließ den Hammer niedersausen. Zwei Wochen nach seinem Abend am Strand mit Ivy hatte er sein inneres Gleichgewicht noch immer nicht wiedergefunden. Zeit und Abstand halfen nicht. Das Schwitzen half auch nicht. Ob Reden half? Der Hammer knallte auf das Dach. Dann balancierte Davis zur Leiter und kletterte die metallenen Sprossen hinunter.

Pastor Voss erwartete ihn am Fuß der Leiter und reichte ihm eine von der Hitze ganz beschlagene Flasche mit gekühltem Eistee. Davis drehte den Verschluss auf und trank einen ausgiebigen Schluck. Die süße Kälte beruhigte seine ausgedörrte Kehle.

„Ich glaube, ganz Greenbrier hat gehört, wie Sie das Ding malträtiert haben." Pastor Voss deutete mit dem Kinn auf den Eingang zur Kirche, wo die Klimaanlage gerade lautstark ansprang. „Wir gehen besser rein, um die hier zu trinken. Ich brauche eine Pause vom Predigtschreiben. Irgendwie drehe ich mich gerade im Kreis."

Davis folgte dem Pastor und zog dabei an dem schweißnassen T-Shirt, das wie eine zweite Haut auf seiner Brust klebte. Dann wischte er sich mit dem Saum über die Stirn. Als er das Foyer des Kirchengebäudes betrat, traf die kühle Luft ihn wie ein Schlag.

Pastor Voss lachte leise, als sie in einen schmalen Gang einbogen. „Tja, Davis, meine jüngste Tochter scheint zu glauben, dass Sie verlobt sind. Soll ich die Trauung machen?"

„Haha."

„Wenn ich über ihre Marotten nicht lachen würde, müsste ich weinen. Und mir ist heute nicht nach weinen zumute."

Davis folgte Pastor Voss zu dessen kleinem Büro, in dem Bücher jeglicher Größe und Farbe auf den Regalen um Platz stritten. Einige hatten den Kampf verloren und waren auf dem Boden gelandet oder in schiefen Stapeln auf dem Schreibtisch. Der Pastor setzte sich in einen ziegelroten Sessel. Davis ließ sich auf dem identischen Gegenstück des Möbels nieder, sorgfältig darauf bedacht, dass sein verschwitzter Rücken nicht das Polster berührte.

„Ob Sie's glauben oder nicht: Ihr Großvater hat mich heute Morgen zu einer Runde Golf eingeladen. Dabei hat der Arzt ihn gewarnt, dass er von der Hitze einen Herzinfarkt bekommen könnte. Meiner Meinung nach ist der Mann verrückt."

„Er ist verrückt nach Golf, das auf jeden Fall." Davis gönnte sich noch einen Schluck von seinem Eistee.

Pastor Voss tat es ihm gleich und setzte die Flasche dann mit einem zufriedenen „Ahhh!" ab. Er stellte sie auf den kleinen Beistelltisch, der zwischen den beiden Sesseln eingeklemmt stand. „Also, was macht Ihnen zu schaffen?"

„Wie meinen Sie das?"

„Die ganze Woche grübeln Sie schon und jetzt schlagen Sie mein

Dach tot. Sie haben doch etwas auf dem Herzen und ich finde, Sie sollten es loswerden.“

Davis versuchte zu grinsen und die Sache ganz locker abzutun, aber seine Lippen verzogen sich zu etwas, das eher einer Grimasse glich. „Wird das eine Therapiesitzung?“

„Wenn das nötig ist, damit Sie meine Kirche nicht einreißen ...“

Wenn er eine Therapie bräuchte, würde er Jerry anrufen, einen Kumpel aus seinem Softballteam, der ausgebildeter Therapeut war. Aber was würde das schon bringen? Reden würde Ivy nicht vor dem Schmerz bewahren, den sie in jener Nacht offenbart hatte. Reden würde nicht die Vergangenheit auslöschen oder die Sehnsucht, die sich in seiner Brust ansammelte. Er atmete langsam aus und wippte mit dem Fuß auf dem Teppichboden. „Ich weiß nicht so recht, wo ich anfangen soll.“

„Am Anfang ist normalerweise ganz gut.“

Ein Anfang würde bedeuten, dass seine Probleme nicht miteinander verschmolzen waren. Davis blickte nach oben, so als würde das Herz der ganzen Angelegenheit irgendwo in den Deckenpaneelen schlagen. „Als Sara zwei Jahre alt war, hat Mom ihr den Schnuller weggenommen. Einen Monat später bekam Sara eine Bronchitis und konnte nicht schlafen. Also hat Mom ihr den Schnuller wiedergegeben. Sie hat versucht, Sara zu erklären, dass sie ihn nicht auf Dauer haben kann, sondern nur für eine Weile, bis es ihr besser geht. Beim zweiten Mal war es schwieriger, als Mom ihr den Schnuller wegnahm. Sara hat länger darum gekämpft.“

Zwischen den Augenbrauen des Pastors bildete sich eine Falte.

Davis beugte sich vor und schob die Finger in seine Haare. „Ich komme mir wie ein Idiot vor, weil ich meine Kamera wieder in die Hand genommen habe.“ In seinem Atem bildeten sich Worte – jede Menge davon. Und beim Ausatmen stürzten sie heraus, bevor er sie zurückhalten konnte.

„Ich habe nur wegen Sara zugestimmt, diese Arbeit für Marilyn zu machen, für das Kunstprogramm, aber jetzt kann ich nicht mehr aufhören, an meine Kamera zu denken und an Ivy. Sie ist vor zwei Wochen abgereist und wir haben keine Ahnung, ob sie zurückkommt. Das Leben wäre einfacher, wenn sie nicht wiederkäme, aber der Gedanke, sie nicht wiederzusehen, deprimiert mich, und das an sich ist schon problematisch. Ich habe Marilyn versprochen, dieses Projekt fertigzustellen, und das bedeutet, dass ich noch mehr Bilder machen muss, und meine Fotostrecke in *Southern Brides* kann jetzt jeden Tag herauskommen."

Ganz außer Atem von dem schnellen Monolog, holte Davis tief Luft und sah sein Gegenüber an. Aber der Pastor rührte sich nicht. Nur seine Augenlider blinzelten hin und wieder. „Da musste aber eine Menge raus."

Und Davis ging es trotzdem kein Stückchen besser. Er schlug mit den Handflächen auf die Armlehnen des Sessels. „Ich sollte wieder rausgehen und die restlichen Schindeln festnageln."

Der Pastor hielt ihn zurück, indem er eine Hand auf die seine legte. „Diese Schindeln sind später auch noch da."

Seine Probleme auch.

„Warum machen Sie sich Sorgen über das Erscheinen Ihrer Fotos in dieser Zeitschrift? Sind die Bilder nicht so gut geworden, wie Sie gehofft hatten?"

„Nein, sie sind sogar besser geworden, als ich erwartet hatte." Als er sie zwei Tage nach dem Fotoshooting Joan Calloway gegeben hatte, war sie begeistert gewesen. Davis' Blick wanderte zu der großen gerahmten Schwarz-Weiß-Fotografie an der Wand hinter dem Schreibtisch des Pastors. Nicht Jesus am Kreuz, wie man vielleicht erwartet hätte. Sondern ein kleiner Junge in einer Scheune. Das Licht schien durch die Ritzen. Der kleine Junge hockte am Boden und spähte durch die Lücken in die Welt hinaus. Der Fotograf hatte die Linien und Kanten des verwitterten Holzes genau richtig eingefangen.

„Was ist dann das Problem, Davis?"

„Mein Großvater findet es albern, dass ich wieder Fotos mache. Er meint, der gute Zweck sei nur eine lahme Ausrede, damit ich mein Ding machen kann." In Augenblicken des Selbstzweifels befürchtete Davis, dass sein Großvater recht haben könnte.

Pastor Voss trank einen Schluck aus seiner Flasche.

„Aber das ist nicht der Grund, warum ich es tue." Davis griff nach dem Flaschendeckel und drehte ihn zwischen den Fingern. „Oder vielleicht doch?"

„Haben Sie gebetet, bevor Sie die Entscheidung getroffen haben?"

„Ja."

„Und Sie hatten das Gefühl, dass Gott Sie dazu ermunterte, es zu tun?"

Dass Gott ihn dazu ermunterte? Davis war sich nicht sicher, wie sich das anfühlen würde, vor allem da er vor zwei Jahren hätte schwören können, dass Gott nicht wollte, dass er jemals wieder eine Kamera anfasste. Nicht nach dem, was passiert war. „Es fühlte sich so an, als sollte ich es tun, wenn Sie das meinen."

„Warum machen Sie sich dann Sorgen?"

„Ich befürchte, dass ich diesmal nicht wieder aufhören kann. Wenn die Kampagne beendet ist. Oder dass das Aufhören beim zweiten Mal noch schmerzhafter sein wird, so wie bei Sara und ihrem Schnuller."

„Warum sollten Sie denn aufhören?"

„Sie wissen, warum." Davis schnipste den Deckel des Eistees in Richtung des Mülleimers, der neben der Tür stand. Er hüpfte vom Rand ins Innere des Eimers.

„Warum ist Ivy nach New York abgereist?"

„Ihre Freundin ist gestorben. Sie ist zur Beerdigung gefahren."

„Armes Mädchen."

Davis betrachtete den Fußboden. „Haben Sie Ivy jemals getroffen, als sie noch ein Kind war?"

„Nicht dass ich wüsste."

„Sie ist jetzt ganz anders. Aber irgendwie doch genauso wie früher." Fünf Jahre Modewelt in New York hatten Davis in einen Schatten seiner selbst verwandelt und er war als Erwachsener dort hingegangen. Nicht als leicht zu beeindruckendes Mädchen von vierzehn Jahren. „Wenn ich sie ansehe, kann ich ihre Fesseln sehen, aber wie soll sie die Freiheit finden, wenn sie diese Fesseln liebt?"

„Verwechseln Sie Liebe nicht mit Bedürftigkeit. Jeder braucht etwas, woran er sich festhalten kann. Klingt so, als würde das Mädchen sich an die falsche Sache klammern."

Davis kratzte sich am Kinn. „Ich kann mir einfach nicht vorstellen, dass sie etwas annehmen würde, das wir ihr anbieten könnten."

„Das ist das Großartige an Gott, Davis. Ob sie es annimmt, ist nicht unsere Sache. Wir können nur seine Liebe zeigen, seine Wahrheit verkünden und Jesus den Rest überlassen."

„Aber Sie wissen nicht, wie sie ist. Sie haben nicht gesehen, wie sie sich mir gegenüber verhält." Sein Gesicht färbte sich rot, als er daran dachte, wie sie sich im Wagen über seinen Schoß gelehnt hatte, als sie ihnen Zugang zur Primrose-Plantage verschafft hatte. Ihr aufreizendes Lächeln. Ihre wenig subtilen Berührungen. „Ich bin mir nicht so sicher, ob Gott will, dass ich Zeit mit jemandem wie ihr verbringe."

„Jesus hat mit Steuereintreibern und Prostituierten herumgehangen."

„Ja, aber haben die Prostituierten ihn jemals angebaggert?" Davis wand sich innerlich. Wie könnte er seinem Gegenüber nur klarmachen, was er meinte? Er leerte seine Eisteeflasche und wischte sich die Hände an seinen Shorts ab. „Gibt es in Ihrer Vergangenheit Dinge, auf die Sie nicht stolz sind? Dinge, für die Sie sich schämen?"

„Deshalb ist der Tod Christi am Kreuz so persönlich."

Davis verzog nachdenklich den Mund. „Ivy ist Model und dadurch für mich wie ein Gespenst. Sie ist wie eine wandelnde Erinnerung an diese Zeit in meinem Leben und macht mir wieder neu bewusst, warum ich das nicht tun sollte."

„Sie wissen doch, was man über Gespenster sagt, mein Junge."

„Was denn?"

„Dass wir uns ihnen irgendwann stellen müssen."

Ivy lag auf ihrem Sofa, während die Klimaanlage in die Stille hineinsummte. Sie rückte den kühlen Waschlappen auf ihrem Gesicht zurecht. Nachdem sie von ihrem fünften Vormittag mit Probeshootings zurückgekehrt war, hatte sie alle Jalousien in ihrer Wohnung heruntergelassen und gehofft, dass die hämmernden Kopfschmerzen in ihren Schläfen nachlassen würden.

Es hätte nicht schlimmer laufen können, wenn sie in Marilyns rosafarbenem Pyjama und mit einem dicken Pickel mitten auf der Stirn dort erschienen wäre. Sie war von Teenagern umgeben gewesen. Schönen, vollkommenen Teenagern. Nicht nur dass sie sich wie eine Oma gefühlt hatte, sie hatte auch immer wieder an die Szene in Bruce' Büro denken müssen. In den letzten beiden Wochen war sie von Angst getrieben gewesen und überall hingegangen, wohin Maya sie geschickt hatte. Dabei hatte sie alles getan, um Bruce aus dem Weg zu gehen, weil sie Angst hatte, dass er sie endgültig fallen lassen würde. Offensichtlich bot sie für ihn keinen Nutzen mehr. Er hatte Hunderte anderer Models, die ihm Geld einbrachten. Er brauchte sie nicht.

Ihr Magen war so verkrampft, dass sie zu dem letzten Termin nicht einmal mehr gegangen war. Stattdessen war sie in ihre Wohnung geflohen, weil sie gehofft hatte, dort in einem Zustand stillen Nichtseins versinken zu können. Sie hatte gehofft, dass die Dunkelheit alles andere verdrängen würde. Aber die Angst war ihr gefolgt. Wenn Bruce sie im Stich ließ, wenn er ihr sagte, sie solle sich vom Acker machen ... Ivy fröstelte. Nein, daran durfte sie nicht einmal denken. Sie musste sich ausruhen, bevor sie zum Flughafen fuhr. Sie musste sich erholen, bevor sie nach Greenbrier zurückkehrte.

Denn sie würde zurückkehren.

Nicht weil Bruce es sagte, obwohl das eigentlich Grund genug war. Nicht weil sie es versprochen hatte. Sondern weil es alles war, was ihr blieb. Eine Brautmodenwerbung in Greenbrier, South Carolina. Auf diese winzige letzte Hoffnung würde sie alles setzen.

Es klopfte an ihrer Tür.

Ivy schob sich zwischen Kissen und Couch und tat so, als hätte sie nichts gehört. Da in ihrer Wohnung kein Licht brannte, ging der Besucher vielleicht wieder, wer auch immer es war.

Tock, tock, tock.

Sie legte die Hände auf den Waschlappen und presste den feuchten Stoff auf ihr Gesicht. *Geh weg.*

Tock, tock. „Ivy, bist du da? Mach auf. Ich muss mit dir reden."

Sie fuhr aus den Kissen hoch wie ein Korken, der aus einer Champagnerflasche springt. Der Waschlappen fiel ihr von den Augen. Der Träger ihres Spaghettitops rutschte über ihre Schulter und sie schob ihn hastig wieder hinauf. Dann drehte sie sich hektisch im Kreis, richtete die Kissen und fuhr sich mit zitternder Hand durch die Haare. Warum war Bruce hier? Er kam nie her, abgesehen von dem einen Mal – dem Morgen, an dem er sie nach Greenbrier verbannt hatte und sich nicht einmal die Mühe gemacht hatte anzuklopfen.

Tock, tock, tock. „Ivy?"

Bitte nicht ... Bitte nicht ... Bitte nicht ...

Dieses Mantra wiederholte sie im Geiste wieder und wieder. *Das darf es nicht gewesen sein.* Bruce konnte sie nicht rausschmeißen. Sie war seine Nichte. Sein Fleisch und Blut. Das musste doch etwas bedeuten. Das Gesicht von James blitzte vor ihrem geistigen Auge auf und erinnerte sie daran, dass es nichts bedeuten musste. Sie presste die Hände auf ihren Bauch und öffnete die Tür.

Bruce ging auf dem Flur auf und ab. Sobald die Tür ganz auf war, trat Ivy zurück und er schritt sofort über die Türschwelle.

„Warum ist es hier drin so dunkel?" Er ging zum Fenster und zog die Jalousien hoch.

Ivy kniff angesichts der plötzlichen Helligkeit die Augen zusammen.

Sein Blick wanderte zu ihren nackten Zehen, dann ihren Körper hinauf und blieb an ihren Augen hängen. „Du siehst aus wie der Tod auf Urlaub."

Sie brachte ein schwaches Lächeln zustande. „Danke."

Er schlug mit etwas auf ihren Frühstückstresen in der Küche. Es traf auf einen zerknitterten Umschlag und wirbelte ihn in die Luft. Das Logo der Universität von New York drehte und wand sich, während der Umschlag zu Boden segelte. Ivy streckte die Hand aus und fing ihn auf, bevor Bruce den Absender sehen konnte. Warum hatte sie den Umschlag nicht sofort weggeworfen oder vom Müllschlucker zerfetzen lassen wie den Antwortbrief? Unauffällig schob sie den Umschlag in die Gesäßtasche ihrer Shorts und erkannte dann, was Bruce in der Hand hielt. Eine aufgerollte Zeitschrift. Er warf sie auf die Kücheninsel. Bei dem Aufprall entrollte sich das Magazin. *Southern Brides.*

Joan musste Bruce ein Vorabexemplar geschickt haben.

„Ich müsste eigentlich stinksauer auf dich sein, nach dem, was du dir bei Tatiana und Luke geleistet hast."

Ivy trat einen Schritt auf ihn zu. „Ich weiß. Das war wirklich total daneben von mir. Und es tut mir echt leid. Nach allem, was du für mich getan hast, hätte ich das nicht machen dürfen."

„Das kannst du wohl sagen."

„Es tut mir wirklich leid, Bruce. Wirklich total." Sie würde bis zum Jüngsten Gericht zu Kreuze kriechen, wenn sie ihren Agenten dadurch behalten konnte.

„Kannst du mal aufhören, dich zu entschuldigen?" Er schlug die Zeitschrift auf und zeigte mit dem Finger auf die Bilder. Stefan und sie umgeben von Blumen. „Sieh dir das an. Sieh es dir einfach mal an."

Jeder Tropfen Feuchtigkeit war schlagartig aus ihrem Mund verschwunden. Sie ging auf die aufgeschlagene Zeitschrift zu, als wäre sie eine Schlange mit entblößten Fängen. Als sie hinsah, rutschte ihr das Herz in die Hose. Mit wachsender Besorgnis starrte sie die Bilder an. Die Ivy, die Davis mit seiner Kamera eingefangen hatte. Sie erkannte sich selbst überhaupt nicht wieder. Diese Ivy sah aus wie eine Fremde; eine Frau, die zu viele Geheimnisse hatte. Eine Frau mit zu viel Verletzlichkeit hinter ihrem Lächeln. Diese Bilder waren anders als alle anderen, die sie jemals gemacht hatte. Sie waren durch und durch schrecklich.

„Oh nein, Bruce ..." Jetzt würde er sie feuern. Natürlich würde er das. Er hatte ihr zwei Wochen lang Probeshootings verschafft, die nichts gebracht hatten, und jetzt würde er sie abschießen. Ihr den Laufpass geben. Sie war am Ende.

„Die sind fantastisch!"

Sie blickte zu ihrem Onkel auf. „Was?"

„Absolut fantastisch." Bruce lachte und fing dann wieder an, auf und ab zu gehen. Ivys Blick wanderte zu den Bildern zurück. Sahen sie beide dieselben Aufnahmen? Hatte Bruce den Blick für gute Fotos verloren? Sie blinzelte, aber sosehr sie sich auch bemühte, konnte sie nicht sehen, was daran fantastisch sein sollte. „Wir verschieben deinen Flug. Ich organisiere die Rückreise für morgen Abend, damit du den Job für Marilyn beenden kannst. Und das wirst du, Ivy. Du wirst weitere Bilder mit Davis machen und du wirst ihn davon überzeugen, dass er mit dir nach New York zurückkommen muss."

„Warte mal, Bruce, ich kann dir nicht folgen. Was ist hier los?"

„Eine Vertreterin von Vera Wang hat angerufen. Letzte Woche habe ich bei einer Modegala mit ihr gesprochen und ihr von dir und diesem Shooting erzählt. Heute Morgen habe ich ihr die Bilder geschickt und sie will dich haben. Vera Wang will dich."

In Ivys Kopf drehte sich alles. Sie stützte sich an der Küchenzeile ab, damit ihre Knie nicht unter ihr wegknickten. „Warte mal ... was?"

„Ich habe für morgen früh ein Treffen vereinbart. Diese Vertreterin, Juliette, will dich persönlich kennenlernen. Sie planen für Ende September eine große Kampagne für die neue Frühjahrskollektion, also gleich nachdem du die Modeschau für Marilyn gemacht hast. Sie will dich und sie will Davis Knight."

Die Schwerkraft versagte. Mit einem Mal hatte Ivy Mühe, nicht abzuheben. Ein Lachen stieg in ihrer Kehle auf und purzelte aus ihrem Mund.

Bruce nahm ihr Gesicht fest in beide Hände und drückte einen Kuss auf ihre Stirn. „Und ich hatte schon gedacht, das wäre es gewesen, Ivy. Aber genau in dem Moment, wo ich für dich keine Chance mehr gesehen habe, kriegst du so etwas hin."

Ivy blühte unter seinem Lob auf. Sie wuchs geradezu. Bruce liebte sie. Sie hatte doch noch nicht ihre Nützlichkeit verloren. Sie würde ihre Arbeit mit Marilyn beenden, ihr Lächeln aufpolieren – das Lächeln, das sie hasste, das Vera Wang aber liebte – und nach New York zurückkehren, um das größte Fotoshooting ihres Lebens zu machen. Etwas zu tun, das ihr vielleicht endlich den dauerhaften Platz in der Modelwelt verschaffen würde, den sie brauchte.

„Jetzt musst du nur noch Davis überzeugen. Das schaffst du doch, oder?"

Bruce' Worte ließen den Ballon ihrer Freude gleich wieder platzen. Davis überzeugen, mit ihr nach New York zu gehen? Sofort holte die Schwerkraft sie wieder auf den Boden der Tatsachen zurück. Sie war sich ziemlich sicher, dass sie Davis von überhaupt nichts überzeugen konnte. Schon gar nicht davon.

Kapitel 18

Glocken ertönten, als Davis die Tür zur Boutique öffnete. Benny Goodmans *„Sing, Sing, Sing"* ging gerade in das langsamere *„String of Pearls"* von Glenn Miller über. Posaune und Klarinette flossen aus den unsichtbaren Lautsprechern und tanzten mit Marilyns Pfirsich-Vanille-Raumduft um die Wette. Als ihr Neffe kannte Davis den Namen eines jeden Musikers – wahrscheinlich sogar jedes Songs – aus der Big-Band-Zeit. Die Frau hatte eine heimliche Duke-Ellington-Poster-Sammlung an den Wänden ihres Kellers und machte ihre Wäsche immer noch zu den Klängen von Ella Fitzgerald auf einem antiken Grammofon.

Davis schob ein aufgerolltes Exemplar von *Southern Brides* in die Gesäßtasche seiner Cargoshorts. Er wollte es Marilyn zeigen für den unwahrscheinlichen Fall, dass sie noch kein Exemplar gekauft hatte, seit die Zeitschrift heute Morgen in den Läden ausgelegt worden war. Wenn sie ihm etwas über Ivys lange Abwesenheit sagen konnte, während er hier war, gut. Deshalb war er aber nicht gekommen. Er ging weiter in die Boutique hinein und entdeckte nicht nur eines, sondern gleich drei Exemplare von *Southern Brides*, die seine Tante fächerförmig auf einem kleinen Glastisch neben der Kasse ausgelegt hatte. Er dachte an das zusammengerollte Heft in seiner Hosentasche. So viel zu seiner Ausrede.

Marilyn machte sich gerade an einem großen Garderobenständer mit Kleidern zu schaffen, halb verschluckt von zwei bauschigen Ensembles über einem ihrer Arme. Ihre freie Hand benutzte sie dazu, Tüll und Chiffon zusammenzudrücken, während sie ihn über den fluffigen Stoff hinweg anlächelte. „Davis, ich wusste gar nicht, dass du kommen wolltest. Hast du gesehen, was heute erschienen ist?"

Er zog die Zeitschrift aus ihrem Versteck und schwenkte sie halbherzig.

„Ist es nicht wundervoll geworden?" Ihre Absätze klackerten im Rhythmus der Musik, als sie auf ihn zukam. „Joan hat mir gestern Morgen ein Exemplar geschickt und es waren schon zwei Personen mit der Zeitschrift in der Hand hier, die gesagt haben, wie gut ihnen der Artikel gefällt."

Davis nahm ihr die Kleider ab. Er zog es vor, Marilyns Gesicht zu sehen, wenn er mit ihr sprach. „Du hast anscheinend gut zu tun."

Die Röte in ihren Wangen ließ sie um Jahre jünger aussehen. Genau das hatte seine Tante gebraucht. Sie hatte gesagt, sie wünsche sich eine Ablenkung von ihrem Kummer, der ihr an den meisten Tagen zwar kaum anzumerken, aber trotzdem allgegenwärtig war – gelegentlich äußerte er sich in einem leeren Blick oder einer Hektik, die für seine Tante ausgesprochen untypisch war. Und er hatte ihr dabei geholfen, diese Ablenkung zu finden. Eigentlich hätte ihn das freuen müssen.

„Ich hatte schon zwei Anrufe von potenziellen Kundinnen, die durch die Zeitschrift auf mich aufmerksam geworden sind. Und einen von einem Internettypen, der wissen wollte, ob ich Interesse daran habe, meine Sachen online zu verkaufen. Stell dir das mal vor!" Marilyn blickte über ihre Schulter zu einem untersetzten Mädchen mit mausgrauen Haaren hinüber, das sich vor den Spiegeln drehte und sich dabei mit Sara unterhielt. „Und Becky-Sue Bruckle hat mir gesagt, dass sie den Laden nicht ohne ein Kleid verlassen wird."

Davis musterte das Mädchen diskret. Er erinnerte sich an Becky-Sue. „Sie war im gleichen Jahrgang wie Sara, oder? Hat eine Zwillingsschwester namens Stacy?"

„Beides ganz liebe Mädchen. Becky-Sue hat sich letzte Woche mit Jonas Ludd verlobt. Du kennst doch Jonas. Er ist Jordans großer Bruder."

Davis runzelte die Stirn. Das hatte Sara gerade noch gefehlt – eine Erinnerung an den Mann, der ihr das Herz gebrochen hatte. Davis blickte über Marilyns Kopf hinweg zu seiner Schwester und Sunny hinüber, der neben ihr saß. Sie hielt mehrere Schleier in der Hand, während sie mit Becky-Sue sprach.

„Wie geht es Sara?"

„Sie ist ganz aufgeregt wegen des Artikels. Ich musste ihr jedes Bild mindestens ein halbes Dutzend Mal beschreiben." Marilyn lächelte wie eine stolze Mutter. Sie wäre eine tolle Mutter gewesen. „Und sie freut sich auf unser Treffen heute Abend."

Treffen? Er zog die Stirn kraus.

„Du hast es doch nicht vergessen, oder? Wir wollten uns zusammensetzen, um die Modenschau zu planen. Wenn wir sie Ende September machen wollen, müssen wir uns langsam an die Arbeit machen. Bis dahin sind es keine zwei Monate mehr."

„Ach ja." Er biss sich auf die Wange und wippte auf den Füßen nach vorn. Inzwischen waren beinahe zweieinhalb Wochen vergangen. Kam Ivy nicht zurück? „Weißt du ... werden wir ...?"

„Bitte sag nicht, dass du einen Rückzieher machst, Davis. Wir brauchen alle Hilfe, die wir kriegen können. Sara und ich haben schließlich keine Ahnung, was wir da tun."

„Ich werde kommen." Er hätte zu gerne gewusst, ob Ivy auch dabei sein würde, aber er wusste nicht, wie er fragen sollte, ohne zu interessiert zu klingen, also ließ er die Frage verpuffen und zeigte auf Becky-Sue. „Soll ich die Kleider zu ihr rüberbringen?"

Marilyn bedeutete ihm mitzukommen. Als er in die Nähe der Spiegel kam, hängte er die Kleider an einige kunstvoll geschmiedete Haken und legte einen Arm um Sara.

Sie erschrak und ließ die Schleier fallen.

„Davis!" Becky-Sue hörte auf, sich im Kreis zu drehen. „Wie geht es dir?"

Sara gab ihm einen Klaps auf den Arm. „Du hast mich fast zu Tode erschreckt."

„Mir geht's gut, Becky-Sue. Und dir?"

Sie hüpfte auf ihn zu und hätte ihm mit ihrem Verlobungsring beinahe in die Nase gepikt. „Ich bin verlobt!"

Er tätschelte Sunnys Kopf. „Herzlichen Glückwunsch."

„Sie ist ein bisschen aufgeregt deswegen", murmelte Sara aus dem Mundwinkel.

„Sieht ganz so aus."

Marilyn betrat das Podest und fing an, das Kleid am Rücken aufzuknöpfen. Becky-Sue konnte kaum stillstehen. Sie war wie eine Vierjährige in einem Erwachsenenkörper, was diejenigen, die Becky-Sue nicht kannten, vermutlich auf die Verlobung zurückgeführt hätten. Aber sie war immer so. Einmal hatte Davis gehört, wie Sara gescherzt hatte, Becky-Sue habe gewiss schon im Mutterleib alles Überschwängliche mitbekommen und Stacy die ganze Ernsthaftigkeit.

„Ich kann es immer noch kaum fassen. Ich meine, vor vier Monaten waren Stacy und ich zu einem Blind Date mit Jonas und seinem Bruder aus und jetzt trage ich seinen Ring am Finger. Das ist doch unglaublich, oder?"

Bei der Erwähnung von Jonas' Bruder zuckte Saras Gesicht ein wenig. Davis warf Becky-Sue im Spiegel einen warnenden Blick zu. Sie musste ihn gesehen haben, denn sie zügelte ihre Begeisterung und schob hinterher: „Stacy und Jordan sind jetzt natürlich nur ganz normale Freunde. Nichts Romantisches oder so. Stacy glaubt sogar, dass Jordan immer noch in dich verliebt ist, Sara."

Davis schnitt eine Grimasse. Wenn er näher gestanden hätte, hätte er Becky-Sue den Ellbogen in die Rippen gestoßen.

Sara fingerte an dem Saum ihres T-Shirts herum. „Ich hoffe, er findet ein nettes Mädchen, mit dem er sesshaft werden möchte. Deine Schwester ist ein nettes Mädchen, Becky-Sue."

Becky-Sue fuhr mit einer Hand über die Falten des Kleides, dann faltete sie die Hände vor dem Bauch. Mit einem Grinsen wandte sie sich an Davis. „Ich habe gehört, dir kann man auch gratulieren."

Er unterdrückte ein Stöhnen. Warum hatte Ivy ausgerechnet Rachel Piper von der erfundenen Verlobung erzählen müssen – ausgerechnet der Tochter der städtischen Klatschtante?

„Stacy hat von unserer Cousine Lucy, die mit Rachel befreundet ist, gehört, dass du mit einem Model verlobt bist." Sie hob die Hände an ihr Kinn. „Rachel sagt, deine Verlobte hat Beine bis hier."

Marilyn öffnete den letzten Knopf und lachte. „Davis? Mit Ivy verlobt?"

Jetzt entwich das Stöhnen. „Es ist ein Gerücht, Becky-Sue. Ich bin nicht verlobt."

„Ach, wirklich?" Sie wirkte enttäuscht, schien aber gleichzeitig zu hoffen, er hätte sich irgendwie geirrt. „Weil Stacy gesagt hat, Lucy hätte gesagt, Rachel hätte es aus erster Hand gehört."

„Ich glaube, ich müsste wissen, ob ich verlobt bin oder nicht, meinst du nicht auch?"

Becky-Sue errötete.

Sara beugte sich vor und tastete auf dem Boden nach den heruntergefallenen Schleiern. Er ging neben ihr in die Hocke, um ihr zu helfen. „Sei nett", flüsterte sie.

„Bin ich das nicht immer?“

Marilyn nahm eines der Kleider, die Davis an die Haken gehängt hatte, in die Hand. „Probieren wir mal eins von diesen hier an, Becky-Sue. Ich glaube, ein Neckholder-Modell könnte dir noch besser stehen als das trägerlose Kleid.“

Becky-Sue stieß einen kleinen Freudenschrei aus und folgte Marilyn in die Garderobe.

Davis stand auf.

„Mit Ivy verlobt?“, fragte Sara und nahm ihm die Schleier ab. „Wo kommt denn dieses Gerücht her?“

„Was glaubst du wohl?“

„Sie kommt heute wieder, weißt du.“

„Ach ja?“

Seine Schwester legte den Kopf ein wenig schief, so als versuche sie den Klang seiner Frage zu entziffern. Wenigstens konnte sie nicht sehen, wie sehr seine Wangen leuchteten. „Sie hat Marilyn heute Morgen angerufen. Anscheinend hatte sie noch eine wichtige Besprechung, aber sie hat gesagt, dass sie heute Abend wieder da ist und uns hilft, die Modenschau zu organisieren.“

Ivy kam zurück. Er würde sie noch heute Abend sehen.

Sara steckte einen der Schleier in ihr Haar. „Schön, dass sie wiederkommt, findest du nicht auch?“

„Ich glaube, Marilyn freut sich sehr darauf, sie wiederzuhaben.“ Es war eine ausweichende Antwort, mit der er es vermied, die Wahrheit auszusprechen. Denn wenn er ganz ehrlich gewesen wäre, hätte er eingestehen müssen, dass er sich auch freute.

Ivy zog ihren Koffer aus Marilyns Kofferraum und versuchte, nicht durch die Nase zu atmen. Der Geruch des Marschlandes erfüllte die Abendluft. Heute war er besonders penetrant. Igitt. Nach der fünfzigminütigen Fahrt vom Flughafen hierher, während der Marilyn sie mit Fragen bombardiert hatte, um das Schweigen zu bekämpfen, sehnte sich Ivy nach ihrem weißen Zimmer über der Garage. Jetzt etwas entspannende Musik, ein ausgedehnter Aufenthalt in der Badewanne und ein paar Billy-Collins-Gedichte … aber der beruhigende Gedanke verflog sofort wieder.

Nach ihrem Vera-Wang-Treffen mit Juliette war Ivy eines ganz klar: Die Existenz ihrer Karriere hing von Davis ab. Doch wenn sie auch nur die geringste Chance haben wollte, ihn nach New York zurückzubringen, musste sie Zeit mit ihm verbringen, und das bedeutete, dass sie bei der Planungssitzung für die Modenschau dabei sein musste. Vor ein paar Tagen war sie noch fest entschlossen gewesen, Davis aus dem Weg zu gehen. Heute hing ihre Zukunft davon ab, wie nah sie einander waren. Wenn dunkle Vorahnungen einen Geruch hätten, würden sie wie die Marsch riechen, da war Ivy sich ziemlich sicher – so, dass es einem jeden Appetit verdarb.

Mit verkrampften Muskeln schleppte sie sich auf die Veranda und öffnete die Haustür. Der Duft von gebratenem Hühnchen und eine bellende weiße Georgia begrüßten sie. Sie ließ ihren Koffer auf den Travertinboden fallen und ging weiter, damit Marilyn ebenfalls eintreten konnte. Obwohl die Treppe lautstark ihren Namen rief, würde ihre Müdigkeit warten müssen. Es gab wichtigere Dinge zu tun, zum Beispiel in einem Haus zu sitzen, das sie hasste, und herauszufinden, warum Davis New York verlassen hatte. Es musste mehr dahinterstecken als die Tatsache, dass ihm nicht gefiel, wie er sich dort verändert hatte. Wenn sie dieses spezielle Geheimnis lüftete, bekäme sie vielleicht eine Idee, wie sie ihn zurücklocken konnte.

Marilyn sperrte die Hitze aus und hockte sich hin, um den überdrehten kleinen Hund zu kraulen, der zu ihren Füßen kläffte. Dann ging sie in die Küche. Ivy folgte ihr. Auf einem der Barhocker an der Kücheninsel saß Sara und warf Sunny einen Tennisball zu. Eine zierliche Frau, deren dunkler geflochtener Zopf zwischen ihren Schulterblättern hin und her schwang, stand auf Zehenspitzen vor dem Edelstahlkühlschrank und bearbeitete die Oberseite mit einem Staubwedel. Eine Schüssel mit Bananenpudding stand neben einer Vase, die mit weißem Oleander gefüllt war, und das laute Surren eines Mixers übertönte das Geräusch der Hundekrallen auf dem Holzfußboden. Davis stand mit gebräunten Muskeln, goldenem Haar, das länger war, als Ivy es in Erinnerung hatte, und einem jagdgrünen T-Shirt an der Küchenmaschine und hielt eine Taste gedrückt, während Eiskrem und Milch sich darin drehten und vermischten.

Die ganze Szene machte sie nervös. Augenscheinlich war sie in eine Ausgabe der Zeitschrift *Family Living* geraten. Mixer und Milchshakes? Ballspiele mit dem Haustier, während das Hausmädchen eine Melodie pfiff? Das war neu. Und fremd.

Davis nahm den Finger vom Mixer und lächelte sie an. „Du bist wieder da."

Die Dame mit dem Staubwedel drehte sich um, woraufhin ihre apfelroten künstlichen Fingernägel sichtbar wurden. Ihr Anblick versetzte Ivy einen plötzlichen und unerwarteten Stich. Ihre Mutter hatte immer Nägel zum Aufkleben in Ivys Weihnachtsstrumpf getan, als sie noch klein gewesen war. Renee hatte letzte Woche angerufen, nachdem sie wieder einmal in eine Entzugsklinik eingewiesen worden war. Doch sosehr Ivy auch hoffen wollte, wusste sie es doch besser. Ihre Mutter würde es nie mehr als dreißig Tage nüchtern aushalten.

„Das versteht meine Tochter unter Maniküre." Die Frau mit dem Staubwedel versteckte ihre Hände hinter ihrem Rücken und ihre sommersprossigen Wangen röteten sich.

Marilyn ließ ihr Schlüsselbund auf die Arbeitsplatte fallen. „Annie, das ist meine Stieftochter Ivy. Ivy, das ist meine Haushälterin und Freundin Annie."

Annie lächelte schüchtern und offenbarte dabei eine Zahnlücke.

Sunny legte derweil den vollgesabberten Ball auf Saras Schoß ab. Sie nahm ihn und warf ihn in Richtung Foyer. Beide Hunde rannten los und ihre Krallen kratzten über den Boden. „Schön, dass du wieder zu Hause bist."

Ivys Herz zog sich bei den Worten zusammen. *Zu Hause.* Sie schwebten in der Luft wie eine Seifenblase. Sie stellte sich vor, wie sie danach griff und sie zerbarst. Dieser Ort war ihr damals kein Zuhause gewesen und er würde es auch jetzt nicht werden. Sie war hier, um einen Job zu erledigen. Nicht um Vater-Mutter-Kind zu spielen.

Marilyn ging zum Kühlschrank und öffnete die Tür.

Davis nahm den Deckel von einer Flasche Schokoladensirup und drückte ein schwarzes Band in den Mixer. „Sei vorsichtig, Tante Marilyn. Als ich das Ding das letzte Mal aufgemacht habe, bin ich beinahe von den ganzen Tupperdosen erschlagen worden. Mit den

Mahlzeiten da drin bist du bis zum Sankt-Nimmerleins-Tag versorgt."

„Die sind von den Leuten aus der Gemeinde." Marilyn nahm eine Schüssel mit Kartoffelsalat aus dem Kühlschrank und stellte sie neben den Pudding. „Wenn das nicht bald aufhört, muss Pastor Voss einschreiten, sonst ertrinke ich in gebratenem Hühnchen."

Annie eilte Staubwedel schwingend in das angrenzende Zimmer; ein kleineres Wohnzimmer, das nicht mit dem beeindruckenden Salon auf der anderen Seite des Foyers zu verwechseln war. Es war ein gemütlicher Raum mit einem gestreiften Sofa und altmodischen Sesseln rechts und links davon. Als kleines Mädchen hatte Ivy oft dort gesessen, hatte sich wie eine Katze in einer Ecke des Sofas zusammengerollt. Sie hatte alberne Bilder gemalt, während Bernice das Essen gekocht und westafrikanische Soulmusik gesungen hatte. Es war ein sicherer Zufluchtsort gewesen, an dem James sich nie hatte blicken lassen.

Ivy schlug mit der Handfläche auf die Arbeitsplatte. Die Stille im Auto war bereits unangenehm genug gewesen, jetzt brauchte sie nicht noch mehr davon. „Also, fangen wir an, okay? An was genau habt ihr gedacht? Wird es eine Benefizgala? Davon habe ich schon ein paar gemacht. Eine für Aids, eine für Brustkrebs. Wofür ist diese hier – Malaria?"

„Ein Kunstprogramm für Blinde und Sehbehinderte", erwiderte Davis.

Ivy sah Sara an. „Oh."

Marilyn holte Löffel und Porzellanschüsselchen aus einer Schublade, gab etwas Bananenpudding in eine davon und schob sie Sara zu. Die tauchte die Fingerspitze in die cremige Masse und leckte sie genüsslich ab. „Davis will das Programm am städtischen College von Greenbrier initiieren. Ich glaube, ich werde die einzige Studentin sein."

Marilyn gab einen Löffel Kartoffelsalat in ihre eigene Schale und stocherte mit der Gabel darin herum. „Du bist unsere Expertin, Ivy. Wie fangen wir an?"

Alle Augen waren auf sie gerichtet. Ivy wand sich innerlich angesichts ihrer prüfenden Blicke. Was wusste sie schon darüber, wie man eine Wohltätigkeitsveranstaltung organisierte? Sie war doch nur ein Model. „Also ..." Sie kramte in ihrer Erinnerung und dachte an die Benefizveranstaltungen zurück, bei denen sie auf dem Laufsteg gewesen war. „Erstens müsst ihr überlegen, wie ihr das Geld sammeln wollt. Soll es einen Eintritt geben? Werden Kleider versteigert?"

„Ich dachte an einen Eintritt", sagte Marilyn.

„Wenn ihr wirklich viel Geld machen wollt, könntet ihr städtische Unternehmen bitten, Dinge für eine Auktion zu spenden im Gegenzug zu kostenloser Werbung. Alles, was mit Hochzeiten zu tun hat. Vielleicht eine Hochzeitsreise oder Blumenarrangements. Solche Sachen."

Marilyn strahlte. „Das ist eine super Idee."

Ein warmes Gefühl schlängelte sich durch Ivys Brust. „Dann müsst ihr überlegen, wo das Ganze stattfinden soll. Ihr braucht einen Ort, an dem genügend Platz ist. Es muss einen Raum geben, in dem sich die Models umziehen können. Etwas mit einer Bühne, auf der sie laufen können. Und ausreichend Sitzplätzen für Gäste." Sie knibbelte an der Unterseite der Arbeitsplatte und warf Davis einen Blick zu. „Ich wette, zusammen finden wir einen."

Er zuckte mit den Schultern.

„Ich muss mir Notizen machen. Warum hat man nie einen Stift, wenn man einen braucht?" Marilyn hob einen Finger. „Sagt nichts Wichtiges, während ich weg bin." Sie stieß sich von der Bar ab und verließ den Raum.

Sara warf den Tennisball erneut in Richtung Flur.

Davis spielte mit der Powertaste des Mixers. „Ich weiß, dass ich das schon gesagt habe, aber das mit deiner Freundin tut mir sehr leid."

Seine weiche Stimme ließ Ivy an den Abend am Strand zurückdenken. Und an seine Frage. *„Wer hilft dir, das Meer zu finden?"* Sie blinzelte die Erinnerung fort. Vera Wang war ihr Meer, und wenn Davis ihr wirklich helfen wollte, konnte er es tun. „Jeder muss irgendwann sterben, oder nicht?"

Davis sah sie lange an und reichte ihr dann ein Schüsselchen mit Pudding. Ivy ignorierte ihren knurrenden Magen und lehnte ab. Sie konnte es sich nicht leisten, auch nur ein Gramm zuzunehmen. Zwischen jetzt und dem Shooting für Vera Wang durfte sich an ihrem Äußeren aber auch rein gar nichts ändern.

Die Hunde ließen sich zu Saras Füßen nieder. „Wie war deine Zeit in New York?", fragte sie.

„Recht spannend." Ivy trommelte mit einem Fingernagel auf der Arbeitsplatte und überlegte, wie sie die Unterhaltung in die richtige Richtung lenken konnte. „Du solltest mal hinfahren. Es würde dir bestimmt gefallen."

„Ich bin eher ein Kleinstadtmädchen."

Davis schnitt Saras Worte mit dem Geräusch des Mixers ab. Dann ließ er die Taste los, nahm den Krug vom Gerät und füllte vier hohe Gläser mit Milchshake.

Ivy bemerkte, dass sein Unterkiefer zuckte. „Auch für Kleinstadtleute ist es gut, mal rauszukommen und eine große Stadt zu besuchen. Das weitet den Horizont, weißt du?"

„Ich war schon dort. Einmal." Sara fuhr mit der Hand über die Arbeitsplatte aus Granit. „Als Davis dort gelebt hat."

Bingo! „Ach ja?"

Davis schob Sara ein Glas hin und ließ ein zweites in Ivys Richtung rutschen. „Hattest du einen guten Flug?"

Sie ignorierte seinen Ablenkungsversuch und konzentrierte sich weiter auf Sara. „Wie lange ist das her?"

„Etwa zwei Jahre."

„Ich habe ein paar üble Unwetter auf dem Radar gesehen. Seid ihr in Turbulenzen geraten?"

„Keine richtig heftigen, aber nett, dass du dir Gedanken machst, Dave." Ivy ignorierte seinen funkelnden Blick und wandte sich wieder an Sara, während sie das kalte Glas auf der Arbeitsplatte kreisen ließ. „Und wie fandest du den ‚Big Apple'?"

Sara biss sich auf die Lippe. „Es war nicht so mein Ding."

„Aber dein Bruder hat gern dort gelebt, oder?"

„Ich gehörte dort genauso wenig hin wie Sara", sagte Davis.

Bevor Ivy etwas erwidern konnte, kam Marilyn hereingerauscht, ein Notizbuch und einen Kugelschreiber in der Hand. „Okay, was habe ich verpasst?"

„Wir haben über Saras Besuch in New York gesprochen."

Marilyn blieb stehen und drehte sich zu Davis um.

Irgendwas stimmte hier nicht.

„Entschuldigt uns bitte einen Augenblick." Davis ergriff Ivys Ellbogen und führte sie wie ein ungezogenes Kind ins Foyer, bevor er ihren Arm losließ. „Was soll das?"

Sie rieb sich die Haut an der Stelle, wo er sie berührt hatte, und fragte sich, wie er reagieren würde, wenn sie geradeheraus die Wahrheit sagte und ihm ihr Dilemma erklärte. Würde er einwilligen, sie nach New York zu begleiten? Sie musterte seine angespannte Miene. Nein, eindeutig nicht. Dazu mochte er sie nicht gern genug. Jedenfalls noch nicht.

„Ich versuche nur herauszufinden, warum New York in diesem Haus eine so heiße Kartoffel ist."

„Warum?"

„Darf ein Mädchen nicht neugierig sein?"

„Das Thema ist tabu."

„Weißt du nicht, dass ein Mädchen nur noch neugieriger wird, wenn du ihm sagst, dass etwas tabu ist, Davis?" Sie zog die Augenbrauen hoch. „Würdest du noch einmal zurückgehen?"

Er antwortete nicht.

„Für eine Weile? Vorübergehend?"

„Nein."

„Du hattest angeboten, mich zu Annalises Beerdigung zu begleiten, und die war in New York."

„Das war etwas anderes."

„Inwiefern?"

Er fuhr sich mit der Hand übers Gesicht. „New York ist die Straßenlaterne und ich brauche das Meer, weißt du noch?"

Ivy legte einen Finger an ihr Kinn. „Sara und ich wohnen im selben Haus, und das bedeutet, dass wir viel Zeit miteinander verbringen werden. Da kommen wir uns automatisch näher." Sie kreuzte zwei Finger vor seinen Augen. „Beinahe wie Schwestern. Und Schwestern reden miteinander, Davis. Sie erzählen einander Dinge."

Seine Augen verengten sich. „Du kannst mit mir spielen, soviel du willst, Ivy. Aber bitte halt Sara da raus."

Marilyn streckte den Kopf zur Küchentür heraus. „Alles in Ordnung?"

Davis schob seine Hände in die Gesäßtaschen seiner Hose. „Alles bestens. Wir mussten nur ein paar Dinge klären."

„Und ist jetzt alles klar?“ Marilyn schwenkte ihren Stift. „Ich würde nämlich gerne loslegen.“

Er warf Ivy einen finsteren Blick zu. „Ich weiß nicht. Ist alles klar?“

Sie wich nicht zurück. Nicht das kleinste bisschen. „Glasklar.“

Kapitel 19

Davis zog an dem Hemd, das ihm am Brustkorb klebte, und starrte das Gebäude an, eine architektonische Insel inmitten einer ausgedehnten Rasenfläche, beschattet von Louisianamoos und Lebenseichen. Bis jetzt hatten Ivy und er an diesem Nachmittag zwei potenzielle Veranstaltungsorte für die Modenschau besichtigt: das Gemeinschaftshaus von Greenbrier im Norden der Insel und ein Lagerhaus, das in ein Tagungszentrum verwandelt worden war, im Osten des Industriegebiets. Ivy hatten beide Veranstaltungsorte nicht gefallen. Davis ließ sein Hemd los, nahm seine Baseballkappe ab und kratzte sich am Kopf. „Was meinst du?"

Sie blinzelte in die Sonne. „Was für ein Gebäude ist das?"

„Jetzt ist es ein Theater, aber im ‚Krieg der Nördlichen Aggression'" – er malte mit den Fingern Anführungszeichen in die Luft – „war es ein Waisenhaus."

„Krieg der was?"

„So nennt mein Großvater den Bürgerkrieg. Die Erbauerin, Betsy Crestledown, war die Frau eines wohlhabenden Kaufmannes und später Generals. Als ihr Mann an einer Infektion starb, baute sie dieses Waisenhaus, um die wachsende Zahl an Waisen im und nach dem Krieg aufzunehmen."

„Eine besondere Frau also."

„Eine Lokalheldin." Davis setzte seine Schirmmütze wieder auf und ging den geteerten und von Azaleen gesäumten Weg entlang, während er Ivy aus dem Augenwinkel beobachtete. Gestern Abend waren sie etwas aneinandergeraten, aber nachdem sie sich wieder zu Marilyn und Sara gesellt hatten, hatte Ivy ihre Fixierung auf New York fallen gelassen und sich nur noch um die Modenschau gekümmert. Dabei hatte er eine Seite von Ivy gesehen, die wahrscheinlich nicht viele Menschen zu Gesicht bekamen – ein Leuchten in ihren Augen, das stärker wurde, je mehr sie in die Planung eintauchte und sich selbst vergaß. Und dieses Leuchten war heute Vormittag auch schon ein paarmal aufgeflackert.

Vor der großen zweiflügeligen Eingangstür blieb er stehen und legte die Hand um die Messingklinke. „Für den Fall, dass ich nachher vergesse, dir zu danken – du warst gestern echt klasse mit dem Modenschaukram."

Ihre Wangen röteten sich ein wenig. „Ist doch kein Hexenwerk."

Er lächelte. Ivy verlegen? Das war etwas Neues. „Vielleicht nicht, aber ich hätte einen Blick in die Halle geworfen und eine Anzahlung gemacht." Wer außer Ivy wusste schon, dass die Models mehr Platz zum Umziehen brauchten?

Jetzt leuchteten ihre Wangen noch mehr.

Davis' Lächeln wurde breiter. Als er die schwere Tür öffnete, entdeckte er einen Mann, der sich auf einem Drehstuhl zurücklehnte – ein Typ, der genauso gut dreißig wie sechzig hätte sein können, und beides wäre keine Überraschung gewesen. Einer seiner Stiefel zerriss eine Seite einer Golfzeitschrift, als er die Füße vom Empfangstresen nahm und Ivy dabei ausgiebig musterte.

„Na, aber hallo."

Ivy lächelte diesen Schleimbeutel an – sie lächelte tatsächlich! Davis trat vor sie, um der unhöflichen Begutachtung des Mannes ein Ende zu bereiten. Der Kerl beugte sich vor und streckte zur Begrüßung die Hand aus, wobei er einen langen Hals machte, damit er Ivys Beine sehen konnte. „Ich heiße Duncan. Was kann ich für Sie tun?"

Davis gab Duncan die Hand und drückte etwas fester zu als nötig. „Wir würden uns gerne die Räumlichkeiten ansehen. Wir wollen Ende September hier in Greenbrier eine Modenschau veranstalten und brauchen einen Ort dafür."

Duncan lehnte sich entspannt zurück und legte einen Fuß auf das andere Knie, ohne seinen prüfenden Blick von Ivy abzuwenden. „Da sind Sie bei uns richtig. Hier findet jeden Juni ein Schönheitswettbewerb statt." Er nahm den Fuß herunter und hakte die Daumen in die Gürtelschlaufen seiner Jeans. „Ich verwette meinen Krabbenkutter, dass Sie das Model sind, über das alle reden."

Ivy schob sich an Davis vorbei und stützte die Ellbogen auf den hohen Tresen. „Ihr Krabbenkutter ist in Sicherheit."

Unwillkürlich zog sich Davis' Magen zusammen. Er wollte sie zurückreißen und ihr sagen, dass sie aufhören solle. Er wollte die Ivy, die bei seinem Kompliment errötete, und nicht die Ivy, die mit Perversen flirtete.

„Na, da brat mir doch einer einen Storch. Ich hab noch nie ein waschechtes Model getroffen.“ Duncan holte ein Schlüsselbund aus einer Schublade und erhob sich von seinem Stuhl. Er war einen halben Kopf kleiner als Ivy. „Eine Sekunde. Ich gehe hintenrum und lasse Sie in den Saal.“ Er musterte Ivy noch einmal von oben bis unten, stieß einen leisen Pfiff aus und verschwand in dem spärlich beleuchteten Flur.

Ivy stützte das Kinn in die Hand und trommelte mit der anderen auf der Tischplatte. „Ein reizender Bursche.“

„Du solltest Männer wie ihn nicht noch ermutigen.“

„Männer wie ihn?“

„Duncan. Stefan. Den Jungen bei der Plantage.“

„Was für Männer sollte ich denn ermutigen, Davis?“

Er öffnete den Mund, um zu antworten, aber in diesem Moment klapperte die Tür zum Saal, ein Klicken ertönte und die Tür schwang auf. Auf der anderen Seite stand ein pfeifender Duncan, der einen Schaltkasten aufschloss und die Lichter einschaltete. „Immer hereinspaziert. Sie können sich gerne auch die Räume hinter der Bühne ansehen, wenn Sie wollen.“

Ivy ging an Davis vorbei und schlenderte den mit Teppich ausgelegten Mittelgang hinunter, wobei ihr Blick von den Sitzen zur Bühne und zu den Scheinwerfern über ihr wanderte. „Hat dieser Saal eine gescheite Soundanlage?“

„Na klar.“

Vor der Bühne blieb sie stehen. „Wir könnten einen kleinen Laufsteg hier durch den Mittelgang aufbauen. Das dürfte nicht so schwierig sein.“ Sie trommelte mit ihren manikürten Fingernägeln auf dem Holz und ging dann die Seitentreppen hinauf auf die Bühne. Dabei schwenkte sie die Hüften, als gäbe es den Laufsteg schon. Dann warf sie einen Blick über die Schulter und winkte Davis mit dem Zeigefinger zu sich. „Kommst du?“

Duncan stieß noch einen Pfiff aus. „Mich müsste sie das nicht zweimal fragen.“

Davis folgte Ivy hinter die Bühne, wo sie von Zimmer zu Zimmer ging und an bestimmten Stellen stehen blieb. Er rieb sich den Nacken und versuchte, seiner übermäßigen Verärgerung Herr zu werden. Dass Duncan Ivy so widerlich angaffte und sie als Reaktion mit ihm flirtete, sollte ihn vielleicht stören, aber nicht den Drang in ihm wecken, dem Typen eins auf die Nase zu geben. Er räusperte sich. „Es war übrigens total nett von dir, Sara wegen der Musik zu fragen."

„Sei nicht so herablassend ihr gegenüber."

Verdutzt wich er einen Schritt zurück. Herablassend? „Was soll das denn heißen?"

„Sie kennt sich doch mit Musik aus, oder?"

„Ja."

„Dann hat es nichts mit Nettigkeit zu tun, wenn ich sie frage." Sie fuhr mit der Hand über einen roten Samtvorhang, der von der Decke hing.

Davis verlagerte sein Gewicht von einem Fuß auf den anderen. Die Dielen knarrten unter seinen Sportschuhen. „Sie verlassen sich darauf, dass du ihnen bei den Vorbereitungen hilfst."

„Oh-oh. Fehler Nummer eins. Soll ich sie warnen oder willst du es tun?"

„Die Modenschau ist erst Ende September. Jetzt haben wir Anfang August."

Ivy hielt den Vorhang fest und sah ihn über die Schulter an. „Was willst du damit sagen, Dave?"

„Bleibst du hier?"

„Das habe ich doch gesagt, oder?"

Die Verwirrung verwandelte sich in Zweifel. Warum sollte Ivy in Greenbrier bleiben, es sei denn, sie hatte etwas davon? „Ich verstehe nicht, warum du hierbleiben willst."

„Mir ist es lieber, wenn ich nicht jedes Mal in einen Flieger steigen muss, wenn Marilyn neue Fotos machen will."

Davis sah sie prüfend an. Er wollte ihr glauben. Wirklich. Aber ihre Antwort kam zu schnell und ihr Blick wich dem seinen zu hastig aus. Das konnte nur bedeuten, dass sie andere Gründe dafür hatte zu bleiben. Gründe, die sich so schnell wie die Gezeiten wandeln konnten. Gründe, die dazu führen könnten, dass Sara und Marilyn am Ende im Stich gelassen wurden. „Ich möchte nicht, dass meine Tante oder meine Schwester verletzt werden."

Ivy ließ den roten Samt los. „Was willst du denn damit andeuten?"

„Ich will nur nicht, dass du etwas versprichst, was du dann nicht hältst."

Sie sah ihm in die Augen mit einem Blick aus honigfarbenem Stahl. „Ich halte meine Versprechen."

„Gut. Das freut mich." Davis atmete tief ein und trat näher, während er versuchte, die Spannung zwischen ihnen zu ignorieren. Vielleicht fühlte er sich zu Ivy hingezogen, aber er war schlau genug, diesen Gefühlen nicht nachzugeben. Das Letzte, was sie brauchte, war noch ein Mann, der sie anbaggerte, der ihr Äußeres sah, ohne sich die Mühe zu machen, die Ivy hinter der Fassade kennenzulernen. „Da du jetzt eine Weile hierbleibst, denke ich ..."

„Oh-oh. Fehler Nummer zwei."

„... dass es gut wäre, wenn wir Freundschaft schließen."

Ihr Mundwinkel zuckte. „Du willst, dass wir Freunde sind?"

„Ja."

Sie verschränkte die Arme. „Was, wenn ich mehr will?"

„Mehr gibt es nicht."

„Ich bin nicht gut darin, Freundschaften zu schließen, Davis." Sie sah ihn unter geschwungenen Augenbrauen hervor an. Die Lüftungsschächte rasselten und ließen den Vorhang in einem langsamen Rhythmus vor- und zurückschwingen. „Aber vielleicht mache ich bei dir eine Ausnahme."

Ein durchdringender Pfiff ertönte aus den hinteren Reihen des Saals. Davis trat um den Vorhang herum auf die Bühne und sah, dass Duncan immer noch neben der Tür stand. „Haben Sie sich schon entschieden?"

Davis zog den Vorhang ein wenig vor und sah Ivy an, die sich noch ein letztes Mal umsah und lächelte. Er legte die Hände trichterförmig um den Mund. „Wir nehmen es!"

Duncan winkte sie von der Bühne und steckte den Schlüssel in den Schaltkasten der Lichtanlage. Gleich darauf lag der Saal im Dunkeln. „Dann kommen Sie zurück ins Foyer, damit wir die Einzelheiten besprechen können."

Mithilfe des Lichts, das durch die geöffneten Türen fiel, kletterte Davis vorsichtig von der Bühne, half Ivy herab und ließ ihre Taille dann schnell wieder los. Trotz der Dunkelheit konnte er sehen, dass eine tiefe Falte auf ihre Stirn getreten war. Während er den Gang hinunterschritt, bemühte er sich um einen leichten Tonfall. „Was ist? Willst du nicht mit mir befreundet sein?"

„Das ist es nicht."

„Was dann?"

„Es sind die Bilder, die du gemacht hast."

Er musste unwillkürlich lachen. „Gefallen sie dir nicht?"

Sie traten durch die Tür in den Eingangsbereich und gesellten sich zu Duncan an den Tresen.

„Bruce sagt, sie seien gut. Die Designer sagen, sie seien gut. Was ich denke, spielt keine Rolle."

„Für mich schon."

„Das ist lieb, Dave, tut aber nichts zur Sache."

„Was tut etwas zur Sache?"

„Ein Typ mit deinem Talent gehört nicht hierher nach Hintertupfingen, South Carolina. Nichts für ungut, Dunc." Sie warf dem Mann, der in einer Schublade kramte, einen Blick zu.

„Kein Problem, Schätzchen."

„Bruce könnte dir Arbeit in New York besorgen." Ivy schnipste mit den Fingern. „Im Handumdrehen."

Jetzt fing sie schon wieder mit New York an. „Ich suche keine Arbeit."

„Warum nicht?"

„Das habe ich dir doch schon gesagt. Ich mache das mit der Fotografie nur vorübergehend wieder."

„Ich habe im Laufe meiner Karriere mit vielen Fotografen zusammengearbeitet und keiner von ihnen war auch nur annähernd mit so viel Leidenschaft und Herzblut bei der Sache wie du. Du hast jede Sekunde dieses Fotoshootings genossen, und wenn du sagst, dass das nicht stimmt, dann lügst du."

Duncan drehte ein Schlüsselbund um seinen Finger und verfolgte ihre Unterhaltung interessiert. Davis wandte ihm den Rücken zu. „Wieso interessiert es dich, was ich mit meiner Kamera mache oder auch nicht?"

„Weil ich finde, dass es eine Sünde ist, ein solches Talent zu vergeuden. Ich verstehe nicht, warum du das tun willst. Oder warum du das Gefühl hast, es tun zu müssen."

Eine Sünde? Seit wann machte Ivy sich Gedanken über Sünde?

„Ich habe dich gestern Abend gebeten, das Thema auf sich beruhen zu lassen."

„Du hast mich nicht darum gebeten. Du hast es mir befohlen."

Seine Muskeln verkrampften sich. „Wir sind hier, um einen Veranstaltungsort für die Modenschau zu finden. Beschränken wir uns darauf."

„Hey, du bist es doch, der auf Freundschaft aus ist. Machen Freunde nicht genau das? Einander die Wahrheit sagen? Einander anspornen, damit sie ihr Potenzial erfüllen?"

„Beim Militär ist das so."

Duncan klopfte auf den Tresen. „Wann ist Ihre Veranstaltung?"

„Am letzten Samstag im September. Am fünfundzwanzigsten."

Duncan blätterte in seinem Taschenkalender. „Da ist noch frei, aber wenn Sie den Termin reservieren wollen, brauchen wir so bald wie möglich eine Anzahlung. Einen Scheck, der auf ‚Betsy Crestledown Theater' ausgestellt ist."

„Sie nehmen keine Kreditkarte?", fragte Davis.

„Nein, Sir. Nur Schecks oder Bargeld."

„Dann muss ich den später vorbeibringen." Und hoffen, dass niemand ihnen die Location vor der Nase wegschnappte.

Duncan zeigte mit dem Finger auf Ivy. „Das kann sie doch machen."

Davis funkelte ihn an.

„Klar, Duncan." Ivy warf Davis einen „Er benimmt sich wenigstens wie ein Mann"-Blick zu. „Es wäre nett, Sie wiederzusehen. Sehr nett."

Georgia hechelte und tapste mit ihren winzigen Pfoten neben ihr her, als Ivy zu Marilyns Schlafzimmertür ging und anklopfte.

„Ja, bitte?"

Ivy sprach mit der Tür. „Wir haben einen Veranstaltungsort gefunden."

„Oh, Ivy, das ist ja fantastisch." Eine Pause. Dann Geräusche. „Warte kurz. Ich ziehe mich an. Dann komme ich raus und wir können reden."

„Wir müssen nicht reden. Ich brauche nur einen Scheck, damit wir die Anzahlung für die Buchung des Theaters leisten können."

„Das Betsy Crestledown?"

„Genau."

„Perfekt! Die Schecks sind im Schreibtisch in James' Arbeitszimmer. Geh doch schon vor und füll ihn aus, ich komme dann gleich runter und unterschreibe ihn."

Im Arbeitszimmer ihres Vater? Georgia leckte Ivys Fußknöchel. Sie schob den Hund zur Seite und ging die Treppe hinunter.

Es ist nur ein Arbeitszimmer und er war nur ein Mann.

Sie durchschritt das Foyer und den kleinen Raum, der an die Küche angrenzte. Dann blieb sie vor der zweiflügeligen Tür stehen – vor James' Versteck. Als Kind war sie schlau genug gewesen, nicht hineinzugehen.

Jetzt streckte sie die Hand aus und drückte die Tür auf. Die Angeln quietschten. Drinnen schien die Luft stillzustehen. Die Rollläden waren heruntergelassen. Alles wirkte unberührt. Wie in einem Grab. Als wäre niemand hier gewesen, seit James den letzten Atemzug getan hatte. Sie betätigte den Lichtschalter und erwartete Spinnweben, aber stattdessen sah sie poliertes Holz. Mit fünf Schritten war sie beim Schreibtisch und entdeckte das Scheckbuch direkt unter der Lampe. Sie nahm den einzelnen Stift, der mitten auf einem leeren Kalender gestrandet war, und fing an zu schreiben, doch der Stift funktionierte nicht richtig. Bevor sie den Betrag eintragen konnte, streikte er ganz. Sie schüttelte ihn und versuchte es noch einmal. Nichts.

Sie holte tief Luft, zog die oberste Schublade des Schreibtischs auf und kramte zwischen Notizbüchern, braunen Umschlägen, einem Heftgerät, Büroklammern und einem alten Taschenmesser herum. Keine Stifte. Sie schloss die Schublade wieder und öffnete die nächste darunter. Wahrscheinlich enthielt sie noch mehr Büroutensilien.

Stattdessen stieß sie auf eine schwere, kirschrot lasierte hölzerne Kiste mit Klappdeckel. Sie sah aus wie ein Behältnis, in dem man Erinnerungen aufbewahrte. Und sie gehörte ihrem Vater. Ihr Herz hämmerte. Sollte sie einen Blick hineinwerfen? Und wenn sie das täte, würde der Inhalt sie aus der Bahn werfen oder ihr Fundament bröckeln lassen?

Baseballkarten wären okay. Bilder von James als Kind könnten sie vielleicht ein bisschen berühren. Liebesbriefe von ihm und Marilyn oder, schlimmer noch, von ihm und ihrer Mom? Das würde sie ans obere Ende der Richterskala schleudern.

Am Ende siegte die Neugier. Mit zitternden Fingern strich Ivy über das glatte Holz, dann nahm sie die Kiste aus der Schublade. Sie hob den Deckel an und atmete den Duft von Zedernholz ein. Ein Schatten lag über dem Inneren der Schatulle, sodass sie den Inhalt nur undeutlich erkennen konnte.

Fotografien?

Sie griff hinein, nahm den Stapel Papier in die Hand, der von einem Gummiband zusammengehalten wurde, und drehte die Bilder um. Was sie sah, raubte ihr mit einem Schlag den Atem. Ivy ließ sich in den Drehsessel fallen.

Es waren tatsächlich Fotos, aber nicht von James oder Marilyn oder Ivys Mutter. Die Bilder zeigten sie – Polaroidaufnahmen, Schwarz-Weiß-Fotografien, Schul-Passbilder, Kleinbildformate, sogar ein ganzer Stapel Ausschnitte aus Zeitschriften. Alle von Ivy. Ihr Herz pochte heftig und in ihren Ohren rauschte es. Woher hatte er die Aufnahmen und warum hatte er sie?

Sie wickelte das Gummiband ab und blätterte den Stapel durch. Als sie auf ihr Bild aus der zweiten Klasse stieß – ein Foto von ihr mit schiefem Pony aufgrund eines Experiments, das sie mit Moms Schere angestellt hatte –, drehte sie es um und erblickte die vertraute Handschrift ihrer Mutter.

Ivy. 7 Jahre alt. 2. Klasse.

Sie drehte auch die anderen Bilder um und fuhr mit dem Finger über die geschwungenen Buchstaben. Lilafarbene Tinte. Rote Tinte. Gelegentlich ein schwarzer Filzstift. Mom hatte diese Bilder geschickt. Bedeutete das also, dass James sie hatte sehen wollen? Ivy breitete die Zeitschriftenseiten auf dem Schreibtisch aus. Sie waren nicht beschriftet, aber jemand hatte sie sauber und ordentlich ausgeschnitten. Sie versuchte, sich James in diesem Arbeitszimmer vorzustellen, wie er einer *Elle* oder *Cosmopolitan* mit der Schere zu

Leibe rückte. Es wollte ihr nicht gelingen, aber es gab hier Beweise. In einer Kiste. Im Schreibtisch ihres Vaters.

Was bedeutete das?

Ein kleiner warmer Punkt dehnte sich in ihrer Brust aus und sie drückte die Hand auf das ungewohnte Gefühl. Hoffnung regte sich wie das Flattern von Vogelflügeln, zuerst langsam, dann schnell und federleicht. Sie blätterte noch einmal durch die Bilder, diesmal langsamer, und hielt bei denen inne, die Marilyn gemacht hatte – Ivy auf dem Pediküresthul bei ihrem ersten Besuch, eine Ivy mit ernster Miene vor einem riesigen Teller voller Hummer, ein anderes Foto, auf dem sie beide zu sehen waren – Marilyn lächelte strahlend, einen Arm um Ivys Schultern gelegt, in der anderen, ausgestreckten Hand die Kamera, mit dem Strand im Hintergrund. Es war ein Lächeln, das einfach keinen Sinn ergab; ein Lächeln, dem Ivy nie ganz getraut hatte. Als sie weiterblätterte, versuchte sie sich vorzustellen, wie James jedes einzelne dieser Fotos in die Kiste packte, sie spät abends, wenn Marilyn schlief, herausholte und mit dem Daumen über das Gesicht seiner Tochter strich.

Hatte James sie vielleicht doch geliebt?

Die Flügel flatterten schneller, heftiger. So musste es doch sein, oder? Das hier war der Beweis dafür, dass sie ihm nicht egal gewesen war. Warum sonst hätte er sich die Mühe machen sollen, all diese Bilder aufzuheben?

Es klopfte dreimal kurz an die Tür zum Arbeitszimmer. „Hast du die Schecks gefunden?"

Ivy sprang vom Stuhl auf und schob die Bilder zu einem unordentlichen Haufen zusammen.

Marilyn blieb abrupt stehen, ihre graublonden Haare noch feucht von der Dusche, die Lippen in einer schiefen Position erstarrt – so als wären sie zwischen einem Lächeln und einem Oh-oh stecken geblieben. Sie starrte auf die offene Kiste und die Fotos, die unter Ivys Arm ausgebreitet waren.

Ivy stopfte sie wahllos in die Kiste zurück. „Tut mir leid. Ich wollte nicht … ich meine … ich brauchte einen Stift."

Marilyn befingerte nervös ihren Ärmel. „Soll ich den Scheck unterschreiben?"

„Oh. Ja, ja." Ivy schob ihr den Scheck zu.

Marilyn nahm einen Stift aus einem Becher, der auf dem Aktenschrank stand.

Ein ganzer Becher voller Stifte.

Wie konnte es sein, dass Ivy sie nicht gesehen hatte? Aber wer stellte Stifte auch auf einen Aktenschrank anstatt auf den Schreibtisch? Marilyn setzte kratzend ihre Unterschrift auf die entsprechende Linie. Als sie fertig war, gab sie Ivy den Scheck und wischte sich die Handflächen an ihrer Jogginghose ab. „Ich hoffe, du bist mir nicht böse."

„Warum sollte ich dir böse sein?"

Marilyns Blick huschte zu der Kiste. „Wenn es deiner Mutter etwas ausgemacht hat, mir die Bilder zu schicken, hat sie nie etwas davon gesagt."

Die Flügel des kleinen Vogels stockten. „Was?"

„Und die Assistentin von Bruce hatte auch nichts dagegen. Sie hat mir versichert, es sei kein Problem" – Marilyn zeigte auf die Zeitschriftenseiten – „mir Exemplare von diesen Heften zu schicken."

Eine kalte Faust ballte sich in Ivys Magen. Sie wollte den Kopf schütteln. Sich die Ohren zuhalten. Marilyns Worte ungeschehen machen – denn sie machten die aufkeimende Hoffnung, die sie noch vor wenigen Sekunden erfüllt hatte, mit einem Schlag zunichte. „Das ist deine Kiste?"

Marilyn runzelte die Stirn und dann, als wäre ihr Fauxpas ihr so langsam aufgegangen wie die Morgensonne, wich alle Farbe aus ihrem Gesicht. „Du dachtest ...?"

Ivy blickte zu Boden. Ja. Natürlich hatte sie das gedacht.

„Oh, Ivy."

Ivy griff nach der Schatulle. „Kann ich sie haben?"

„Es tut mir wirklich leid."

„Kann ich?"

Marilyn blinzelte. „Ja, natürlich."

Ivy klemmte sich die Kiste unter den Arm, schob sich an Marilyn vorbei und lief nach oben, immer zwei Stufen auf einmal nehmend. Sie eilte den Flur hinunter, riss die Tür zu ihrer Gästewohnung auf und knallte die Kiste auf die Kommode. Ihre persönliche Erinnerung. Ihr Polarstern, der sie zur Wahrheit führte. James hatte sie nie geliebt. Natürlich nicht.

Sie ging ins Bad und drehte den Wasserhahn auf. Vielleicht würde ein siedend heißes Bad diese idiotische Sehnsucht vertreiben, die durch ihren Körper waberte. Sie lockerte den Griff um den zerknitterten Scheck, ging zu ihrem Nachttisch und schob ihn in ihren Gedichtband von Billy Collins. Sie würde ihn morgen abgeben. Im Moment war ihr nicht danach, Duncans gierigen Blick auszuhalten. Sie setzte sich auf die Bettkante und beugte sich vornüber.

Warum Marilyn? Warum war es von allen Menschen ausgerechnet Marilyn, die sich etwas aus ihr machte?

Kapitel 20

„Wie bringt man einem Hund das Lesen bei?"

Sara lachte, ein wohltuender Klang angesichts der vergangenen paar Tage. Greenbrier und sein Mangel an Ablenkung machten Ivy allmählich verrückt. So wie die Tatsache, dass Davis verschwunden war. Sie hatte ihn seit drei Tagen nicht gesehen. Nicht seit dem Nachmittag der Ortsbegehung und demselben Abend, an dem Ivy Marilyns Kiste gefunden und eine absurde Schlussfolgerung gezogen hatte.

„Sunny kann keine Wörter lesen. Er liest Hinweise. Menschen. Situationen. Er hört zu."

„Sara, er sitzt da und sieht die Ampel an, als könnte er lesen, was da steht."

Das orangefarbene „Stopp" verwandelte sich in ein weißes „Go". Sunny hob sein Hinterteil vom Bürgersteig und führte Sara über die Straße. Waren Hunde nicht angeblich farbenblind? Ivy starrte den beiden nach, ziemlich beeindruckt von dem Tier, und folgte ihnen dann schnell, bevor die Ampel für die Autos grün wurde – die einzige Ampel am überfüllten Palmetto Boulevard.

„Also Frogmore Stew? Ich muss sagen, besonders appetitlich klingt das nicht."

„Du kannst nicht nach Greenbrier kommen und dann das typische Regionalgericht nicht essen."

„Und du versprichst, dass keine Frösche drin sind?"

Sara hob zwei Finger wie zum Schwur. „Indianerehrenwort."

„Ich vermute mal, es ist nicht kalorienarm, oder?"

Wieder lachte Sara. „Nicht ganz. Aber *ein* Südstaatenessen wird dich schon nicht umbringen."

Umbringen? Nein. Sie aufblähen? Schon möglich. Es war ein Risiko, das sie nicht eingehen konnte. Nicht bevor sie am Montag die Bilder für Marilyns Broschüre gemacht hatten. Aber wenn Sara sie zum Mittagessen einlud, konnte Ivy nicht Nein sagen. Und sie wollte es auch nicht. Zum einen genoss sie es, Zeit mit Sara zu verbringen – eine merkwürdige Entdeckung –, zum anderen konnte sie diese Zeit zu ihrem Vorteil nutzen und ein bisschen mehr über Davis ausgraben. Vielleicht erfuhr sie ja etwas, das ihr bei ihrer Mission helfen konnte. „Ich habe deinen Bruder schon eine ganze Weile nicht mehr gesehen. Hast du in letzter Zeit mit ihm gesprochen?"

„Ich bin ihm heute Morgen über den Weg gelaufen, als ich in der Kirche ein paar Lieder geübt habe. Sein Job dort scheint ihn ziemlich auf Trab zu halten. Am Donnerstag hat die Klimaanlage den Geist aufgegeben und außerdem versucht er, vor dem Gottesdienst morgen die neuen Schränke für die Kleinkinderbetreuung fertig einzubauen."

Klar. Probe. Sara war jeden zweiten Sonntag für den Gesang zuständig. Vielleicht sollte Ivy mit ihr üben. Sie konnte zwar keinen Ton halten, aber wenigstens würde sie Davis dann über den Weg laufen. Sie musste einen Weg finden, um das Thema New York noch einmal anzusprechen. Es waren keine zwei Monate mehr bis zu dem Fotoshooting für Vera Wang und abgesehen von Davis' merkwürdigem Freundschaftsangebot hatte sie keinerlei Fortschritte gemacht. „Ich hoffe, er ist für die Aufnahmen am Montag bereit."

Sara und Sunny liefen den gepflasterten Gehweg hinunter, unter der Markise von Gizmos Art Gallery hindurch und an großen Betonpflanzkübeln vorbei. Ivy passte sich ihrem Tempo an und öffnete den Mund, um die Unterhaltung am Laufen zu halten, aber ihre Haut kribbelte mit einem Mal auf die vertraute Weise, die ihr sagte: „Hey, jemand beobachtet dich." Sie fuhr herum auf der Suche nach dem Voyeur, und erblickte einen Mann, den sie kannte, nur dass er nicht sie anstarrte. Er beobachtete Sara. Es war der Typ, der sie mit seinem Abschleppwagen gerettet hatte, als Davis und sie auf dem Standstreifen der Autobahn gestrandet waren. Er stand wie festgewurzelt auf der anderen Straßenseite, während eine Gruppe kamerabehängter, Hawaiihemd tragender Touristen einen Bogen um ihn machte. Wie hieß er noch mal? Irgendwas mit J.

Er hörte erst auf, Sara anzustarren, als Ivy mit einem Winken seine Aufmerksamkeit erregte. Da wandte er den Blick ab, aber vorher konnte Ivy noch in seine Augen sehen und sie kannte den Ausdruck darin sehr gut – Sehnsucht. Ihre Neugier war sofort geweckt. Warum verließ ein Mann eine Frau, die er immer noch wollte? Mr Mechaniker lief über die Straße und verschwand in einem Laden, dessen Schaufenster in allen erdenklichen Blumenfarben erblühte.

Ivy holte Sara ein und berührte ihren Arm.

Sara blieb stehen und suchte mit blinden Augen ziellos herum. „Stimmt was nicht?"

„Hast du was dagegen, wenn wir vor dem Essen einen kleinen Umweg machen?" Ivy zog sie unter die Markise des Geschäfts.

„Einen Umweg?"

„Ich hatte gerade eine Idee. Wäre es nicht schön, wenn unsere Models Blumen in der Hand hätten, wenn sie über den Laufsteg gehen? Es würde die Kleider noch besser zur Geltung bringen, meinst du nicht? Und wir müssen auch noch Spezialangebote für die Auktion organisieren. Welche Braut würde nicht ein tolles Blumenarrangement für ihre Hochzeit haben wollen? Können wir kurz in ein Blumengeschäft gehen?"

Sara biss sich auf die Lippe.

„Hast du ein Problem mit Blumen?"

„Welches Blumengeschäft ist es?"

Ivy lehnte sich zurück, bis sie das Schild lesen konnte. „ZuZus Blütenblätter."

„Oh."

„Ist irgendwas mit dem Laden?"

„Er gehört Mrs Ludd."

Ludd, das war es! Jordan Ludd.

„Sie ist die ältere Tochter von Pastor Voss."

Ivys Neugier wuchs mit jedem Wort. „Magst du sie nicht?"

„Das ist es nicht." Sara fingerte an Sunnys Geschirr herum. „Ich war mal mit ihrem Sohn zusammen."

„Und dann hast du ihm das Herz gebrochen und seine Mama hasst dich jetzt?" Es war das Beste, sich dumm zu stellen.

„Nicht wirklich."

Ivy zog an Saras Arm. „Komm schon, Sara, dich kann doch niemand hassen. Vielleicht arbeitet sie ja heute gar nicht."

Sara wehrte sich. Ivy zog fester. Sunny tänzelte hin und her. Ivy fragte sich, welche Signale das Tier jetzt empfing. „Nein, wirklich, Ivy. Ich fühle mich da drin nicht wohl. Geh du ohne mich. Wir warten draußen."

„Sei nicht albern. Mrs Ludd kennt dich und das kann nur bedeuten, dass sie dich liebt. Bei mir sagt sie vielleicht Nein, aber bei dir niemals." Ivy blickte zum Fenster hinein. Über die Blumen hinweg sprach Jordan mit einer untersetzten rotblonden Frau, die Blätter von Blumenstielen schnitt. „Wir sollten Blumen für die Modenschau haben. Da bin ich mir ganz sicher."

Sara setzte ihre Sonnenbrille auf. „Also gut."

Triumphierend öffnete Ivy die Glastür und trat ein. Mrs Ludd und Jordan hörten auf zu reden, als Sara mit Sunny hereinkam – die Haare zum üblichen Pferdeschwanz zusammengebunden, ohne Make-up und in einem blassgelben Top, das ihr nicht stand. Ivy war sich sicher, dass Sara keine der Frauen war, nach denen jeder Mann sich umdreht. Aber Jordan starrte sie an, als wäre sie die schönste Frau im Raum.

Mrs Ludds Schere fiel auf den Tresen. „Welch eine Augenweide betritt denn da meinen Laden?"

Ivy zuckte angesichts der Wortwahl zusammen. Augenweide? Das war nicht ihr Ernst, oder?

Sara blieb an der Tür stehen und winkte halbherzig. „Hallo, Mrs Ludd."

Mrs Ludd stieß Jordan an – im Sinne von: *Nun sag schon was.* Aber Ivy wusste, wie jemand aussah, der wie erstarrt war, und Jordan fiel eindeutig in diese Kategorie. Sie trat vor und streckte die Hand aus. „Ich heiße Ivy Clark."

Mrs Ludds Handschlag war fest und herzlich. „Sie sind das Mädchen, von dem meine Schwester ständig erzählt. Sie und ihre Tochter sind Ihnen vor einer Weile in der Boutique begegnet, als die beiden auf der Suche nach einem Brautkleid waren."

„Ach ja." Dann war die große Rote also Mrs Ludds Schwester. Und dank ihr und Schecki vom Hafen machten Gerüchte in Greenbrier schnell die Runde. Vielleicht konnte Ivy sie engagieren, um etwas Werbung für ihr Wohltätigkeitsevent zu machen. „Ich bin mir nicht sicher, ob Sie es schon gehört haben, aber Marilyn veranstaltet am fünfundzwanzigsten September eine Modenschau für einen guten Zweck."

Mrs Ludds rundes Gesicht leuchtete auf. „Ach, wirklich?"

„Ehrenwort."

„Ach, meine Liebe, da wird die ganze Stadt begeistert sein."

„Das hoffen wir. Da es um Brautmoden geht, würden wir uns freuen, wenn Sie Blumensträuße für unsere Models zusammenstellen könnten und wir im Gegenzug Werbung für Ihren Laden machen. Und wenn Sie richtig, richtig groß rauskommen wollen, könnten Sie zusätzlich ein oder zwei Gutscheine für Hochzeitsblumenschmuck versteigern lassen."

Mrs Ludd warf einen Blick über ihre Schulter und gab Jordan mit den Augenbrauen ein Zeichen. Abgesehen von dem sanften Auf und Ab seines Brustkorbs hatte er sich nicht bewegt. Sein Blick war nach wie vor auf Sara gerichtet, die an der Tür stehen geblieben war und Sunnys Geschirr umklammerte, während sie unruhig auf der Stelle trat, verloren in ihrer Welt der Blindheit.

„Jordan, Liebling, kannst du mir bitte meinen Kalender holen?"

Saras Gesicht wurde schlagartig aschfahl.

Jordan löste seine Füße vom Boden und verschwand im Hinterzimmer. Niemand sagte etwas. Ivy sah Sara an, die den Kopf gesenkt hielt. Dann sah sie zu Mrs Ludd, die Sara anstarrte. Es war ausgesprochen seltsam. Ivy wusste von Davis nur, dass Jordan und Sara einmal zusammen gewesen waren. Jordan kam zurück und reichte seiner Mutter den Kalender.

Ivy schob die Hände in die Gesäßtaschen ihrer Shorts und wippte auf dem Absatz vor und zurück. „Sag mal, Jordan, bleiben im September eigentlich viele Autos liegen? Wir könnten bei unserer Modenschau gut deine Hilfe gebrauchen."

Sara stieß gegen die Tür. Das Glockenspiel ertönte.

Jordans Aufmerksamkeit flog von Sara zu Ivy. „Ich bin mir nicht sicher ..."

„Du hast eine kräftige Stimme und könntest für uns den Moderator machen. Die Kleiderdesigns vorlesen. Accessoires. Schuhe. Ich wette, du würdest das super machen."

Jordan wurde rot. „Ich bin nicht besonders gut im Reden."

„Okay." Ivy wandte sich an Sara, weil sie hoffte, sie in die Unterhaltung mit einbeziehen zu können. „Was meinst du, Sara? Vielleicht könnte er das Aufräumkommando übernehmen. Wenn alles vorbei ist, brauchen wir Hilfe beim Putzen."

„I... ich weiß nicht." Sara legte eine Hand auf ihren Bauch, so als müsste sie sich jeden Moment übergeben. „Tut mir leid, ich brauche frische Luft.“ Sie krallte die Finger noch fester um Sunnys Geschirr und eilte zur Tür hinaus.

Jordan folgte ihr nicht. Er stand mit hängenden Armen da.

Mrs Ludd blickte von ihrem Kalender auf. „Ich habe da keine Termine, Liebes. Sagen Sie Marilyn, dass wir gerne helfen, wo wir können.“ Sie warf ihrem Sohn einen Blick zu und ein Anflug von Verärgerung trat auf ihr Gesicht. „Jordan kann auch helfen.“

Ivy suchte die Straße erst in die eine Richtung ab, dann in die andere. Ein schlaksiger Mann mit einer großen Gürtelschnalle und Cowboystiefeln begleitete eine mehrfach gepiercte Frau den Gehweg entlang. Ivy wartete, bis sie vorbeigegangen waren, dann trat sie von der Bordsteinkante auf die Straße, um bessere Sicht zu haben. Sie musste Sara finden und um Entschuldigung bitten. Sie hätte sie nicht so plötzlich mit Jordan konfrontieren sollen, vor allem, wenn er ihr schon mal das Herz gebrochen hatte. Aber wo konnte Sara sein?

Ivy ging in Richtung Charlies Krabbenhütte, wo sie hatten essen wollen, bevor sie ihren ursprünglichen Plan durcheinandergebracht hatte. Anderthalb Blocks später entdeckte sie das Fell von Sunny ein Stück weiter auf der anderen Straßenseite, jenseits einer Reihe Palmen, abseits vom hölzernen Gehweg. Er hatte sich im Sand neben einer Frau mit dünnem Pferdeschwanz niedergelassen, die auf einer Bank saß.

Ein blauer Ford-Pick-up mit silberner Aufschrift polterte vorbei. Ivy überquerte die Straße, lief durch das sandige Gras und setzte sich neben Sara. „Hi.“

Sanfte Wellen schlugen ans Ufer und weiße Schaumkronen zogen sich ins Meer zurück. Der heiße Wind ließ feine Haarsträhnen um Saras Gesicht tanzen, während sie einen losen Faden ihres Tops um ihren Finger wickelte, bis die Fingerspitze ganz rot wurde. „Wusstest du, dass er im Laden war, als du mich da reingeschleppt hast?“

„Ja.“

„Warum hast du das gemacht?“

Saras leise Frage zwickte sie in den kleinen Hohlraum unter ihrem Brustbein. Weil sie wissen wollte, ob Jordan Sara liebte und ob sie seine Liebe erwiderte. Vielleicht war Neugier doch eine Sünde. „Ich weiß nicht ..."

Sara wickelte den Faden wieder ab. „Meinst du etwa, ich wollte, dass er mich so sieht?"

„Was meinst du mit ‚so'?"

Sie zeigte an sich herunter. „Ich weiß ja nicht mal, ob meine Kleidung zusammenpasst."

„Das ist ihm egal."

Ein skeptisches Schnauben entwich Saras Lippen.

„Du kannst nicht sehen, wie er dich ansieht. Aber ich sehe es. Und du kannst mir glauben, Sara, der Mann ist verliebt in dich." Ivy lehnte sich zurück, sodass ihre Schulterblätter das Holz der Bank berührten. „Aber du bist nicht so leicht zu lesen."

Saras Ohren wurden rot.

„Du liebst ihn auch, oder?"

Sara machte sich wieder daran, den Faden um ihren Finger zu wickeln. Dass sie nicht antwortete, war Antwort genug für Ivy. Sie überlegte, ob sie die Warnung ihrer Mutter weitergeben sollte. Selbst sechzehn Jahre später konnte Ivy noch immer fühlen, wie die Finger ihrer Mom sich in ihre Kleinmädchenschulter gruben. Sie sah immer noch die dunklen Ringe unter Moms Augen vor sich. „Verlieb dich nie, Ivy. Das kann nur in Tränen enden." Vielleicht hätten die Worte selbst gar keinen so bleibenden Eindruck hinterlassen, wenn Ivy nicht hätte mit ansehen müssen, wie wahr sie waren. Jedes Mal, wenn James sie zurückgewiesen hatte, war Ivys Mom noch ein Stückchen mehr verkümmert, bis nichts mehr von ihr übrig gewesen war. „Warum hat er mit dir Schluss gemacht?"

Sara kraulte Sunny hinter den Ohren. „Er hat nicht mit mir Schluss gemacht."

„Aber dein Bruder hat gesagt ..."

„Ich weiß, was Davis denkt, aber er hat die falschen Schlüsse gezogen, und ich habe mir nicht die Mühe gemacht, ihn zu korrigieren."

„Der arme Kerl."

„Wer ... Davis?"

„Nein, Jordan. Er ist ganz krank vor Liebe. Glaub mir, diesen Blick kenne ich gut."

„Da bin ich mir sicher." Sara wickelte den Faden ab und ließ ihn vom Wind davontragen. „Davis hat gesagt, du seist sehr schön."

Ivy runzelte die Stirn. Wenn Davis sie schön fand, warum behandelte er sie dann abwechselnd entweder wie eine Aussätzige oder wie ein kaputtes Spielzeug? Warum bot er ihr seine Freundschaft an, wenn sie bereit war, ihm mehr zu geben? Sie scharrte mit der Fußspitze im Sand. „Männern fällt es nie schwer, mich zu begehren, aber nach einem oder zwei Monaten haben sie das meistens überwunden." Ivy blickte auf das aufgewühlte Meer hinaus und dann wieder Sara an. „Wie lange ist es her, dass du und Jordan euch getrennt habt? Und er sieht dich immer noch an, als wollte er auf der Stelle vor dir auf die Knie fallen und dir einen Heiratsantrag machen."

„Du übertreibst."

„Ehrlich, das tue ich nicht."

Sara seufzte. „Es ist besser so."

„Für wen?"

„Für ihn. Er hat etwas Besseres verdient."

Besser in welcher Hinsicht – körperlich? Sara war vielleicht keine umwerfende Schönheit oder überhaupt eine Schönheit, aber sie hatte etwas an sich – eine Leichtigkeit und Freude –, das sie anziehender machte als alle Models, die Ivy in New York kennengelernt hatte. Zwar hatte es eine Weile gedauert, bis sie es bemerkt hatte, aber jetzt sah Ivy es. Sara war schön, und das hatte nichts mit ihrem Äußeren zu tun. Diese Erkenntnis ging wie ein Ruck durch Ivys Inneres. Sie versuchte zu lachen, aber das Geräusch erstarb, bevor es ganz aus ihrem Mund war. „Sara, ich weiß nicht, wie irgendein Mann etwas Besseres finden könnte als dich."

„Davis! Was machst du denn hier?" Sein Großvater umfasste das Ende seines Holzes und stützte sich damit auf den Rasen der Golfübungsfläche im Countryclub.

Doc Armstrong, ein langjähriger Freund der Familie, schwang sein Eisen und ließ einen Ball in Richtung Zielmarkierung segeln – ein Schuss, der direkt den Fairway entlanggeflogen wäre, hätte es einen gegeben. In der Zwischenzeit drosch Pastor Voss auf einen anderen Golfball ein. Er flog durch grünes Gras und blieb knapp vor der Fünfzigmetermarke liegen. Der Pastor stützte eine Hand in seinen Rücken. „Deshalb mag ich Golf nicht."

Doc legte sich den nächsten Ball zurecht. „Sie zerren an dem Schläger."

„Ich zerre mir vor allem den Rücken." Pastor Voss rieb sich die Lendenwirbelsäule. „Und ich bin zu alt für so was."

„Sie sind jünger als ich", sagte Davis' Großvater.

Davis grinste. Die drei Männer erinnerten ihn an die Charaktere in dem Film mit Walter Matthau – *Ein verrücktes Paar*. „Ich wollte dich etwas fragen."

„Hast du es dir anders überlegt?" Sein Großvater dehnte seine Finger in den weißen Golfhandschuhen und tauschte sein Holz 1 gegen ein Holz 3. „Gibst du endlich den Job in der Kirche auf und machst etwas aus deinem College-Abschluss?"

„Hey", protestierte Pastor Voss, während er weiter seinen Rücken massierte, „bringen Sie ihn nicht auf solche Ideen. Was würde meine Kirche ohne ihn machen?" Er wandte sich zu Davis um. „Was machen eigentlich die Schränke?"

„Sind vor einer Stunde fertig geworden und ich habe meine Meinung nicht geändert, Grandpa. Es geht um etwas anderes."

Sein Großvater knurrte. „Worum denn?"

Doc führte den nächsten eleganten Schlag aus. Der Ball segelte in die Luft und außer Sichtweite.

„Ich helfe Marilyn dabei, ein paar Gutscheine für Hochzeitsreisen und Deko zu organisieren, um sie bei der Modenschau zu versteigern." Davis schloss kurz die Augen. *Jetzt oder nie*. „Ich wollte fragen, ob du dich beteiligst."

„Wie denn beteiligen?"

„Indem du ein paar Pakete für Hochzeitsreisen zusammenstellst. Du hast Beziehungen zu 5-Sterne-Hotels und Ferienresorts im ganzen Land. Es würde uns helfen, Geld zu sammeln." Wenn sein Großvater einwilligte, würde ihnen das viel Geld einbringen.

Doc spuckte auf das Ende seines Golfschlägers und rieb mit dem Daumen darüber. „Eine Modenschau?"

„Eine Benefizveranstaltung. Der gesamte Erlös fließt in die Gründung eines Kunstprogramms am städtischen College."

„Ach ja. Davon habe ich schon läuten gehört." Doc grinste breit. „Und wo wir gerade vom Läuten sprechen: Herzlichen Glückwunsch zur bevorstehenden Hochzeit." Er versetzte Davis einen Stoß mit dem Ellbogen und zwinkerte. „Ich habe gehört, deine Verlobte ist ein ziemlich heißer Feger."

Der Schläger seines Großvaters rutschte lautstark in den Golfcaddy. „Was war das?"

Davis stöhnte.

„Nur ein albernes Gerücht, Marshall", sagte Doc.

„Das meine Tochter in Umlauf gebracht hat, wie es aussieht", sagte Pastor Voss. „Anscheinend muss ich mal wieder eine Predigt über Geschwätz und Gerede halten."

„Ihre Tochter war das nicht, Pastor Voss." Davis war sich ziemlich sicher, dass die Schuld ganz bei Ivy lag, die er in zwei Tagen bei ihrem nächsten Fotoshooting sehen würde. Er sollte sich nicht so darauf freuen.

Doc fing an zu lachen. „Ich bin mir sicher, es gibt schlimmere Gerüchte als das, mit Ivy Clark verlobt zu sein."

Der Kehle seines Großvaters entstieg so etwas wie ein Knurren. „Das Mädchen macht nichts als Ärger."

„Du kennst sie ja nicht einmal", erwiderte Davis.

„Ich weiß genug, um dich zu warnen: Lass dich nicht mit einer wie ihr ein!"

Davis' Unterkiefer zuckte. „Was meinst du denn damit?"

„Stell dich nicht dumm. Sie ist eine regelrechte Isebel."

Doc Armstrong schwenkte sein Eisen zwischen den beiden. „Keine Prügeleien auf dem Übungsparcours, meine Herren. Marshall, ich weiß, dass du hart im Nehmen bist, aber einen Faustkampf mit deinem Enkel wird dein Herz nicht aushalten, fürchte ich."

Grandpa klopfte sich auf die Brust. „Mein Herz ist in Ordnung."

Wenn seine Definition von „in Ordnung" kalt und hart war, dann stimmte das.

Pastor Voss zog einen Reißverschluss an seiner Golftasche auf und zog eine Flasche Wasser heraus. „Das Kind ist verloren, Marshall. Es braucht einen Retter und keinen alten Mann, der es verurteilt."

Davis nickte vehement. „Genau."

„Was auch immer sie braucht, ändert nichts daran, wer sie ist."

Die Wasserflasche knisterte, als Pastor Voss den Deckel abschraubte. „Ein bisschen Glaube kann eine ganze Welt der Veränderung bewirken."

„Sie können es drehen und wenden, wie Sie wollen, aber aus einem Ackergaul kann man kein Rennpferd machen."

„Jesus hat Wasser in Wein verwandelt", gab Pastor Voss zurück.

Davis biss die Zähne zusammen. Diese Unterhaltung würde sich im Kreis drehen, bis die Grillen anfingen zu zirpen. Pastor Voss hatte vielleicht die Zeit, hier herumzustehen und theologische Diskussionen mit dem alten Mann zu führen, aber Davis hatte sie nicht. Er musste vor dem morgigen Gottesdienst noch einmal nach der Klimaanlage sehen und dann nach Hause fahren, um seine Ausrüstung und sein Herz für das nächste Fotoshooting am Montag vorzubereiten. „Ich bin hergekommen, um dich zu fragen, ob du uns bei unserer Veranstaltung hilfst. Mir ist klar, dass du nicht mit der Rolle einverstanden bist, die ich dabei spiele, aber du liebst Sara und sie liebt die Malerei. Also, machst du mit oder nicht?"

Grandpa musterte den Kopf seines Holzes. „Wenn ich Ja sage, denkst du dann darüber nach, mir im Büro zu helfen?" Er ließ den Schläger hinter dem Ball schwingen und stellte sich breitbeinig in Position. „Andere Männer in meinem Alter sind vor fünfzehn Jahren in Rente gegangen, aber ich bin immer noch am Schuften."

„Wir sind noch nicht in Rente." Doc Armstrong öffnete eine Tüte mit Sonnenblumenkernen und schüttete einige davon in die aufgehaltene Hand des Pastors.

„Genau das meine ich." Davis' Großvater schwang das Holz. Der Ball flog in die Luft „Ihr zwei seid doch die reinsten Küken im Vergleich zu mir."

„Küken?" Pastor Voss lachte. „Ich werde nächsten Monat siebzig."

Davis biss sich auf die Unterlippe. James hatte ein ganzes Aufgebot von Männern gehabt, die in der Lage und willens gewesen waren, die Lücke zu füllen, die er hinterlassen würde, wenn er zu krank zum Arbeiten wurde. Davis' Großvater hielt an seiner Arbeit fest, nicht weil er musste, sondern weil er zu kontrollsüchtig war, um vom Platz zu gehen. Wenn Davis übernehmen würde, würde sich daran nichts ändern. „Du kennst meine Antwort."

„Komm schon, Marshall, hilf dem Jungen", sagte Doc und warf sich ein paar Sonnenblumenkerne in den Mund. „Es ist doch für einen guten Zweck."

Grandpa zog ein sorgfältig gefaltetes Taschentuch aus der Gesäßtasche seiner Golfhose und wischte sich die Stirn ab. „Also gut, Davis. Wenn du meinst, dass es Saras Leben schöner macht, dann bin ich dabei. Ich hoffe nur, dass du dich an meine Großzügigkeit erinnerst, wenn die Arthrose es mir unmöglich macht, noch länger zu arbeiten, und es niemanden gibt, der mein Geschäft weiterführen kann."

Kapitel 21

Dichter Morgennebel hing über dem Boden, als Marilyn durch den Garten zu ihrem Zufluchtsort ging, einen Kaffeebecher in der Hand, ihre Bibel und ihr Tagebuch unter den Arm geklemmt. Einige der Nebelfelder waren so dick, dass sie wie durch Wolken ging. Marilyn schloss die Augen und ließ sich vom Geruch und den Geräuschen des Marschlandes leiten. Gestern Abend hatte sie noch stundenlang die Sterne betrachtet und sich anschließend nicht die Mühe gemacht, ihren Schaukelstuhl wieder ins Haus zu bringen. Es würde schön sein, den neuen Morgen und die neue Woche an demselben Ort zu beginnen – nur sie und Gott –, während die Sonne über dem Horizont aufstieg und den Nebel zerriss.

Sobald sie den Steg betrat, sah sie jedoch, dass ihr Stuhl bereits besetzt war. Ivy saß dort, ein Bein unter sich gezogen, das andere über die Armlehne gehängt, und ihre langen Haare waren zu einem unordentlichen Knoten hochgebunden. Marilyn blieb einen Augenblick lang stehen, fasziniert von der Intensität, mit der Ivy in dem Buch las, das sie in den Händen hielt. Seit Marilyn Ivy dabei ertappt hatte, wie sie die Bilder, die in James' Schreibtisch verstaut gewesen waren, ansah, hatten sie kaum ein Wort miteinander gesprochen. Die Sehnsucht, die Marilyn in Ivys Augen gesehen hatte, brach ihr noch immer das Herz.

James, du warst so ein Narr.

Die ganze Begegnung hatte ihrer Beziehung eine weitere Schicht Verlegenheit hinzugefügt – noch ein Hindernis, von dem Marilyn nicht wusste, wie sie es überwinden sollte. Es war sicher besser, Ivy in Ruhe zu lassen, anstatt den Versuch einer Unterhaltung zu unternehmen, der die Mauer zwischen ihnen nur hervorheben würde. Sie hatte sich gerade umgewandt, als Ivy umblätterte und einen Seufzer ausstieß, der so tief und lang war, dass Marilyn nicht anders konnte.

„Was liest du?", fragte sie.

Ivy setzte den nackten Fuß auf die Holzbohlen und blinzelte zu Marilyn auf. Dann legte sie den Finger zwischen die Seiten des Buches, um die Stelle zu markieren. „Ich, äh, ich habe es mir aus dem

Bücherregal im Wohnzimmer geliehen. Ich hoffe, das ist in Ordnung."

„Natürlich." Marilyn trat näher und warf einen Blick auf den Titel. *Walden* von Henry David Thoreau – das Gegenteil von leichter Lektüre. „Ich habe mehrmals versucht, das zu lesen. Aber ich bin nie über Seite zehn hinausgekommen. Bei dir hatte ich den Eindruck, dass du davon gefesselt bist."

„Ich kann nie sagen, ob er Dichter oder Wissenschaftler ist." Ivy blickte auf das Taschenbuch in ihrer Hand und lächelte. Obwohl das Lächeln nicht Marilyn galt, fühlte sie sich davon angezogen. Ivy hatte eine tiefgründige Seite, die andere kaum jemals zu Gesicht bekamen. James hatte sich allerdings auch nie die Mühe gemacht, danach Ausschau zu halten. „Erst personalisiert er die Pflanzen und gleich darauf klassifiziert er sie."

„Du würdest eine gute Literaturprofessorin abgeben."

Es schien die falsche Bemerkung gewesen zu sein, denn Ivys Haltung versteifte sich.

Marilyn überlegte krampfhaft, was sie sagen könnte, bevor Ivy sich ganz in sich zurückzog, und sie betete, dass dieser Moment greifbar werden möge, sodass sie ihn festhalten konnte. „Wie fandest du dein erstes Frogmore Stew?"

„Schwer verdaulich."

„Es ist Geschmackssache." Marilyn trank einen Schluck von ihrem Kaffee, der inzwischen nicht mehr heiß, sondern lauwarm war. Wenn sie doch nur einen zweiten Becher für Ivy mitgebracht hätte. „Du und Sara scheint euch gut zu verstehen."

„Es ist leicht, sich gut mit ihr zu verstehen." Ivys Blick huschte zu der Bibel und dem Notizbuch unter Marilyns Arm. „Machst du das immer noch?"

„Jeden Morgen."

Ivy nickte und stand auf. „Dann will ich dich nicht stören."

„Du störst mich nicht." Die Worte kamen zu schnell, zu eifrig heraus.

Ivy zuckte verlegen mit den Schultern und in ihrer Verzweiflung, das Unvermeidliche hinauszuzögern, platzte Marilyn mit der ersten Frage heraus, die ihr in den Sinn kam. „Wie geht es deiner Mutter?"

Sofort bereute sie ihre Worte. Wenn Ivys Augen Jalousien gehabt hätten, wären sie in diesem Moment heruntergerasselt. Marilyn hatte ein Tabuthema angesprochen. Ivy sprach nie über Renee, nicht hier, nicht mit ihr. „Es geht ihr gut."

Und damit ging Ivy und verschwand in dem Nebel, der noch nicht aufgerissen war.

Davis hatte Stefan, das männliche Model von ihrem ersten Fotoshooting, zwar nicht gemocht, aber wenigstens hatte er einen guten Puffer abgegeben. Diesmal hatte Davis keinen Puffer. Diesmal war er mit Ivy allein – und sie trug ein langes elfenbeinfarbenes Kleid, das sich eng an ihren Körper schmiegte, bevor es an den Knien weiter wurde. Ihre Haare ergossen sich in seidigen Wellen über ihren Rücken und wurden auf einer Seite von einer einzelnen großen Rose hinter dem Ohr festgehalten.

Er schoss mehrere Bilder und schluckte, wobei er das Brennen in seinem Magen und das vertraute Gefühl kribbelnder Nerven, während er den perfekten Blickwinkel einfing, zu ignorieren versuchte. Er war krampfhaft bemüht, einen neutralen Boden zu finden, auf dem dies nur irgendeine Kamera war und Ivy nur irgendein Mädchen. Immer wieder ermahnte er sich, sich nicht zu intensiv auf die Sache einzulassen, denn je mehr Herzblut er in die Fotografie hineingab, desto mehr würde es später schmerzen, wenn die Kampagne vorüber war und er seine Ausrüstung in den Keller zurückbrachte, wo sie hingehörte.

Aber wem machte er hier eigentlich etwas vor? Die Kamera war nicht nur irgendeine Kamera – sie war eine Leidenschaft, die in der Vergangenheit allerdings eindeutig zu viel zerstört hatte. Und Ivy war nicht irgendein Mädchen – sie war die Frau, die er nicht mehr aus dem Kopf bekam, sosehr er es auch versuchte.

Er genoss das Ganze viel zu sehr.

Ivy drehte sich und blickte mit schmachtenden Augen über ihre Schulter in die Kamera. Er machte das Bild, ging drei Schritte nach links und löste noch zweimal aus. Alles und jeder andere – die Lichter, die Requisiten, der Aufbau, die Visagistin, Marilyn, sein Freund, der als Assistent aushalf – waren plötzlich unwichtig. Sie verschwanden förmlich. Bis es nur noch ihn und sie gab und den Rhythmus und Flow der Bilder. Zusammen schienen sie sich wie bei einer Tanzchoreografie zu bewegen. Sie machte einen Schritt, er den nächsten. Sie lachte, er knipste. Immer wieder, bis die Batterieleuchte seiner Kamera zu blinken begann und sein Freund Jeff gähnte und an dem Lampenständer herumfingerte.

Davis nahm die Kamera vom Auge. Ivy legte ihren Rosenstrauß fort, ihr Blick unerschütterlich.

„Hast du es geschafft?“ Marilyns Stimme. Aber er konnte den Blick nicht von Ivy abwenden.

„Ja.“ Er schluckte.

„Ich habe deine Augen schon lange nicht mehr so leuchten sehen, Davis. Es macht mich glücklich, das zu sehen.“ Marilyn drückte seinen Ellbogen. „Es ist, als wärst du hierfür geschaffen.“

Davis schaltete die Kamera aus. Das Shooting war vorbei.

Die Hitze umfing ihren Hals wie ein schwerer Kragen. Sie wollte nicht verschwinden, sosehr sie ihrem Schlüsselbein auch Luft zufächelte. Davis hatte die letzten paar Stunden damit zugebracht, sie anzusehen, als hätte die Welt sich zu einem Tunnel verengt, an dessen einem Ende er war und am anderen sie und nichts dazwischen. Sie war alles, was zählte. Es war das erste Mal, dass er einen Anflug von Verlangen gezeigt hatte. Und sie wollte mehr davon.

Ivy zog ihre hochhackigen Schuhe aus und stieß die Tür zur Umkleide in Marilyns Boutique auf. Davis war noch immer bei den Spiegeln, wo sie die Fotos gemacht hatten. Aber er war nicht allein. Sein Kumpel faltete Schirme und Stative zusammen, während der Mann, den sie wollte, an einem Tisch lehnte und mit einem Blatt Papier hantierte – wahrscheinlich das Einwilligungsformular, das sie unterschreiben musste.

Sie stand im Türrahmen und beobachtete ihn.

Davis legte den Stift ab und half, das Set abzubauen. Jeff bemerkte sie als Erster. Er lächelte und ließ beinahe einen Diffusor fallen, als er sie sah. Sie erwiderte sein Lächeln, wünschte aber gleichzeitig, sie müsste es nicht tun. Ihr wäre es lieber, wenn er nicht hier wäre.

Davis reichte Jeff noch einen Teil der Ausrüstung, den dieser sich unter den Arm klemmte, bevor er zum Eingang ging, sein Lächeln zu breit, sein Gesicht zu rot.

„Du warst wirklich toll heute." Jeff öffnete die Tür und dabei rutschte der Gegenstand unter seinem Arm weg. Er fing ihn gerade noch auf, aber die Tür traf ihn am Steißbein. Als er sich aufrichtete, hatte sein Gesicht die Farbe von Rote Bete.

„Danke." Ivy ging zur Tür, um ihm zu helfen, dann trat sie zu Davis, der ein Stativ in einer langen Tasche verstaute. Ihre Füße machten keinerlei Geräusche, als sie auf ihn zuging. Sie setzte sich auf den Tisch, ein Bein übergeschlagen, und ließ den Fuß langsam und aufreizend kreisen, während sie die Hände auf die Tischplatte stützte und zusah, wie er seine Ausrüstung weiter einpackte. Als er sich umdrehte, stockte sein Schritt, als hätte ihre Anwesenheit ihn erschreckt.

„Hi."

Seine einsilbige Begrüßung hallte in dem hohen Raum wider. Die Boutique hatte sich als gute Location für die Fotos erwiesen. Viel Platz. Fenster. Natürliches Licht. Sie sprang vom Tisch und ging auf ihn zu. Er blieb stehen und die Verwirrung in seinem Blick, die immer größer wurde, je näher sie kam, erfüllte sie mit Entschlossenheit. Sie wollte nicht seine Verwirrung. Sie wollte seine Begeisterung. Sie wollte sie aufsaugen, sich damit sättigen. Bevor er blinzeln konnte, legte sie die Hand um seinen Nacken und berührte seine Lippen ganz leicht mit den ihren.

Er riss ihren Arm fort und trat zurück. „Was machst du da?"

„Feiern."

„So feiere ich nicht."

„Nicht?"

Er wollte sie. Das konnte sie in seinen Augen sehen. An der Art, wie er sich von ihr fernhielt, so als traue er sich selbst nicht über den Weg, wenn er ihr nahe war. Warum griff er dann nicht zu? „Du meinst, du hast nie eines der Models geküsst, die du in New York fotografiert hast?"

„Wenn ich das nächste Mal eine Frau küsse, dann nicht deshalb, weil ich sie begehre."

„Warum willst du sie dann küssen?"

„Weil ich sie liebe."

Ihr Herz schrumpfte. *„Weil ich sie liebe."* Ivy hätte den Schmerz am liebsten mit den Händen aus ihrer Seele gerissen – diesen rasenden, pochenden Schmerz, der wie ein Ofen brannte und nie zu erlöschen schien. Sie brauchte Davis' Leidenschaft nicht. Und seine Liebe brauchte sie erst recht nicht. Sie wollte sich abwenden, aber er packte sie am Ellbogen.

„Ich bin kein Spielzeug, Ivy."

„Habe ich das denn suggeriert?"

Er sah sie prüfend an. „Was willst du?"

„Ich weiß nicht, was du meinst."

„Von mir. Sara sagte, ihr zwei wart am Samstag zusammen essen. Sie sagte auch, du hättest viele Fragen über mich gestellt."

„Darf ein Mädchen denn nicht neugierig sein?"

„Was willst du wissen?"

„Nichts." Oder eher alles. Zum Beispiel, warum er aus New York weggegangen war. Warum er sich weigerte, dorthin zurückzukehren. Was ihn zurücklocken könnte. Wenn sie ihn darum bat, würde er es tun? Für sie? Sie blickte auf seine Hand hinunter, die ihren Ellbogen hielt. Sie würde es nie wissen, wenn sie nicht fragte. Sie blickte auf und erwiderte seinen Blick, während die Frage auf ihre Zunge kroch. „Davis ..."

Die Tür ging auf und Jeff betrat pfeifend und mit leeren Händen die Boutique.

Ivy versuchte, einen Schritt zurückzutreten.

Aber Davis ließ ihren Arm nicht los. „Sag mir, was du gerade sagen wolltest."

Sie blickte in die Tiefe seiner blauen Augen und schüttelte den Kopf. Wenn Jeff nicht im Raum war und Ausrüstung durch die Gegend schob und sie ihre Gefühle besser im Griff hatte ... sobald sie sicher war, dass Davis sie nicht zurückweisen würde ... dann würde sie ihn fragen.

Kapitel 22

„Was meinen Sie?“ Eine junge Frau mit Pfauenfedernohrringen und rabenschwarzem Haar hielt ein langärmeliges, perlenbesticktes Brautkleid hoch und hielt es sich an, wobei dicke Armreifen in Richtung Ellbogen rutschten und klirrten.

Ivy trat näher an die Wand. Sie war mit Sara verabredet, um mit ihr über Ideen für das Musikprogramm zu sprechen, und hatte nicht die Absicht, alternativen Kundinnen Modetipps zu geben. „Ich arbeite nicht hier.“

„Sie sind Marilyns Tochter, nicht wahr? Und Model. Da haben Sie doch ein Gespür für Mode.“

„Ich bin nicht Marilyns Tochter.“

„Sie redet aber so, als wären Sie es.“ Die Frau schob ihre Ledersandale unter dem Saum des Brautkleides hervor und beobachtete in einem der vielen Spiegel in der Boutique, wie sich das Licht in den Perlen brach. „Seien Sie ehrlich. Was halten Sie davon?“

Ivy biss sich auf den Daumennagel. Die Frau hatte fantastische Arme. Gebräunt und straff, aber nicht zu muskulös. Warum wollte sie die verstecken? Ivy trat an einen der Kleiderständer und zog ein anderes Kleid heraus – ein ärmelloses Kleid, das über eine Schulter geführt war.

„Alles in Ordnung, Arabella?“, rief Marilyn, die gerade einen Schleier an einer Schaufensterpuppe feststeckte.

„Ja, danke. Ihre Tochter hilft mir.“

Ivy nahm der schwarzhaarigen Frau das Kleid mit den langen Ärmeln etwas rabiater weg, als nötig gewesen wäre, und hängte es fort.

Die Frau hängte ihre riesige Handtasche in eine Armbeuge und streckte die Hand aus. „Arabella, Arabella Armstrong. Nicht verwandt mit dem Radprofi-Ganoven oder dem Astronauten. Aber mit dem Doc. Den kennst du bestimmt. Jeder kennt ihn.“

„Nein, ich nicht.“ Ivy ergriff Arabellas Hand. „Ich bin Ivy. Ivy Clark.“

Arabella drückte ihre Hand wie ein schneller, kräftiger Herzschlag. „Nicht Olsen?“

„Ich sagte doch, dass Marilyn nicht meine Mutter ist." Renee Clark war ihre Mutter und Ivy hatte nie mit dem Gedanken gespielt, James' Nachnamen anzunehmen. Sie streckte Arabella das Kleid mit dem Schulterträger entgegen. „Wann ist deine Hochzeit?"

„Es gibt noch keine Hochzeit. Und auch keinen Mann. Aber man kann ja trotzdem Spaß haben." Arabella wackelte mit ihren buschigen schwarzen Augenbrauen. „Wenn der Märchenprinz dann auftaucht, brauche ich mir um das perfekte Brautkleid keine Sorgen mehr zu machen, weißt du?"

Iva wusste nicht. Sie glaubte nicht an Märchenprinzen.

Arabella ging in Richtung Umkleide und ihr Stufenrock wehte dabei um ihre Knöchel. Ivy sah durch das Fenster in der Eingangstür und blickte die Straße hinunter, während sie hoffte, dass Sara bald auftauchte. Gestern Abend hatte es so ausgesehen, als bräuchte Sara ein bisschen Ermutigung bei der Musikauswahl, und da Ivy die Nachforschungen in Sachen Davis Knight vorantreiben musste, die sie bei einem Teller Frogmore Stew begonnen hatte, war dieses weitere Treffen zu ihrer beider Vorteil.

Erleichert erblickte sie Sara, die auf einem Arm eine Kiste trug, während sie mit der anderen Hand Sunnys Geschirr hielt. Ivy öffnete die Tür und nahm ihr die Last ab.

„Tut mir leid, dass ich mich verspätet habe. Wir haben beim Unterricht die Zeit aus dem Blick verloren. So langsam mache ich Fortschritte in Braille. Ich hätte nie gedacht, dass ich das mal sagen würde, aber es ist irgendwie aufregend."

Ivy trug die Kiste zu dem Ledersofa am Schaufenster und stellte sie auf den Boden. „Hast du noch nie was von einem iPod gehört?", sagte sie, während sie in den verstaubten Schallplattencovern kramte. „Ich wusste nicht mal, dass es Kassetten und Schallplatten überhaupt noch gibt." Sie zog eine CD-Hülle heraus. „Selbst CDs sind inzwischen eine bedrohte Gattung."

„Ich habe viele Lieder auf meinem Laptop, aber die Musik in der Hand zu halten, hat etwas. Und außerdem werfen wir Knights nie etwas weg." Sara ging in die Hocke und tastete nach der Kiste. Dabei berührten ihre Finger Ivys Hand. „Marilyn liebt Big-Band-Musik. Ich dachte, vielleicht können wir in die Richtung gehen. Das hat Klasse und passt gut zu Hochzeiten, hat aber auch viel Energie."

„Klingt perfekt."

„Zum Beispiel Count Basie. Kennst du ‚*One O'Clock Jump*'?"

„Nee."

„Es ist eine blaue CD mit schwarzer Schrift." Sara erhob sich und gab Sunny leise einen Befehl, woraufhin er sie zur Kasse führte. Einen Moment lang kramte sie unter dem Tresen herum, dann kam sie mit einem CD-Player zurück. Als ihre Zehen gegen die Kiste stießen, blieb sie stehen. Sie tastete die Wand hinunter, bis sie die Steckdose gefunden hatte, stöpselte das Gerät ein und streckte die Hand aus, damit Ivy ihr die richtige CD geben konnte.

„Was hat es mit den Gummibändern auf sich?", fragte Ivy. Jede CD war mit mindestens einem Gummi versehen, manche sogar mit mehreren, bis zu zehn Stück.

„Ich versuche, mir ein System zu überlegen, damit ich weiß, welche CD welche ist, aber ich habe es noch nicht perfektioniert." Sara zog drei Gummibänder von der Hülle und schob die CD in die Lade. Als die Musik aus den Lautsprechern ertönte, wippte Saras Fuß im Rhythmus mit.

„Oh, kannst du das lauter machen? Das ist der beste Song aller Zeiten." Arabella war aus der Kabine gekommen und machte ein paar seltsame Körperbewegungen. Ivy spürte, wie Wärme in ihr aufstieg. Nicht wegen des Tanzes, sondern wegen des Kleides. Sie hatte genau das Richtige ausgesucht. Es sah umwerfend aus. „Bing Crosby muss man einfach mögen", sagte Arabella.

Sara drehte die Musik auf. „Das ist Count Basie, Bella."

„To-may-to, To-mah-to."

Sara lachte und Ivy lächelte.

Arabella machte noch ein paar Tanzbewegungen, dann wandte sie sich Ivy zu und hielt beide Daumen hoch. „Bist du eine Modeexpertin oder was? Das ist es. Ich werde es auf Dauer reservieren und vielleicht findet mein Märchenprinz mich ja bald, auch damit ich beim Doc ausziehen kann. Ein Mädchen in meinem Alter sollte nicht mehr bei seinem Daddy wohnen." Sie deutete mit dem Daumen auf Ivy. „Was zahlst du dem Mädchen, Marilyn?"

Marilyn zwinkerte. „Nicht genug."

Ivy blickte zu Boden, weil sie spürte, wie ihre Wangen warm wurden.

„Ich habe übrigens ein total lustiges Gerücht von Lena Bully gehört – schrecklicher Nachname, nicht wahr? Wir standen im Lebensmittelladen hintereinander in der Schlange, wo wir beide eingelegte Gurken gekauft haben, und da hat sie mir erzählt, dass Davis verlobt ist. Aber deswegen musste ich nicht lachen. Sie reichte ihr Gurkenglas dem Kassierer und sagte, er sei mit seiner Cousine verlobt. Und ich sagte: Es wäre nicht das erste Mal, dass Cousins heiraten. Aber dann dachte ich mir: Nein, Davis würde seiner Cousine keinen Heiratsantrag machen."

„Ivy ist nicht unsere Cousine." Sara schob einen Stapel Kassetten beiseite. „Zumindest sind wir nicht blutsverwandt."

„Außerdem ist es sowieso nur ein Gerücht", fügte Ivy hinzu. Eines, das sie selbst in die Welt gesetzt hatte, um Davis unter die Haut zu gehen. Sie hätte nicht gedacht, dass es ihr selbst einmal unter die Haut gehen würde.

„Na, dann bin ich ja erleichtert. Meine Freundin Connie – du erinnerst dich doch noch an Connie, nicht wahr?" Arabella wandte sich vom Spiegel ab und richtete ihre Worte an Sara. „Davis' Exfreundin? Sie würde es niemals zugeben, aber wenn sie hören würde, dass Davis vor einer anderen Frau auf die Knie gegangen ist und ihr einen Antrag gemacht hat, wäre sie am Boden zerstört."

Ivys Neugier war geweckt. Davis' Exfreundin?

Die letzten Töne des Liedes verklangen.

Marilyn schob Arabella in die Umkleide.

Noch ein Lied lief, die CD drehte sich in dem Abspielgerät. Arabella kam wieder heraus, in ihre normale Kleidung gehüllt, und blieb vor einer Vitrine mit Halsketten stehen. Kleiderbügel schabten über Metall, als eine Kundin sich am anderen Ende der Boutique umsah.

Sara schob sich eine schlaffe Haarsträhne hinters Ohr. „Magst du meinen Bruder?"

„Ihn mögen?"

„Ich versuche herauszufinden, warum du das Gerücht in die Welt gesetzt hast. Hast du es getan, weil du etwas für ihn empfindest? Oder wolltest du irgendwas beweisen?"

„Ich habe das Gerücht in Umlauf gebracht, weil ich Langeweile hatte." Ivy schlug die Beine übereinander und ließ den Fuß wippen.

Arabellas Bemerkung über Davis' frühere Flamme hatte die Tür zu Ivys Neugier weit aufgerissen. „Verabredet dein Bruder sich eigentlich jemals?"

„Du meinst mit Frauen?"

„Na, er geht doch wohl kaum mit Männern aus, oder?" Obwohl das seinen Mangel an Interesse erklären würde.

Arabella lachte, während sie die Vitrine langsam weiterdrehte. „Wenn Davis schwul ist, dann hat er Connie aber ganz schön zum Narren gehalten."

„Davis ist nicht schwul", sagte Sara, während sie einige Gummibänder um eine alte Platte wickelte. „Bitte erzähl diesen Unsinn nicht herum."

Arabella legte sich ein breites Band aus Strass um den Hals. „Sag mal, du hast doch bald Geburtstag, oder?"

Sara legte das Album in die Kiste. „Bis dahin ist es noch mehr als einen Monat, aber Marilyn plant schon jetzt eine Überraschungsparty für mich. Du kannst auch kommen, wenn du willst."

Arabella löste den Verschluss der Kette. „Sie findet in meinem Restaurant statt, Schätzchen."

„Wie kann es eine Überraschung sein, wenn du davon weißt?", fragte Ivy.

„Wir sind in Greenbrier. Hier gibt es keine Geheimnisse. Aber die Leute tun gerne so." Arabella setzte ihre weißrandige Sonnenbrille auf. „Sara, sorg bitte dafür, dass Marilyn mir dieses Kleid aufhebt. Etwas Besseres werde ich niemals finden."

„Mach ich."

Arabella winkte zum Abschied und verließ die Boutique.

Sara hielt eine andere CD hoch. „Ist das Ella Fitzgerald?"

„Ja." Ivy schob sich die Haare hinter die Ohren. „Also, diese Connie. Wie ist sie so?"

„Sie geht in unsere Kirche und schreibt für die *Greenbrier Tribune*."

„Und sie liebt deinen Bruder immer noch?"

„Ich bin mir sicher, Arabella hat übertrieben. Es ist schon länger her, dass sie zusammen waren."

Ivy fragte sich, wie viele Fragen sie noch stellen konnte, bevor Sara ernsthaft Verdacht schöpfte. Sie sah zu, wie Sara die CD im

CD-Player wechselte, Count Basie wieder in seiner Hülle verstaute und drei Gummibänder darumwickelte. „Mit wem geht dein Bruder denn im Moment aus?"

„Mit niemandem."

Ivy lachte. „Ein attraktiver Junggeselle wie Davis? Der geht doch bestimmt mit irgendjemandem aus."

„Soweit ich weiß, hatte er keine Verabredung mehr, seit er aus New York zurück ist."

Ivys Kinnlade fiel herunter. „Willst du damit sagen, dass er seit zwei Jahren keine Freundin mehr hatte?"

Sara zuckte mit den Schultern. „Nicht dass ich wüsste."

Ivy rutschte auf die Stuhlkante vor und dachte an das Heiß-oder-kalt-Spiel, das sie und ihre Mutter früher gespielt hatten. Heiß. Es wurde gerade sehr, sehr heiß. „Ich verstehe nicht, wieso er gegangen ist. Ich meine, er ist ein fantastischer Fotograf und hatte gerade diesen Auftrag von der *Vogue*."

Sara ließ die CD in die Kiste fallen. „Das ist eine lange Geschichte."

Mit einem Mal fügten sich zwei Puzzleteile ineinander – Saras Erblindung und Davis' Rückkehr. „Er ist zurückgekommen, um sich um dich zu kümmern, oder?" Das klang hundertprozentig nach Davis. Nur er würde für seine geliebte Schwester seine Karriere wegwerfen und seine Träume aufgeben.

Sara knetete ihre Finger auf ihrem Schoß.

„Es ist in Ordnung. Du kannst es mir ruhig erzählen", sagte Ivy.

„Vielleicht solltest du ihn fragen. Eigentlich ist es inzwischen eher seine Geschichte als meine." Sara seufzte. „Er und ich sehen das Blindsein unterschiedlich. Jedenfalls jetzt."

„Wie meinst du das?"

„Er denkt, es sei ein Fluch. Ich sehe inzwischen auch einen Segen darin."

Ivy sah sie skeptisch an. „Segen?"

„Versteh mich nicht falsch. Es ist nicht leicht. Es gibt sogar viele Augenblicke, in denen ich immer noch verzweifelt bin deswegen. Manchmal vermisse ich es so sehr, sehen zu können, dass ich keinen einzigen Tag im Dunkeln mehr ertragen will." Sara zog ein Gummiband über ihr Handgelenk und dehnte es mit dem Daumen. „Aber es hat auch etwas Gutes."

Ivy schüttelte den Kopf. Was konnte gut daran sein, dass Sara ihr Augenlicht verloren hatte? „Das verstehe ich nicht."

„Vorher, als ich sehen konnte" – Sara dehnte das Band noch ein bisschen weiter – „hatte ich für alles einen Plan. Ich wusste genau, wo ich hinwollte. Nach dem College wollte ich eine Zeit lang in Frankreich leben. Aquarellmalerei studieren. Erfahrung sammeln und dann nach Greenbrier zurückkommen. Das Atelier über einer Kunstgalerie in Hilton Head mieten und meine Werke dort verkaufen. Der Besitzer mochte meine Kunst schon und versprach mir, sie auszustellen." Sara listete ihre vergangenen Pläne ohne jegliche Änderung der Stimmlage auf.

„Aber das alles hast du verloren. Die Erblindung hat dir all das genommen." Ivy konnte darin einfach keinen Segen erkennen.

„Ich weiß. Lange Zeit war ich extrem wütend darüber. Ich habe um mich geschlagen und vielen Menschen die Schuld gegeben. Und eine Menge verletzende Dinge gesagt ..." Sara runzelte die Stirn. „Zum ersten Mal in meinem Leben fand ich es hier überhaupt nicht mehr schön."

„Hier?"

„In dieser Welt. Ich wollte unbedingt sehen. Ich sehnte mich unglaublich danach zu malen. Und dann wurde mir klar ..." Sara hörte auf, an dem Gummiband zu ziehen.

„Es war nie so gedacht, dass ich hier das perfekte Leben führe. Diese Welt sollte sich nicht wie ein Zuhause anfühlen. Und die Dunkelheit war nötig, um mir die Wahrheit zu zeigen."

„Was für eine Wahrheit?"

„Irgendwann werde ich wieder sehen. Eines Tages werde ich die Augen öffnen und Jesus sehen. Ich werde meinen Erlöser sehen." Saras Gesicht strahlte eine Bestimmtheit aus, eine Gewissheit, wie Ivy sie noch nie gesehen hatte. „Er bewahrt mein Augenlicht für diesen Tag für mich auf. Wenn ich endlich zu Hause bin."

Eine Gänsehaut kroch über Ivys Arme. *Zu Hause*. Die Worte hallten in ihr wider wie ein riesiger Gong, dessen Echo die leeren Stellen in ihrer Seele erreichte. Sara sagte das mit einer solchen Überzeugung, als hielte sie die Wahrheit fest umklammert.

„Es hat auch zu anderen Dingen geführt. Zum Beispiel dazu, dass ich Klavierunterricht gebe. Das hätte ich nie getan, wenn ich sehen könnte, was bedeuten würde, dass ich Twila nie kennengelernt hätte – eine meiner Schülerinnen. Ich hätte auch nie in Erwägung gezogen, Musiklehrerin zu werden." Sara legte die Hände auf ihre Knie. „Und so merkwürdig das auch klingt: Ich sehe die Menschen so besser."

„Du siehst sie besser?" Wie konnte das sein?

„Das Äußere steht nicht mehr im Weg."

Saras Gesicht leuchtete wie der Mond, der die Sonne reflektiert. Es strahlte eine Gewissheit und eine Einfachheit aus, die schöner waren als jede Pose oder jeder Blick, die Ivy einer Kamera jemals geben konnte. Irgendwie drang Saras Schönheit von innen nach außen. Ivy stupste mit dem Zeh gegen die Kiste mit den CDs. Sie sollte sich überlegen, wie sie Davis nach New York locken konnte, eine Strategie entwickeln. Aber sie konnte sich einfach nicht konzentrieren. In ihrem Kopf schwirrte immer nur ein Wort herum – *Zuhause*. Die Art Zuhause, von der Sara sprach, war ein Zuhause, das Ivy nie kennengelernt hatte.

Kapitel 23

Charlies Krabbenhütte sprudelte vor Stimmen und Fischgeruch förmlich über, vor allem in der Mittagszeit. Davis spielte mit dem Salzstreuer, der auf dem Tisch stand, und ließ ihn von einer Hand in die andere schlittern wie einen Hockeypuck. Sara bestellte ihr Essen bei Becky-Sue Bruckle, die sich bemühte, ihren Verlobungsring so in das dämmrige Licht des Lokals zu halten, dass er funkelte.

Plötzlich verstummte Sara mitten im Satz und wandte sich an ihn. „Alles in Ordnung?"

Er ließ den Salzstreuer auf den Pfeffer zugleiten. Er stieß gegen die Wand, wankte, fiel aber nicht um. „Alles bestens." Das war gelogen. Er war müde. Letzte Nacht waren ihm ständig dieselben zwei Worte durch den Kopf gegangen und hatten ihn vom Schlaf abgehalten – *sieh sie*. Er hatte sich herumgewälzt, während Bilder vor sein inneres Auge getreten waren, ein ganzes Fotoalbum von Ivy Clark – die zerbrochene Ivy bei James' Beerdigung, die unberührbare Ivy beim anschließenden Lunch, die weinende Ivy am Strand, die hungrige Ivy, als sie versucht hatte, ihn nach ihrem letzten Fotoshooting zu küssen. Als er mit den Bildern fertig gewesen war, waren seine Gedanken zu seiner Kamera weitergewandert und hatten ihn, gerade als der Schlaf ihn übermannen wollte, zwei Jahre zurück in die Vergangenheit katapultiert. Das war wie ein Tritt in die Leistengegend gewesen und dann hatte alles wieder von vorne begonnen. Er nahm eine Speisekarte aus dem Tischständer. „Ich nehme die Shrimps mit Mais. Bitte mit viel Soße."

Becky-Sue schrieb nichts auf. „Alles klar. Ich bringe euch gleich die Getränke."

Sobald sie gegangen war, breitete Sara ihre Serviette auf ihrem Schoß aus. „Bist du sicher, dass es dir gut geht, Davis?"

„Ja, klar. Ich bin nur ein bisschen müde." Er faltete die Hände auf dem Tisch. „Also, kann ich mir etwas darauf einbilden, dass du einfach nur mit deinem großen Bruder zu Mittag essen wolltest, oder steht irgendwas Besonderes auf der Tagesordnung?"

„Beides."

„Okay."

Saras Miene hellte sich auf. „Ivy und ich haben gestern beinahe zwei Stunden lang im *Something New* gesessen und Benny Goodman gehört. Kannst du fassen, dass sie noch nie etwas von ihm gehört hatte? Sie findet, dass ich eine gute Auswahl für die Modenschau getroffen habe."

Ivy stand also auf der Tagesordnung. Davis' Unbehagen verdoppelte sich. Er wollte Ivy wirklich nichts unterstellen, aber er wurde das Gefühl nicht los, dass sie irgendetwas im Schilde führte. Dass sie einen Grund hatte, in Greenbrier zu bleiben, abgesehen von Langeweile oder Bequemlichkeit.

„Wusstest du, dass sie bei mehr als fünfzig Modenschauen mitgewirkt hat? Kannst du dir das vorstellen? Sie war beinahe in jedem Land der Erde. Russland. Japan. Australien. Sie sagt, wenn wir gute Werbung machen, könnte diese Veranstaltung richtig groß werden. Jedenfalls groß für Greenbrier-Verhältnisse."

„Sara, du solltest vorsichtig sein."

Sie runzelte die Stirn. „Vorsichtig inwiefern?"

„Ich will nicht, dass du Ivy zu sehr ins Herz schließt." Sara liebte zu leicht, verschenkte ihr Herz zu bereitwillig. Er wollte nicht, dass sie verletzt wurde. Schon gar nicht als Folge seiner Fotografiererei.

„Ich mag sie."

„Sobald die Modenschau vorbei ist, wird sie abreisen." Er nahm den Salzstreuer wieder in die Hand und fing erneut an, ihn hin und her zu schubsen. „Ich glaube, sie führt etwas im Schilde … insbesondere, was mich betrifft."

„Vielleicht ist es ehrliches Interesse an dir. Hast du daran schon mal gedacht?"

Nichts an dem Kuss war ehrlich gewesen. „Ich bezweifle es."

„Ich glaube, sie mag dich, Davis. Wirklich. Ich meine, gestern hat sie gefragt, mit was für Frauen du bisher zusammen warst."

Jetzt vervierfachte sich sein Unbehagen. Ivy stellte Nachforschungen über ihn an und benutzte Sara dazu. „Tu mir einen Gefallen, Sara. Wenn Ivy das nächste Mal etwas über mein Liebesleben wissen will, schick sie zu mir. Ich will nicht, dass du in die ganze Sache hineingezogen wirst, was auch immer dahintersteckt."

Sara strich über Sunnys Kopf. Er hechelte neben ihrem Stuhl, wahrscheinlich überhitzt in dem vollen Restaurant. Davis spielte weiter gedankenverloren Salzstreuerhockey, bis Becky-Sue zwei große Gläser mit gesüßtem Eistee auf den Tisch stellte, wobei sie Saras so platzierte, dass ihre Fingerspitzen es berührten. „Euer Essen ist in ein paar Minuten fertig. Lasst euch die Getränke schmecken."

„Danke, Becky", erwiderte Sara.

Davis zog die Papierhülle von seinem Strohhalm ab und schob ihn zwischen die Eiswürfel. Dann schlang er die Finger um das Glas, das vom Kondenswasser kühl und feucht war, und sog an dem Strohhalm.

„Etwas an ihr macht mich traurig", sagte Sara.

Davis trank noch einen Schluck. Sara hatte es also auch bemerkt.

„Gestern Abend habe ich sie nach ihrer Kindheit gefragt. Sie konnte nicht viel darüber sagen."

„Das liegt daran, dass sie kaum eine Kindheit hatte." Jedenfalls war das der Eindruck, den Davis gewonnen hatte.

„Ich weiß. Findest du das nicht traurig?"

Natürlich fand er es traurig. Es ließ Gefühle in seiner Brust aufsteigen, die besser unangetastet blieben. Am liebsten hätte er sie in die Arme genommen und gerettet. Aber Ivy zeigte keinerlei Anzeichen dafür, dass sie gerettet werden wollte. Und selbst wenn, wären seine Arme nicht genug.

„Weißt du noch, wie Dad, du und ich in den Bergen wandern waren, als wir noch in Telluride gewohnt haben? Oder wie Grandpa mit uns segeln oder Jetski fahren war? Nach unserem Umzug hierher haben wir barfuß nach Krebsen gegraben oder auf dem Steg Glühwürmchen gejagt und so getan, als würden Alligatoren uns die Zehen abbeißen."

Davis lächelte. Er konnte nicht anders. „Grandma Eleanor hat dir die Geschichte von ihrem Cousin erzählt, der seinen kleinen Zeh an einen Riesenkrebs verloren hatte, und du bist zwei Jahre nicht mehr im Sumpf geschwommen."

„Ich mag meine kleinen Zehen." Sara streckte die Hand über den Tisch und tastete nach seinen Fingern. „Ivy hatte nie eine solche Kindheit, Davis. Sie konnte nicht am Strand herumlaufen und Muscheln sammeln oder die Zehen in Schlick baden."

„Worauf willst du hinaus?"
„Wir sollten ihr solche Erfahrungen ermöglichen."
„Sie ist vierundzwanzig Jahre alt, Sara."
„Na und? Wer sagt, dass man ein Kind sein muss, um kindliche Freude zu empfinden? Komm schon, Davis. Sollte Ivy nicht auch einmal voller Ehrfurcht staunen? So wie wir als Kinder, wenn wir den Sonnenuntergang beobachtet oder eine Muschel geöffnet oder ein Nest mit Wasserschildkröten gefunden haben?" Sie drückte seine Hand. „Wir könnten ihr helfen, diese Ehrfurcht zu erleben. Gottes Schönheit zu sehen."

Saras Worte klangen wie die seines Vaters. So sehr, dass es wehtat.

Becky-Sue stellte zwei Teller vor ihnen auf den Tisch. Shrimps mit Soße für Davis. Gebratenes Hühnchen für Sara. „Braucht ihr noch etwas? Soll ich die Getränke auffüllen? Noch etwas Extrasoße?"

„Nein, alles gut. Danke."

Sara tastete nach ihrer Gabel. Sie nahm sie und aß etwas von ihrem Kartoffelpüree. Staunend sah Davis zu. Seine Schwester hatte riesige Fortschritte gemacht – vor allem im letzten Jahr. Sie war inzwischen beinahe genauso unabhängig, wie sie es vor dem Unfall gewesen war. Sie kaute und schluckte. „Grandpa hat gesagt, dass morgen Neumond ist."

Davis schob sich einen Bissen Shrimps in den Mund.

„Du weißt, was das bedeutet, oder?"

„Springtide."

„Der perfekte Zeitpunkt für eine gute alte Krebsjagd."

Davis beobachtete, wie Ivy die Landschaft in sich aufnahm, während einzelne Haarsträhnen über ihre nackten Schultern wehten. Ihr Blick wanderte über Marilyns Garten hinaus bis zum Steg, der auf die Salzwiese hinausführte. Der breite Schlammpfad hatte sich in ein funkelndes Gewässer verwandelt. „Als Kind habe ich nie verstanden, woher all das Wasser kam."

„Warte ab, bis es wieder zurückgeht." Zwei kleine Eimer schlugen in Saras Hand gegeneinander, während sie mit der Linken Sunnys Geschirr hielt. Sie hatte ihre Jeans hochgekrempelt und ihre Flipflops klatschten beim Gehen gegen ihre Fußsohlen. Ihr Anblick weckte Erinnerungen aus vergangenen Zeiten, bevor New York und die Erblindung ihnen ihre Träume geraubt hatten. „Das ist ein toller Strom für Bootsfahrer."

„Und wir wollen Krebse fangen?" Skepsis und ein Anflug von Angst schwangen in Ivys Worten mit.

Davis nahm den Behälter mit den Krebsködern und das Netz, das er aus Marilyns Schuppen herausgekramt hatte, in die andere Hand und unterdrückte das Lächeln, das sich auf seine Lippen schleichen wollte. „Guck nicht so nervös, Clark. Sie beißen nicht." Er war um Saras willen mitgekommen. Sie war wild entschlossen, Ivy eine Kindheitserinnerung zu bescheren, und er würde seine Schwester nicht mit Ivy Clark auf einem Steg am Wasser allein lassen – nicht nur körperlich in Gefahr, sondern auch emotional.

„Ich dachte eher daran, dass sie mit den Scheren zwicken könnten."

„Komm schon. Du kannst jetzt keinen Rückzieher machen." Davis gab Ivy einen Klaps auf den Rücken. „Du hast die Pfirsiche." Er folgte Sara und Sunny zum hinteren Ende des Stegs, um eine lockere Atmosphäre bemüht. Die Holzbohlen schwankten mit dem Wasser und die Gräser, die darunter wuchsen, ragten durch die Ritzen wie Fußkitzler. Er blickte über die Schulter zurück. Ivy war vor dem Steg stehen geblieben, in der Hand eine braune Papiertüte mit drei reifen Pfirsichen darin.

„Äh, Davis, ich weiß nicht, ob du dich an die Führung auf der Primrose-Plantage erinnerst, aber hat der Typ nicht was von Alligatoren im Sumpf um die Plantage gesagt?"

„Ich verspreche dir, ich werde nicht zulassen, dass irgendwelche Alligatoren dich fressen."

Vögel zwitscherten. Die Sonne spielte Verstecken zwischen den Kiefern auf der anderen Seite des Marschlandes, während Davis über das aufgewärmte Holz lief. Das Wasser platschte und gurgelte über verstecktem Schlamm und ein schwefeliger Geruch stieg vom Boden auf. Ivy war auf drei Seiten von Natur umgeben, was sie in eine widerwillige Halbinsel verwandelte. Davis holte seine Nikon aus dem Rucksack, den er über einer Schulter trug. Es juckte ihn in den Fingern, sie einzuschalten und das Bild festzuhalten, aber das hier hatte nichts mit dem Kunstprogramm zu tun. Und kaum jemand trug heutzutage noch eine richtige Kamera mit sich herum. Er jedenfalls nicht. Welche Ausrede hatte er also, dass er sie mitgebracht hatte?

Sara tastete mit dem bloßen Fuß nach dem Rand des Steges, fand ihn und setzte sich dann, um die Zehen ins Wasser zu tauchen. Kreise zogen sich über die Wasseroberfläche. Sunny setzte sich neben sie. Davis stellte seine Köder ab.

„Äh, Sara …" Ivy setzte vorsichtig einen Fuß auf die Holzplanken. „Du weißt, dass wir Krebse aus diesem Wasser ziehen wollen, oder?"

Sara zog ruckartig die Zehen hoch und stieß einen kleinen Aufschrei aus.

Ivy stürzte vorwärts, als könnte sie seine Schwester vor einem riesigen, Zehen verspeisenden Krebs retten.

Davis lachte.

Sara tauchte die Füße wieder ins Wasser. „Wie gut, dass sie Köder bevorzugen, die streng riechen."

Mit zögernden Schritten gesellte Ivy sich zu ihnen. Sie blickte über Davis' Schulter in den Behälter und wich dann zurück, eine Hand über Mund und Nase gelegt. „Was in aller Welt ist das denn?"

„Hühnerhälse und Fischköpfe."

Sie legte die andere Hand auf ihren Magen. „Bin ich froh, dass ich gefragt habe."

„Die Krebse lieben sie." Er griff in den Behälter, nahm einen Fischkopf heraus und band ihn an das Ende der Schnur, die Sara aus ihrem Eimer gezogen hatte.

Ivy wandte den Blick ab. „Erinnert mich noch mal daran, warum wir das machen."

„Weil es Spaß macht", sagte Sara. „Wir waren schon ewig nicht mehr Krebse fangen. Als Kinder haben wir es beinahe bei jeder Springtide gemacht, nicht wahr, Davis?"

Er beendete sein Werk. „Das kommt hin." Da der Altersunterschied zwischen ihnen neun Jahre betrug, hatte Sara den Großteil ihrer Kindheit in South Carolina verbracht, während Davis überwiegend in Telluride aufgewachsen war. Er war bereits sechzehn gewesen, als er Südstaatler geworden war, deshalb konnte er nicht das gleiche Maß an Nostalgie oder Begeisterung dafür aufbringen wie seine Schwester.

„Und jetzt verspürst du den Drang, die Vergangenheit wieder aufleben zu lassen?“ Ivy rümpfte mit Blick auf die Köder die Nase.

„Wir dachten, du könntest dich genauso gut ein bisschen amüsieren, während du hier bist.“ Sara planschte mit den Zehen im Wasser und kraulte Sunnys Kopf. Der Hund lag neben ihr, die Augen halb geschlossen, und genoss die Zuwendung.

„Ich bin eher jemand, der sein Amüsement in einer Buchhandlung findet. Oder in einem Nachtklub. Nicht in der Natur.“ Sie schlug nach einer Mücke auf ihrem Schienbein, verfehlte sie aber.

Auf einem Bein kniend, das andere aufgestellt, griff Davis in die Gesäßtasche seiner Badeshorts, zog ein Schweizer Messer heraus und schnitt ein Stück Schnur ab. Das lose Ende band er an einem Holzpflock fest und warf dann den Köder über den Rand des Steges. Er fiel mit einem kleinen Platsch ins Wasser und versank sogleich.

„Äh, Sara?“, sagte Ivy. „Jetzt ist vielleicht der richtige Zeitpunkt, um die Füße aus dem Wasser zu nehmen.“

Sara zog die Füße heraus und setzte sich im Schneidersitz hin. „Wenn du dich dann besser fühlst. Aber glaub mir, die Krebse machen sich nichts aus meinen Zehen, wenn diese kleinen Köstlichkeiten da unten sind.“

Ivy legte die Pfirsiche auf Saras Schoß und setzte sich. „Woher wissen wir, wann einer anbeißt?“

„Wenn die Schnur sich bewegt, ziehen wir sie raus und sehen nach.“ Sara schnallte Sunnys Geschirr los und gab ihm einen liebevollen Klaps. „Du hast Feierabend, mein Junge. Davis passt jetzt auf mich auf.“

Davis spürte, wie sich eine Last auf seine Schultern legte und ihn niederdrückte. Wie konnte seine Schwester ein solches Vertrauen in ihn setzen, obwohl er in der Vergangenheit so kläglich versagt hatte? Er schob die Erinnerung beiseite, band fünf weitere Schnüre an den Pfosten, befestigte Köder daran und ließ sie über die Stegkante hängen, bis der Steg aussah wie ein langes hölzernes Insekt, das mit dünnen weißen Beinchen auf dem Wasser balancierte.

Anschließend wusch Davis sich die Hände und setzte sich neben Ivy. Eine leichte Brise kräuselte das Wasser. Der süße Duft von Geißblatt und wilder Minze wurde herbeigeweht und vermischte sich mit Ivys Fliederparfüm. Es war ein Geruch, an den er sich allmählich gewöhnte.

„Und was machen wir jetzt?"

Sara öffnete die braune Tüte, zog einen Pfirsich heraus und hielt ihn hoch. „Jetzt warten wir."

Davis nahm die Frucht entgegen und biss in das pelzige Fleisch. Sogleich füllte sein Mund sich mit Saft und Süße. Unwillkürlich schüttelte er den Kopf. Drei Erwachsene, die auf dem Steg saßen wie Schulkinder. Was tat er hier eigentlich? Er aß noch einen Bissen, während das Flattern von Schmetterlingsflügeln seine Aufmerksamkeit erregte. Zwei wunderschön gemusterte Monarchfalter tanzten in der Luft Tango, drehten sich über dem Wasser und jagten einander. Sara liebte Schmetterlinge. In ihrem Garten in Colorado hatte sie immer versucht, welche zu fangen. Sunny hob den Kopf und spitzte die Ohren, als hätte er vor, hinter ihnen herzuspringen.

Sara legte den Kopf schief und gab Ivy den zweiten Pfirsich. „Haben wir etwas gefangen?"

„Sunny ist kurz davor. Er hat zwei Schmetterlinge entdeckt."

Sara nahm den letzten Pfirsich heraus und hielt ihn sich unter die Nase. „Erzähl mir von ihnen."

Davis schluckte einen Bissen Pfirsich hinunter. „Orange und schwarz. Einer ist größer als der andere."

Seine Schwester schloss die Augen, als würde sie die Details verinnerlichen und in ihrem Geist ein Bild malen.

Er beugte sich vor und bemühte sich, ihr beim Malen zu helfen. „Einer jagt den anderen. Der andere ziert sich, aber der große gibt nicht auf. Es ist wie ein Tanz über dem Wasser und Sunny würde gerne zuschnappen."

Sara zog Sunny zurück. „Ich liebe Schmetterlinge."

Der sehnsüchtige Tonfall entging ihm nicht. Er hallte in seiner Brust wider wie die Kugel in einem Flipper. *Wenn ich könnte,* würde *ich ihr meine Augen geben, Herr.*

Die Sonne verschwand hinter den Pinien und warf gelbliche und rosafarbene Funken auf die Wasseroberfläche. Traurigkeit huschte über Ivys Gesicht, als die Schmetterlinge näher kamen, um ihren Kopf flatterten und dann wieder in Richtung Wasser davonflogen. Er hätte zu gerne gewusst, woran sie gerade dachte.

„Ich bin froh, dass Gott so ist wie diese Schmetterlinge und nicht wie der Krebsköder“, sagte Sara.

Davis biss noch einmal in seinen Pfirsich und wischte den Saft fort, der ihm übers Kinn lief.

Ivy zog die Augenbrauen hoch. „Du bist froh, dass Gott nicht wie ein ekliger Hühnerhals ist?“

Davis lachte.

„Ich bin froh, dass Gott sich nicht ins Wasser schmeißt und darauf wartet, dass wir ihn finden. Ich bin froh, dass er uns verfolgt wie dieser Schmetterling.“

Ivy runzelte die Stirn.

Der größere Schmetterling tanzte mit dem kleineren, aber der machte sich mit einigen Flügelschlägen davon und stieg höher hinauf. Davis nestelte an dem Kameragurt um seinen Nacken. Wusste Ivy, dass Gott ihr nachging?

„Er liebt uns zu sehr, als dass er es uns überlässt, ob wir seinen Geruch wahrnehmen. Habe ich nicht recht, Davis?“

Er hob das Gesicht in die Sonne. Sara hatte recht. Gott liebte Ivy zu sehr, um sie in einer Welt leerer Träume dahindümpeln zu lassen. Aber sie rannte so schnell. Und wie der kleine Schmetterling wollte sie nicht eingefangen werden.

„‚Fürchte dich nicht, denn ich habe dich erlöst‘“, sagte Sara. „‚Ich habe dich bei deinem Namen gerufen, du bist mein.‘“

Ivy riss den Blick von den geflügelten Insekten los und sah ihn an, als hätte er die Worte gesprochen und nicht Sara. Ihr Gesichtsausdruck versetzte seinem Herzen einen Stich. *Du gehörst ihm, Ivy. Nicht mir. Nicht Bruce. Nicht der Welt. Sondern ihm. Weißt du das?*

Er biss sich auf die Wange. Wie konnte sie, wenn niemand ihr jemals Gottes Liebe gezeigt hatte? Ihr Vater jedenfalls nicht. Und die Männer, die sie wie ein Objekt behandelten, auch nicht.

Ivy blinzelte mehrmals und senkte dann den Blick. „Woher hast du das, Sara?“

„Von Gott.“

Der Anflug eines Lächelns erschien in Ivys Mundwinkel. „Ihr beide unterhaltet euch?“

„Er redet mit jedem.“

Das Lächeln kam nicht zustande. „Glaub mir, Sara. Mit Leuten wie mir redet Gott nicht."

„Doch, das tut er. Du musst nur die Bibel in die Hand nehmen und hinhören." Sara legte den Kopf ein wenig in den Nacken. „Dieser Vers steht im Buch Jesaja."

Zwischen Ivys Augenbrauen bildete sich eine Falte.

Eine der Schnüre zuckte.

Davis warf den Rest seines Pfirsichs ins Wasser und begab sich in die Hocke, um die Schnur weiter um den Pfosten zu wickeln. „Kannst du mal das Netz holen, Ivy?"

Sara zog die Beine wieder aus dem Wasser und kniete sich hin. „Haben wir einen Krebs gefangen?"

„Irgendetwas haben wir jedenfalls gefangen", erwiderte Davis und zog die Schnur heraus.

Ivy packte gerade das Netz, das neben dem Korb lag, als eine Blaukrabbe über dem Rand des Steges erschien.

„Halt das Netz drunter, damit wir sie hochholen können."

Sie sah das Netz in ihrer Hand an und dann die Krabbe, die mit den Scheren ruderte. „Bist du verrückt?"

„Es macht richtig Spaß, Ivy, das verspreche ich dir", drängte Sara sie.

Ivy trat zögernd einen Schritt vor und streckte das Netz aus. Die Krabbe plumpste hinein. Ivy kreischte. Das wütende Schalentier schnappte mit den Scheren. Das Netz hüpfte und zappelte in ihrer Hand. „Davis!" Sie hielt das Netz weit von sich weg und sah aus, als wollte sie es am liebsten samt Krabbe ins Wasser schleudern. Lächelnd band er den nächsten Fischkopf an die Schnur und ließ sie wieder ins Wasser hängen. Dann rettete er Ivy. Er nahm ihr das Netz ab und griff hinein.

Ivy schrie auf und kniff die Augen zusammen. „Ach, du liebe Güte, was machst du denn da? Das Ding beißt dir vielleicht einen Finger ab."

„Ich sehe nach, welches Geschlecht die Krabbe hat." Davis hielt das zappelnde Tier in der Hand, wie sein Großvater es ihm gezeigt hatte, damit er nicht gezwickt wurde. Ein Männchen. Er warf die Krabbe in den Eimer, während eine der anderen Schnüre zuckte. Er zog sie herauf, aber diesmal war es ein Weibchen, das er wieder ins Wasser warf. „Die Weibchen sollten wir nicht behalten. Nicht, wenn wir auch in Zukunft Krebse essen wollen."

Den dritten Fang setzte er auf den hölzernen Steg. Das Tier eilte über die Planken. Sunny wand sich, aber Sara hielt ihn zurück. Ivy sprang hinter Davis und krallte die Finger in den dünnen Stoff seines T-Shirts.

Davis lachte und Sara stimmte mit ein. Bevor der Krebs sich zu weit entfernen konnte, hob Davis ihn auf und legte ihn in den Eimer. Ivy ließ sein Hemd los. Als beide Eimer voll und die Köder aufgebraucht waren, rollte Davis die Schnüre auf und schob sie in seine Tasche.

„Und jetzt?", wollte Ivy wissen.

„Jetzt essen wir."

„Puh, ist mir warm." Sara wischte sich die Stirn ab und legte Sunny wieder sein Geschirr an. „Ich weiß nicht, wie ihr das seht, aber ich könnte ein kühles Bad gebrauchen." Und bevor er Einwände erheben oder sie aufhalten konnte, gab sie Sunny einen Befehl und zusammen sprangen sie vom Ende des Steges, wo das Wasser am tiefsten war.

Ivy starrte mit offenem Mund hinterher.

Davis trat an den Rand des Steges, aber bevor er selbst hineinspringen konnte, kam Sara lachend an die Oberfläche, wo sie sich mit den Beinen paddelnd an Sunnys Hals festhielt. „Ist euch beiden nicht warm?"

Seine Angst wich einem unerwarteten Spieltrieb.

Ivy trat neben ihn. „Nun mach doch was, bevor sie von einem Alligator gefressen wird!"

Er unterdrückte ein Lächeln und spähte über den Rand. „Die Alligatoren hier in der Gegend sind ziemlich klein."

„Sagt der Mann, der nicht im Wasser ist. Bist du durchgeknallt?" Sie wedelte mit den Armen in Saras Richtung. „Deine Schwester sieht nichts."

Davis sah Sara an, die mit Sunny lachte und von funkelndem Wasser umgeben war. Er zog den Kameragurt über seinen Kopf und legte den Apparat auf die Holzplanken. „Soll ich sie rausholen?"

„Ich will jedenfalls nicht, dass du dastehst und Maulaffen feilhältst, so viel steht fest."

Ein Grinsen trat auf seine Lippen.

Ivy starrte ihn irritiert an. „Was?"

„Komm doch mit." Und bevor sie protestieren oder zurückweichen konnte, packte er sie um die Taille und sprang mit ihr ins Wasser.

Kapitel 24

Aus der Duschkabine stieg bereits Dampf auf, während Ivy ihre nasse, dreckige Kleidung auszog und in einem kleinen Haufen in der Ecke des Badezimmers liegen ließ. Sie trat unter den heißen Wasserstrahl und sah zu, wie schwarzer Schlick und Morast von ihren Beinen gespült wurden und im Ausguss verschwanden. Noch nie in ihrem Leben war sie so schmutzig gewesen oder hatte so sehr gestunken. Aber sie hatte auch noch nie so viel Spaß gehabt. Wenn sie gewusst hätte, wie lustig das Krabbenfangen war, hätte sie damals vielleicht auf Marilyn gehört und sich den Kindern in der Nachbarschaft angeschlossen. Ivy schloss die Augen und ließ das Wasser über ihr Gesicht rinnen, während sie zu vergessen versuchte, wie sich Davis' starke Arme im Wasser um ihre Taille angefühlt hatten und wie sein tiefes Lachen geklungen hatte, während sie sich bemüht hatte, bei dem Gedanken an Krebse, die ihr in die Zehen zwickten, und im Schilf versteckte Alligatoren nicht in Panik zu geraten.

Sie wusste nicht, was beunruhigender gewesen war – dass ihre Lieblingssandalen mitsamt ihr immer tiefer in dem übel riechenden Schlamm versunken waren oder dass ihr Inneres völlig in Aufruhr geraten war, als Davis sie herausgezogen hatte. Sie schob die Gefühle beiseite und richtete ihre Konzentration auf Vera Wang. Während sie sich einseifte, die Haare wusch und sich anschließend abtrocknete, dachte sie an die Modebranche. Die Klimaanlage brummte und stieß über dem Boden kühle Luft aus, sodass sie eine Gänsehaut bekam. Sie wickelte sich in einen Bademantel aus dünner Baumwolle und rieb sich die Arme.

Ich habe dich bei deinem Namen gerufen, du bist mein.

Die Worte kamen ungebeten und ließen ihren Herzschlag wie eine Pauke in ihrer Magengrube widerhallen. Wie es sich wohl anfühlte, zu jemandem zu gehören, der so groß war wie Gott, und zu hören, wie der Schöpfer des Universums sie, Ivy Clark, bei ihrem Namen rief? Sie nahm ihren grobzinkigen Kamm und machte sich daran, ihre Haare zu entwirren. Wenn sie doch nur den unsinnigen

Wunsch ebenso einfach aus ihrem Herzen herauskämmen könnte. Gott wollte Menschen wie Sara – die unschuldig und lieb und arglos waren. Gott wollte keine Menschen wie Ivy. Mit einer Mätresse als Mutter und einem Ehebrecher als Vater. Jemanden, der seine Jungfräulichkeit bereits mit vierzehn hergegeben hatte. Jemanden mit Narben und Blessuren auf der Seele. Sie wusste genug über Saras Glauben, um zu wissen, dass Gott mit jemandem wie ihr nichts zu tun haben wollte.

Nebenan klingelte ihr Handy. Ivy lief über den Marmorfußboden zu dem weichen Teppich in ihrem Zimmer und nahm ihr Telefon vom Nachttisch.

Bruce.

Beim zweiten Klingeln ging sie dran.

„Wie geht es meiner Lieblingsnichte?"

Seiner einzigen Nichte.

„Erzähl mal, wie es läuft. Hat Davis schon zugesagt, dass er mitkommt?"

Seine Frage ließ keinen Zweifel daran, wo seine Prioritäten lagen. „Ich arbeite dran."

„Dann arbeite lieber ein bisschen schneller. Ich habe gestern mit Juliette gesprochen, um ein paar Termine abzustimmen. Und es klang ganz so, als wäre sie heißer darauf, Davis zu bekommen, als sie darauf ist, dich zu bekommen."

„Das ist ja nett."

„Ich bin nur realistisch. Glaubst du, er wird zu dem Shooting kommen? Soll ich mit ihm reden? Oder ich könnte auch den Kontakt zu Jul…"

„Nein!"

Schweigen.

Ivy errötete. Sie hatte nicht so dramatisch klingen wollen, aber das wäre genau das Falsche. „Glaub mir, Bruce, das ist eine sensible Angelegenheit. Wenn du ihn anrufst oder Juliette sich bei ihm meldet, wird er niemals Ja sagen. Lass es mich einfach auf meine Art machen, okay?"

„Aber du kriegst ihn rum, oder?"

Ivy krallte die Finger um den Gürtel ihres Bademantels, während sie an Davis' Hände denken musste, die sie gehalten und aus dem

Schlamm gezogen hatten, an das Gelächter, als Sunny sich geschüttelt und sie beide von oben bis unten mit schlammigem Sumpfwasser vollgespritzt hatte. Der unsinnige Wunsch in ihrem Herzen verdichtete sich und schnürte ihr schmerzhaft die Brust zu. Sie hatte sich auf das Krabbenfangen eingelassen, weil Davis dabei gewesen war und sie Zeit mit ihm verbringen musste, wenn sie ihn überreden wollte, mit ihr nach New York zurückzukehren. Aber sie hatte nicht damit gerechnet, dass es ihr so viel Spaß machen würde. Sie kaute an ihrem Daumennagel.

„Ivy? Bist du noch dran?"

„Ja, ich kann ihn überzeugen."

„Gut. Lass deinen Zauber wirken. Je eher, desto besser. Du hast nur noch anderthalb Monate bis zu dem Shooting für Vera Wang."

Ihr drehte sich der Magen um. Obwohl Bruce sie nicht sehen konnte, nickte sie ins Telefon und sah dann, dass etwas Weißes unter der Tür hervorlugte, die zum Flur führte. Als sie hinüberging und den Umschlag aufhob, fühlte er sich steif und schwer an. *Für dich* stand in krakeligen Buchstaben auf der Vorderseite und Ivy runzelte die Stirn. „Hör mal, Bruce, da ich dich gerade am Apparat habe, lass uns doch gleich über die Fashion Week sprechen."

„Die ist in einem Monat."

„Ich weiß. Für wen modele ich?"

Er seufzte. „Du bist dieses Jahr nicht auf dem Laufsteg, Ivy."

„Warum nicht?"

„Niemand will dich."

Sie legte den Umschlag auf die Kommode.

„Aber denk nicht daran, okay? Konzentriere dich auf Vera Wang. Das ist dein Ticket."

Ticket wofür – für den nächsten Vertrag, eine offene Tür? Das Fotoshooting würde irgendwann hinter ihr liegen und was dann? Sie würde Mühe haben, den nächsten Auftrag zu ergattern, und sich noch mehr darauf versteifen. Bald würde sie fünfundzwanzig. Und danach sechsundzwanzig. Die Zeit stand nicht still. Und was sollte sie machen, wenn das alles vorbei war? Plötzlich erschien es ihr so sinnlos. Als versuchte sie den Wind mit einem Schraubglas einzufangen.

Sie murmelte eine halbherzige Verabschiedung und legte das

Handy neben den geheimnisvollen Umschlag und den neuen Blumenstrauß, den Marilyn ihr am Montag gebracht hatte. Bis jetzt hatte Ivy drei Sträuße kopfüber in ihrem Zimmer hängen. Trocknend und sterbend. Sie fuhr mit der Hand über die sanfte Rundung ihrer Eiffelturm-Schneekugel und ließ ihre Finger dann über den Deckel von Marilyns Zedernholzschatulle wandern. Von der sie naiverweise gehofft hatte, sie hätte ihrem Vater gehört.

Ivy blinzelte, betrachtete wieder den Umschlag und öffnete ihn dann. Darin fand sie eine Karte mit einer kurzen Notiz in einer kindlich wirkenden Handschrift.

> „Fürchte dich nicht, denn ich habe dich erlöst; ich habe dich bei deinem Namen gerufen, du bist mein." Jesaja 43,1. Gott hat diese Worte für dich geschrieben, Ivy.
> Alles Liebe, Sara

Erlöst.

Das erste Mal hatte Ivy dieses Wort an ihrem ersten Schultag in der zweiten Klasse gehört. Als ihre Mutter sie nicht wie üblich an der Bushaltestelle abgeholt hatte, war sie voller Angst die sieben Stockwerke hinaufgerannt, weil sie nicht auf den Aufzug warten wollte, und hatte ihre Mutter im Schlafanzug auf dem Sofa angetroffen, die Knie an die Brust gezogen, mit tränenüberströmtem Gesicht, während sie auf einen kräftig gebauten schwarzen Mann in einem eleganten schwarzen Anzug starrte, der aus dem Fernseher mit ihr sprach.

„Du bist erlöst! Er kann erlösen! Er wird erlösen!"

Je mehr Amen und Hallelujas aus der Menge ertönten, desto kehliger wurde seine Stimme, und jedes Mal, wenn er dieses Wort sagte, liefen Mamas Tränen schneller. *Erlösen.* Ivy setzte sich auf die Couch zu ihrer Mutter, rieb ihr den Rücken und reichte ihr Taschentücher, bis die Schachtel leer und der Mann fertig war und eine Werbung für Kentucky Fried Chicken über den Bildschirm flimmerte. Erst später, als ihre Mutter im Bett lag, konnte Ivy das Wort im Wörterbuch nachschlagen.

Erlösen: 1. frei machen; befreien, erretten. 2. bei einem Verkauf einnehmen; erzielen.

Sie hatte keine Ahnung, warum ein solches Wort ihre Mama so sehr zum Weinen brachte. Sie wusste nur, dass ihre Mutter immer trauriger wurde, je länger James sich nicht blicken ließ. Und er war schon sehr, sehr lange nicht mehr da gewesen.

Ivy schob Saras Karte in Marilyns Kiste. Sie schloss die Augen, weil sie sich nach Dunkelheit sehnte. Doch stattdessen trat das Bild zweier Schmetterlinge vor ihr inneres Auge. Und sosehr sie es auch versuchte, sie wurde dieses Bild nicht mehr los.

Junge Frauen jeglicher Statur und Größe reihten sich an der Wand im *Something New* auf. Ivy saß auf einem Stuhl zwischen zwei leeren Plätzen, während Davis und Marilyn umherliefen. Ivy verschränkte die Arme und schlug die Beine übereinander, während sie mit dem Fuß auf den Boden trommelte. Sie hatte vorgeschlagen, eine Anzeige in die Zeitung zu setzen und Mädchen aus der Stadt zu suchen, die Marilyns Kleider modelten. Warum sollten sie für eine lokale Wohltätigkeitsveranstaltung Profis anheuern? Das würde nur unnötig Geld kosten. Und je mehr sie die Bewohner von Greenbrier einbanden, desto mehr Leute würden kommen.

Es gab nur ein winziges Problem.

Sie brauchten nur sieben Models und die halbe Stadt war erschienen. Zumindest die weibliche Hälfte. Und wenn irgendwelche Rohdiamanten dabei waren, versteckten sie sich gut. Ivy warf einen düsteren Blick auf eine alte Frau mit grauem Haaransatz, kaugummirosa Lippenstift, einem Tattoo am Knöchel und blauen Clogs. Im Ernst? Glaubte die Frau wirklich, sie würden ihr eines von Marilyns Brautkleidern anziehen und sie über den Laufsteg stolpern lassen?

Davis hörte einer kleinen Blondine zu, die ihm das Ohr abkaute. Sie stand zwischen einer Rothaarigen, die Ivy kannte – dem Mädchen, durch das Ivy das Gerücht über die Verlobung in Gang gesetzt hatte –, und der alternativen Arabella. Als spürte er ihren Blick, sah Davis zu ihr herüber. Sein Lächeln war ohne jede Anstrengung, was man von ihrem nicht behaupten konnte. Er verabschiedete sich von den drei Frauen und setzte sich neben Ivy.

„Stell dir mal vor: Rachel Pipers Verlobter ist Kipper Manning, Nachrichtensprecher beim Lokalfernsehen. Sie sagt, sie kann ihn vielleicht dazu bringen, über die Modenschau zu berichten. Und Connie West, das ist die Blonde da drüben, will uns heute Abend beim Austernessen treffen und in der *Greenbrier Tribune* einen Artikel bringen. Ich glaube, eigentlich wollen die beiden nur bei der Modenschau mitmachen, aber wenn sie Werbung für uns machen wollen, nehmen wir die doch mit, oder?“

Connie West – Davis' alte Flamme? Kein Wunder, dass die Blondine Ivy so misstrauisch ansah.

„Hey, alles in Ordnung?“

Das würde es sein, sobald sie ihn davon überzeugt hatte, mit ihr nach New York zu gehen. Zwei Tage waren seit dem Anruf von Bruce vergangen und seine Warnung hallte immer noch in ihren Ohren wider. Vera Wang wollte vor allem Davis und nicht so sehr sie. Ivy musste ihn mitbringen. „Wir hätten keine Anzeige schalten sollen. Das war eine bescheuerte Idee.“

Arabella winkte ihr von der anderen Seite des Raumes zu – glänzende schwarze Haare, die glatt über ihren Rücken hingen, hellgrün lackierte Fingernägel, sportliche Figur, tolle Arme. Vielleicht plus minus dreißig Jahre alt. Ivy legte den Stift an ihr Kinn und sah genauer hin. Ein starkes Kinn. Kein umwerfendes Gesicht, aber andererseits hatten die meisten Models kein hinreißendes Gesicht, sondern eher ein interessantes. Ivy war die Ausnahme. Arabella liebte offensichtlich Brautkleider. In New York würde sie es nie zu etwas bringen, aber was war mit einer Modenschau in Greenbrier?

„Die Hälfte dieser Frauen sehen wie Omas aus“, murmelte sie.

„Es ist die erste Modenschau, die in Greenbrier stattfindet. Kannst du es ihnen verübeln, dass sie dabei sein wollen?“

Ivy zeigte mit dem Stift auf Arabella. „Was hältst du von ihr?“

„Sie wohnt zusammen mit ihrem Vater – Doc Armstrong – in einem dieser großen Herrenhäuser am Strand von vor dem Bürgerkrieg. Küchenchefin in Hoppin' John's Café. Nett. Ein bisschen schräg. Ich finde, sie wäre ein gutes Model für euch.“

„Mir gefällt ihr Gesicht.“ Ivy musterte die anderen Frauen. Jung.

Alt. Irgendwo dazwischen. Sie warfen ihr kaum verhohlene Blicke zu und tuschelten vor Aufregung. Und warum? Weil sie einen Tag lang Model sein wollten? War es ihnen denn nicht bewusst? Eine Kleinstadtmodenschau – oder auch eine in New York – würde gar nichts ändern. Am Ende würden sie immer noch dieselben Leute sein.

„Ivy?"

„Was?"

„Im Ernst ... alles in Ordnung?"

Erinnerungen an ihr Krabbenabenteuer vom Donnerstag und ihr Telefonat mit Bruce huschten ihr durch den Sinn. *„Gott redet mit jedem ... Niemand will dich ... Juliette ist heißer auf Davis als auf dich ... Gott redet mit jedem ... Gott hat diese Worte für dich geschrieben ..."* Sie schüttelte die Gedanken ab und versuchte, sich zusammenzureißen. „Besser denn je."

„Willst du rausgehen? Ein bisschen frische Luft schnappen?"

Seine Fragen und die mitfühlende Art, wie er sie stellte, machten sie noch wahnsinnig. Sie brauchte nicht lieb und besorgt. Diese Emotionen würden ihn nicht nach New York bringen. „Frische Luft ist nicht das, was ich brauche, Dave."

Er rieb sich das Kinn – das gebräunt war und einen leichten Bartschatten aufwies. „Ist in den letzten beiden Tagen irgendwas passiert? Ich meine, du hast dich am Donnerstag doch richtig vergnügt, oder jedenfalls kam es mir so vor. Aber jetzt guckst du drein, als wolltest du mir entweder eine Ohrfeige geben oder dich übergeben."

„Danke."

„Komm schon, Ivy. Irgendwas hast du doch."

„Dachtest du, ein bisschen im Schlamm zu spielen würde alles besser machen?" Sie stand auf. „In den Sumpf zu springen und Schmetterlinge zu beobachten und zuzuhören, wie deine Schwester Bibelverse zitiert, löst nicht meine Probleme, okay?"

Er berührte ihren Ellbogen. „Warte, Ivy ..."

Sie riss sich los.

Er hob die Hände als Zeichen dafür, dass er sie nicht noch einmal anfassen würde. „Ich will doch nur wissen, warum du so aufgebracht bist."

Das konnte sie ihm unmöglich erklären, da sie es ja nicht einmal selbst so richtig verstand. Ihre Laune war das Ergebnis einer ganzen Reihe von Dingen – dem Anruf von Bruce, Saras Karte, Marilyns Blumen, Davis, der sie wie eine Dame behandelte, obwohl sie beide wussten, dass sie das nicht verdient hatte – um Himmels willen, warum verhielt er sich nicht wie ein normaler Kerl? –, dem Tod von Annalise, dieser blöden Bilderkiste. Wenn nur irgendetwas davon anders gelaufen wäre, hätte sie jetzt vielleicht nicht so schlechte Laune. Am liebsten hätte sie all diese Was-wäre-Wenns auf dem Boden ausgeschüttet, um darauf herumzutrampeln. Aber das ging nicht. Und Davis wie einen Übeltäter zu behandeln, würde gar nichts bringen.

Sie rieb sich den Nacken und fuhr sich dann mit den Fingern durch die Haare. „Beachte mich gar nicht. Ich bin müde. Ich habe Kopfschmerzen. Und es gefällt mir nicht, dass wir all diesen Frauen absagen müssen. Wir brauchen nur sieben Models."

Davis' Miene wurde weicher. „Es wird für sie kein Weltuntergang sein, wenn sie nicht genommen werden. Sie wollen nur ein bisschen Spaß haben, miteinander quatschen und beim Casting dabei sein. Das ist alles."

Ivy sah all die lächelnden, begeisterten Frauen an. Hatte sie ein Casting jemals – auch nur ein einziges Mal – so betrachtet? Sie schüttelte den Kopf und senkte den Blick. Nein. Kein einziges Mal. Diese Frauen würden vielleicht nicht am Boden zerstört sein, wenn sie abgewiesen wurden, aber sie selbst war es jedes Mal gewesen.

Kapitel 25

Davis zog den Kragen seines Polohemdes zurecht und öffnete die Tür zu Marilyns Haus. Er wollte Sara und Ivy zum Austernessen abholen. Joe Bodgen veranstaltete jedes Jahr Mitte August eines im Yachthafen, bevor die Kinder von Greenbrier wieder zur Schule gehen mussten. Davis hatte versprochen, sich dort mit Connie zu treffen und mit ihr über die Modenschau zu sprechen, damit sie einen Zeitungsartikel darüber schreiben konnte. Wenn zusätzlich noch in den Abendnachrichten darüber berichtet wurde, konnte diese Modenschau unter Umständen ein ziemlich erfolgreiches Event werden.

Gewappnet für Ivys schlechte Laune betrat er das Foyer, als zwei lange Beine oben auf dem Treppenabsatz erschienen. Einige Schritte später kam der Rest von Ivy in Sicht. Die ganzen ein Meter achtundsiebzig. Sie trug dunkle Kakishorts, deren Saum umgekrempelt war, und ein fließendes weißes Top, das ihr über eine Schulter gerutscht war. Ihre Haare hatte sie zu einem unordentlichen Knoten zusammengebunden, dazu trug sie lange dunkelblaue Ohrringe und in jeder Hand hielt sie ein Paar Schuhe. „Deine Schwester ist krank."

Besorgt machte er Anstalten, die Treppe hochzustürmen.

Ivy hob die Hände. „Ganz ruhig, Wachhund. Kein Grund, in Panik auszubrechen. Sie ist nur ein bisschen erkältet. Wahrscheinlich von dem Bad im Sumpf." Sie kam die letzten Stufen herunter. „Marilyn hat Suppe gekocht und eine ganze Apotheke mit heimgebracht."

Er entspannte sich eine Sekunde lang, bevor ihm bewusst wurde, was das bedeutete. Ein Abend allein mit Ivy? Er war sich nicht sicher, ob er dieser besonderen Herausforderung gewachsen war.

„Also sind nur du und ich übrig." Sie zwinkerte ihm zu, aber ihre Stimme klang müde. Sie sagte und tat nichts Ungewöhnliches, doch in allem schwang eine Leere mit, die ihm in der Seele wehtat. Was auch immer ihr an diesem Morgen Sorgen bereitet hatte, machte ihr noch immer zu schaffen. „Magst du es, wenn deine Frauen kleiner sind als du?"

„Wie bitte?"

Sie hielt mit der einen Hand ein Paar Ballerinas hoch und mit der anderen ein Paar Sandalen mit Keilabsatz, mit denen sie mindestens acht Zentimeter größer sein würde. Ihre Augenbrauen waren fragend hochgezogen.

„Meinst du, ich hätte Angst, dir in die Augen zu sehen?"

„Ich bin mir sicher, ein Mann deiner Größe ist das nicht gewohnt."

Davis musste unwillkürlich grinsen. Sie dachte, sie hätte ihn durchschaut. „Nur weil ich es nicht gewohnt bin, heißt das nicht, dass es mir etwas ausmacht."

„Oh, ein selbstbewusster Mann – das gefällt mir."

„Zieh deine Schuhe an, Clark."

„Okay, dann also die mit den Absätzen." Sie stellte die Ballerinas neben der Garderobe ab und schlüpfte in die Sandalen, deren Riemen sie um ihre Knöchel befestigte.

Davis wartete, bis sie fertig war, dann öffnete er die Tür. „Bereit für dein erstes Austernessen?"

Sie nahm seinen Ellbogen. „Dafür bin ich schon mein ganzes Leben bereit."

Während sie sich dem Yachthafen näherten, begegneten sie verschiedenen Leuten. Einige der Männer winkten Davis zu, bevor sie Ivy anstarrten. Selbst die Frauen sahen herüber und tuschelten. Viel schlimmer als die Blicke war jedoch Ivys Reaktion darauf. Es war, als ob sie glaubte, was diese Blicke ihr vermittelten – dass sie nicht mehr war als ein tolles Paar Beine. Davis straffte die Schultern und richtete sich ein wenig auf, so als könnte er Ivy vor den Blicken abschirmen, indem er sich aufplusterte. Er hätte sich nicht für die hohen Schuhe aussprechen sollen. Mit grimmiger Miene führte er sie durch die Besuchermenge. Der Geruch von Rauch, Bier und Meeresfrüchten erfüllte die schwüle Luft, als sie an die längliche Feuerstelle traten.

„Werden die Austern hier irgendwie anders gegessen als im Restaurant?"

„Ich glaube, das Prozedere ist dasselbe." Er zeigte auf den Tisch hinter dem Feuer, auf dem Zitronensaft, Malzessig, Tabascosoße, süße Chutneys und Kräcker aufgereiht waren, und schob Ivy in die Schlange. Die Leute hinter ihm drängelten und schoben ihn nach vorne, sodass ihn nur noch ein kleiner Luftspalt von Ivy trennte – ein Luftspalt, der wie elektrisch aufgeladen war.

Beherrsch dich, Knight. Sie braucht einen Freund, nicht noch einen Verehrer.

Wenn die Selbstgespräche doch nur etwas gegen die Anziehungskraft ausrichten könnten, die sie auf ihn hatte. Davis holte tief Luft und sah zu den Booten und Yachten hinüber, die im Dock lagen und auf den sanften Wellen des Atlantiks schaukelten. „Warst du schon mal segeln, Ivy?"

„Nicht im eigentlichen Sinne …"

„Wie geht man denn im uneigentlichen Sinne segeln?"

„Ich war für Fotoshootings schon auf Segelbooten, aber keins der Boote war im eigentlichen Sinne im Wasser und ist gesegelt."

„Das könnten wir ändern." Vielleicht würde er nachher noch mit ihr rausfahren und Sara bei ihrem Plan helfen, Ivy mehr Kindheitserinnerungen zu bescheren. Nichts führte einem besser vor Augen, wie herrlich Gottes Schöpfung war, als die Weite des Meeres oder die Macht des Windes oder der Gesang freundlicher Delphine. Er bestellte einen Kübel Austern bei Joe, half Ivy bei der Wahl der richtigen Zutaten und ging dann mit ihr zu dem Picknicktisch, an dem er Connie kurz zuvor entdeckt hatte. Nachdem er den Kübel abgestellt hatte, setzten sie sich.

„Connie, das ist Ivy Clark, eine gute Freundin. Ivy, das ist Connie West. Sie schreibt für die *Greenbrier Tribune*." Während des Castings hatte er keine Gelegenheit gehabt, sie einander vorzustellen. Ivy hatte sich für Arabella, Rachel Piper und fünf andere Mädchen als Models entschieden, dann hatte sie verkündet, sie habe Kopfschmerzen, und war mit Marilyns Wagen nach Hause gefahren.

„Hallo, Ivy." Grübchen erschienen auf Connies Wangen, als sie lächelte. „Meine beiden besten Freundinnen, Rachel und Arabella, hast du ja bereits kennengelernt."

Davis öffnete eine der Muscheln mit seinem Messer und versuchte, Connies Tonfall zu ignorieren. Offenbar war sie nicht glücklich darüber, dass sie selbst nicht ausgewählt worden war.

„Die Stadt kriegt sich gar nicht mehr ein wegen euch beiden. Verlobte Cousins." Sie schnalzte mit der Zunge. „Wie wäre das für eine Titelgeschichte?"

„Wir sind keine Cousins …"

„Es ist nur ein Gerücht …"

Davis und Ivy sprachen gleichzeitig.

Connies Lächeln wurde breiter. Sie stützte das Kinn auf eine Hand. „Das dachte ich mir. Davis stand schon immer mehr auf intellektuelle Frauen."

Die Muschel, die er bearbeitet hatte, sprang auf und flog über Ivys Kopf hinweg. Er warf Connie einen warnenden Blick zu. „Ivy ist sehr intellektuell."

Connie machte eine abwehrende Handbewegung. „Ich meinte das nicht als Beleidigung, Davis."

Ivys Blick war verhangen – so als wäre sie entweder unbeeindruckt oder gelangweilt von Connies Spielchen.

Davis rutschte auf seinem Sitz nach vorn, weil er das Interview so bald wie möglich hinter sich bringen wollte. „Also, wegen der Modenschau. Der gesamte Erlös fließt in den Aufbau eines Kunstprogramms am städtischen College, das für blinde und sehbehinderte Studenten sein soll. Ich hoffe, die Veranstaltung zieht viele Leute an."

„Du solltest dich nicht vor den Karren spannen lassen, Davis." Connie zog ein digitales Aufnahmegerät aus ihrer Handtasche und schwenkte es durch die Luft. „Es tut mir übrigens leid, dass dein Vater gestorben ist, Ivy. Letztes Jahr habe ich einen Artikel über ihn gebracht. Das Bezirkskrankenhaus hätte nie eine Kinderabteilung bekommen, wenn er nicht seine Zeit und sein Geld in den Aufbau investiert hätte."

Ivys Gesicht wurde kreidebleich.

Connie schien es nicht zu bemerken. Sie war jetzt im Journalistenmodus. „Er hat nicht nur dafür bezahlt, er hat die Kinder auch mehrmals besucht. Ich habe die Tochter des Bürgermeisters interviewt, die eine schwere Lungenentzündung hatte, und sie hat über ihn gesprochen, als wäre er eine Art Held. Er muss ein toller Vater gewesen sein."

Davis funkelte Connie an. Er hatte dieses Treffen nicht arrangiert, um über James zu reden.

Ivy sagte kein Wort.

Als er sich zu ihr umdrehte, um zu sehen, warum sie schwieg, stellte er fest, dass sie aufgestanden war und zum Parkplatz ging, beide Hände zu Fäusten geballt.

Das Knallen der Tür klang wie Donner. Ivy stürmte durchs Foyer, Davis ihr dicht auf den Fersen, und stapfte in die Küche, wo Marilyn gerade einen Blumenstrauß arrangierte und dabei leise vor sich hin summte. Ivys Wut auf James – alles, was sich im Laufe der Jahre angestaut hatte – sammelte sich wie Dampf in einem Kessel.

„Warum bin ich hier?" Jedes schmerzvolle Wort klang wie ein Schlag.

Marilyn erstarrte und eine Blume fiel aus ihrer Hand in die Spüle.

Davis berührte Ivys Arm. „Ivy ..."

Sie schüttelte ihn ab. „Warum wolltest du, dass ich herkomme?"

Marilyns Stirn verzog sich zu einem Gewirr aus Falten. Ihr Blick huschte zu Davis, bevor er sich wieder auf Ivy richtete. „Weil ... ich ... ich ein Model brauchte."

„Und da hast du mich gefragt?" Ivy schlug sich auf die Brust. „Es gibt eine Million Models da draußen. Jedes von ihnen hätte es getan."

„Ich wollte nicht irgendeine von ihnen. Ich wollte dich."

„Ich bin nicht deine Tochter."

Marilyn ließ die Schultern hängen. „Ich weiß."

„Was ist es dann? Bin ich für dich ein Sozialprojekt – Marilyn, die Märtyrerin? Denn wenn es das ist, dann lass dir gesagt sein, dass ich dein Mitleid nicht will."

Marilyn wurde blass. „Du warst nie ein Projekt für mich."

Er hat die Kinder mehrmals besucht ... Sie hat von ihm gesprochen, als wäre er eine Art Held ... Er hat die Kinder mehrmals besucht ... Ivy blickte auf ihre Hände hinunter: der kleine Finger ihres Vaters, die

Handfläche ihrer Mutter. Wie konnte Marilyn es überhaupt ertragen, sie anzusehen? „All die Jahre ist er zu uns gekommen – zu ihr – und du hast ihn wieder in dein Bett gelassen."

Davis trat einen Schritt vor. „Das reicht, Ivy …"

Marilyn hob eine Hand, um seinen Protest zu unterbinden.

Die Gefühle pressten sich durch Ivys Kehle – eine Ansammlung aus unterdrücktem Schmerz und Hass. „Er hat mich vielleicht nicht geliebt, aber es sieht auch nicht so aus, als hätte er dich besonders geliebt."

„Ivy."

„Bitte geh, Davis." Marilyns Stimme klang zittrig.

Er rührte sich nicht vom Fleck, bis Marilyn seinen Namen noch einmal sagte. Dann hallten seine sich entfernenden Schritte in dem hohen Raum wider.

„Warum hast du ihn zurückgenommen?"

„Er hat sich entschuldigt."

„Und das hat alles besser gemacht?"

„Nein, natürlich nicht." Marilyn presste die Finger auf ihre Lippen und blickte durch die Glasschiebetür, die in den Garten hinausführte. „Ich wollte ihm nicht vergeben. Du hast ja keine Ahnung, wie sehr ich mich dagegen gewehrt habe, aber jedes Mal, wenn ich meine Tasche packte, hatte ich das Gefühl, dass Gott mir sagte, ich solle bleiben, selbst wenn ich ihn nicht immer lieben konnte."

„Er hat mit einer anderen Frau geschlafen. Er hat dich betrogen."

„Es tat ihm leid."

„Ja." Ivy schluckte das Beben in ihrer Stimme herunter. „Es tat ihm leid, dass es mich gibt."

Marilyn schüttelte den Kopf. „Das meinte ich nicht."

„Aber es stimmt."

Marilyn konnte diese Tatsache nicht leugnen, auch wenn sie das offenbar unglaublich quälte. James hatte Ivy nicht nur nicht geliebt; ihre ganze Existenz war ihm unangenehm gewesen.

Er hat die Kinder mehrmals besucht … Sie hat von ihm gesprochen, als wäre er eine Art Held … Er hat die Kinder mehrmals besucht …

Ivys Blick trübte sich. Sie presste die Lippen aufeinander, sammelte Connies Worte in ihrer Brust und schlang sie um ihre Wunden wie einen schmutzigen Verband. „Was stimmt denn nicht mit mir?"

„Mit dir stimmt alles, Liebes."

„Wie konnte er dann diese Kinder lieben, mich aber noch nicht einmal richtig ansehen?"

„Welche Kinder?"

„Die Kinder im Krankenhaus."

„Oh, Ivy ..."

Sie wand sich von Marilyns Mitgefühl ab. Sie wollte es nicht.

Marilyn berührte sie sanft an der Schulter.

Ivy schlang die Arme um ihre Taille und wich zurück. Und dann war Marilyns Berührung weg und Ivy fühlte sich ganz allein – mit ihrer Trauer, mit ihren Gedanken, mit der Wahrheit.

Ihr Vater war kein böser Mensch. Denn böse Menschen stellten keine Schecks für einen guten Zweck aus. Böse Menschen verbrachten keine Zeit mit kranken Kindern im Krankenhaus. Ivy hatte keine Ahnung, was sie mit dieser neuen Information anfangen sollte. Sie hatte keine Ahnung, was sie mit ihm anfangen sollte. Zu wissen, dass er dazu in der Lage gewesen war, ihre Mutter und Marilyn zu lieben, war schlimm genug gewesen, aber zu wissen, dass er die Tochter des Bürgermeisters besucht hatte? Zu wissen, dass er Zeit mit Kindern verbracht hatte, die nichts als Fremde für ihn waren? Plötzlich hatte seine Zurückweisung so viel weniger mit ihm zu tun und so viel mehr mit ihr.

„Diese Kinder zu besuchen, war für ihn nur ein Akt der Buße am Ende seines Lebens. Er wurde von Schuldgefühlen getrieben, nicht von Liebe. Und von dem Wunsch, gebraucht zu werden."

Ich brauchte ihn.

Die Worte hingen wie schale Luft in ihrer Lunge fest. Sie konnte sie nicht aussprechen. Sie konnte ihnen keine Stimme verleihen.

„Ivy, würde es irgendetwas ändern, wenn du erfahren würdest, dass James dich geliebt hat? Würde es heil machen, was zerbrochen ist?"

Ivy drehte sich um.

„Wenn wir deinen Vater von den Toten zurückholen könnten und du ihm diese Fragen stellen könntest, würdest du dann finden, was auch immer du suchst?"

Der Frage folgte Schweigen. Ein Schweigen, das viel zu schwer wog.

Marilyn streckte die Hand nach Ivys Arm aus, aber Ivy fröstelte und zog sich zurück.

„Er war ein Mann. Ein gebrochener, egoistischer Mann voller Fehler, der nicht einmal dann wusste, was er an dir hatte, wenn du direkt vor seiner Nase standest. Er hat mich im Stich gelassen und er hat dich im Stich gelassen. Von ihm werden wir beide nicht bekommen, was wir uns gewünscht haben." Mit diesen Worten drehte Marilyn sich um und ging.

Ivy starrte auf die leere Arbeitsplatte. Marilyn hatte recht. Keine Antwort dieser Welt würde ihr genügen. Nichts, was James sagen könnte, würde ihr genügen. Dafür war es zu spät.

Davis schwang auf der Verandaschaukel hin und her und schlug gedankenverloren nach Mücken, während regenschwere Wolken über den Horizont zogen und ihm unablässig Ivys scharfe Worte durch den Kopf gingen. Letzte Woche hatte ein Tropensturm die Küste von North Carolina heimgesucht und in ein paar Tagen sollte ein zweiter irgendwo in Georgia auftreffen. Er schlang die Finger um die hölzerne Armlehne und ließ sich von dem Quietschen der Federn und dem Krächzen der Ochsenfrösche ein Schlaflied singen. Eine feuchte Brise ließ das spanische Moos, das von den alten Eichen am Rand von Marilyns Rasen hing, rascheln.

In den letzten zwei Jahren hatte James eine beträchtliche Summe Geld in den Bau und die Instandhaltung der Kinderabteilung des Bezirkskrankenhauses gesteckt, aber Davis hatte nicht gewusst, dass er Besuche dort gemacht hatte. Es kam ihm nicht wie etwas vor, das James tun würde, aber andererseits hatte Davis ihn nicht sehr gut gekannt. Natürlich waren sie beide sich bei Familienfeiern begegnet und hatten gelegentlich auch zusammen zu Abend gegessen, aber dadurch kannte man einen Menschen ja nicht wirklich. Abgesehen von den offensichtlichen Vorzügen – gutes Aussehen, Erfolg im Beruf und die Gunst von Davis' Großvater – hatte er nie verstanden, was Marilyn in dem Typen gesehen hatte.

Jetzt war Ivy drinnen und ließ ihre Wut auf James an Marilyn aus. Seine Tante hatte es nicht verdient, als Sündenbock herzuhalten.

Aber genauso wenig hatte Ivy es verdient, einen Vater wie James zu haben. Davis schloss die Augen und lehnte sich zurück, während ihr bleiches Gesicht auf der Heimfahrt vom Hafen vor seinem inneren Auge auftauchte. Die weißen Knöchel ihrer zu Fäusten geballten Hände.

Die Haustür ging auf, dann folgte das Quietschen der Fliegengittertür. Das Kissen neben ihm senkte sich und die Schaukel ächzte. Eine kalte Hand legte sich auf sein Knie. Als er die Augen ein Stück weit öffnete, erblickte er Marilyns vertrauten Ehering.

„Das arme Mädchen ist so voller Schmerz", sagte sie.

Er schlug die Beine übereinander. „Was ist mit dir?"

„Ich komme schon klar." Aber noch während sie das sagte, traten ihr Tränen in die Augen.

Sie schaukelten schweigend, während sich in Davis' Kopf Fragen bildeten und Marilyn die lange Auffahrt zur Straße hinunterstarrte. Die Hitze hatte die Nachbarn von ihren Veranden vertrieben, sie waren in die Häuser geflohen, wo es kühler war. Oder vielleicht waren sie auch alle beim Austernessen. „Marilyn?"

„Ja?"

„Warum hast du Ivy hierher eingeladen?"

Zuerst antwortete sie nicht. Sie wartete sogar so lange mit einer Erwiderung, dass Davis sich fragte, ob er überhaupt eine Antwort bekommen würde. Aber dann sagte sie: „Als ich Ivy zum ersten Mal gesehen habe, hat Gott mir klargemacht, dass ich kein Kind zur Welt bringen muss, um eines zu haben."

„Wie meinst du das?"

Sie runzelte die Stirn. „Aus mir unbekannten Gründen habe ich mich in eine Tochter verliebt, die einer anderen Frau gehörte. Ich weiß, dass das keinen Sinn ergibt. Deinen Großvater macht es wahnsinnig und oft habe ich keine Ahnung, was Gott vorhat, aber ..." Sie hob die Hände, die Handflächen zum Himmel hin geöffnet, und stieß einen langen Seufzer aus. So als wäre es zu ermüdend, ihren Gedanken zu Ende zu führen. Oder vielleicht zu verwirrend. „Ich wünschte, James hätte mehr Zeit gehabt. Ich wünschte, ich hätte Ivy herholen können, bevor er gestorben ist. Ich wünschte, er hätte in New York mit ihr Kontakt aufgenommen."

„Warum hat er es nicht getan?"

„Er hatte Angst."

„Wovor?"

„Vor seiner Vergangenheit. Ihrer Ablehnung. Und wahrscheinlich noch einer Million anderer Dinge. Ich glaube, er dachte, er hätte schon vor langer Zeit das Recht verloren, sich mit Ivy zu versöhnen, deshalb hat er es gar nicht erst versucht. Wie sehr ich wünschte, er hätte es getan." Marilyn bewegte die Hand, als wollte sie all das verscheuchen. „Du weißt, was deine Grandma Eleanor jetzt sagen würde."

„‚Wenn Wünsche Pferde wären, könnten Bettler reiten.'"

Sie wischte mit ihrem Fingerknöchel eine einzelne Träne beiseite. „Ich hätte mir diese ganze Brautkleidkampagne überlegen sollen, als James noch am Leben war, und Ivy herholen, egal ob er fand, dass er es verdient hatte."

„Nach allem, was ich über Ivy weiß, glaube ich nicht, dass sie hergekommen wäre."

Marilyn legte eine Hand auf ihre Brust. „Ach, ich weiß auch nicht, Davis. Ich kann es nicht erklären. Jetzt, wo er fort ist, möchte ich sie einfach hierhaben. Es fühlt sich richtig an."

Seine Haut kribbelte. Er konnte es auch nicht erklären, aber er konnte Marilyns Worte nachvollziehen. Es fühlte sich tatsächlich richtig an. „Tante Marilyn?"

„Ja?"

„Glaubst du, sie kommt darüber hinweg?"

Sie tätschelte sein Knie. „Ich hoffe es. Aber im Moment fühlt es sich nicht so an."

Ivy legte die Hand auf Marilyns Schatulle und starrte in den schweren, verzierten Spiegel. Ihr vollkommenes Spiegelbild kam ihr vor wie Hohn.

Wer war sie?

Sie schloss die Augen und warf in der Dunkelheit mit Begriffen um sich. *Model. Schön. Verführerisch. Begehrenswert.* Aber sie alle fielen der Schwerkraft zum Opfer und fielen zu Boden wie eine Handvoll Steine. Sie sank auf den Teppich, schlang die Arme um ihre Knie und versuchte sich vorzustellen, wie der James, den sie kannte, kranke Kinder im Krankenhaus besuchte.

„Was mache ich jetzt mit dir?"

War es möglich, dass jemand zwar ein lausiger Vater war, aber trotzdem ein anständiger Mensch? Und spielte die Anständigkeit überhaupt eine Rolle – schaffte sie in irgendeiner Weise einen Ausgleich –, wenn man selbst in der Rolle der Tochter war? Ivy umklammerte ihre Knie fester und versuchte, die Erinnerungen auszublenden, aber sie rückten näher, durchfluteten ihre Gedanken und überlagerten alles, bis Ivy nicht mehr auf dem Boden ihrer Gästewohnung saß, sondern im Schlafzimmer der Wohnung ihrer Kindheit hockte, die dünnen Knie in ihre Matratze gedrückt, während draußen vor ihrem Fenster Autos in den Straßen von Chicago hupten und ein kühler Herbstwind an ihren Jalousien zerrte.

Mom schrie auf dem Flur: *„Ich kann mich genauso gut umbringen, dann ist es endlich vorbei!"*

Ivy schoss durch den Raum und presste das Gesicht an die Ritze zwischen Tür und Wand, während ihr Kleinmädchenherz wie wild in ihrer Brust hämmerte. Mom würde sich nicht umbringen. Das konnte sie nicht. Mom war alles, was Ivy hatte. Niemand liebte Ivy mehr oder liebte sie überhaupt. Am liebsten wäre sie den Flur hinuntergerannt und hätte James angefleht, auf ihre Mutter einzugehen. Sie zu küssen. Sie zu lieben. Zu tun, was immer nötig war, um diese Worte verschwinden zu lassen.

Stattdessen packte er Mom am Handgelenk. *„Nicht so laut, Renee! Willst du, dass deine Tochter uns hört?"*

„Deine Tochter! Hörst du dir selbst eigentlich zu? Sie ist auch deine Tochter, James. Sie ist unsere Tochter. Wir haben sie zusammen gezeugt, aber du tust so, als gäbe es sie gar nicht. Bedeutet sie dir denn gar nichts? Bedeute ich dir gar nichts?" Mom zog ihre Hand fort und stolperte aus Ivys Blickfeld.

Dann folgte ein lautes Krachen. Es klang wie Glas, das in tausend winzige Scherben zerspringt.

Ivy riss die Tür auf und rannte auf den Flur hinaus. Ihre Mutter hatte nicht viele Regeln. Eine Regel war jedoch, dass Ivy in ihrem Zimmer bleiben musste, wenn James zu Besuch kam. Aber sie konnte diese Regel nicht befolgen. Nicht jetzt. Sie lief um die Ecke und sah, wie die beiden einander gegenüberstanden, Mom mit einem Messer in der Hand, das sie an ihre Brust drückte. Der Anblick der scharfen Klinge verschlug Ivy fast den Atem.

„Sei nicht albern, Renee. Leg das Messer weg."

„Mir das Herz herauszuschneiden, ist nicht albern. Nicht nachdem du es schon getan hast!"

Ivy hielt sich die Ohren zu. Sie hasste es, wenn ihre Mutter so war. Wann immer sie etwas aus den Flaschen trank, die sie in dem abgeschlossenen Schrank aufbewahrte, wurde sie ein ganz anderer Mensch. Und wann immer ihr Vater längere Zeit wegblieb, trank ihre Mutter aus diesen Flaschen. Das letzte Mal war er zu Beginn der Sommerferien gekommen, und das bedeutete, dass Mom in letzter Zeit oft etwas aus dem Schrank getrunken hatte.

James trat näher … machte einen langsamen, zögerlichen Schritt auf sie zu. *„Du bist betrunken, Renee. Du denkst nicht klar."*

„Früher hast du mich geliebt. Du hast mich begehrt. Du hast dich vor Leidenschaft nach mir verzehrt. Ich will wissen, was sich geändert hat. Liebst du Marilyn mehr als mich?"

„Sie ist meine Frau."

Ivy presste ihre Hände noch fester auf ihre Ohren. Sie wollte die Szene zurückspulen. Wollte, dass er seine Worte zurücknahm. Dass er verkündete, es nicht so gemeint zu haben. Sah er denn nicht, dass alles besser werden würde, wenn er ihr einfach versprach, dass er sie liebte?

Ihre Mutter lachte hysterisch auf. Ivy schloss die Augen und zählte von zehn rückwärts. Die Sozialarbeiterin in der Schule war vor einer Woche zu ihnen in die dritte Klasse gekommen und hatte Ivy und ihren Mitschülern erklärt, dass es bei den meisten Dingen half, wenn man von zehn rückwärtszählte. Sie hatte die Sieben erreicht, als eine Tür zuschlug. Plötzlich stand James vor ihr. So nah war sie ihm noch nie gewesen.

„Geh in dein Zimmer. Ich hole deine Mutter." Und dann ging er.

Jede Faser in Ivys Körper lechzte danach, den beiden die Treppe hinunter zu folgen. Denn was, wenn James aufgab, bevor er Mom gefunden hatte, und Ivy ganz allein zurückblieb? Stattdessen gehorchte sie ihrem Vater. Sie rannte zu ihrem Wandschrank und schloss die Tür, während sie sich fragte, ob Achtjährige einen

Herzinfarkt haben konnten. Ganz nach hinten rutschte Ivy in dem Schrank – bis ihre dünnen Schultern die kalte Wand berührten – und vergrub das Gesicht in ihren Knien. Dann wiegte sie sich vor und zurück, vor und zurück, und zählte hundert Mal von zehn rückwärts.

Erst am nächsten Morgen kam jemand zu ihr.

Die Schranktür ging auf und da stand Mom. Alles Licht in ihren Augen war erloschen, so als wären ihr Inneres und ihr Äußeres voneinander getrennt worden, als sie aus der Wohnung gelaufen war, und James wäre mit ihrer Hülle zurückgekehrt, hätte ihr Innenleben jedoch vergessen.

Nach diesem Tag kam er nie mehr nach Chicago zurück.

Und Moms Inneres blieb für immer weg.

Es gab kein spätabendliches Tanzen in der Küche mehr und auch kein Pfützenspringen an Regentagen. Diese neue Version ihrer Mutter sang nicht gerne in der Dusche oder lackierte sich die Zehennägel. An manchen Tagen wollte sie nicht einmal mehr aus dem Bett aufstehen. Und als die Flaschen in dem verschlossenen Schrank nicht mehr reichten, fing sie an, sich etwas in den Arm zu spritzen, bis sie nur noch Haut und Knochen war. Fünf lange Jahre verbrachte Ivy damit, für die Hülle ihrer Mutter zu sorgen, bis Jugendamt und Familienhilfe erschienen und sie nach Greenbrier brachten.

Ivy hatte sich geschworen, dass sie sich niemals von James zerstören lassen würde, so wie er ihre Mom zerstört hatte. Niemand würde das je tun. Was Männer betraf, würde sie diejenige sein, die das Sagen hatte. Sie hielt die Karten in der Hand. Die Männer waren ihr ausgeliefert. Sie nahm von ihnen. Und solange sie von ihnen nahm, konnten sie ihr nichts anhaben.

Aber das alles war eine Lüge.

Jeder Mann, von dem Ivy genommen hatte, hatte einen Flecken hinterlassen, der nicht wegzuschrubben war. Die lange Reihe begann mit James, dann Bruce, dann Raymond und dann einer nach dem anderen. Jeder hatte ein Stück aus ihrem Herzen gerissen, bis nur noch ein kalter, harter Stein übrig geblieben war.

Fröstelnd riss Ivy sich von ihren Erinnerungen los. Sie stand auf, stützte beide Hände auf die Kommode und atmete tief ein, bis ihre

Knie nicht mehr zitterten. Dann öffnete sie die Schatulle, nahm Saras Karte heraus und zog mit dem Finger die Worte darauf nach.

> „Fürchte dich nicht, denn ich habe dich erlöst; ich habe dich bei deinem Namen gerufen, du bist mein." Jesaja 43,1. Gott hat diese Worte für dich geschrieben, Ivy.
> Alles Liebe, Sara

Als sie jetzt die Augen schloss, sah sie nicht mehr das tränenüberströmte Gesicht ihrer Mutter vor sich, während sie einem Fernsehprediger zusah, sondern zwei Schmetterlinge, die über funkelndem Wasser tanzten. Vielleicht war James nicht nur böse gewesen. Aber er war kein Schmetterling. Er hatte ihre Mutter nicht umworben. Ivy war er auch nicht nachgegangen. Niemand hatte sich um sie bemüht. Sie legte die Karte wieder zu den Bildern und schob die Kiste neben den Spiegel, unter einen Strauß toter Blumen.

Marilyn sah zu, wie Ivy ihren Wagen rückwärts aus der Auffahrt setzte und die Straße hinunterfuhr. Ihre Einladung, mit ihr in den Gottesdienst zu gehen, hatte sie rundheraus abgelehnt und sie stattdessen um den Wagen gebeten. Marilyn wusste weder, wo Ivy hinwollte, noch wusste sie, welcher Gedanke Ivy mehr in die Flucht geschlagen hatte – in die Kirche gehen oder Zeit mit ihr verbringen zu müssen. Wahrscheinlich beides gleichermaßen. Wieder einmal hatte Marilyn keine Ahnung, was sie tun sollte – ob sie Ivy drängen sollte, sich ihr zu öffnen, womit sie womöglich riskierte, dass der Graben zwischen ihnen noch größer wurde, oder ob sie das Mädchen in Ruhe lassen sollte, auch wenn sie damit Gefahr lief, den Eindruck zu erwecken, Ivy sei ihr egal, was natürlich alles andere als der Fall war.

Herr, was soll ich machen?

Die Frage stieß auf Schweigen. Marilyn musste wieder an Ivys verletzte Miene am Abend zuvor denken. Als sie schlafen gegangen war, hatte sie das dringende Bedürfnis verspürt, ihren Mann zu erwürgen. Aber James war bereits tot und hatte sie mit einer Handvoll widersprüchlicher Gefühle zurückgelassen, die sie nirgendwo loswurde. Mit einem Seufzer wandte sie sich von dem großen Fenster ab und ging die Treppe hinauf zu Saras Zimmer. Gestern Abend war Sara wegen ihrer Erkältung früh zu Bett gegangen, sodass sie den Zusammenstoß zwischen Ivy und ihr verpasst hatte.

Marilyn blieb vor der offenen Tür stehen und legte die Hand an den Türrahmen. Sara stand vor ihrer Kommode und kämmte mit schnellen, ruckartigen Bewegungen die Knoten aus ihren Haaren, bevor sie sich daranmachte, sich einen französischen Zopf zu flechten. Unbemerkt sah Marilyn von der Tür aus zu. Nach Saras Unfall hatten so viele wohlmeinende Menschen ihr Hoffnung gemacht – dass Gott sie heilen würde, dass sie wieder sehen würde –, als wäre das sicher. Es war die gleiche Hoffnung, die man Marilyn damals gemacht hatte. Unzählige Geschichten von Frauen, die mit Unfruchtbarkeit gekämpft und am Ende doch noch ein Kind bekommen hatten.

„Gott ist gut. Das wird schon noch“, hatten sie ihr erzählt.

Als hinge Gottes Güte davon ab, ob er die Gebete der Menschen so erhörte, wie sie es wollten. Die schwer zu ertragende Wahrheit war, dass er es manchmal nicht tat. Er hatte Marilyn nicht aus ihrer Unfruchtbarkeit gerettet und Sara hatte er nicht von ihrer Blindheit erlöst. Aber das änderte nichts an seiner Güte. Es bedeutete nur, dass er andere Pläne hatte.

Sara schlang ein Haarband um das Ende ihres Zopfes und zog dann den Reißverschluss einer Kosmetiktasche auf, die auf der Kommode lag. Daraus nahm sie eine Kompaktpuderdose, klappte sie auf und hob sie an ihre Nase, so als wollte sie den Geruch einatmen. Marilyn legte den Kopf schief. Vor dem Unfall hatte Sara immer etwas Make-up getragen – einen Hauch Rouge und eine dünne Schicht Mascara auf ihren langen, hellen Wimpern. Danach hatte sie jedoch keinerlei Anstalten gemacht.

Langsam und sorgfältig verteilte Sara den Puder auf ihrem Gesicht. Dann zog sie die Wimperntusche aus der Tasche, drehte sie auf und berührte die Spitze des Applikators, so als wollte sie fühlen, ob er feucht war. Mit den Fingern suchte sie ihre Wimpern und fuhr mit dem Applikator darüber. Etwas von der schwarzen Tusche geriet auf das Augenlid. Marilyn trat vor und überlegte, ob sie ihre Hilfe anbieten sollte. Doch in diesem Moment schleuderte Sara den Mascaratuscher ohne Vorwarnung quer durch den Raum.

Er traf auf die Wand und fiel zu Boden.

„Guter Wurfarm."

Sara fuhr herum.

Marilyn ging zur Wand und hob den Mascara auf. Sie war sich nicht sicher, ob Saras Augen geschwollen waren, weil sie geweint hatte, oder ob das von der Erkältung kam. „Kann ich dir helfen?"

„Ich komme schon klar", blaffte sie.

Marilyn wich vor den wütenden Worten zurück.

Sara ging mit hängenden Schultern zum Bett und setzte sich auf die Kante, die Hände zwischen die Knie geschoben.

Da bemerkte Marilyn es – ein Fotoalbum, das auf Saras Kissen ausgebreitet war. Marilyn setzte sich zu Sara aufs Bett und fuhr mit dem Finger über eines der Fotos. Ein Bild von Jordan und Sara beim Gemeindepicknick. Jordan hatte den Arm um Saras Schultern gelegt und beide blinzelten glücklich in die Kamera. Marilyn erinnerte sich noch an den Tag. Es war vor einigen Jahren gewesen, eines der ersten Dates von Sara und Jordan. Ihre Nichte hatte gar nicht mehr aufhören können zu lächeln. „Man sieht nicht mehr viele Fotoalben. Jeder hat seine Bilder auf dem Handy."

„Ich weiß gar nicht, warum ich es überhaupt noch habe. Für mich sind sie jetzt nur noch glatte Stücke Papier."

Marilyn runzelte die Stirn. Sara hatte in den letzten zwei Jahren große Fortschritte gemacht. Sie hatte Davis vergeben und lernte immer besser mit ihrer Blindheit zu leben. Sie war sogar dabei, inmitten all dieser Umstände eine gewisse Dankbarkeit zu entwickeln. Aber das bedeutete nicht, dass sie sich nicht mehr danach sehnte zu sehen. Oder dass sie nicht auch schlechte Tage hatte wie jeder andere.

„Tut mir leid, dass ich dich angeschnauzt habe", sagte sie.

„Kein Problem."

„Wenn man krank ist, fühlt sich alles noch schlimmer an. Vor allem das mit dem Blindsein."

„Weißt du, was ich gelernt habe?"

„Was denn?"

„Jedes Mal, wenn ich krank oder übermüdet bin, versuche ich, nicht so viel über meine Umstände nachzudenken. Wenn man sich elend fühlt, erscheint einem die ganze Welt dunkler, weißt du. Es ist besser, die schlechten Tage schlechte Tage sein zu lassen und darauf zu vertrauen, dass sie vorübergehen." Marilyn legte die Wimperntusche in Saras Hand. „Warum das Make-up? Ich kann mich nicht daran erinnern, dass du seit ..."

„... seit dem Unfall welches getragen habe?"

„Ja."

Sara drehte die Wimperntusche in ihrer Hand. „Wenn das Leben anders gelaufen wäre, hätten Jordan und ich heute unser Vierjähriges gefeiert." Sara schloss die Faust um den Mascara und schüttelte den Kopf. „Ich wollte mich einfach nur wie ein normales Mädchen fühlen. Nicht wie ein blindes Mädchen, sondern einfach nur ein Mädchen. Wenn das einen Sinn ergibt ..."

Marilyn legte eine Hand auf Saras Knie.

„Ich warte immer noch darauf, dass das Leben leichter wird."

Marilyn lachte, doch aus ihrem Mund kam kaum mehr als ein Lufthauch. *Leicht* war ein Wort, mit dem man ihrer beider Leben wohl kaum beschreiben konnte. „Komm, dreh dich zu mir."

Sara drehte sich und setzte sich im Schneidersitz aufs Bett.

Vorsichtig wischte Marilyn mit dem Daumen die verschmierte Tusche fort, nahm Sara den Applikator aus der Hand und öffnete den Mascara. „Sieh nach oben."

„Tante Marilyn, wünschst du dir manchmal, du hättest ein anderes Leben? Eines, das nicht so ... schwer ist?"

Marilyn tuschte Saras rechten oberen Wimpernkranz und hielt inne, bevor sie sich an das linke Auge machte. „Manchmal. Aber andererseits ist das Schwere das, was uns ausmacht. Das Schwere ist für gewöhnlich das, was Gott gebraucht, um uns näher zu sich zu ziehen." Und was, wenn Gott auf die Erde käme und ihr ein anderes Leben anbieten würde? Wenn sie nie unfruchtbar gewesen und nie von der Untreue ihres Mannes erfahren hätte, sondern drei erwachsene Kinder und bald ein paar Enkel hätte – was wäre dann aus Ivy geworden? „Wenn ich zwischen dem wählen könnte, was leicht ist, und dem, was mich näher zu Gott bringt, dann hoffe und bete ich, dass ich mich für ihn entscheiden würde."

„Das ist ein mutiges Gebet."

„Wem sagst du das."

Auf Saras Lippen trat der Anflug eines Lächelns. „Aber du betest es trotzdem."

„An meinen mutigen Tagen. An den schlechten eher nicht. Und jetzt die Augen nach oben."

Sara richtete den Blick wieder gen Zimmerdecke.

Marilyn tuschte Saras anderes Auge zu Ende und lehnte sich dann zurück, um ihr Werk zu begutachten. „Weißt du, was ich noch gelernt habe?"

Sara blinzelte ein paarmal, als müsste sie sich erst daran gewöhnen, wieder Mascara auf den Wimpern zu haben.

Marilyn drehte die Wimperntusche zu und sah ihre Nichte an. „Es ist nicht Gottes Ansinnen, seine Kinder zu verhätscheln. Sondern sie zu vervollkommnen."

Kapitel 26

Eine Frau in Weiß begrüßte Ivy am Empfangstresen. „Kann ich Ihnen helfen, Ma'am?“

Ma'am? Die Anrede gab Ivy das Gefühl, uralt zu sein, und das war kein sehr willkommenes Gefühl. Nicht wo es ihr ohnehin so vorkam, als hätte sie schon eine Million Leben hinter sich. Als Marilyn sie vorhin eingeladen hatte, mit ihr in die Kirche zu gehen, hatte Ivy abgelehnt und war stattdessen zu dem Ort gefahren, zu dessen Errichtung ihr Vater beigetragen hatte – zur Kinderstation des Beaufort Community Hospitals. Aus irgendeinem Grund hatte sie das dringende Bedürfnis verspürt, diesen Ort zu sehen. „Ich heiße Ivy Clark.“ Sie wischte sich die Hände an ihrer Jeans trocken. „Ich ... ich bin Mr Olsens Tochter.“

Die Miene der Frau hellte sich auf, wurde aber sogleich wieder düsterer. „Es hat mir furchtbar leidgetan, von seinem Tod zu hören. Er war ein wunderbarer Mann.“

Das hatte sie schon gehört. „Ist es in Ordnung, wenn ich mich einmal umsehe? Ich meine, kann man das in einem Krankenhaus tun?“

Die Krankenschwester lächelte. „Am Ende des Ganges ist eine Plakette mit dem Namen Ihres Vaters darauf angebracht.“

„Super. Danke.“ Ivy wandte sich vom Tresen ab und lief den Korridor hinunter. Abgesehen von gedämpften Fernsehgeräuschen und einem älteren Arzt, der eine Krankenakte studierte, war es auf dem Flur still und leer. Sie wanderte zu der Plakette am Ende des Korridors, aber der Klang von Gelächter, das aus einem der Zimmer drang, ließ sie innehalten.

Verstohlen spähte Ivy in den Raum. Ein kleines Mädchen – vielleicht elf oder zwölf Jahre alt – ohne Haare und mit großen dunklen Augen in seinem furchtbar dünnen Gesicht lag im Bett und lächelte Jordan Ludd an.

„Jordan?“ Sein Name war Ivy entwischt, bevor sie ihn zurückhalten konnte.

Überrascht blickte Jordan vom Bett des Mädchens auf, und als er

Ivy erkannte, nahmen seine Wangen sofort die übliche dunkelrote Farbe an. Er nahm seine Kappe ab und knetete sie in den Händen. „Morgen, Ivy."

Kein „Was machst du denn hier?". Nur ein einfaches Hallo. Ivy wollte ihn ansehen, aber ihr Blick wurde unweigerlich von dem kleinen Mädchen angezogen. Sie saß im Bett, in ein viel zu großes Krankenhaushemd gehüllt, und war von Blumen und Plüschtieren und Ballons umgeben. Trotz ihrer Krankheit ging von ihr ein Strahlen aus, das den ganzen Raum erfüllte.

„Hi", sagte das Mädchen.

Plötzlich wurde Ivy von einer unerklärlichen Schüchternheit überfallen. „Hallo."

„Ich heiße Twila." Das Mädchen setzte sich etwas aufrechter hin und das Bett quietschte unter ihr. Je länger sie Ivy anstarrte, desto größer schienen ihre Augen zu werden. „Wie heißt du?"

„Ivy."

„Bist du Model?" Twila hob die Hand und berührte ihren Kopf, wo die Haare hätten sein sollen.

„Ja." Ivys Blick huschte zu Jordan hinüber. „Was machst du hier?"

Seine braunen Haare klebten ihm platt am Kopf. „Twila gehört zur Kirchengemeinde meines Großvaters. Sonntags leisten wir einander gerne Gesellschaft."

„Mein Vater hat dabei geholfen, diese Station zu bauen." Ivy hatte keine Ahnung, warum sie das gesagt hatte. Jordan hatte schließlich nicht danach gefragt. Sie sah das Mädchen an. Kannte Twila ihren Vater? Hatte er sie vor seinem Tod besucht, so wie er die Tochter des Bürgermeisters besucht hatte? Sie schüttelte die Fragen ab und stellte die eine Frage, die viel wichtiger war als die anderen. „Geht es dir gut?"

„Von meiner letzten Chemo ist mir richtig schlecht geworden, aber jetzt geht es schon ein bisschen besser." Sie kaute an ihrem Fingernagel. „Woher kennst du Jordan?"

„Ich bin mit Sara Knight befreundet."

„Echt? Ich finde Sara toll. Sie gibt mir Klavierunterricht."

Jordans Stirn nahm die gleiche Farbe an wie seine Wangen.

„Und meine Mom putzt ihr Haus", fügte Twila hinzu.

„Dann ist Annie deine Mom?"

Twila nickte. „Bist du wirklich Model?", fragte sie noch einmal.

Ivy hob die Hand zu einem Pfadfinderehrenwort. „So wahr ich hier stehe."

„Ich wünschte, ich könnte auch ein Model sein." Sie zeigte auf den Stapel Jungmädchen-Zeitschriften auf ihrem Nachttisch. Der neueste Teenieschwarm, der eine ausgesprochen alberne Frisur hatte, zierte den Umschlag der obersten Zeitschrift und gleich darunter war das Bild einer jungen Schönheit zu sehen – die wahrscheinlich im gleichen Alter war wie Tatiana, Bruces neueste fixe Idee. „Aber ich bin nicht hübsch genug." Twila lächelte auf ihre Bettdecke hinunter und berührte ihren Nacken. „Ich habe keine Haare, und selbst wenn ich welche hätte, würde ich niemals so aussehen wie du."

Ivys Brust zog sich schmerzhaft zusammen. Am liebsten hätte sie diese Zeitschriften zerrissen – diese Hefte, die einem Mädchen wie Twila das Gefühl gaben, nicht schön genug zu sein – und in Brand gesteckt. Sie wollte Twilas Sehnsucht fortwischen. Ihr sagen, dass die Schönheit, die sie sich wünschte, nicht existierte. Oder dass sie zumindest nicht von Dauer war. Sie wollte Twila sagen, dass, wenn jemand in diesem Zimmer schön war, es nicht Ivy war. „Ich kenne jemanden, der eine Million Mal schöner ist als ich."

Twila riss die Augen auf, so als wären Ivys Worte unfassbar. „Echt?"

„Du kennst sie."

„Wirklich?"

„Ja. Und Jordan kennt sie auch." Saras Gesicht tauchte vor ihrem inneren Auge auf. Zu hundert Prozent gewöhnlich, aber voller Leben und Lächeln und Freude. Wenn Twila jemanden bewundern wollte, dann sollte sie es sein. „Sara Knight. Deine Klavierlehrerin."

Twila beugte sich vor. „Jordan und Sara waren mal ineinander verliebt."

„Das habe ich gehört."

Eine Schwester klopfte an die offene Tür und trat ein, in den Händen ein Tablett mit Essen und einigen Tabletten. „Zeit für Miss Twila, zu Mittag zu essen und sich ein bisschen auszuruhen."

Jordan setzte seine Kappe wieder auf und tippte Twila auf die Nase. „Ich komme später wieder, du Wicht. Wenn du willst, bring ich dir auch neue Zeitschriften mit."

Twila lehnte sich in ihrem Bett zurück und sah Ivy an. „Kommst du auch?“

Ivy konnte heute nicht bleiben. Sie war mit Sara und Marilyn verabredet, weil sie noch diverse Details der Modenschau besprechen mussten. Aber etwas an Twila drängte ihr Herz dazu, Ja zu sagen, und ihr Herz wollte sonst nie Ja sagen. „Darf ich ein anderes Mal wiederkommen?“

„Morgen darf ich nach Hause. Aber du könntest zuhören, wenn ich meine nächste Klavierstunde bei Sara habe. Ich bin zwar nicht sehr gut, aber sehr schlecht bin ich auch nicht.“

„Das wäre schön.“

Twila erwiderte ihr Lächeln und winkte zum Abschied.

Ivy folgte Jordan auf den Flur hinaus, wo sie ihn am Ärmel festhielt. „Krebs?“

„Leukämie. Sie kämpft jetzt schon ziemlich lange dagegen.“

Ivy runzelte die Stirn. „Tu ihr einen Gefallen und kauf ihr keine von diesen Zeitschriften mehr.“

„Oh.“ Jordans Lider flatterten ein wenig, so als verstände er nicht, warum Ivy ihm diesen Rat gab. „Okay.“

„Kommt Sara sie auch besuchen?“

Er blickte auf seine Schuhe hinunter. „Ich glaube schon.“

„Jordan?“

Er grunzte.

„Liebst du sie noch?“

Jordan scharrte mit den Füßen.

Ivy hakte den Daumen in die vordere Tasche ihrer Jeans. Davis wollte nicht, dass sie sich in Saras Angelegenheiten einmischte, vor allem, was Jordan betraf. Aber er wusste nicht, was zwischen den beiden los war, und die Schlussfolgerungen, die er über Jordan gezogen hatte, waren falsch. Sollte Davis sich doch aufregen. Mit den Folgen würde sie sich später beschäftigen. „Hör zu, Jordan, ich weiß, dass du das nicht glaubst, aber Sara liebt dich immer noch.“

Noch mehr Fußscharren.

„Du solltest nächsten Monat zu ihrer Geburtstagsfeier kommen. Es soll eigentlich eine Überraschung sein, aber sie weiß schon davon.“

„Ich bin mir nicht sicher, ob sie mich dabeihaben will.“

„Aber *ich* bin mir sicher."

Er blickte von dem grau gepunkteten Linoleum auf.

„Komm schon. Hast du noch nie ein Märchen gelesen?" Sie neigte den Kopf ein wenig und lächelte. „Nimm das Schwert in die Hand, Mann. Kämpfe um sie. Es wird Zeit, dass du dein Burgfräulein rettest."

„Vor wem soll ich sie denn retten?"

„Vor sich selbst."

Hoppin' John's Café verbarg sich am Ende des Palmetto Boulevards hinter einer Reihe wuchernder Heckensträucher und mehreren Eichen – der Sorte mit gedrehten Zweigen und knorrigen Ästen. Ivy stand vor der Hecke und wartete auf Davis, der versprochen hatte, sich vor zehn Minuten hier mit ihr zu treffen, damit sie mit Arabella über das Essen für die Modenschau reden konnten.

Ivy betrat den gepflasterten Gehweg und hielt in beiden Richtungen nach einem blonden Mann mit breiten Schultern und unglaublich blauen Augen Ausschau. Sie hatte seit zwei Tagen nicht mehr mit ihm gesprochen, seit ihrem peinlichen Auftritt am Samstag. Ihre Nerven waren angespannt. Sie wollte nicht, dass er den Vorfall ansprach. Sie wollte nicht, dass er ihre unberechtigte Wut auf Marilyn psychologisch analysierte. Stattdessen wollte sie mit ihm über eine Idee sprechen, die ihr nach ihrem Besuch im Krankenhaus am Tag zuvor gekommen war.

Twila träumte davon, ein Model zu sein. Davis war Fotograf. Warum konnte er mit dem kleinen Mädchen nicht ein Fotoshooting machen? Wieder blickte Ivy in beide Richtungen, aber noch immer war von Davis nichts zu sehen. Wusste er nicht, dass es unhöflich war, zu spät zu kommen? Ganz zu schweigen davon, dass es unprofessionell war. Ivy blickte zum dunkler werdenden Himmel auf. Die Wettervorhersage hatte Regen angekündigt, aber noch hatten die Wolken sich nicht geöffnet.

Jemand tippte ihr auf die Schulter.

Ivy drehte sich um.

Davis stand hinter ihr, die Augen hinter einer Sonnenbrille verborgen, das Haar vom Wind zerzaust. Sein plötzliches Auftauchen ließ einen Adrenalinstoß durch ihren Körper fahren. „Woher kommst du denn so plötzlich?“

„Ich habe drinnen gewartet.“ Als er lächelte, kamen seine leicht schiefen weißen Zähne zum Vorschein. „Du wirkst nervös.“ Er trat zur Seite, damit sie neben ihm auf dem hölzernen Weg zum Eingang des Cafés gehen konnte. „Alles in Ordnung?“

„Du meinst, ob ich mich von meinem Wutanfall am Samstag erholt habe?“

Er nahm seine Sonnenbrille ab. „Wenn du es so nennen willst.“

„Ich überlege noch, wie ich es nennen soll.“

Davis streckte die Hand nach dem Messingknauf aus und öffnete die Tür. Ein Schwall kühler Luft strömte über Ivys Gesicht und Schultern, als sie eintrat, und Countrymusic schlug ihr entgegen. Ein freundlich dreinblickender Teenager kam auf sie zu.

„Da bist du ja wieder, Davis! Hallo! Willkommen im Hoppin' John's.“ Das Mädchen machte eine ausladende Handbewegung, um Ivys Aufmerksamkeit auf die Wände zu lenken, die – beinahe vom Boden bis zur Decke – mit Fotografien, Postern, Holzschildern und sogar einem großen Gemälde von einer, wie es aussah, Dame mit fehlender Hand gepflastert waren.

„Hi, Bonnie“, erwiderte Davis. „Wir sind hier, um mit Arabella über das Essen für die Modenschau zu reden. Ist sie da?“

„Ich hole sie.“

Sobald Bonnie hinter der Bar verschwunden war, beugte Davis sich zu Ivy vor. „Du solltest das Essen nicht nach der Einrichtung beurteilen.“

Ivy nickte in Richtung Gemälde. „Was ist das?“

„Ein Porträt von Arabellas Mutter.“

Ivy zog die Nase kraus. „Was ist mit ihrer Hand passiert?“

„Die hat ein Alligator abgebissen.“

„Ja, ja, veräppel mich nur!“

„Das ist kein Witz. Sie war als Kind im Sumpf Krabben fangen. Anschließend sind sie und ihre Freunde ins Wasser gesprungen und der Alligator hat sie erwischt und ihr die Hand abgerissen.“

Sie schlug auf seinen Bizeps. „Du bist ein schrecklicher Lügner.“

Davis grinste. „Stimmt. Ich bin mir nicht mal sicher, ob das wirklich Arabellas Mom ist." Er legte den Kopf schief und musterte die gemalte Frau. „Und ich glaube, die Hand fehlt auch gar nicht. Es ist der Blickwinkel."

„Wirklich?" Ivy neigte leicht den Kopf, weil sie sehen wollte, was er meinte, dann zuckte sie mit den Achseln. „Ich wollte dir einen Vorschlag machen."

Seine entspannte Miene verschwand.

„Ist ein Vorschlag von mir wirklich so schlimm?"

„Hängt davon ab, worum es geht."

„Es geht um die Tochter von Annie Welch."

„Twila?"

Ivy nickte.

Die nasale Countrymusic im Restaurant kam jetzt von einer weiblichen Stimme. „Ich habe sie gestern im Krankenhaus kennengelernt. Auf der Kinderstation."

„Oh."

„Keine Angst, ich werde nicht wieder ausrasten. James hat sich also mehr aus Kindern gemacht, die er nicht kannte, als aus seiner eigenen Tochter. Na und?"

„Was hat dein Vorschlag mit Twila zu tun?"

„Aus irgendeinem Grund will sie Model werden."

Ein Mann betrat das Restaurant. Davis berührte sanft Ivys Ellbogen. Sie ging einen Schritt vor, um den Mann vorbeizulassen.

„Ich hatte da eine Idee. Vielleicht könntest du ja Bilder von ihr machen. Ein eigenes Fotoshooting für die Kleine. Etwas, das sie von ihrer Krankheit ablenkt."

„Hm, ich weiß nicht."

„Warum nicht? Deine Fotos sind hervorragend, Davis. Und ehrlich." Ivy dachte an die Seiten in *Southern Brides.* Zuerst hatte sie die Bilder gehasst, aber bei näherer Betrachtung hatte sie gesehen, was Juliette so angesprochen hatte. Die Fotos waren nicht unecht. Sie waren authentisch. Beinahe zu authentisch. „Du könntest Twila das Gefühl geben, schön zu sein. Etwas Besonderes."

Davis starrte zur Decke hinauf, als dächte er über ihre Worte nach. In diesem Augenblick kehrte die Bedienung mit Arabella zurück. „Zwei meiner Lieblingsmenschen … wie geht es euch?" Bella gab ihnen keine Gelegenheit zu antworten. „Connie hat mir erzählt, dass sie einen Artikel über eure Modenschau schreibt."

Bei der Erwähnung von Connie West rümpfte Ivy die Nase. Sie hätte nichts dagegen, diese Frau nie wiederzusehen. Hinter ihnen ging erneut die Tür auf. Ivy trat näher an die Bar, während die Bedienung die neu angekommenen Gäste begrüßte und sie zu einer der vielen Sitzecken führte.

„Der Artikel soll nächsten Sonntag erscheinen", sagte Davis. „Ich habe auch mit Kipper Manning gesprochen. Er wird uns etwas Sendezeit widmen. Wie es aussieht, läuft die PR-Arbeit für dieses Event gut an."

Arabella ließ einen dicken Armreifen um ihr Handgelenk kreisen. „Marilyn freut sich darüber, dass du wieder Fotos machst."

„Nur vorübergehend. Bis die Modenschau vorbei ist."

Ivy runzelte die Stirn. Davis konnte nicht aufhören, wenn die Veranstaltung vorbei war. Nicht nur wegen ihrer eigenen Karriere und Zukunft, sondern wegen seiner eigenen. Was sie vorhin gesagt hatte, war keine Schmeichelei gewesen. Er war wirklich talentiert. Dieses Talent durfte er nicht vergeuden. Wenn er sein Herz für die Fotografie wiederentdeckte, wäre das gut für sie, keine Frage, aber es wäre auch gut für ihn. Und für alle anderen, die von seinen Bilder profitierten, so wie Twila.

Ein sonnengebräunter Italiener steckte den Kopf durch die Schwingtür, die zu den hinteren Räumen führte, und klopfte mit der flachen Hand auf die Wand. „Ein Anruf auf Leitung zwei, Bella. Irgendein Problem mit der Bestellung, die wir zum Golfplatz rausgeschickt haben."

Arabella pustete sich eine Haarsträhne aus der Stirn. „Ich bin gleich wieder da. Dann reden wir über die Modenschau." Sie eilte um die Bar herum und verschwand durch die Tür.

Ivy nutzte die Chance, die sie durch die Unterbrechung hatte. „Und, was hältst du davon?"

„Wovon?"

„Fotos zu machen. Von Twila."

„Ich weiß nicht …"

„Was gibt es da nicht zu wissen?"

„Ich mache das nur vorübergehend, Ivy … um Marilyn zu helfen und Geld für das Kunstprogramm zu sammeln. Da kann ich nicht anfangen, Bilder von krebskranken Kindern zu machen."

Ihre Muskeln zuckten vor Frust. Davis' Zögern ergab keinen Sinn. Er war ein anständiger Kerl und es ging um eine gute Sache. „Warum nicht – weil du dann merkst, wie sehr du das Fotografieren liebst? Ich verstehe nicht, warum das so schlimm wäre."

„Und ich verstehe nicht, warum dir so viel daran liegt." Er legte den Kopf schief. „Was interessiert es dich denn, ob ich mein Herz für die Fotografie wiederentdecke?"

Ivy wandte den Blick ab. Hatte er einen Verdacht, was New York oder Vera Wang betraf? Und selbst wenn nicht: Sollte sie es nicht einfach hinter sich bringen und es ihm sagen? Irgendwann würde sie es ohnehin tun müssen. Sie schob die Hände in ihre Gesäßtaschen. Nein, das hier war nicht der richtige Zeitpunkt. Ja, sie musste ihn nach New York bringen, aber diese Sache mit Twila hatte nichts mit Vera Wang zu tun, sondern nur mit Davis und seiner Fähigkeit, das einzufangen, was andere Menschen nicht sahen. In diesem Fall Twilas Schönheit. Wenn sie ihm jetzt von Vera Wang erzählte, würde er annehmen, dass sie Twilas Fotoshooting als Vorwand benutzte, um ihn nach New York zu locken. „Kann ich denn nichts tun, ohne Hintergedanken zu haben?"

Sie bemühte sich um einen neutralen, unschuldigen Gesichtsausdruck. Hier ging es nicht um Vera Wang. Wirklich nicht. Davis konnte so tief schauen, wie er wollte, er würde nichts als die Wahrheit finden.

Sein Handy klingelte.

Davis fischte es aus seiner Hosentasche. „Ja, Davis Knight."

Gedämpfte Worte waren am anderen Ende der Leitung zu hören.

„Wann?" Davis runzelte die Stirn. „Ist sie in Ordnung?"

Ivy beugte sich vor. War wer in Ordnung?

„Wo ist sie jetzt?" Er wandte sich zur Tür. „Ich komme gleich." Dann schob er das Handy wieder in seine Hosentasche.

„Was ist passiert? Was ist los?"

„Sara. Sie ist verletzt."

Kapitel 27

Davis betrat das Wohnzimmer des Arztes, dicht gefolgt von Ivy, und sah Marilyn auf dem Sofa sitzen. Vor ihr schritt sein Großvater auf und ab, die Hände hinter dem Rücken verschränkt, während ausgerechnet Jordan Ludd daneben vor einem unbenutzten Kamin stand. Davis hatte keine Ahnung, warum die beiden Männer hier waren, aber er ignorierte sie beide und sah seine Tante an. „Wo ist sie?"

Marilyn stand auf und umarmte ihn. „Doc Armstrong ist gerade bei ihr in einem der Behandlungszimmer. Sie wird wieder, Davis. Ich wollte dich nicht beunruhigen. Ich saß gerade mit deinem Großvater beim Mittagessen, als Jordan anrief, und wusste nicht, wie schlimm es war." Sie funkelte Grandpa an. „Dad, hör auf, wie ein Irrer hin und her zu rennen."

„Jordan hat angerufen?", hakte Davis nach.

Der fragliche Mann regte sich am Rand von Davis' Blickfeld, die Haare zerzaust, so als wäre er wiederholt mit den Händen hindurchgefahren.

„Warum warst du überhaupt bei Sara?" Es hatte eigentlich nicht so unfreundlich klingen sollen.

Grandpa blieb stehen und funkelte Jordan an. „Genau das habe ich ihn auch gefragt."

„Ich wollte mit ihr reden." Er knetete die Kappe in seinen Händen. „Ein paar Dinge klären."

„Gut gemacht, Jordan", warf Ivy ein.

Davis fuhr zu ihr herum.

Sie starrte ihn ungerührt an, als wäre es ihr egal, dass sie ein Feuer ausgelöst hatte.

„Ich habe dir doch gesagt, dass du dich da raushalten sollst. Du weißt ja nicht mal, was passiert ist."

Ihre Augen funkelten. „Du auch nicht."

Grandpa wippte auf den Fußballen auf und ab und richtete seinen missbilligenden Blick jetzt auf Ivy. „Und du, du hast überhaupt kein Recht, dich in irgendetwas einzumischen, junge Frau. Ich weiß gar nicht, warum du überhaupt hier bist."

„Sie ist hier, weil ich sie gebeten habe mitzukommen", erwiderte Davis. Und ob Grandpa es glaubte oder nicht – Sara war Ivy nicht gleichgültig. Davis wandte sich an Jordan. „Wie hat sie sich verletzt?"

„Ich weiß nicht. Ich habe sie überrascht. Ich meine, sie hatte nicht erwartet, dass ich in der Boutique auftauche. Wir sind spazieren gegangen. Nur wir beide." Jordan wurde rot. „Ich meine, ohne Sunny." Er sah Ivy an. Sie gab ihm mit einem Nicken zu verstehen, dass er fortfahren solle. „Und dann ist sie über eine Stufe gestolpert und hingefallen."

Jordans Worte beschrieben eine Szene, die ihm nur zu vertraut war, weckten eine schmerzliche, beschämende Erinnerung, von der Davis wünschte, es gäbe sie nicht. Er ließ sich neben Marilyn auf das Sofa fallen, während er wieder einmal von Selbsthass erfüllt wurde.

Doc Armstrong kam aus dem angrenzenden Raum ins Wohnzimmer, ein Stethoskop über seinem Golfhemd. „Sara geht es gut, ihr braucht euch keine Sorgen zu machen. Ich habe ihr eine Schiene für das verstauchte Handgelenk gegeben und sie mit ein paar Stichen am Ellbogen genäht. Es gibt keine Anzeichen für eine Gehirnerschütterung, aber heute Abend sollte jemand ein Auge auf sie haben, nur für den Fall, dass sie irgendwelche Symptome zeigt. Marshall, du kannst aufhören, meinen Teppich kahlzulaufen."

„Ja, bitte", bekräftige Marilyn seine Aufforderung.

„Ich habe ihr Tylenol gegen die Schmerzen gegeben und ihr geraten, sich ein bisschen auszuruhen. Sobald ihr so weit seid, könnt ihr sie mit nach Hause nehmen. In der Zwischenzeit möchte sie mit Jordan sprechen."

Jordan schob seine Kappe in die Gesäßtasche seiner Jeans und ging in das Zimmer, in dem Sara lag, ohne auf irgendeine weitere Erlaubnis zu warten. Davis sah ihm mit misstrauischem Blick nach und wandte sich dann an Ivy. „Warum fängt er wieder was mit Sara an? Hast du etwas zu ihm gesagt?"

„Ich habe ihm nur die Wahrheit gesagt."

„Und die wäre?"

„Dass deine Schwester ihn liebt."

„Ivy, du hast keine Ahnung, wovon du redest. Jordan hat sich von ihr getrennt. Als er erfahren hat, dass ihr Zustand dauerhaft ist, hat er sie verlassen und ihr das Herz gebrochen und jetzt reißt du alte Wunden wieder auf."

Ivy atmete laut hörbar aus. „Ich könnte schwören, dass du manchmal blinder bist als deine Schwester."

Davis sah, dass Marilyn ein Grinsen unterdrückte. „Wovon redest du?"

„Hast du denn sein Gesicht nicht gesehen? Jordan liebt deine Schwester."

„Schöne Liebe! Als es schwierig wurde, ist er gegangen."

„Nein, ist er nicht. *Sie* hat sich von *ihm* getrennt."

Er lächelte ungläubig, weil Ivy ganz offensichtlich tatsächlich keine Ahnung hatte, wovon sie redete. Sara hätte Jordan nie den Laufpass gegeben. Sie hatte ihn viel zu sehr geliebt, um ihn zu verlassen. „Warum hätte sie das tun sollen? Sie war am Boden zerstört, nachdem sie sich getrennt hatten!"

„Aus demselben Grund, aus dem viele Leute Dinge tun." Sie verschränkte die Arme und zog die Augenbrauen hoch. Auch er verschränkte die Arme und ließ die Augenbrauen nach oben wandern, während er darauf wartete, dass Ivy ihre Äußerung erklärte. „Angst."

Jetzt schossen seine Augenbrauen noch weiter in die Höhe.

„Sie hatte das Gefühl, nicht gut genug für ihn zu sein. Sie hatte Angst, ihn an jemanden zu binden, der eine Behinderung hat."

„Eine Behinderung, die sie eigentlich gar nicht haben sollte", brüllte Grandpa.

Marilyn rutschte auf dem Sofa nach vorn. „Dad, das reicht."

„Ich werde mit der Wahrheit nicht hinterm Berg halten. Liebevolle Strenge, Marilyn. Du und ich wissen beide, dass Davis seine Kamera nicht wieder hätte anfassen sollen."

„Dein Enkel ist ein fantastischer Fotograf", warf Ivy ein.

„Verantwortungslos ist er. Und man sieht ja, wozu seine Dummheit geführt hat!" Grandpa schnaubte und machte eine wegwerfende Handbewegung. „Wenn du nach dem College für mich gearbeitet hättest, wie ich es vorgeschlagen hatte, wäre nichts von all dem passiert."

Davis spürte, wie Hass in seiner Kehle aufstieg. Er hasste die Worte seines Großvaters und die Tatsache, dass sie der Wahrheit entsprachen, hasste er noch mehr. „Und dann wäre ich so geworden wie James? Weißt du, Granddad, er war der einzige Mensch, von dem du jemals etwas gehalten hast, und sieh dir nur an, was für ein Mensch er tatsächlich war." Kaum hatte Davis sie ausgesprochen, bereute er seine unbedachten Worte auch schon.

Ivy erstarrte.

Marilyn schrumpfte in sich zusammen wie ein Ballon, aus dem man die Luft herauslässt.

Sein Großvater richtete sich zu voller Größe auf. „James hat einen Fehler gemacht. *Einen* Fehler." Bei diesen Worten sah er zu Ivy. „Den hat er zugegeben und sich davon abgewandt. Warum bist du so erpicht darauf, den Mann dafür zu kreuzigen?"

Davis stellte sich vor, wie die Worte Ivys Herz durchbohrten und sich wie ein Messer darin drehten. Merkte sein Großvater denn nicht, welchen Schaden seine Worte anrichteten? Er legte eine Hand in Ivys Rücken, damit sie ihn ansah. *Hör nicht auf ihn, Ivy. Du warst kein Fehler. Nicht in Gottes Augen.* Aber sie sah ihn nicht an. Sie war zu sehr damit beschäftigt, blinzelnd auf den Teppich zu blicken.

Der Doc hob die Hände, um Davis' zunehmend aufgeregten Großvater zu beruhigen. „Niemand kreuzigt hier irgendwen. Holt mal alle tief Luft, bevor ich das Nitroglyzerin rausholen muss."

„Du irrst dich. James hat mehr als einen Fehler gemacht." Davis sah Marilyn an, die wie eine leblose Puppe auf dem Sofa hing. Er wollte ihr nicht wehtun, indem er den Mann angriff, zu dem sie zeitlebens gehalten hatte, aber er konnte sich später bei ihr entschuldigen. Im Moment war es wichtiger, dass Ivy etwas hörte. „Und der größte davon war, dass er seine eigene Tochter ignoriert hat. Also nichts für ungut, Grandpa, aber deine Billigung hat keine große Bedeutung."

Davis stapfte zur Tür hinaus und Ivy starrte ihm hinterher. Sie hatte keine Ahnung, wovon Marshall gesprochen hatte. Ihr war unbegreiflich, was Davis' Fotografie mit Saras Erblindung zu tun haben könnte, aber sie war fest entschlossen, es herauszufinden. Sie folgte Davis nach draußen und fand ihn auf der Verandatreppe. Sein Baumwollhemd betonte die kräftigen Rückenmuskeln darunter.

Abgesehen von ihrer Verwirrung verspürte sie ein merkwürdiges Gefühl – eines, das sie noch nie empfunden hatte. Es war zum ersten Mal in ihr aufgestiegen, als Davis sich schützend vor sie gestellt hatte, und übergelaufen, als er seine Hand in ihren Rücken gelegt hatte. Noch nie hatte sich jemand so für sie eingesetzt. Noch nie. Ihre Knie fühlten sich deswegen ganz weich und schwach an.

Beruhig dich, Ivy. Er war nur wütend auf den alten Mann.

„Das hat aber ganz schön geknallt."

Keine Antwort. Er drehte sich nicht einmal um, um sie anzusehen.

Die Verandadielen knarrten, als sie näher trat und sich neben ihn setzte. „Versteh mich nicht falsch, Davis, deine Grübelei ist ja sehr sexy und so, aber Sara ist nicht tot. Sie ist einfach nur hingefallen. Keine bleibenden Schäden."

Er stützte die Ellbogen auf seine Knie und vergrub die Hände in den Haaren.

Das war nicht die Reaktion, die sie erwartet hatte. Und jetzt? Sie war nicht gerade der mütterliche, tröstliche Typ. Ihr Trost war anderer Art. „Willst du mir erklären, was dein Großvater gemeint hat, als er deine … wie hat er es ausgedrückt … Dummheit für Saras Erblindung verantwortlich gemacht hat?"

Davis wandte ihr seine schmerzerfüllte Miene zu, eine Wange in die Hand gestützt. „Er hat genau das gemeint, was er gesagt hat. Sara kann meinetwegen nicht sehen."

„Wie kann das sein?"

„Das ist eine lange Geschichte."

„Na, dann hast du ja Glück." Ivy tippte auf ihr Handgelenk, als trüge sie dort eine Armbanduhr. „Meine nächste Therapiesitzung ist erst in einer halben Stunde."

Seine Mundwinkel zuckten, als wolle er lächeln.

„Komm schon, Davis. Weißt du nicht, dass es guttut, Sachen rauszulassen?"

Er holte langsam und tief Luft. Mit jeder Sekunde, die verstrich, wurde seine Stirn gefurchter. Er schluckte. Und dann sprach er. „Als meine Fotos auf der Titelseite der *Vogue* erschienen, war ich davon überzeugt, der nächste Richard Warren zu sein."

„Ganz schön eingebildet."

„Ja, ich weiß." Er schüttelte den Kopf. „Jedenfalls lud ich Sara nach New York ein, um mit mir zu feiern. Hab ihr den Flug bezahlt und so. Aber die Bars und der Trubel in New York waren nicht so ihr Ding. Sie hatte gerade mal an zwei verschiedenen Orten gelebt, beides Kleinstädte – Telluride in Colorado und Greenbrier in South Carolina.

Gleich nach ihrer Ankunft merkte ich, dass sie sich nicht wohlfühlte. Ihr gefiel meine Welt nicht, und das machte mich defensiv. Gleich am ersten Abend wollte ich mit ihr zu einer Party in einem Klub gehen. Ein wichtiger Redakteur der *Elle* würde dort sein und er hatte versprochen, mir zehn Minuten seiner kostbaren Zeit zu widmen. Aber Sara wollte nicht. Ich sagte zu ihr, ich hätte ihr nicht den Flug nach New York bezahlt, damit sie auf meinem Sofa sitzt. Und sie sagte, sie würde mich nicht mehr wiedererkennen. Ich sagte zu ihr, sie solle sich locker machen. Durch den Streit waren wir spät dran und die Straßen waren vereist, was auch nicht half. Ich hatte es extrem eilig, weil ich das Treffen mit dem Typen von der *Elle* nicht verpassen wollte, und Sara bewegte sich so langsam, dass es fast wie Absicht wirkte.

Wir mussten einige Stufen zu dem Klub hinuntersteigen und ich packte ihren Arm und fing an, sie hinter mir herzuziehen. Nach ein paar Schritten rutschte sie auf einer eisigen Stelle aus, fiel die restliche Treppe hinunter und schlug mit dem Kopf auf dem Beton auf."

Ivy schlug sich die Hand vor den Mund.

Davis hatte Tränen in den Augen. „Zwei Tage lang lag sie im Koma, und als sie aufwachte, konnte sie nichts sehen außer Dunkelheit."

„Davis …"

„Es war meine Schuld. Ich habe sie gezwungen mitzukommen. Wäre ich nicht so versessen darauf gewesen, mit diesem Medienkerl zu reden, und hätte ich Sara nicht unbedingt zeigen wollen, was für ein Star ich geworden war, dann wäre sie nie gestürzt." Er wandte sich ab und scharrte mit dem Schuh im Schotter. „Ich habe mich in New York nicht nur verloren, Ivy. Ich bin ein anderer Mensch geworden. Ich war so davon besessen, Ruhm und Erfolg nachzujagen, dass ich nicht einmal mehr wusste, wer ich war oder was mir wichtig war. Ich habe Sara gegenüber die Beherrschung verloren, und deshalb muss ich mit der Tatsache leben, dass sie nicht mehr sehen kann. Sie kann nicht das tun, was sie liebt. Und ich bin nicht sicher, ob ich mir das jemals verzeihen kann."

Kein Wunder, dass er New York verlassen hatte. Kein Wunder, dass er die Fotografie an den Nagel gehängt hatte.

„Diese Modenschau … Geld zu sammeln für das Kunstprogramm … das tue ich nur für Sara. Ich hatte mir geschworen, nie wieder eine Kamera anzufassen, nicht, wenn sie nicht malen kann. Und es gefällt mir überhaupt nicht, dass ich mein Versprechen nun breche, aber vielleicht ist das hier meine Gelegenheit, ihr etwas zurückzugeben, das sie liebt."

„Nun, dann ist ja klar, was wir zu tun haben." Ivy legte die Finger um ihre Knie, während sie an den Anruf von Bruce dachte. Sie hasste sich selbst dafür, dass sie so opportunistisch dachte, aber was blieb ihr anderes übrig? Sie war Model. Wenn man ihr das nahm, war sie nichts. Hier bot sich eine Lösung an, von der nicht nur sie selbst profitieren würde, sondern auch Sara. Wenn das Kunstprogramm in Greenbrier eingeführt wurde, bedeutete das, dass ihre Freundin wieder malen konnte. Und wenn Sara wieder malen konnte, dann würde Davis vielleicht, ganz vielleicht, nach New York zurückkehren. „Wir machen diese Modenschau zu dem größten Event, das diese Stadt je gesehen hat."

Kapitel 28

Das Radio knisterte, als Davis die Leiter hinunterstieg und sich mit dem Arm über die Stirn fuhr. Drei Wochen im Freien und das im heißesten Monat in South Carolina – zuerst hatte er Funkien im Vorgarten der Kirche geteilt und neu eingepflanzt, dann zusammen mit mehreren Freiwilligen das Dach erneuert – und er konnte förmlich spüren, wie die Sonne ihm unter die Haut drang und sie noch etwas mehr bräunte als sonst.

Davis trat in den Schatten eines Walnussbaumes und zog eine kalte Flasche Limonade aus seiner Kühlbox. Nachdem er den Deckel abgeschraubt hatte, trank er gierig. Wieder knisterte das Radio. Er stieß es mit der Schuhspitze an, dann setzte er sich ins Gras und machte sich an der Antenne zu schaffen. Kurz darauf durchbrach eine tiefe Südstaatenstimme das Knistern – die Morgenshow des Lokalsenders von Greenbrier mit Big Bubba am Mikrofon.

„Wir starten ins Feiertagswochenende zum Labor Day mit Musik von Diamond Rio und einem Feuerwerk um neun Uhr. Beim diesjährigen Festival haben wir wieder eine fantastische Besetzung am Start – ich hoffe, wir sehen uns alle dort, Leute. Und für den Fall, dass ihr in den letzten zwei Wochen hinterm Mond gelebt habt, vergesst nicht, euch ein Ticket für die erste Modenschau von Greenbrier zu sichern, bei der unsere geschätzte Marilyn Olsen ihre Hochzeitsoutfits zeigt, unterstützt von der schönen Ivy Clark. Vielleicht seid ihr Ivy schon mal begegnet, in … keine Ahnung … der *Vogue* zum Beispiel. Leute, das wird super. Ende des Monats. Am 25. September. Schreibt's euch in den Kalender. Oh, und habe ich schon erwähnt, dass ich bei der Show die Moderation mache? Vielleicht ein oder zwei Mal …"

Eher hundert Mal.

Davis lehnte sich an den Baumstamm, packte sein belegtes Brot aus und biss hinein. Das Dach hatte ihn den Großteil der letzten vierzehn Tage in Anspruch genommen und mit dem Trubel um die Modenschau hatte er nur wenig zu tun gehabt. Das hatte ganz allein Ivy gestemmt. Seine Bewunderung für sie wuchs von Tag zu

Tag. Genauso wie ein merkwürdiges Ziehen in seiner Brust. Er hatte sie jetzt seit einer ganzen Woche nicht mehr gesehen und auch vorher waren sie sich immer nur kurz begegnet, seit er ihr auf der Verandatreppe des Docs seine Vergangenheit offenbart hatte. Ihre Begegnungen waren wie kurze Regenschauer gewesen. Wohltuend, aber nicht anhaltend genug, um für Abkühlung zu sorgen.

Aber heute Abend würde er sie sehen …

Davis spülte den Bissen mit Limonade hinunter und stützte die Ellbogen auf seine angewinkelten Knie. Ivy hatte sich förmlich überschlagen, hatte sich ganz in die Planung gestürzt und bei allen Aspekten der Veranstaltung die Hand im Spiel gehabt. Sie hatte Leute gefunden, die den Models beim Umziehen helfen würden, hatte Hairstylisten und Make-up-Fachleute organisiert. Sie hatte mit Sara zusammen die endgültige Musikauswahl getroffen und mit Arabella das Essen geplant. Sie hatte sogar Grandma Eleanor dazu gebracht, an der Kasse Karten zu verkaufen. Big Bubba hatte sie dafür gewonnen, die Moderation zu übernehmen, außerdem hatte sie Programme entworfen, Poster aufgehängt und Gäste aus der Branche eingeladen – zum Beispiel Joan Calloway von *Southern Brides*. Sie arbeitete fieberhaft wie eine Frau mit einer Mission. Als hinge ihr Leben von dieser Modenschau ab. Als würde sie von etwas getrieben. Davis wusste, wie es sich anfühlte, auf der Flucht zu sein. Deshalb war er ja überhaupt erst nach New York gegangen in dem Versuch, dem Schmerz und der Wut zu entkommen, die einfach nicht hatten verschwinden wollen, nachdem er seinen Vater verloren und mitten in seinem ersten Highschool-Jahr aus Telluride herausgerissen worden war.

Was auch immer Ivy motivierte, ihr Einsatz hatte sich gelohnt. Die ganze Veranstaltung schlug jetzt in einem Ausmaß Wellen, das Davis nie für möglich gehalten hatte. Er aß noch einen Bissen und rieb sich die Stirn, als ein vertrauter kirschroter VW Käfer – das alte Modell – auf den Parkplatz der Cornerstone Church tuckerte und neben seinem Jeep hielt. Pastor Voss stieg aus, eine Tüte vom Imbiss in der Hand.

„Wenn ich gewusst hätte, dass Sie heute hier sind, hätte ich Ihnen was mitgebracht.“ Der Pastor, der wie üblich eine Schirmmütze trug, trat in den Schatten und ließ sich stöhnend im Gras nieder.

Die Tüte knisterte, als er eins von Davis' Lieblingsgerichten herauszog. „Den ganzen Tag freue ich mich schon auf dieses Tomatensandwich. Möchten Sie die Hälfte?"

Davis zeigte auf sein Käse-Schinken-Brot. „Danke, ich bin versorgt."

„Ich habe heute Morgen mit einem der Freiwilligen gesprochen und er sagte mir, Sie seien gestern mit dem Dach fertig geworden."

„Wegen ein paar fehlender Nägel wollte ich die Truppen nicht noch mal mobilisieren." Davis aß den Rest seines Sandwiches, klopfte die Krümel von seinen Händen und leerte seine Limonade. „Und warum sind Sie hier? Ich dachte, Sie wären wie immer beim Aufbau für das Festival dabei."

„Ich muss selbst auch noch was fertig machen. Die Predigt für Sonntag will nicht so recht."

„Ah."

„Jonas und Jordan sind beim Festival für mich eingesprungen. Zwei Paar junge Hände sind ohnehin besser als meine."

Jordan. Davis hatte Ivy in den vergangenen Wochen zwar nicht so oft gesehen, wie es ihm lieb gewesen wäre, aber den Enkel des Pastors hatte er häufiger gesehen. Wie es schien, war er immer dort, wo Sara war. „Hat Jordan Ihnen erzählt, dass ich vor ihm zu Kreuze gekrochen bin und ihn um Verzeihung gebeten habe?"

„Weil ...?"

„Weil ich ihn wie einen Verbrecher behandelt habe. Ihm Dinge unterstellt habe. Wussten Sie, dass es meine Schwester war, die mit ihm Schluss gemacht hat? Die ganze Zeit dachte ich, es wäre andersherum gewesen."

„Sie sind ihr großer Bruder und wollten sie nur beschützen."

Davis warf die leere Flasche in seine Kühlbox und berührte den Gurt seiner Kamera, der aufgerollt im Gras lag. Er hatte sich selbst in letzter Zeit zunehmend dabei ertappt, dass er Fotos machte, wenn es nicht nötig war. Ungestellte Bilder. Schnappschüsse. Unzensierte Momente der Ehrlichkeit. Die Fotos, die er am liebsten machte. Zum Beispiel von seiner Schwester, wie sie am Klavier saß. Oder von Marilyn, die lachte, als ihr Eiscreme auf die Bluse tropfte. Und einmal, am Strand, hatte er ein Bild von Ivy gemacht, die einem Vater dabei zugesehen hatte, wie er ein kleines

Mädchen mit Locken an den Händen gefasst und durch die Luft gewirbelt hatte.

„Gehen Sie zum Festival?"

„Ivy und ich verkaufen dort heute Abend Karten für die Modenschau. Wir haben einen eigenen Stand mit Infomaterial und allem Drum und Dran. Kipper Manning kommt vorbei und interviewt uns für einen Beitrag in den Sonntagabendnachrichten." Davis ließ den Kameragurt los und stand auf. Jetzt war nicht der richtige Zeitpunkt für Fotos. Jetzt musste er das Dach fertig machen. Er streckte die Hand aus und half dem Pastor auf die Füße. „Ich mache mich besser wieder an die Arbeit, damit ich nachher rechtzeitig beim Stand bin." Davis wandte sich der Leiter zu und setzte den Fuß auf die erste Sprosse.

„Sie wirken in letzter Zeit fröhlicher, Davis."

Er hielt inne und legte die Finger um das glänzende Metall. Pastor Voss hatte recht. Seitdem er Ivy Clark von seiner Vergangenheit erzählt hatte, fühlte er sich irgendwie nicht mehr ganz so schwer.

Es war noch früh am Abend und schon jetzt herrschte auf dem Festivalgelände Hochbetrieb. Kinder warteten in Schlangen an den Karussells. Hier und da bewarf eine Gruppe Jungs im Teenageralter gleichaltrige Mädchen mit Süßigkeiten. Die Erwachsenen versammelten sich größtenteils unter den Bierzelten, während gestresst wirkende Mütter versuchten, ihre aufgedrehten Kleinkinder in Schach zu halten.

Ihr Kartenvorverkaufsstand befand sich am Jachthafen zwischen dem Stand einer Kreolin, die Körbe verkaufte, und dem eines Künstlers, der Karikaturen zeichnete. Alle drei Stände waren mit Segeltuch überspannt, das im Wind flatterte. Davis drehte sich in alle Richtungen und ließ seinen Blick über die Menschenmenge schweifen. Eigentlich müsste Ivy jetzt jede Sekunde eintreffen. Weil er nicht so wirken wollte, als habe er sehnsüchtig auf sie gewartet, machte er sich daran, die Broschüren von der Stiftung auszulegen, die das Kunstprogramm organisierte.

Ihren Duft bemerkte er zuerst.

Frischer Flieder – wie die großen Büsche, die Mom neben ihrer Doppelhaushälfte in Telluride gepflanzt hatte. Damals hätte er die Nase in diesem Duft vergraben und nie wieder auftauchen wollen. Als er jetzt aufblickte, fielen ihm noch andere Dinge auf. Zum Beispiel, wie der Wind ihre Haare zerzauste. Dass die Sonne einen goldbraunen Schimmer auf ihre Schultern warf. Die Farbe ihrer Augen, die ihn an geschmolzene Butter erinnerte. Nachdem er sie sieben Tage lang nicht gesehen hatte, fiel es ihm schwer, den Blick von ihr loszureißen.

Ivy stellte ihre Handtasche unter den Tisch hinten im Stand. „Hi, Fremder."

Davis räusperte sich und grunzte ein Hallo, dann tat er so, als betrachtete er interessiert die Programme, die Ivy entworfen hatte, während er sein Herz dafür schalt, dass es so schnell schlug.

„Ich war mit deiner Schwester zur Maniküre. Gefällt's dir?" Sie streckte ihre Finger über das Programm, das Davis wie einen Rettungsring umklammert hielt, und zeigte ihm ihre apfelroten Nägel. „Ich wollte frisch aussehen. Schließlich war ich noch nie im Lokalfernsehen einer Kleinstadt zu sehen."

Er ignorierte ihre Hand und drehte das Programm um. „Hast du viele davon drucken lassen?"

„Mehr als viele. Ich habe dem Typen bei Staples ein Sonderangebot entlockt."

„Die sehen klasse aus."

Eine Gruppe Mädchen näherte sich mit großen Augen ihrem Stand. „Entschuldigung, Miss, waren Sie wirklich auf der Titelseite der *Vogue*?", fragte ein Mädchen Ivy.

„Ja, das war ich."

Das Mädchen, das die Frage gestellt hatte, stupste ein anderes mit dem Ellbogen an, so als wollte es sagen: „Siehste? Hab ich doch gesagt." Sie hielten sich schüchtern die Hände vor den Mund und kicherten.

„Kommt ihr zur Modenschau?", fragte Davis.

Noch mehr Gekicher.

Er sprach kein Teenagerisch, also hatte er keine Ahnung, ob das ein Ja oder ein Nein war. „Die Karten kosten zehn Dollar. Der gesamte Erlös fließt in ein Kunstprogramm für blinde Studenten am städtischen College.“ Er hielt ihnen einen Flyer hin. „Wenn ihr kommt, könnt ihr einen wirklich guten Zweck unterstützen.“

Die Mädchen starrten die Broschüre an – so als wäre er derjenige, der in einer für sie unverständlichen Sprache redete – und wandten sich dann an Ivy, die Eintrittskarten aus einem Umschlag holte und in ihrer Hand auffächerte. „Warum kommt ihr nicht vorbei und seht euch die Show an? Vielleicht entdeckt ihr ja das Brautkleid eurer Träume und könnt allen anderen gegenüber einen Vorsprung herausarbeiten.“

Ohne zu zögern, kramten die Mädchen in ihren Hosen- und Handtaschen, zogen Geld heraus, tauschten Zehndollarscheine gegen Eintrittskarten und gingen dann zu einem anderen Stand weiter – einem, der Stimmungsringe und Armreifen verkaufte.

„Du machst das viel besser als ich“, sagte Davis.

Ivy errötete. „Ach, so schwierig ist das gar nicht.“

„Du stellst dein Licht ziemlich unter den Scheffel, weißt du das eigentlich?“

Sie nestelte an dem Umschlag mit den Tickets herum und ihr Blick huschte über die Menschenmenge, bis plötzlich ein Lächeln auf ihrem Gesicht explodierte – ein so echtes und freudiges Lächeln, dass Davis sich nicht sicher war, ob Ivy jemals so schön ausgesehen hatte. Sie schwenkte den Arm über ihrem Kopf. „Twila! Hey, Twila, hier drüben!“

Twila saß in einem Rollstuhl und ihre Knie zeichneten sich deutlich unter einer Decke ab. Annie entdeckte Ivy zuerst und schob ihre Tochter durch die Besuchermenge. Die großen Augen des Mädchens weiteten sich und überwältigten ihr schmales Gesicht förmlich, während sie das pinkfarbene Tuch um ihren Kopf zurechtrückte. Sie erwiderte Ivys Gruß, indem sie ebenfalls winkte. Die wenigen Male, die er Ivy in den letzten drei Wochen gesehen hatte, war sie immer auf Twila und ein mögliches Fotoshooting zu sprechen gekommen. Davis hatte ihr zugehört, sich aber nicht dazu durchringen können, Ja zu sagen. Wenn er das tat, würde er seine Kamera dann jemals wieder im Keller verstauen können?

Annie blieb vor ihnen stehen und wischte sich den Schweiß von der Stirn. Ivy beugte sich über den Tisch. „Wo warst du denn, Süße? Du hast am Montag Saras Klavierstunde ausfallen lassen.“

Twila zupfte an einem losen Faden ihrer Decke herum. Die merkwürdige Kombination ihres aufgedunsenen Gesichts und des bleistiftdünnen Halses ließ sie wie eine Comicfigur aussehen. „Arzttermine."

Ivys Lächeln verlor etwas von seinem Glanz.

Annie strich ihrer Tochter über die Schulter.

„Hey, Twila, du kennst doch Saras Bruder, nicht wahr?", sagte Ivy. „Er hat die Bilder von mir für diese Brautmodenzeitschrift gemacht."

Ach du liebe Zeit!

Twila ließ den Faden los und ihre blassen Wimpern flatterten. „Ich sehe Sie manchmal in der Kirche. Sie sind oft da."

Er nickte. „Ich glaube auch, dass wir uns schon ein paarmal begegnet sind, Twila."

„Davis ist ein toller Fotograf. Ich wette, wenn du ihn ganz lieb bittest, würde er von dir auch Bilder machen. Sozusagen dein ganz eigenes Fotoshooting."

Twila beugte sich vor. „Mein eigenes Fotoshooting? Echt?"

Der Klumpen der Anspannung in Davis' Magen löste sich auf. Wie könnte er ihr das abschlagen – diesem Mädchen, das so dünn war, dass es kaum noch existierte, und dessen Augen so voller Vorfreude leuchteten, dass es die Krankheit in den Hintergrund treten ließ. Er schnitt eine Grimasse in Ivys Richtung. „Dieses Wochenende kann ich leider nicht. Wir werden hier am Stand ziemlich viel zu tun haben."

„Ich wette, nächstes Wochenende wäre möglich", schlug Ivy vor.

Twila sah über die Schulter zu ihrer Mutter auf. „Darf ich? Nächstes Wochenende?"

„Wenn Davis Zeit hat, Liebling."

Davis schob die Hände in die Hosentaschen. Ivy hatte ihn in die Ecke gedrängt. Nächstes Wochenende würde er Fotos von Twila machen und dabei sein Herz verlieren – an das Mädchen, an seine Kamera, an ein Leben, das seins hätte sein können, wenn er nicht gezeigt hätte, wie wenig er es verdiente.

Kapitel 29

Die Sonne ging langsam unter und warf orangefarbene Strahlen durch das Riesenrad. Eine warme Brise, die die Segel flattern ließ und die Wasseroberfläche kräuselte, trieb die Gerüche von Mückenspray und Seewasser zu ihnen herüber. Davis hatte seine Hand in Ivys Rücken gelegt und dirigierte sie geschickt durch die Menschenmenge. Seine sanfte Berührung löste ein warmes Gefühl in ihrem Inneren aus. Sie zwängten sich zwischen anderen Leuten hindurch, die alle nach einem guten Aussichtspunkt für das Feuerwerk suchten, bis sie zu einer freien Stelle im Hafen gelangten.

Davis blieb mit ernster Miene hinter ihr stehen.

Ivy runzelte die Stirn. Seit Twila und Annie an ihrem Stand gewesen waren, wirkte Davis völlig unkonzentriert – jede Unterhaltung war offenbar zu einem Ohr hinein-, zum anderen wieder hinausgegangen. Am Ende hatte Ivy sich weitestgehend allein um den Kartenverkauf gekümmert, während Davis nur geistesabwesend genickt, Flyer verteilt und hin und wieder jemandem erklärt hatte, wie das Kunstprogramm funktionierte. Vielleicht war sie zu weit gegangen, indem sie Davis wegen Twila die Pistole auf die Brust gesetzt hatte. „Bist du sauer auf mich?", fragte sie.

„Wieso?"

„Wegen der Sache mit Twila."

Er nahm seine Baseballkappe ab, kratzte sich am Kopf und setzte die Kappe dann wieder auf, wobei er den Schirm nach hinten drehte. So sah er aus wie ein süßer Student, nicht wie ein erwachsener Mann. „Du willst doch nur einem kranken kleinen Mädchen helfen. Wie könnte ich deswegen sauer sein?"

Schuldgefühle wanden sich durch ihren Magen. Davis hatte recht. Sie wollte Twila wirklich helfen. Wollte sie lächeln sehen. Ihre Augen zum Leuchten bringen. So wie sie Sara helfen wollte. Aber sie musste auch dafür sorgen, dass Davis nach New York ging. Sie schob sich den Riemen ihrer Handtasche über die Schulter und grub ihre Finger in das Leder. „Sollen wir Sara und Marilyn suchen gehen? Ich habe seit meinen Aufenthalten hier im Sommer kein

Feuerwerk mehr gesehen und wir wissen beide, wie lange das her ist."

An seinen Augenwinkeln bildeten sich Fältchen – traurige kleine Linien, die sich zu den Schläfen hin ausbreiteten. Aus irgendeinem Grund machte ihr Geständnis ihm zu schaffen. Er sah auf seine Armbanduhr. „Wir haben noch etwas Zeit. Wenn du willst, können wir erst noch Karussell fahren."

„Karussell?" Sie grinste. „Du meinst diese Dinger, an denen die ganzen Kinder anstehen?"

Er schob die Hände in seine Hosentaschen. „Klar. Wir können auch Kinder sein."

Ivy blickte an einer Reihe Schieß- und Losbuden mit kitschigen Plüschtieren vorbei und zeigte auf eine große, rundliche Metallkonstruktion, vor der eine lange Schlange Kinder und Teenager stand. „Was ist das da?"

„Das ist der Rotor."

„Was macht der?"

Er presste eine Hand auf seine Brust. „Es bricht mir das Herz, dass du das nicht weißt." Er trat näher, sodass sie den schwachen Bartschatten an seinem Kinn sehen konnte. „Er dreht sich richtig schnell und lässt dich wie eine Fliege an der Wand kleben."

„Im Ernst?"

„Ich mache nie Witze über den Rotor."

Ihr Lächeln wurde breiter.

„Damit willst du fahren?"

„Was gibt es denn Schöneres, als wie eine Fliege an eine Wand gepresst zu werden?"

„Hätte ich mir denken können, dass du dir nicht das Riesenrad aussuchst." Er schob sie zu dem Fahrgeschäft und der Schlange, an deren Ende er sie platzierte. „Willst du eine Zuckerwatte, während wir warten?"

Ivy zuckte mit den Schultern. „Ich hatte noch nie welche."

Davis schüttelte den Kopf, als wäre ihm das alles zu viel. „Halt du uns den Platz frei. Ich bin gleich wieder da." Er zog sein Portemonnaie aus der Hosentasche und verschwand in dem Meer aus Leibern.

Sie folgte Davis mit dem Blick, während sich in ihrem Körper ein ungewohntes Gefühl der Leichtigkeit breitmachte. Zuerst Krabbenfangen im Marschland. Und jetzt Zuckerwatte und Karussellfahren, gefolgt von Feuerwerk am Strand. Wenn sie nicht aufpasste, würden Davis und Greenbrier ihr noch das Herz stehlen. Sie legte eine Hand auf die Stelle, als müsste sie sich davon überzeugen, dass sie es nicht schon getan hatten. In diesem Augenblick spürte sie einen heißen Atem an ihrem Ohr.

„Na, Süße?"

Sie fuhr herum und stand Auge in Auge mit einem Mann, den sie nicht kannte. Er grinste süffisant und trug eine rote Kappe mit der Aufschrift *Gamecocks*. Sein Gebaren war ganz eindeutig das eines Mannes, der zu seinen Glanzzeiten in der Highschool attraktiv und fit gewesen war, seinen Waschbrettbauch und sein kantiges Kinn aber längst an Bier und Kartoffelchips verloren hatte. Er trank einen Schluck aus seinem Plastikbecher und wischte sich dann mit dem Handrücken über den Mund. „Kennen wir uns?", fragte sie.

„Falls nicht, sollten wir uns unbedingt kennenlernen."

Ivy verdrehte die Augen angesichts der lahmen Anmache. Sie erkannte betrunkene Männer, wenn sie welche sah, und dieser hier war schon in einem ziemlich fortgeschrittenen Zustand. Sie machte einen Schritt zur Seite, um an ihm vorbeizugehen. Das Karussell würde warten müssen. Aber er trat ihr in den Weg und hob seinen Becher hoch, sodass etwas von der schaumigen Flüssigkeit überschwappte. „Hey, nicht so hastig. Kann ich mich nicht wenigstens vorstellen?"

Ivy verschränkte die Arme. „Okay. Also, wie heißen Sie?"

„Das ist die richtige Einstellung!" Er wankte näher. Sein ganzer Körper stank nach abgestandenem Bier.

Ivy lehnte sich zurück.

„Ich heiße Doyle Flanning und war früher Quarterback der Greenbrier Gremlins. Ich habe als Einziger in der Mannschaft zweimal hintereinander die Meisterschaft geholt."

„Beeindruckend."

Er kam noch näher und sein Kopf schwankte ein wenig auf seinem Hals. „Glaub nicht, ich hätte den Sarkasmus in deiner Stimme nicht gehört. Das hab ich nämlich, Ivy Clark. Laut und deutlich."

Ein Schauer fuhr ihr über den Rücken. Nicht weil er ihren Namen kannte – den schienen die meisten Bewohner von Greenbrier zu kennen –, sondern wegen des Blickes, mit dem er sie ansah – halb lüstern, halb verächtlich. Sie blickte an Doyles kräftiger Gestalt vorbei, um nach Davis Ausschau zu halten. „Es war jedenfalls nett, dich kennenzulernen, Doyle. Aber jetzt sollte ich meine Verabredung suchen gehen."

Bevor sie gehen konnte, packte er ihren Ellbogen. „Wo willst du denn so schnell hin? Wir sind doch noch nicht fertig mit unserer Unterhaltung."

„Du vielleicht nicht." Ivy riss ihren Arm los. „Ich schon."

Er streckte wieder die Hand aus, aber bevor er sie erneut berühren konnte, stießen vertraute Hände Doyle zurück. Er stolperte rückwärts, fing sich aber für einen so schweren Kerl ausgesprochen schnell wieder. „Hey, war das echt nötig?"

Davis trat schützend vor Ivy. „Ich hatte den Eindruck, die Dame will nicht angefasst werden."

Ivy merkte, dass es ihr die Sprache verschlagen hatte, und das lag nicht an dem schleimigen Doyle. Seit sie vierzehn war, hatten Kerle sie so angefasst. Nur war dies das erste Mal, dass jemand deswegen wütend wurde.

„Du kannst freiwillig gehen oder ich sorge dafür, dass du gehst. Du hast die Wahl, Kumpel."

„Du hältst dich wohl für einen coolen Typen, was?" Doyle hob seinen Becher hoch, als wollte er einen Toast aussprechen, und kümmerte sich nicht darum, dass Bier auf seinen Unterarm schwappte, während er mehrere Schritte zurück machte. „Auf Ivy Clark. Ein schönes Gesicht. Ein toller Körper. Und ein leeres Herz. Frauen wie du machen sich einen Spaß daraus, Männer wie mich an der Nase herumzuführen."

Davis stürzte sich auf ihn.

Aber Doyle senkte den Becher und stolperte davon.

Seine Worte blieben jedoch zurück. Sie hingen in der Luft und verhöhnten Ivy, denn sie waren wahr. Schön und leer. So war sie.

Sobald der letzte Feuerwerkskörper über dem Hafen verpufft war und der Qualm wie Nebel über dem Meer hing, standen Davis'

Tante und seine Schwester auf. Marilyn schüttelte den Sand aus der Patchworkdecke, auf der sie gesessen hatten, und faltete sie zusammen. „Kommst du mit uns, Ivy?"

Ivy starrte aufs Wasser hinaus. „Ich bleibe noch hier."

Marilyn warf Davis einen fragenden Blick zu. Selbst im schwachen Licht der dünnen Mondsichel konnte er die hochgezogenen Augenbrauen seiner Tante sehen. Während des gesamten Feuerwerks, bei dem er Sara die verschiedenen Leuchteffekte beschrieben hatte, war von Ivy kein Ton zu hören gewesen. Kein einziges staunendes Ahhh oder Ohhh. Davis zuckte mit den Schultern, obwohl er den Grund für Ivys Melancholie zu kennen glaubte. „Ich kann sie nach Hause bringen."

„Bist du sicher?"

„Natürlich."

Sara ließ die Hände auf ihre Oberschenkel klatschen. „Danke, dass du mir geholfen hast, die Show zu genießen."

Davis umarmte sie. „Jederzeit wieder."

Er gab Marilyn einen Kuss auf die Wange und sah zu, wie Sara und sie mit der spärlicher werdenden Besucherschar zum hölzernen Steg zurückgingen. Davis vergrub die Zehen im Sand und dachte an eine Nacht zurück, die dieser sehr ähnlich gewesen war. Allein mit Ivy. Am Strand. Damals hatte sie ihm erzählt, dass ihre Freundin an einer Überdosis Kokain gestorben war, und er hatte ihr beim Weinen zugesehen. Davis schob seine Flipflops beiseite und setzte sich neben Ivy in den Sand.

„Nicht beeindruckt vom Feuerwerk?", fragte er.

Sie zuckte mit den Schultern. Er sah sie im Dunkeln an und wünschte, er könnte in sie hineinsehen und ihre Gedanken lesen. „Bitte sag mir, dass du kein Wort von dem Unsinn glaubst, den Doyle Flanning über dich gesagt hat. Sara kennt ihn seit der Schule. Er ist zweimal geschieden und es wurde mindestens ein Kontaktverbot gegen ihn verhängt."

„Du glaubst, er hat gelogen?"

„Ich glaube, er war betrunken."

„Das heißt also, du findest, dass nichts von dem, was er gesagt hat, wahr ist?"

„Ganz genau."

Sie wandte ihm das Gesicht zu. „Nicht einmal das mit der Schönheit?"

Seine Wangen wurden warm. Na gut, der Teil stimmte. Jetzt, wo der Mondschein auf ihre Schultern fiel und der Meereswind in ihren Haaren tanzte, bezweifelte Davis sogar, dass er jemals eine schönere Frau gesehen hatte. Oder eine zerbrochenere.

„Glaub mir, Davis, Doyle wusste, wovon er redet."

Ihre Worte machten ihn wütend. Er wollte sich vor ihr in den Sand knien, ihr Gesicht in beide Hände nehmen und ihr die Augen öffnen. Aber irgendwie glaubte er, dass seine Berührung nicht das war, was sie brauchte. „Doyle kennt dich doch gar nicht."

„Du aber auch nicht." Die Brise blies ihr eine Haarsträhne ins Gesicht. Ivy zog sie von ihrer Wange und schob sie hinter ihr Ohr. „Er hatte recht. Ich führe Männer an der Nase herum. Es gefällt mir, wenn sie mich wollen. Es fühlt sich gut an, gewollt zu werden."

„Gott will dich."

Ivy stieß ein freudloses Lachen aus und schlang die Arme um ihre Knie. „Ach, komm."

„Es ist mein Ernst. Er will dich mehr, als irgendein Mann dich jemals gewollt hat oder wollen könnte."

„Für den Fall, dass du es vergessen hast: Mein Vater war in der Nacht, in der ich gezeugt wurde, mit einer anderen Frau verheiratet. Ich weiß vielleicht nicht viel über das Christentum, aber soviel weiß ich: Ehebruch ist eine Sünde und meine Existenz ist die Folge davon. Ich war von Anfang an verkorkst."

„Ich glaube nicht, dass du verkorkst bist; ich glaube, die Situation, in die du hineingeboren wurdest, war verkorkst. Aber weißt du was? Gott kann verkorkste Situationen wenden."

„Ach ja? Nenn mir ein Beispiel."

„Er hat ein Hinrichtungswerkzeug zum Symbol der Hoffnung gemacht."

Ivy umfasste ihre Knie fester und blickte auf die Gischt hinaus.

„Glaub mir, Gott will dich."

„Du irrst dich."

„Ehrlich nicht, das verspreche ich."

„Du verstehst das nicht. Ich bin nicht rein, Davis. Ich bin so wenig rein und gut, wie man es nur sein kann."

„Er wird dir vergeben."

Sie schüttelte den Kopf. „Wenn Gott jemandem wie dir nicht vergeben hat, welche Chance hat dann jemand wie ich?"

Er lehnte sich verdutzt zurück. Was meinte sie damit, dass Gott jemandem wie ihm nicht vergeben habe?

„Natürlich hat Gott mir vergeben, Ivy."

Sie sah ihn an mit Augen, die wie die Wellen zerbarsten. „Du lebst aber nicht so."

Kapitel 30

Ivys Handy vibrierte an ihrem Oberschenkel. Sie zog es aus der Hosentasche und blickte auf das Display. Eine neue Nachricht. Von Bruce. Ihr Magen zog sich zusammen. Erst ignorierte der Mann ihre Anrufe, dann hinterließ er jeden Tag eine Nachricht – immer dieselbe. *„Ich muss Juliette eine Antwort geben, Ivy. Uns läuft die Zeit davon. Ist Davis dabei oder nicht? Um unserer beider willen hoffe ich, dass er Ja sagt.“*

Sie strich mit dem Finger über das Handy. Wie lange würde er zulassen, dass sie ihn ignorierte? Er war schließlich Bruce Olsen. Ja, er war ihr Onkel. Aber er war auch einer der einflussreichsten Modelagenten in New York City. Und er war es nicht gewohnt zu warten.

„Alles in Ordnung?“, fragte Davis.

Mit der Kamera um den Hals wirkte er völlig entspannt. Unbehaglich schien allein ihr zumute zu sein. Nachdem sie eine Woche lang wie auf rohen Eiern umeinander herumstolziert waren, normalisierte sich die Luft zwischen ihnen endlich wieder. Der Abend am Strand nach dem Feuerwerk vergangenes Wochenende hatte eine Art unsichtbaren Schalter umgelegt und sie beide verunsichert. Ivy wusste immer noch nicht so recht, was sie mit einem Mann anfangen sollte, der ihre Annäherungsversuche zurückwies, ihr aber mit einer solchen Überzeugung von Gottes Liebe erzählte, dass es sie verwirrte.

„Ivy?“

„Klar ist alles in Ordnung.“ Sie ging hoch auf die wackelige Veranda von Twilas Haus und zwinkerte dem gebrechlichen Mädchen zu, das in eine Decke eingewickelt in seinem Rollstuhl saß, obwohl es ein feuchtwarmer Vormittag war. Vor dem Anruf von Bruce war alles in bester Ordnung gewesen. Twila hatte jede Minute ihres Fotoshootings genossen.

Davis drehte den Rollstuhl herum und zog ihn die Stufen hinauf.

Twila lachte und ihr Kopftuch mit den Herzchen darauf wehte im Wind wie ein Schiffssegel.

Ivys Herz wurde leichter. Es war richtig gewesen, Davis zu dieser

Aktion zu überreden. Richtig, Twila ein bisschen zu verwöhnen. Die Vögel zwitscherten in den Bäumen, während die Sonne immer höher kletterte, und die Luft war geschwängert von genau der richtigen Mischung aus Magnolienduft und Schwefel – ein Geruch, den sie allmählich lieben lernte.

Sie warf Davis einen verstohlenen Blick zu. Goldene Sonnenstrahlen betonten sein Profil. Eine glatte Stirn – ganz ohne Falten und völlig entspannt. Blonde Haare, die vor Kurzem geschnitten worden waren. „Du bist froh, dass wir das gemacht haben, oder?"

„Dafür muss ich mich wohl noch bei dir bedanken." Er grinste widerstrebend in Ivys Richtung, dann wirbelte er Twila in ihrem Rollstuhl herum. „Und bei dir, junge Dame. Für eine der besten Erfahrungen hinter der Kamera, die ich je hatte. Du bist eine echte Inspiration."

Twila wurde rot.

Ivy auch.

Die Haustür öffnete sich mit einem lauten Quietschen. Annie trat auf die Veranda hinaus und die Fliegengittertür schlug hinter ihr zu. „Na, wie war's?"

„Oh, Mama, das hat total viel Spaß gemacht!" Das Mädchen hüpfte förmlich in seinem Stuhl. Heute wirkte Twila viel gesünder, und das machte Ivy froh. „Außerdem hat Ivy mir eine Freikarte für ihre Modenschau geschenkt! Sie sagt, ich kann sogar mit hinter die Bühne und so."

Annies Lächeln stand im Widerspruch zu der steilen Falte zwischen ihren Augenbrauen.

„Ist das in Ordnung?", fragte Ivy. „Ich hätte lieber vorher fragen sollen, tut mir leid."

Davis schob Twila ins Haus.

Als das kleine Mädchen außer Hörweite war, kratzte Annie sich am Ellbogen und trat näher zu Ivy. „Die Ärzte haben Twilas Chemotherapie eingestellt."

Kein Wunder, dass sie besser aussah. „Ist das nicht gut?"

„Sie wollen, dass Twila zu Kräften kommt. Meine Schwester hat sich testen lassen und wir haben erfahren, dass sie eine geeignete Spenderin ist. Ich gehe davon aus, dass wir sehr bald eine Knochenmarktransplantation machen werden."

Auf einmal fühlte sich die Luft dick an. Es fiel Ivy schwer zu atmen. „Ist dieser Eingriff nicht ziemlich gefährlich?"

Tränen traten in Annies Augen. „Er ist sozusagen ihre letzte Chance."

Ihre Worte wollten Ivy einfach nicht mehr aus dem Kopf gehen. Nicht auf der Heimfahrt und auch nicht, als Davis sie bis zur Haustür brachte, ganz der Gentleman. Den ganzen Weg über redete sie. Vielleicht bliebe Annies Schreckensnachricht bezüglich Twila keine Zeit, sich in ihrem Herzen festzusetzen, wenn sie nur lange und schnell genug redete.

„Die Modenschau ist in zwei Wochen und wir müssen eigentlich nicht mehr viel machen. Nur noch die Anprobe mit den Models, und wahrscheinlich sollte ich ihnen auch beibringen, wie man über den Laufsteg geht. Außerdem will ich noch ein paar Anrufe erledigen. Mit Arabella die letzten Dinge klären. Mich vergewissern, dass alle, die etwas zur Versteigerung beitragen wollten, immer noch dazu bereit sind. Solche Dinge. Aber ansonsten sind wir fertig."

Sie holte Luft und sprach weiter. „Dann ist da noch Saras Überraschungsparty. Ich habe deiner Tante versprochen, dass ich ihr bei der Organisation helfe. Also kann ich mich damit beschäftigen. Marilyn hat gesagt, deine Mom kommt dafür her. Was meinst du eigentlich, wie lange es dauert, bis die Bilder fertig sind?"

Davis blinzelte.

Ivy trat von einem Fuß auf den anderen. Wieso antwortete er nicht?

Er legte den Kopf leicht schief und seine Miene wirkte zutiefst besorgt. „Ist alles in Ordnung?"

„Natürlich. Was soll sein?"

„Es ist nur … ich habe gehört, was Annie über Twila gesagt hat."

Ivy schluckte.

„Ich bin mir sicher, alles wird gut verlaufen", sagte Davis.

Ivy fegte seine Worte mit einer Handbewegung beiseite. „Natürlich. Das weiß ich." Sie griff nach dem Türknauf, weil ihr hier draußen plötzlich zu warm war. Und überhaupt war das eine dumme Unterhaltung.

„Ivy?"

Sie drehte den Knauf.

„Wann warst du das letzte Mal so richtig glücklich?"

Die Frage überrumpelte sie. Ebenso wie ihre schnelle Antwort. „Als meine Mom mich das letzte Mal in den Arm genommen hat." Sie ließ den Türgriff los und hasste den Kloß, der sich in ihrer Kehle bildete. Das war vor jenem schicksalsträchtigen Tag gewesen, an dem James Moms Hülle zurückgebracht, aber den Rest von ihr vergessen hatte. „So hat mich schon lange niemand mehr im Arm gehalten."

Davis trat vor und schlang die Arme um sie. Nicht lüstern. Nicht voller Verlangen. Es war einfach nur eine tröstliche, sanfte Umarmung. Und irgendwie liebte und hasste sie sie zugleich.

Ivy lehnte sich über den Verkaufstresen im *Something New* und genoss die Ruhe, während sie die Polaroidaufnahmen von den Models in ihren Kleidern begutachtete. Davis hatte sie gestern gemacht und irgendwann inmitten all des Tülls hatte er Ivy berichtet, dass er endlich mit der Bearbeitung von Twilas Fotos fertig war. Anderthalb Wochen nach ihrem kleinen Fotoshooting war Davis bereit, das Endergebnis vorzuzeigen. Ivy konnte es kaum erwarten.

Sie blätterte durch die steifen Bilder und wiederholte im Geiste die Worte, die Davis gesagt hatte, bevor er gegangen war. *„Du warst unbezahlbar, Ivy. Ohne deine Hilfe hätten wir das niemals hinbekommen."* Sie freute sich über das Lob und rief es sich immer wieder ins Gedächtnis, während sie an das letzte Wochenende und an ihr Laufstegseminar dachte, das sie mit den Models veranstaltet hatte. Wie hatten sie gelacht, als Arabella in ihren hohen Schuhen gestolpert war. Am Ende des Abends hatten ihre Bauchmuskeln vom vielen Lachen richtig wehgetan.

Dann war da die viele Zeit, die sie mit Marilyn zusammen Saras Party geplant hatte – die morgen Abend stattfinden sollte. Ganz zu schweigen von den beiden Tagen, an denen Marilyn krank gewesen war und Ivy gebeten hatte, in der Boutique auszuhelfen. Es hatte sich besser angefühlt, als sie es sich je hätte träumen lassen, an Saras Seite zu arbeiten und zukünftigen Bräuten zum richtigen Kleid zu verhelfen. Ivy legte den Kopf schief, als sie ein Bild von Rachel in einem wadenlangen Kleid betrachtete, das aus eierschalenfarbenem Stoff mit viel Tüll gearbeitet war. Zuerst hatte Lila, ein anderes Model, das Kleid anprobiert, aber an ihrer kurvigen Figur hatte es nicht richtig ausgesehen. Deshalb hatte Ivy vorgeschlagen, dass Rachel es stattdessen anziehen solle. Und es sah nicht nur toll aus, sondern Rachel hatte es am Ende sogar für ihre Hochzeit gekauft.

Ivys Handy vibrierte auf der Ladentheke. Sie gab ihr Passwort ein und hörte die Sprachnachricht von Bruce ab.

„Bist du vom Erdboden verschluckt worden oder was? Hör zu, Juliette hat gestern angerufen. Das Fotoshooting ist für den ersten Oktober geplant. Um neun Uhr. Bis dahin sind es nur noch anderthalb Wochen, Ivy. Ich habe ihr gesagt, dass du da sein wirst. Und Davis auch. Er kommt doch, oder? Wehe, wenn nicht. Ruf mich an, okay?"

Die Nachricht hätte eigentlich Panik auslösen müssen. Aufruhr. Angst. Weil sie sich keineswegs sicher war, dass Davis nach der Modenschau mit ihr nach New York kommen würde. Ja, Sara würde ihr Kunstprogramm bekommen, aber das bedeutete nicht, dass der Gedanke, wieder ernsthaft in die Modefotografie einzusteigen, Davis gefallen würde. Wahrscheinlich würde es ihr nicht gelingen, ihn dazu zu bewegen. Er würde keine Bilder für Vera Wang machen. Doch irgendwann hatte diese Erkenntnis aufgehört, ihr Angst zu machen. Je mehr sich ihre Freundschaft zu Sara vertiefte, je öfter sie im *Something New* aushalf, je besser sie sich mit Marilyn verstand, je mehr Zeit sie mit Twila verbrachte …

Ivy drückte auf die rote Taste ihres Mobiltelefons und warf es in ihre Handtasche. Vielleicht hatte die Universität von New York ja gar nicht recht und sie konnte doch noch etwas anderes als modeln.

Ivy war im Laufe der Jahre schon bei vielen Männern in der Wohnung gewesen, aber kein Besuch hatte sie so nervös gemacht wie dieser. Sie räusperte sich, strich einige imaginäre Falten in ihrer Bluse glatt und klopfte an die Tür von Apartment Nummer 302. Die Tür ging sofort auf, noch ehe sie ein zweites Mal klopfen konnte. Ohne Hallo zu sagen, nahm Davis ihre Hand, zog sie durch ein minimalistisch eingerichtetes Wohnzimmer und schob sie zu einem

Stuhl vor dem Küchentisch, auf dem mehrere Schwarz-Weiß-Fotos lagen.

Sie griff nach einem 20 × 25 cm großen Foto von Twila, auf dem diese ihre Zehen in den Sumpf streckte. Davis hatte das Leuchten in ihren Augen perfekt eingefangen. Ivy legte das Bild hin, nahm ein anderes und legte dann eine Hand an ihren Hals. „Die sind umwerfend, Davis."

„Findest du?"

Ihr kamen die Tränen, aber sie blinzelte sie zurück. „Ich weiß es."

Davis lächelte so, dass seine Grübchen zum Vorschein kamen. „Hey, willst du was frühstücken? Meine Spezialität sind Schokoladenpfannkuchen. Aber meine Würstchen mit Polenta sind auch nicht schlecht."

„Hm, nichts davon ist wirklich gut für die Figur."

„Aber für die Seele sind sie gut."

In ihrer Handtasche klingelte ihr Handy.

Sie presste die Lippen aufeinander. Wahrscheinlich wieder Bruce. Ewig konnte sie ihm nicht aus dem Weg gehen. Irgendwann würde sie ihm sagen müssen, dass sie versagt hatte, und dann mit den Folgen leben. Ohne sich länger Zeit zu geben, nahm sie das vibrierende Gerät aus ihrer Tasche und hielt es sich ans Ohr. „Ein Anruf von dir vor 9:00 Uhr am Mittwochmorgen? Ich fühle mich geschmeichelt."

„Ivy? Bist du das?"

Die weibliche Stimme gehörte ganz offensichtlich nicht ihrem Onkel. Ivy nahm das Telefon vom Ohr und sah auf das Display. „Marilyn? Ist alles in Ordnung?"

„Ich bin mir nicht sicher."

Ivy hasste das Gefühl, das diese Worte in ihrem Magen auslösten.

„Ein Mann vom Betsy Crestledown Theater hat angerufen. Jemand hat ihm von den Anzeigen erzählt, die wir in der Zeitung geschaltet haben." Marilyn zögerte. „Er sagt, niemand habe das Theater für die Modenschau gebucht, Ivy. Er sagt, sie hätten an dem Tag eine Aufführung des Schultheaters."

Das Foto glitt aus ihren Fingern und flatterte zu Boden. „Das kann nicht sein."

„Das habe ich auch gesagt. Aber er hat steif und fest behauptet, dass er nie eine Anzahlung bekommen habe."

Kapitel 31

Ivy polterte die Stufen zu ihrer Wohnung hinauf, während ihre Hand den hölzernen Handlauf umfing und wieder losließ wie ein wütender Herzschlag. Das musste ein Missverständnis sein – natürlich hatte sie die Anzahlung geleistet. Sie durchforstete ihr Gedächtnis und versuchte sich zu erinnern. Davis und sie waren zum Theater gefahren und hatten beschlossen, dass es ein hervorragender Veranstaltungsort wäre. Sie hatte zu ihm gesagt, sie würde sich um die Anzahlung kümmern, hatte einen Scheck von Marilyn bekommen und dann …

Ihr Herz hämmerte genauso laut wie ihre Schritte auf den Treppenstufen. Damals hatte sie Marilyns Schatulle gefunden; die Kiste, von der sie geglaubt hatte, sie gehöre James.

„Ich bin mir sicher, dass du die Anzahlung geschickt hast, Ivy."

Sie klammerte sich an Davis' Worte, wollte, dass sie wahr waren. Sie mussten einfach wahr sein. Sie hatte nicht vergessen, den Scheck zu schicken. Das konnte nicht sein. Sie machte sich völlig unnötig Sorgen. Jemand beim Theater hatte einen Fehler gemacht. Nicht sie. Davis und sie würden hinfahren und alles aufklären.

Aber was, wenn sie den Scheck doch nicht abgegeben hatte?

Natürlich hast du vergessen, den Scheck abzugeben. Bruce würde das nicht überraschen. Niemanden würde es überraschen. Wem willst du eigentlich etwas vormachen, indem du versuchst, etwas so Wichtiges wie eine Benefizveranstaltung zu organisieren? Bleib bei dem, wovon du etwas verstehst, Schätzchen. Männer. Modeln. Vera Wang …

Kopfschüttelnd riss Ivy die Tür auf und trat auf den weißen Teppich. Sie lief zu ihrem Nachttisch und zog die Schublade auf. Selbst wenn sie so kurzfristig noch einen anderen Ort finden könnten, waren doch schon zu viele Tickets verkauft. Anzeigen in der Zeitung erschienen. Wichtige Persönlichkeiten eingeladen. Sie alle würden zum Crestledown Theater fahren – nur würden sie dort statt einer Modenschau ein Schülertheater vorfinden. Sie kramte in der Schublade, zog ein Heft mit Briefmarken heraus, einen Kassenbon mit Teeflecken, einen zerknitterten Umschlag und …

Den Gedichtband von Billy Collins.

Ihr Magen verkrampfte sich vor Angst. Sie hatte schon lange nicht mehr darin gelesen. Stattdessen hatte sie sich Bücher aus dem großen Regal in Marilyns Wohnzimmer ausgeliehen.

Davis stand über sie gebeugt da und starrte sie an, während sie reglos auf der Bettkante saß. „Ivy?"

Sie streckte die Arme aus, schlug das Buch auf und drehte es um. Ein gefalteter Scheck schwebte zu Boden.

Davis bückte sich und hob den Scheck auf. Dann entfaltete er ihn und zuckte zusammen, als er die Worte in blauer Schrift las – *zahlbar an Betsy Crestledown Theater*.

Damit war es offiziell. Sie hatten ihren Veranstaltungsort verloren. War es möglich, in weniger als einer Woche eine Alternative zu finden?

Ivy warf den Kopf in den Nacken und lachte. „Das ist echt gut."

Er runzelte die Stirn und fragte sich, warum sie lachte.

„Warum guckst du so erstaunt, Dave? Mich wundert das gar nicht." Sie nahm ihm den Scheck aus der Hand und schleuderte ihn von sich. Er segelte durch die Luft – vor und zurück, vor und zurück – und landete dann auf dem Teppich. „Natürlich habe ich ihn nicht abgegeben. Hast du etwas anderes erwartet?"

Davis ignorierte ihr merkwürdiges Verhalten und suchte krampfhaft nach einer Lösung. Vielleicht würde alle ihre fleißige Arbeit nicht umsonst gewesen sein, wenn sie sich zusammensetzten und sehr schnell überlegten. Es musste doch einen Weg geben, die Angelegenheit zu klären.

Ivy schlug ein Bein über das andere und fächelte sich mit einem weißen Umschlag Luft ins Gesicht. Als sie ihn ansah, hatte sich etwas an ihrer Miene verändert. Die Weichheit, die er in den vergangenen Wochen immer häufiger darin gesehen hatte, war demselben Lächeln gewichen, das sie Männern wie Duncan und Stefan schenkte, und ihr Blick flirtete.

„Wir sollten gehen." Er ging zur Tür und kratzte sich am Hinterkopf. „Vielleicht, wenn wir mit jemandem von der Stadthalle sprechen …"

Sie legte den Umschlag auf den Nachttisch. „Ich will, dass du noch einmal Bilder von mir machst."

„Wir haben gerade unseren Veranstaltungsort verloren."

„Kein anderer Fotograf hat mir jemals das Gefühl gegeben, das du mir gibst. Und ich habe schon mit vielen Fotografen zusammengearbeitet." Sie stand auf und schlenderte zu ihrer Kommode. „Du gibst mir das Gefühl, lebendig zu sein, Davis."

Ihre Worte klangen wie Samt – glatt und weich. Er presste die Zunge an seinen Gaumen, während das Blut durch seine Adern pulsierte.

„Ich glaube, ich gebe dir auch das Gefühl, lebendig zu sein." Sie malte mit dem Finger eine Acht auf ihre Schneekugel und begegnete seinem Blick im Spiegel. „Gehen wir nach New York. Wir könnten Veranstaltungen organisieren, die viel größer sind als das hier. Dann können wir Geld für das Kunstprogramm sammeln wie nichts." Sie schnipste mit den Fingern.

Davis schluckte, weil er es hasste, wie ihm ihr verführerischer Tonfall unter die Haut ging. Was führte sie im Schilde? Das war nicht die Ivy, die er zu bewundern gelernt hatte. Das war die alte Ivy. Die Ivy, die ihre Verführungskunst wie eine scharfe Waffe einsetzte. Dieses Stadium hatten sie doch hinter sich. „Warum reden wir jetzt über New York?"

Sie zog ihre dünnen Schultern hoch und in ihren Augen brodelte etwas. Aber bevor er herausfinden konnte, was es war, wandte sie den Blick vom Spiegel ab und nahm die Schneekugel in die Hand – mit Paris und dem Eiffelturm darin. Sie ließ sie von einer Hand in die andere gleiten. „Sie sieht schön aus, nicht wahr? Solide und widerstandsfähig."

Sein Verstand riet ihm, durch die Tür zu gehen. Zu fliehen. Aber sein Körper gehorchte nicht. „Ivy, was geht hier gerade vor?"

Sie drehte sich um, hob die Schneekugel hoch und ließ los. Sie fiel zu Boden, und anstatt zu hüpfen oder zu rutschen, wie er es erwartet hätte, zerbarst sie in tausend Stücke. Winzige Glasscherben, die auf seinen Flipflops landeten. Er trat einen Schritt zurück und starrte Ivy an. Ihre Miene hätte gleichgültig wirken können, wäre da nicht der Schmerz gewesen, den er in ihren Augen sah. „Aber sie besteht nur aus Wasser und dünnem Glas."

Er blickte auf die Bruchstücke hinunter und auf den Fleck, wo der Teppich das Wasser aufgesogen hatte, und in seiner Brust explodierte etwas. „Was … du denkst, das bist du? Eine Schneekugel?" Sein Blick wanderte zu den getrockneten Blumensträußen, die an beiden Seiten des Spiegels hingen. „Ist es das, was du sein willst?"

„Ich kann sein, was auch immer du willst."

„Dann hör mir jetzt mal gut zu!" Bevor er sich zurückhalten konnte, legte er die Entfernung zwischen ihnen zurück, wobei bei jedem Schritt Glas unter seinen Füßen knirschte, und vergrub seine Finger in ihren Haaren. Dann zwang er sie, ihn anzusehen. „Du bist keine Schneekugel. Und auch keine tote Blume. Du bist nicht leer. Du bist nicht tot. Du bist ein Mensch. Ein lebendiger, atmender Mensch."

Ihre Lippen öffneten sich. Sie beugte sich vor.

Doch er ignorierte die Reaktion seines Körpers, ließ nicht locker und sah ihr in die Augen – sah die goldenen Ringe um ihre Pupillen. Und in diesen Pupillen ein ganzes Universum der Verzweiflung und Verletzung. „Vor der Welt kannst du dich vielleicht verstecken, aber vor Gott nicht. Er sieht dich. Er sieht dein ganzes Wesen."

Bevor ihre Zerbrochenheit ihn verschlingen konnte, ließ er sie los und ging hinaus.

Sobald Davis um die Hausecke gebogen war, sah er einen schiefergrauen Toyota Prius in Marilyns Auffahrt stehen. Die einzige Person mit einem Prius, die er kannte, war seine Mutter, aber die würde er erst heute Nachmittag vom Flughafen abholen. Außerdem war ihr Wagen grün und nicht grau.

Er beschleunigte seine Schritte, trat auf die Veranda und riss die Tür zum leeren, kühlen Foyer auf. Georgia rannte herbei, um ihn zu begrüßen, während er die Schuhe auf der Fußmatte abstreifte und anschließend zur Küche ging. Annie stand an der Spüle und summte eine tonlose Melodie, während sie Minzblätter in einen Krug mit Eistee fallen ließ und die Mischung mit einem Holzlöffel umrührte.

„Ich wusste gar nicht, dass du mittwochs arbeitest, Annie."

Annie errötete. „Marilyn gibt mir zusätzliche Arbeit, um mir mit den Rechnungen zu helfen."

Klar. Morgen war Twilas Operation. „Weißt du, wer zu Besuch ist?"

„Eine kleine, zierliche Frau mit Haaren, die in alle Himmelsrichtungen abstehen." Sie ließ den Löffel los und imitierte die Frisur mit den Händen. „Sie wollte zu dir und Marilyn."

„Zu mir?" Wen kannte er mit einer solchen Frisur und einem Toyota Prius? „Ist Marilyn da?"

„Sie ist unterwegs und erledigt noch ein paar Sachen für die Party."

Natürlich, und er sollte ihr eigentlich dabei helfen. Davis warf einen Blick durch die Küchentür ins angrenzende Zimmer. „Wo ist die Frau?"

„Ich habe ihr einen Platz im Garten angeboten." Sie nahm zwei hohe Gläser aus dem Schrank, füllte sie mit Eis, gab Tee hinein und nahm sie in die Hand. „Komm mit."

Davis folgte ihr nicht. Jedenfalls nicht sofort. Er musste Sara und Marilyn wissen lassen, dass ihr Veranstaltungsort tatsächlich geplatzt war. Er musste einen Plan schmieden, bevor all ihre Arbeit für die Katz gewesen war. Und er musste die Erinnerung an Ivys heiße Haut unter seinen Fingern aus seinem Gedächtnis löschen.

Annie schob die Schiebetür mit dem Ellbogen auf. „Kommst du?"

Nachdem er den Kragen seines Hemdes gerichtet hatte, folgte er Annie nach draußen in den Hof, zurück in die Hitze. Das Eis klingelte in den Gläsern. Annie stellte sie auf den Terrassentisch. Die Frau mit den strubbeligen Haaren drehte sich auf dem Rattansofa um.

Davis erkannte zuerst die 50er-Jahre-Brille. Es war die Herausgeberin von *Southern Brides*. „Joan? Was führt Sie denn hierher?"

Joan dankte Annie, nahm eins der Gläser, trank einen Schluck Tee und schloss dann die Augen, während sie leise seufzte. „Ich könnte in diesem Zeug baden und würde es nicht leid."

Ein Vogelchor zwitscherte in den Walnussbäumen am Wegrand. Etwas stach Davis in die Wade und er schlug mit der flachen Hand danach, ohne hinzusehen. Diese dämlichen Mücken.

Joan hielt sich das Glas an die Wange. „Setzen Sie sich, Davis. Wir haben viel zu besprechen."

Viel zu besprechen? Davis wandte sich halb zur Tür um. Er hatte keine Zeit für Joan.

Sie schien sein Zögern zu spüren und zeigte mit der Hand auf den Rattanstuhl gegenüber dem Sofa. „Ihre Tante kommt auch gleich. Ich habe sie auf dem Weg hierher angerufen. Ich bin unterwegs zu einer Hochzeitsausstellung in Savannah und dachte, ich schaue kurz vorbei."

Die Tür ging auf und Annie erschien noch einmal, diesmal mit einem Tablett, auf dem der Krug mit Eistee und ein Teller mit Mamorgebäck standen. Sie stellte das Tablett auf dem Tisch ab und zog ein Feuerzeug aus einer Tasche ihrer weiten Jeans, um die Zitronellakerzen auf dem Hof anzuzünden. Sie halfen nicht sehr dabei, die Insekten fernzuhalten.

Davis kratzte sich am Bein. „Sie wollten mit mir sprechen?"

Joan nickte und nahm sich einen Keks. „Ich will unbedingt, dass Sie noch eine Fotostrecke für meine Zeitschrift machen. Die letzte war absolut hinreißend. Sie haben ja keine Ahnung, wie viele Komplimente man uns deswegen gemacht hat."

Was war hier nur los? Erst lud Ivy ihn nach New York ein und jetzt wollte Joan ihm noch einen Auftrag geben. Entweder war Gott doch nicht völlig dagegen, dass er fotografierte, oder aber der Teufel fackelte nicht lange. Davis griff nach seinem eigenen Teeglas, das schön kühl in seiner Hand lag.

„Ich würde gerne eine Reportage in einem Segelboot machen. Ich stelle mir eine Braut am Ruder vor und ihren Bräutigam am Heck, während sie in ihre glückliche Zukunft segeln." Sie hielt ihre Hände klammerartig in die Höhe, so als sähe sie das Panorama ihrer Geschichte schon vor sich. „Ich möchte, dass Sie die Vision mit Leben füllen, Davis. Ich kenne keinen anderen Fotografen, der eine Geschichte so erzählen kann wie Sie."

Es gab bestimmt jede Menge andere, die das konnten. Er trank noch einen Schluck. Das süße, kalte Nass war Balsam für seine ausgetrocknete Kehle.

„Was meinen Sie?"

Er blickte auf seine Schuhe hinunter und betete um eine Antwort. Vielleicht einen dieser Fingerzeige Gottes, von denen Pastor Voss gesprochen hatte. Aber er spürte nur die hohe Luftfeuchtigkeit. Und die Insekten. Er schlug nach der nächsten Mücke. Vor zwei Jahren war er sich ganz sicher gewesen, dass Gott ihm sagte, er solle die Kamera wegpacken. Aber was war mit den Naturaufnahmen, die er als Junge mit seinem Vater in den Rocky Mountains gemacht hatte? Oder mit den Bildern, die er von Twila geschossen hatte? Er hatte keine Ahnung, wo Modeshootings im Vergleich zu diesen Dingen standen, aber Hochzeiten? Die verherrlichten doch Gott.

„Davis? Sind Sie noch da?" Joan rutschte auf die vordere Kante des Sofas und füllte ihr Glas wieder auf, als die Terrassentür aufglitt. Er drehte sich um, weil er hoffte, dass Marilyn gekommen war, aber stattdessen erblickte er Sara, das Geburtstagskind. Sie hielt Sunnys Geschirr fest in der Hand und trug eine Sonnenbrille. Davis' aufkeimendes Ja welkte. Er hatte kein Recht, das zu tun, was er liebte. „Tut mir leid, aber ich kann nicht."

Joan sah ihn bestürzt an. „Sie können nicht?"

Sunny führte Sara zu dem freien Sessel neben seinem.

„Wenn diese Modenschau vorbei ist" – falls sie überhaupt noch zustande kam – „werde ich keine Fotos mehr machen."

Joans Handy plärrte plötzlich einen Song von Aretha Franklin. Sie kramte in ihrer Tasche und fischte es heraus. „Entschuldigen Sie bitte." Sie hielt sich das Telefon ans Ohr. „Joan Calloway."

Sie richtete sich auf, hob dann einen Finger, als wollte sie ihm bedeuten, dass es nur einen Moment dauern würde. Dann erhob sie sich, während sie sprach, und ging zum anderen Ende des Gartens, wo sie hinter einer hohen Reihe Hortensien verschwand.

„Marilyn hat angerufen und mir die Neuigkeiten erzählt", sagte Sara. „Hat das Crestledown einen Fehler gemacht?"

Davis holte tief Luft. „Wir haben vergessen, die Anzahlung zu leisten."

Sara runzelte die Stirn. Einen Augenblick lang saßen sie schweigend da, bis Joan wieder erschien. „Das war Ihre Tante. Sie kann momentan nicht aus der Boutique weg, also werde ich dort kurz mit ihr reden." Sie nahm ihre Handtasche und holte eine Visitenkarte heraus. „Bitte denken Sie noch einmal darüber nach, bevor

Sie Nein sagen." Sie gab ihm die Karte, nahm sich noch einen Keks vom Teller und verschwand dann im Haus.

„Worüber sollst du nachdenken?", wollte Sara wissen.

„Sie will, dass ich noch eine Fotostrecke für sie mache."

„Das ist ja toll!"

„Ich werde es nicht machen."

Sara schüttelte den Kopf. „Ich wünschte, du würdest wieder fotografieren."

„Was mache ich denn gerade?"

„Du tust Marilyn und mir einen Gefallen. Und dann machst du mit deiner merkwürdigen Buße für das weiter, was vor zwei Jahren geschehen ist. Du solltest Ja sagen, Davis."

Er knirschte mit den Zähnen. Sara hatte keine Ahnung, wie leicht es ihm fallen würde oder wie sehr er es wollte. „Ich kann nicht."

„Das war's dann also? Du willst dich weiterhin selbst bestrafen?"

„Jemand muss es doch tun!" Die Worte entwichen seinen Lippen wie in einer Explosion, sodass seine Schwester zusammenzuckte. Er konnte sehen und sie nicht. War das Gottes Gerechtigkeit? „Ich bin schuld daran, dass du blind bist, Sara."

Sie verzog das Gesicht.

Davis vergrub den Kopf in den Händen. Er kam einfach nicht darüber hinweg. Sosehr er sich auch bemühte, soviel er auch betete, er konnte die Sache nicht hinter sich lassen. Vielleicht gab Sara ihm jetzt nicht mehr die Schuld an ihrer Blindheit, aber zuerst hatte sie das getan. Und so absurd das auch schien, war das Leben beinahe einfacher gewesen, als sie es noch getan hatte. Er wusste einfach nicht, was er mit ihrer Vergebung anfangen sollte. „Du verdienst es zu sehen."

„Ach, jetzt komm schon, Davis. Ich verdiene gar nichts."

„Doch, das tust du." Sara hatte nichts falsch gemacht. Sie war ganz und gar unschuldig. Es hätte ihn treffen sollen. „Warum ist dir das passiert?"

„Vielleicht hast du Mist gebaut."

Die Anschuldigung schmerzte, auch wenn sie der Wahrheit entsprach.

„Oder vielleicht habe ich Mist gebaut. Oder vielleicht kann keiner von uns beiden etwas dafür. Wer weiß schon, warum."

Er zog die Hände vom Gesicht und sah zu seiner Schwester hinüber. Sie hatte die Arme auf den Armlehnen abgelegt und Sunny saß neben ihr. Davis hatte keine Ahnung, was Gott von ihm wollte. Er hatte gedacht, er wüsste es. Eine Zeit lang. Keine Fotos mehr machen. Aus New York weggehen. In Greenbrier sein. Aber jetzt fühlte er sich verloren und verwirrt. Sein Herz sehnte sich danach, die Kamera wieder regelmäßig in die Hand zu nehmen. Sein Verstand schrie, er solle sie weglegen. Er hatte es nicht verdient zu fotografieren. Der Beweis saß keinen halben Meter von ihm entfernt. „Ich weiß, dass du mir vergeben hast, was geschehen ist, Sara. Aber ich habe mir noch nicht vergeben. Und ich weiß auch nicht, ob ich es jemals können werde."

„Kannst du endlich mal aufhören, Gott zu spielen?"

Ihre Worte erschreckten ihn und ihre Miene auch. Sie war wütend, klang viel mehr nach Ivy als nach Sara.

„Es spielt keine Rolle, ob ich dir vergebe. Es ist noch nicht einmal wichtig, ob du dir selbst vergibst. Entscheidend ist, dass Gott es bereits getan hat, Davis. Also hör auf, deine Vergangenheit wie ein Paar Handschellen mit dir herumzutragen." Sie stand auf und Sunny tat es ihr gleich. „Du hast einen Fehler gemacht, du hast dich viel zu sehr in deine Karriere hineingesteigert, aber anstatt wieder aufzustehen, hast du das Kind mit dem Bade ausgeschüttet. Und weißt du was?" Sie griff nach Sunnys Geschirr. Der Hund führte sie zur Schiebetür und Sara riss sie auf. „Es ist ein Jammer." Sie trat ins Haus und ließ ihn allein in der Hitze zurück.

Kapitel 32

Es klopfte dreimal kurz an Ivys Tür. Sie hielt inne. Die Puderquaste erstarrte an ihrer Wange. Wenn das Davis war, wollte sie nicht aufmachen. Es war ihr zu peinlich, wie sie sich vorhin benommen hatte.

Wer auch immer es war, klopfte noch einmal. „Ivy? Bist du da?"

Sara.

Ivy fuhr mit der Quaste schnell noch über ihre andere Wange und ging dann zur Tür. Kaum hatte sie aufgemacht, kam Sara mit Sunny hereinmarschiert. Etwas an ihrer Haltung erinnerte Ivy an Marshall und Sara erinnerte sie sonst nie an Marshall. „Mein Bruder ist echt ein Idiot."

Ivy zog die Augenbrauen hoch. „Was ist das Problem?"

„Er ist das Problem."

„Das musst du mir schon ein bisschen genauer erklären."

„Joan Calloway war hier. Sie wollte, dass Davis noch eine Fotostrecke für *Southern Brides* macht, aber er hat natürlich Nein gesagt."

Wahrscheinlich, weil er an ihren schrecklichen Versuch gedacht hatte, ihn nach New York zurückzulocken. Ivy zog ihr Top aus und suchte in ihrem Kleiderschrank nach etwas, das figurbetonter war.

Sara ging weiter, den treuen Sunny an ihrer Seite.

„Warte!", rief Ivy.

Sara erstarrte. „Warum?"

„Auf dem Boden liegt Glas. Ich will nicht, dass Sunny sich die Pfoten verletzt." Ivy streifte sich hastig ein Neckholder-Top über den Kopf und holte den kleinen Staubsauger unter dem Bett hervor.

„Warum ist denn Glas auf dem Boden?"

„Äh … ich habe eine von meinen Schneekugeln fallen gelassen." Ivy saugte die Scherben schnell auf.

Sara ließ Sunnys Geschirr los und begann auf und ab zu gehen.

Ivy schaltete den Staubsauger aus. „Warum ist Davis ein Idiot, wenn er Joan eine Absage erteilt?"

„Weil ich weiß, dass er es eigentlich gerne machen würde. Das merke ich. Aber er ist wild entschlossen, sich selbst zu bestrafen, und solange er das tut, können wir alle nicht nach vorne blicken."

„Er hat mir erzählt, was damals passiert ist."

„Ich weiß, dass ich am Anfang schreckliche Dinge gesagt habe. Aber wir können nicht ändern, was geschehen ist. Ich habe mich damit abgefunden. Ich wünschte nur, er könnte das auch."

Ivy war sich nicht sicher, ob man sich mit so etwas einfach abfinden konnte. Die Geschichte war ziemlich furchtbar. Und sosehr sie auch wünschte, sie könnte Davis mit Worten wie *Es war nicht deine Schuld* trösten, war es doch irgendwie wahr, dass er Schuld hatte. „Er hat Schuldgefühle."

„Ich weiß."

„Das ist doch irgendwie süß. Er will nicht fotografieren, weil er dich so liebt, Sara." Ivy schlüpfte in ein paar Schuhe mit Keilabsatz und sprühte ein wenig Parfüm auf die Innenseite ihrer Handgelenke. „Mich hat noch nie jemand so geliebt."

James jedenfalls ganz sicher nicht. Und nicht einmal ihre Mutter. Renee hatte Ivy zwar vielleicht geliebt, aber nicht genug, um für sie zu kämpfen. Nicht genug, um clean zu werden und zu ihr zurückzukehren.

Sara blieb stehen. „Bist du blind?"

Ivy runzelte die Stirn, weil sie sich nicht sicher war, wie sie auf diese merkwürdige Frage antworten sollte, zumal sie von Sara kam. „Wie meinst du das?"

„Ist Marilyn für dich unsichtbar?"

Ivy blinzelte mehrmals. Dann wischte sie die Worte mit einer Handbewegung beiseite. Sie hatte keine Zeit, darüber nachzudenken. Nicht jetzt. Sie musste zu Duncan und herausfinden, ob es irgendeine Möglichkeit gab, wie sie ihren Veranstaltungsort zurückbekommen konnte.

Davis sank auf die leere Kirchenbank. Hart, aber einladend. Das Betsy Crestledown Theater war definitiv vergeben. Er hatte versucht, den Fehler auszubügeln, aber der Schaden war nicht zu beheben. Den restlichen Vormittag hatte er damit verbracht, ein großes

Gebäude nach dem anderen abzuklappern. Die Stadthalle – bereits anderweitig vergeben. Die leer stehenden Lagerhäuser an der Fifty-Third Avenue – zu viele Sicherheitsrisiken. Der Countryclub von Greenbrier – nicht einmal annähernd geeignete Räumlichkeiten und viel zu teuer.

Die kühle, dämmrige Luft im Kirchenraum legte sich wohltuend auf seine Haut, die von dem schweißtreibenden Vormittag ganz salzig war. Schweißtreibend im wörtlichen wie im übertragenen Sinne. In diesem Stadium konnten sie nicht einfach alles absagen. Er faltete die Hände zwischen den Knien und neigte das Haupt. Doch obwohl er eigentlich für einen Veranstaltungsort beten wollte, kehrten seine Gedanken zu Sara zurück und dem, was sie über Vergebung gesagt hatte.

Eine Tür ging auf und ein Schwall Zugluft folgte. Davis öffnete die Augen und schob die Hände unter seine Oberschenkel. Als die Kirchenbank stöhnte, brauchte er nicht den Kopf zu drehen, um zu wissen, wer sich da neben ihn setzte. „Morgen, Pastor Voss."

„Sollten Sie nicht die Überraschungsparty für Ihre Schwester vorbereiten?"

„Das und eine Million anderer Dinge."

„Wollen Sie drüber reden?"

„Das Leben fühlt sich im Moment nur ein bisschen chaotisch an, das ist alles." Oder eher wie aus den Angeln gehoben und in Bruchstücke zerschellt, nachdem noch vor wenigen Stunden alles so geordnet und sicher erschienen war. Er rieb mit der einen Schuhspitze über den anderen Fuß. „Glauben Sie, dass ich Gott spiele?"

„Ich bin mir nicht sicher, wie Sie das meinen."

„Sara findet das." Er starrte auf das Regal mit den Gesangbüchern. „Sie wissen, was vor zwei Jahren geschehen ist. Sara hat gesagt, es spiele keine Rolle, ob ich mir selbst vergebe. Aber das ist absurd. Natürlich spielt es eine Rolle." Er rutschte auf der Bank nach vorne. „Oder?"

Der Pastor kratzte sich am Kinn. „Vielleicht meinte Sara, dass unsere Gefühle nicht unbedingt eine Rolle spielen, was die Vergebung und das Reich Gottes angeht."

Jetzt war er völlig verwirrt.

„Sobald Sie Ihre Sünde bekennen, nimmt Gott sie vollständig

weg. ‚So fern der Osten ist vom Westen …' Ich will nicht anmaßend sein, aber ich dachte immer, das hätten Sie getan."

„Eine Million Mal."

Pastor Voss lachte leise. „Einmal reicht eigentlich."

Davis dachte über diese Worte nach.

„Annie Welch hat mir übrigens von Ihrem Fotoshooting mit Twila erzählt. Das war wirklich nobel von Ihnen, Davis."

„Wir haben heute den Veranstaltungsort für die Modenschau verloren." Davis stützte die Ellbogen auf die Knie. „Tut mir leid, dass ich das Thema wechsele, aber … wenn wir nicht einen anderen Raum finden, und zwar *heute*, müssen wir alles abblasen."

„Nehmen Sie doch die Kirche."

Davis starrte den Pastor ungläubig an, der völlig ruhig neben ihm saß, die Lampen betrachtete und Däumchen drehte, als hätte er Davis nicht soeben den dringend benötigten Rettungsring zugeworfen. Sein Blick wanderte zum Altarraum. Er war breit und tief und öffnete sich in einen großzügigen Mittelgang. Davis drehte sich um und begutachtete den Rest des Raumes. Genügend Plätze für fünfhundert Personen. Dann dachte er an das Eingangsfoyer – es war hell, geräumig und einladend. „Sie hätten nichts dagegen?"

„Manchmal erhört Gott Gebete schnell. Manchmal langsam. Manchmal überhaupt nicht. Wie es aussieht, haben Sie ihn an einem schnellen Tag erwischt." Der Pastor lächelte und hob die Hände. „Sie können die Kirche gerne benutzen, Davis. Gott weiß, dass sie ohne all Ihre Arbeit längst nicht mehr stünde."

Davis schüttelte fassungslos den Kopf, erstaunt darüber, mit welcher Leichtigkeit sein Problem verschwunden war. Am liebsten wäre er sofort aufgesprungen, um Ivy zu suchen. Ihr die guten Neuigkeiten zu berichten. Ihr Fehler spielte also doch keine Rolle. Na gut, sie mussten die Presse informieren und einige Anrufe tätigen, aber zu viert konnten sie das schaffen.

„Das war also alles, was Sie auf dem Herzen hatten – Vergebung und ein Veranstaltungsort?"

„Ja." Davis schüttelte den Kopf. „Ich weiß nicht." Er rieb sich den Nacken und blickte zur Decke hinauf. „Ich weiß nicht mehr, was ich in Sachen Fotografie machen soll. Diese Frau, Joan Calloway –

sie ist Moderedakteurin bei *Southern Brides* –, will, dass ich noch mehr Bilder für sie mache. Ich habe ihr vorhin einen Korb gegeben und das hat Sara so auf die Palme gebracht."

Ein dumpfer Schmerz hämmerte in Davis' Schläfen. Er versuchte, ihn wegzumassieren. Seine Gefühle hatten eine Achterbahnfahrt hinter sich und es war noch nicht mal Mittag. Die meisten dieser Gefühle hatten etwas mit Ivy Clark zu tun. Wann hatte sie eigentlich angefangen, ihm so viel zu bedeuten? Irgendwie hatte er zugelassen, dass Sehnsucht in ihm aufstieg und ein Feuer entfachte. Er wollte sie in den Arm nehmen und sie schütteln, sie beschützen und vor ihr fliehen, alles gleichzeitig. „Meine Schwester ist nicht die Einzige, die will, dass ich wieder fotografiere."

„Nicht?"

„Ich hätte die Fotos von Twila nie gemacht, wenn Ivy mich nicht in die Ecke gedrängt hätte." Aus welchem Grund auch immer hatte Ivy nicht nur an der Modenschau und daran, Geld für das Kunstprogramm zu sammeln, ein ehrliches Interesse, sondern auch an ihm und seiner Fotografie. Ein Stöhnen stieg aus der Tiefe seiner Seele auf. „Gott wollte, dass ich sie wahrnehme, und irgendwie habe ich mich dabei in sie verliebt." Die Worte waren heraus, bevor er sie zurückhalten konnte. Sie aus seinem eigenen Munde zu hören, ließ seine Ohren brennen.

Pastor Voss betrachtete immer noch die Lampen und drehte Däumchen, so als hätte Davis nicht gerade mitten in der Kirche sein Herz vor ihm offengelegt. „Das ist auf jeden Fall eine interessante Entwicklung, oder?"

Davis rieb sich mit den Handballen über die Augen. Interessant? Wohl eher katastrophal. Ivy lebte in New York. Sie war ein Teil der Model- und Modeindustrie, also einer Welt, zu der er nie wieder gehören wollte. Romeo und Julia waren nichts dagegen. Das hier war hundert Mal schlimmer.

Der Pastor räusperte sich. „Abgesehen von der Liebe – wollen Sie gerne wieder fotografieren?"

„Spielt es denn eine Rolle, was ich will, wenn es darum geht, was richtig ist?"

„Richtig nach wessen Kriterien?"

Davis ließ die Hände sinken.

„Sie kennen die Geschichte vom verlorenen Sohn?“, fragte der Pastor.

Der Sohn, der das Haus seines Vaters verlassen und ein sündiges Leben geführt hatte, nur um am Schweinetrog zu enden und schließlich nach Hause zurückzukehren? Natürlich kannte Davis die Geschichte. Er *war* diese Geschichte.

„Das ist doch eine starke Story, oder? Der Vater läuft dem ehemals missratenen, aber reumütigen Sohn entgegen, gibt ihm die besten Kleider und bereitet ein riesiges Fest vor. Alles nur, um seine Rückkehr zu feiern. Wenn ich die Geschichte lese, frage ich mich immer, wie es wohl gewesen wäre, wenn sich der Sohn, anstatt das Geschenk seines Vaters anzunehmen, in Sack und Asche gekleidet und im Schweinestall des Vaters gearbeitet hätte.“

Davis spürte, wie ihm eine Gänsehaut über die Arme kroch.

„Dann wäre die Geschichte nicht mehr so kraftvoll, nicht wahr?“

„Meinen Sie, dass ich das tue?“

Der Pastor drückte seine Schulter. „Gott hat Sie dazu berufen, sein Sohn zu sein, nicht sein Sklave. Er will nicht, dass Sie Fesseln tragen, Davis. Nicht, nachdem er Sie befreit hat.“

Davis kratzte sich an der Schläfe und versuchte, sich nicht wie ein Jo-Jo zu fühlen, das an Marilyns Haus befestigt war. Hin und her, hin und her. Nur war er diesmal zurückgekommen, um Ivy die wunderbare Neuigkeit zu überbringen, dass sie einen neuen Veranstaltungsort hatten, und um herauszufinden, ob er Joans Angebot vielleicht doch noch annehmen konnte. Und dann würde er zum Flughafen hetzen, seine Mutter abholen und zu Saras Party fahren müssen.

Zum zweiten Mal an diesem Tag parkte ein unbekannter Wagen in Marilyns Auffahrt. Diesmal war es ein gelber Mustang mit Mietwagenkennzeichen. Wer war das denn jetzt? Davis blickte zum Balkon im zweiten Stock hinauf, wo Sara gerne saß, und sah dort nur einen leeren Schaukelstuhl und einige Topfpflanzen. Er ließ sein Schlüsselbund um seinen Finger kreisen und ging die Auffahrt hinauf. Bevor er an der Haustür angelangt war, ging sie auf und ein

Mann kam heraus. Das Ebenbild von James, nur weniger grau und ein bisschen kleiner. Bruce trat in den Sonnenschein und lächelte in Davis' Richtung.

„Was machst du denn hier?", fragte Davis.

„Ich bin auf dem Weg zu einer Modelmesse in Miami. Da wollte ich kurz vorbeischauen, um mit meiner lieben Nichte zu reden. Die seltsamerweise nicht einen einzigen meiner Anrufe erwidert hat. Hast du sie gesehen?"

„Ich suche sie auch."

Bruce blies die Wangen auf und ließ die Luft dann durch gespitzte Lippen entweichen. „Jedenfalls habe ich nicht viel Zeit. Nicht genug, um Ivy in ganz Greenbrier zu suchen."

„Kann ich irgendwas für dich tun?"

„Das hoffe ich doch. Kommst du nun nach der Modenschau nach New York oder nicht?"

Nach New York? Nach der Modenschau? „Ich bin mir nicht sicher, was …"

Bruce machte eine wegwerfende Handbewegung. „Für Unsicherheit haben wir keine Zeit, Davis. Das Shooting ist in anderthalb Wochen. Vera Wang will dich." Er ließ die Hände sinken und lächelte. „Ehrlich gesagt wundert es mich, dass Ivy dich noch nicht rumgekriegt hat. Sie kann sehr überzeugend sein, vor allem, wenn ihre Zukunft auf dem Spiel steht. Also, was sagst du, Davis? Ein Fotoshooting für Vera Wang. Eine einmalige Chance. Für dich und für Ivy."

Kapitel 33

Ivy marschierte vor der Boutique auf und ab. Durch das Schaufenster sah sie Marilyn von einem Kleiderständer zum nächsten huschen und Kleider neu arrangieren und zurechtrücken. Ihr zu sagen, dass sie die Sache mit dem Veranstaltungsort vermasselt hatte, war das Letzte, was Ivy wollte. Das und die allzu lebhafte Erinnerung daran, wie sie sich Davis an den Hals geworfen hatte, ergab keine besonders gute Mischung.

War sie diesmal zu weit gegangen? Bestimmt hatte der Schlamassel mit der verpatzten Theaterreservierung zusammen mit ihrem verzweifelten Versuch, ihn nach New York zu locken, Davis gezeigt, dass die echte Ivy Clark immer noch da und gesund und munter war. Würde er sie jetzt, nachdem er das gesehen hatte, ebenso wegwerfen, wie James es mit Mom gemacht hatte? Ivy knetete ihre Hände. In dem Versuch, ihren Fehler wiedergutzumachen, war sie zum Theater gefahren und hatte die einzige Waffe benutzt, die sie kannte, um ihren Veranstaltungsort doch noch zurückzubekommen – ihr Aussehen. Aber es hatte nicht funktioniert. Duncan hatte zwar gesabbert wie ein Weltmeister und sie sogar zum Essen eingeladen, aber am Ende hatte das alles nichts gebracht. Das Theater war anderweitig vergeben und er konnte nichts daran ändern. Sie holte tief Luft.

Komm schon, mach es einfach. Sei kein Feigling, geh rein und sag Marilyn die Wahrheit.

Ivy öffnete die Tür.

Marilyn hatte ihre Big-Band-Musik diesmal besonders laut gestellt. Sie blickte von einem himmelblauen Brautjungfernkleid aus Seide auf und lächelte. „Ich wollte den Laden gerade dichtmachen und dich suchen gehen. Hattest du eine Gelegenheit, die Sache mit dem Theater zu klären?"

Ivy konnte ihr nicht ins Gesicht sehen, weil in Marilyns Blick ein so unerschütterliches, unverdientes Vertrauen lag.

„Ist Marilyn für dich unsichtbar?" Ivy schloss die Augen. Sie weigerte sich, über Saras Frage nachzudenken. In ihrem Innern über-

schlugen sich schon jetzt so viele Gefühle, dass sie nicht noch mehr verkraften konnte. „Nein, leider nicht."

Hinter ihr ging die Tür auf und Ivy warf einen Blick über die Schulter. Davis stand im Türrahmen. Seine Miene war so düster, als hätte eine schwarze Gewitterwolke einen riesigen Schatten darauf geworfen. Ivy fragte sich, ob es mehr der Ekel wegen ihres Verhaltens heute früh war oder die Verärgerung darüber, dass Ivy sie um den Veranstaltungsort für die Modenschau gebracht hatte.

„Bist du so weit, Marilyn?"

Ivy drehte sich ganz um. Würde er sie wirklich komplett ignorieren?

Marilyn hängte das Brautjungfernkleid auf den Ständer zurück und sah Ivy an. „Haben wir herausgefunden, was beim Theater passiert ist? Können wir die Modenschau wirklich nicht dort machen?"

„Ich habe einen neuen Ort gefunden", sagte Davis.

„Wirklich?", fragten Marilyn und Ivy wie aus einem Munde.

„Pastor Voss hat uns die Kirche angeboten. Sie eignet sich genauso gut für die Modenschau und er will keine Miete von uns. Als ich vorhin zum Flughafen gefahren bin, um Mom und Mike abzuholen, habe ich schon ein paar Telefonate geführt, um den Ortswechsel bekannt zu machen."

Ivy wäre vor Erleichterung beinahe ohnmächtig geworden. „Das ist fantastisch, Davis."

Der Schatten auf seinem Gesicht wurde noch dunkler.

Marilyn blickte zwischen ihnen hin und her, die Stirn leicht gerunzelt. „Fahr du doch mit Ivy zur Party, Davis. Ich bin mit dem Fahrrad hier und es sind ja nur ein paar Häuserblocks." Sie griff nach ihrer Handtasche und einem Schlüsselbund. „Könntest du bitte für mich abschließen, Ivy?"

Ivy sah Davis an, der sie immer noch nicht begrüßt hatte. „Natürlich."

Marilyn reichte ihr die Schlüssel, drückte Davis einen Kuss auf die Wange und verließ die Boutique.

Die Stille knisterte vor Anspannung, bis Ivy es nicht mehr aushielt. „Es tut mir leid, Davis."

„Beinahe hätte ich dir geglaubt."

Sein kalter Tonfall ließ sie einen Schritt zurückweichen. „Wovon redest du?"

„Eine Weile dachte ich, du hättest echtes Interesse."

„Woran?"

„An Sara. An dieser Modenschau. An mir."

„Natürlich habe ich Interesse an euch." Zu viel sogar. So viel, dass es ihr Angst machte. Ihr waren Sara und die Modenschau und er wichtiger geworden als irgendetwas jemals zuvor, und das alles war für sie ziemliches Neuland.

„Hör auf, Ivy. Bruce war heute hier."

Sie spürte, wie die Farbe aus ihrem Gesicht wich. „Bruce?"

„All die Arbeit, die du in die Modenschau gesteckt hast. Das Geldsammeln für das Kunstprogramm. Mich zu dem Fotoshooting mit Twila zu drängen. Sara und ich waren dir die ganze Zeit egal – und, was noch schlimmer ist, Twila war es auch. Es ging nur darum, mich dazu zu kriegen, dass ich zu dem Fotoshooting für Vera Wang Ja sage."

Nein, das hatte Davis falsch verstanden. „Ich gebe zu, dass es mir am Anfang darum ging, aber so ist es schon lange nicht mehr." Nicht seit Sara sich in ihr Herz geschlichen hatte. Und Twila. Und Davis. Vor allem Davis.

„Was sollte das dann heute? Du bist zu mir gekommen und hast mich angefleht, mit nach New York zu gehen." Sein Brustkorb hob und senkte sich. Heißer Atem für erhitzte Worte.

Konnte sie die „Ich weiß nicht"-Karte ziehen?

„Du hast versucht, mich zu manipulieren."

Sie trat auf ihn zu. „Nein, das wollte ich nicht. Ehrlich."

Er hob eine Hand, als wollte er sie davor warnen, näher zu kommen, dann stapfte er zum Verkaufstresen. Sein Nacken war rot vor Wut. Ivy konnte es nicht ertragen. Sie hasste seine Wut – und noch mehr hasste sie die Tatsache, dass seine Wut ihr so viel ausmachte. Hatte sie sich nicht vor langer Zeit geschworen, dass sie nie etwas an sich herankommen lassen würde? Hatte sie sich nicht geschworen, nie so zu werden wie ihre Mutter?

„Ich hätte auf meinen Großvater hören sollen."

Und so einfach machten seine Worte sie fertig.

„Wenn es dir nichts ausmacht, wäre es mir lieber, wenn du nicht zu Saras Party mitkommst", sagte Davis.

„Ich habe bei den Vorbereitungen geholfen. Natürlich komme ich."

„Du kannst dich hiermit offiziell als ausgeladen betrachten. Im Gegensatz zu deiner ist Saras Liebe tatsächlich echt." Er zog sein Portemonnaie aus der Hosentasche, zerrte ein paar Geldscheine heraus und warf sie ihr vor die Füße. Sie segelten durch die Luft und blieben vor ihren Füßen liegen. „Bezahlung für deine Zeit und Energie."

Und mit diesen Worten drehte er sich um und stapfte aus der Boutique.

Ivy stand da wie angewurzelt, den Mund leicht geöffnet, und versuchte zu verdauen, was geschehen war, bis ihr Innenleben verschrumpelt war wie ein einige Tage alter Luftballon. Ihr war speiübel. Davis hatte von Vera Wang und New York erfahren und sie von Saras Geburtstagsparty ausgeladen. Sie trat nach dem Geld auf dem Boden und suchte in ihrer Handtasche nach ihrem Handy.

Bruce ging bereits nach dem ersten Klingeln dran. „Was hast du dir dabei gedacht?", fragte sie.

„Ah, auch dir einen guten Tag."

„Bist du noch in Greenbrier?"

„Nein, ich bin gerade in Miami gelandet. Modelmesse. Morgen auf dem Heimweg habe ich aber wieder einen Zwischenstopp in South Carolina. Hör mal, wir müssen reden."

„Wie konntest du Davis nur so mit Vera Wang und New York überrumpeln?"

„Überrumpeln? Ivy, das Fotoshooting ist in anderthalb Wochen. Du hast versprochen, Davis dazu zu bewegen, und ich habe Juliette versprochen, dass du es machst. Aber ganz ehrlich: Er sah ziemlich schockiert aus, als ich das heute Nachmittag erwähnte."

„Er wird es nicht machen, Bruce. Er will nichts mit New York zu tun haben." *Oder mit mir.*

Bruce lachte. „Bitte sag, dass du Witze machst."

„Ich mache keine Witze. Hör zu, du musst einen anderen Fotografen finden. Du kennst doch jede Menge davon. Bestimmt findest du jemanden."

„Juliette will Davis."

„Davis kommt aber nicht infrage. Such jemand anders."

„Du bereitest mir echt Kopfschmerzen, Ivy. Und ein Magengeschwür. Ich kann nicht fassen, dass du es nicht geschafft hast, einen Kerl dazu zu überreden, nach New York zu kommen."

Seine Worte waren wie Salz in eine offene Wunde. „Das hilft mir jetzt auch nicht, Bruce."

„Hör zu, ich muss Schluss machen. Wir reden morgen darüber."

Und das war alles. Kein *Auf Wiedersehen*. Kein *Mach's gut*. Nichts außer einem verärgerten Rüffel. Was sollte sie ihm morgen sagen, was sie ihm nicht schon erzählt hatte?

Tief hängende Lampen baumelten von der Decke und warfen ein schummriges Licht auf die schäbige Bar, in der ein Countrysong über untreue Ehefrauen aus knisternden Lautsprechern drang und ein Football-Spiel über einen Bildschirm flimmerte, der über halb gefüllten Schnapsflaschen hing. Auf ihrem ziellosen Weg die Strandpromenade hinunter hatte Ivy die Neonschrift von Pipers Kneipe bemerkt, die kaltes Bier und frittierte Snacks anpries. Nur dass das *k* kaputt war, also gab es wohl altes Bier und frittierte Snacks. Bier war Bier. Sie würde es kalt oder alt oder halb warm trinken. Es war ihr egal, solange Alkohol drin war.

Ivy musste nachdenken. Oder aufhören nachzudenken. Welches von beidem? Über ihre Zukunft nachdenken. Aufhören, über Davis nachzudenken. So sah es aus. Wenn ihr diese beiden Dinge gelingen würden, dann würde ihr Leben wieder anfangen, einen Sinn zu ergeben. Aber Davis wollte einfach nicht aus ihren Gedanken verschwinden und ihre Zukunft wollte nicht hinein. Was war nur mit ihr los? Sie blickte über die Schulter durch die schmierigen Fensterscheiben nach draußen. Greenbrier, daran lag es. Die Stadt war schuld. Wie sollte sie hier klar denken können? Sie brauchte überfüllte Straßen und hupende Autos, kein Meeresrauschen und Countrymusic.

Ivy trat an die Bar und schob sich auf einen der hölzernen Barhocker.

„Sieh mal einer an, wenn das nicht Ivy Clark ist." Die Stimme ließ sie frösteln. Sie gehörte Doyle Flanning. Er saß einige Hocker weiter, war der einzige andere Gast an der Bar. Auf dem Kopf trug er dieselbe rote Baseballkappe wie bei ihrer letzten Begegnung und im Gesicht dasselbe süffisante Grinsen. „Das Mädel, über das sich alle das Maul zerreißen."

Der grauhaarige untersetzte Mann hinter der Bar stellte ein abgetrocknetes Bierglas ab. „Wenn du Ärger machst, schmeiß ich dich raus, Doyle."

Doyle ließ sein Glas mit schaumgekrönter bernsteinfarbener Flüssigkeit los und hob beide Hände. „Ich sag nur Hallo, Cal."

Cal warf Doyle einen warnenden Blick zu, bevor er sich an Ivy wandte. „Was möchten Sie trinken?"

Das Bier konnte sie vergessen. Sie brauchte etwas Stärkeres. „Haben Sie Jose Cuervo Gold?"

„Klar."

Die hölzernen Beine von Doyles Hocker kratzten über den Boden, als er zurückrutschte und auf den Platz neben Ivy zusteuerte. „Wo ist denn dein Freund?"

„Davis ist nicht mein Freund."

„Bist du sicher? Er sah nämlich ziemlich verknallt aus, als ich euch zwei das letzte Mal zusammen gesehen habe."

Ivy schob ihren Hocker weiter weg. „Können Sie mir einen doppelten machen, Cal?"

„Du hältst dich wohl für zu fein, um mit mir zu reden, was, Ivy Clark? Aber das bist du nicht, das sag ich dir gleich." Doyle hob die Faust, wohl um mit einem seiner Meisterschaftsringe anzugeben, vermutete Ivy.

Sie konnte einfach nicht anders – das Augenrollen kam ganz automatisch.

Doyle kniff die Augen ein wenig zusammen. „Ich kenne Frauen wie dich. Ich war mit einer wie dir verheiratet. Mit zweien sogar. Frauen, die denken, sie wären was Besseres, nur weil sie ein hübsches Gesicht haben."

Cal stellte ein Schnapsglas vor Ivy. „Okay, Doyle, das war's. Raus."

„Was hab ich denn gesagt?"

„Du hast eine meiner Kundinnen respektlos behandelt. Und das bedeutet, wenn du heute Abend noch mehr Bier trinken willst, musst du es dir woanders besorgen."

„Ach, komm schon, Cal. Es ist doch noch nicht mal Halbzeit beim Spiel."

„Für dich ist es hier aber zu Ende."

Doyle stieß einige Schimpfwörter aus und stand auf. Dann warf er ein paar Geldscheine auf den Tresen und näherte sich Ivys Ohr. „Bis zum nächsten Mal, Ms Clark."

Sein Atem an ihrem Hals war heiß und stank.

„Raus, Doyle!"

Lachend wankte Doyle hinaus. Ivy entspannte sich erst, als die Tür hinter ihm ins Schloss gefallen war.

„Sie sollten in seiner Nähe vorsichtig sein. Doyle ist ein ziemlicher Hitzkopf." Cal öffnete die Tequila-Flasche und schenkte ihr ein. Es gluckerte, bis die goldene Flüssigkeit den Rand des Glases erreicht hatte.

„Keine Sorge. Mit Männern wie Doyle werde ich schon fertig." Ivy leerte das Glas in einem Zug und ihre Kehle fing an zu brennen.

Cal grinste. „Ich nehme an, Sie sind das Mädel, das Sara Knight in der ganzen Stadt herumgezeigt hat. Und Sie haben die Modenschau organisiert, bei der meine Tochter Rachel mitmacht."

Ivy stellte ihr leeres Schnapsglas auf der Bar ab. „Schuldig im Sinne der Anklage."

„Meine Frau Trudy hat mir erzählt, dass Sie mit Davis verlobt sind. Dann hat meine Schwester Barbara Jean gesagt, Sie seien seine Cousine. Sie sehen aber nicht aus wie eine, die ihren Cousin heiratet."

Ivy machte eine kreisende Handbewegung. „Schenken Sie mir nach oder wollen Sie den ganzen Abend reden?"

Sein Grinsen wurde breiter. „Sie sind nicht auf den Mund gefallen, was?" Er füllte ihr Glas erneut. „Ist heute nicht Saras Party?"

„Stimmt." Ivy leerte das Glas und schürzte die Lippen. Mann, das brannte.

„Und was machen Sie dann hier?"

„Gute Frage." Sie verschränkte die Arme auf dem Tresen, während der Alkohol in ihrem Magen ein Feuer entzündete. Davis hatte sie ausgeladen – na und? Er war schließlich nicht die Partypolizei. Es war ja nicht einmal seine Party. Sie sah sich in der Kneipe um. Sie konnte den ganzen Abend hier sitzen und schmollen und sich über Bruces Besuch morgen den Kopf zerbrechen oder sie konnte zu Saras Party gehen und mit ihrer Freundin feiern.

Freundin.

Das Wort summte in ihrer Kehle. Das war Sara – eine Freundin. Ivy mochte sie wirklich. Und ungeachtet dessen, was Davis glaubte, hatte das nichts mit New York zu tun. Sie holte einen Zwanzigdollarschein aus ihrer Hosentasche, warf ihn auf den Tresen und ging. Sie musste zu einer Party.

Kapitel 34

Das musste er seiner Schwester lassen – sie spielte die Überraschte gut. Und zeigte allen ihre Dankbarkeit und Freude. Nur dass die nicht gespielt waren. Mom, Mike und Marilyn und jede Menge Partygäste umarmten Sara, drückten ihr die Hand, küssten ihre Wangen und wünschten ihr alles Gute zum Geburtstag. Seine Schwester – dreiundzwanzig Jahre. Wie schnell die Zeit doch verflogen war.

Davis trank einen Schluck von seiner Cola und umfasste den Gurt der Nikon, die um seinen Hals hing. Seit er in dem Restaurant eingetroffen war, in dem die Überraschungsparty für Sara stattfand, hielt er sich im Hintergrund, möglichst weit von Grandpa und Grandma und Marilyn und Mom oder irgendjemandem entfernt, der ihn nach Ivy fragen könnte. Was sollte er ihnen sagen? Dass er sie ausgeladen hatte? Marilyn würde ihm den Kopf abreißen und Grandpa würde ihm gratulieren. Beides waren Vorstellungen, die Davis nicht gefielen.

Er atmete hörbar aus und fuhr sich mit der Hand durch die Haare, während er die Augen schloss. Die kochenden Gefühle der Wut und des Verrats hatten sich zu einer lauwarmen Brühe aus Bedauern und Verlegenheit abgekühlt. Er hatte überreagiert. Ivy wollte also, dass er nach New York ging. Das hätte kein allzu großer Schock sein dürfen.

War es aber gewesen.

Wirklich. Die ganze Zeit hatte er gedacht, sie brächte ihm die gleichen Gefühle entgegen wie er ihr. Bruces Eröffnung hatte ihn in seinem Stolz gekränkt, und so wie er vor zwei Jahren in New York seine Wut an Sara ausgelassen hatte, hatte er das vorhin in der Boutique an Ivy getan. Dass er sie mit Geld beworfen hatte, machte es nur noch schlimmer.

Als Sara aus der Menge der anderen Gäste auftauchte, erhob er sich von seinem Stuhl in der hintersten Ecke und umarmte seine Schwester. „Alles Gute zum Geburtstag."

Sie erwiderte seine Umarmung. „Wo ist Ivy?"

Er trat zurück und kratzte sich im Nacken, während Saras erwartungsvolle Miene sein schlechtes Gewissen nur noch verstärkte. „Ich weiß nicht genau."

„Solltet ihr nicht zusammen herkommen?"

„Ähm ..." Was sollte er sagen? Er konnte nicht lügen. Aber wenn er die Wahrheit sagte, würde sie garantiert wütend werden, vor allem nach ihrer hitzigen Debatte im Haus an diesem Vormittag. Sara ärgerte sich ohnehin schon über ihn. Musste er es noch schlimmer machen?

Zum Glück ersparte Mom ihm eine Antwort. Sie kam herübergerauscht und legte die Hände auf Saras Schultern. „Da warst du aber überrascht, was?" Sie zwinkerte und deutete mit dem Kinn auf Davis' Nikon. „Fototermin!"

Mom und Sara lächelten mit demselben Gesichtsausdruck in die Kamera.

Er machte das Bild nur halbherzig. Ob es wohl zu spät war, um Ivy zu suchen und sie wieder einzuladen?

„Ich kann nicht fassen, dass du schon dreiundzwanzig bist, Sara." Sichtlich gerührt musterte Mom Sara, als würde sie in Gedanken die letzten dreiundzwanzig Jahre zurückspulen und jeden Tag noch einmal durchleben. „Dein Vater wäre so stolz auf die Frau, die du geworden bist."

Die Erwähnung seines Vaters hob Davis' Laune auch nicht gerade. Dad hätte eine Frau niemals so behandelt, wie er Ivy an diesem Abend behandelt hatte.

Jemand räusperte sich. Jordan Ludd stand verlegen neben ihnen, die Wangen leuchtend rot und eine einzelne weiße Rose in der Hand. „Hallo, Sara."

„Hallo, Jordan." Sara ließ Mom stehen und griff nach Jordans Hand.

„Herzlichen Glückwunsch zum Geburtstag." Jordan verflocht seine Finger mit den ihren und gab ihr die Rose. „Sie ist weiß. Deine Lieblingssorte."

„Danke." Sara errötete und vergrub die Nase in der Blüte. Als sie wieder auftauchte, tat sie es mit derselben Frage wie vorher. „Also, wo ist Ivy, Davis?"

Er blickte zur Tür, so als könnte er mit reiner Willenskraft bewirken, dass sie eintrat. Dass sie ihm sagte, er solle aus dem Weg gehen, weil Sara ihr wichtig sei und sie mit ihr feiern wolle, egal, was er gesagt und wie er sie in der Boutique behandelt hatte. Sein Blick fiel auf die miteinander verflochtenen Finger von Sara und Jordan. Die beiden wären jetzt nicht zusammen, wenn Ivy sich nicht eingemischt hätte, obwohl er gesagt hatte, sie solle sich da raushalten. Und Sara würde nicht so glücklich aussehen, wie sie jetzt aussah.

Er fuhr mit dem Finger hinter seinem Hemdkragen entlang. „Ich hole sie gleich ab."

Ivys Absätze klapperten über die menschenleere Strandpromenade. Weißes Mondlicht spähte durch tintenschwarze Wolken, verschwand aber, als sie in einen dunklen Weg einbog – einen Pfad, der durch einen kleinen Park führte. Der Jose Cuervo brannte in ihrem Magen und ließ ihre Beine wie gespannte Bogensehnen erscheinen. Sie war nicht betrunken. Wie sich das anfühlte, wusste sie. Aber nach zwei Monaten ohne jeden Alkohol war sie ziemlich angeschickert. Sie ging unter einem Baldachin aus Louisianamoos weiter und lauschte den Serenaden der Grillen.

Davis war jetzt bei der Party und erzählte wahrscheinlich jedem von dem neuen Veranstaltungsort für die Modenschau. Dabei konnte sie helfen. Wenn sie dort war, würde sie helfen. Und sie würde ihn dazu bringen zuzuhören. Sie hatte ihn nicht manipulieren wollen. Vielleicht am Anfang, aber hinterher nicht mehr. Nicht nachdem er sie gegenüber Marshall verteidigt oder bei dem Fest vor dem streitlustigen Doyle beschützt hatte. Nicht nachdem sie ihn dabei beobachtet hatte, wie er die Bilder von Twila machte, oder nach seiner Umarmung danach. Nicht nachdem sie sich in ihn verliebt hatte …

Ihr Herz stockte und ihre Schritte taten es auch.

War es das, was geschehen war? Liebte sie Davis Knight etwa?

Das Bild ihrer Mutter stieg vor ihrem inneren Auge auf – wie sie immer weniger wurde, Ivy immer weiter entglitt und mit jedem Tag, den James nicht auftauchte und ihre Anrufe unerwidert ließ, mehr von sich verlor. Mom hatte Ivy nur deshalb zu diesen Sommerbesuchen geschickt, um irgendwie mit James in Verbindung zu bleiben. Ivy streckte eine bebende Hand aus und tastete nach der Bank am Wegrand. Sie umfasste die Rückenlehne und sank auf den Sitz.

Davis Knight.

Ihr Herz hämmerte bei dem Gedanken an ihn und das allein war Grund genug, die Flucht zu ergreifen. Sie stellte sich vor, wie sie nach New York zurückging, ohne zurückzublicken, und zwang sich, dieses Bild auszuhalten. Doch der Gedanke, Davis nie wiederzusehen, ließ den Alkohol in ihrem Magen sauer werden.

Sie schlang die Arme um ihren Oberkörper und versuchte die Wahrheit zu verdauen. Sie hatte doch tatsächlich genau das getan, was sie sich geschworen hatte, nie zu tun. Sie hatte sich verliebt. Das Bild ihrer leidenden Mutter wurde unscharf und an seine Stelle trat ein anderes Bild. Das von Jordan, wenn er Sara ansah. Sara, wenn sie Jordan zuhörte. Die Zuneigung, die die beiden miteinander verband. Vielleicht war Liebe ja gar nicht so schlecht. Davis war ganz anders als James. Vielleicht würde es nicht ihr Ende bedeuten, wenn sie einen Mann wie ihn liebte.

Hoffnung flutete Ivys Herz. Sie hielt die Augen geschlossen und presste die Arme noch fester um ihre Taille, so als könnte das Gefühl heraussickern, wenn sie nicht alles zusammenhielt. Konnte sie sich erlauben, Davis zu lieben? Sie beugte sich vor. Was, wenn Davis ihre Liebe nicht erwiderte? Was, wenn er nie wieder etwas mit ihr zu tun haben wollte? Ivy atmete diese Angst aus.

Eins war klar. Sie würde keine Antworten erhalten, wenn sie hier zusammengekauert auf der Bank hocken blieb. Sie musste aufstehen und ihn suchen. Sie musste es versuchen. Also nahm sie all ihre Hoffnung zusammen, richtete sich auf und sah im nächsten Augenblick, dass der dunkle Weg nicht länger menschenleer war.

Ein großer Mann schwankte auf sie zu, eine Bierflasche in der Hand. Und dieser Mann war nicht Davis. Es war Doyle und er war bereits näher, als ihr lieb war. Ihr Herz schlug schneller und sandte ein Kribbeln bis in ihre Fingerspitzen. Sie war allein. Im Dunkeln. In einem verlassenen Park. Mit einem Mann, der eindeutig betrunken war und Davis zufolge eine Exfrau hatte, die sich so von ihm bedroht fühlte, dass sie bei Gericht ein Kontaktverbot erwirkt hatte.

Immer mit der Ruhe. Er ist weder ein Serienkiller noch ein Vergewaltiger.

Aber er könnte einer sein. Sie wusste es nicht.

Eine Warnung kam ihr in den Sinn – die Worte einer Freundin, die sie sehr vermisste. *„Irgendwann legst du dich mit dem falschen Typen an. Sei vorsichtig, meine Liebe, damit du nicht verletzt wirst."* Plötzlich fühlte sich Annalises beiläufige Warnung schrecklich prophetisch an.

Ivy holte tief Luft, griff in ihre Handtasche und schloss die Finger um Marilyns Schlüsselbund – ihre einzige Waffe. Winzige Schweißtropfen prickelten unter ihren Armen und ließen ihre Handflächen rutschig werden. Das Blut rauschte so laut und schnell in ihren Ohren, dass sie kaum denken konnte. Sie blickte auf ihre Schuhe hinunter.

Renn, du Dummkopf!

Ihre Muskeln spannten sich zur Flucht an, aber es war zu spät. Doyle stand bereits vor ihr, seine dicken Finger um den Hals einer beinahe leeren Bierflasche geschlungen. Er hatte offensichtlich keine Zeit verschwendet und war gleich irgendwo hingegangen, wo er noch ein Bier bekommen hatte.

„Wie es scheint, laufen wir uns wohl ständig über den Weg." Die Worte waren nicht mehr klar voneinander getrennt. Er wankte auf der Stelle vor und zurück, so als würde der Boden unter seinen Füßen ihn hin und her wiegen.

Ivys Blick huschte nach links, dann nach rechts, so als könnte sich irgendwo noch ein Fluchtweg auftun. Geradeaus blickte sie auf den Baldachin der Lebenseichen, deren beeindruckende Üppigkeit sich jetzt wie ein Todesurteil anfühlte. Von der Straße aus konnte niemand sie sehen. Sie wich einige Schritte zurück.

Doyles Hand schnellte vor wie eine Schlange und seine rauen Finger schlangen sich um ihren Ellbogen. Offenbar war er nicht so betrunken, dass seine Reflexe nicht funktionierten. „Hey, wo willst du denn hin?"

Ein Schrei stieg in ihr auf, aber wer sollte sie schon hören? Der leeren Strandpromenade nach zu urteilen hatten sich alle Bewohner von Greenbrier in Hoppin' John's Café versammelt, um Saras Geburtstag zu feiern. Sie blickte an den Bäumen vorbei in die Dunkelheit und verfluchte die Wasserschildkröten. Nur ihretwegen war es hier so finster. Doyles Finger gruben sich in ihren Arm. „Du tust mir weh."

Er ließ sie ebenso schnell los, wie er sie gepackt hatte, trat aber nicht zurück. Stattdessen verengten sich seine Augen zu Schlitzen. „Ich kann Frauen wie dich wirklich nicht leiden."

Ivy machte noch einen Schritt nach hinten. Näher zur Straße.

„Eingebildet. Als wären sie was Besseres."

Noch ein Schritt rückwärts.

Er trank einen Schluck aus seiner Flasche. Bier rann über sein Kinn. „Genau wie meine erste Ex. Ihr gleicht euch wie ein Ei dem anderen. Das merke ich."

Noch zwei Schritte. Ihr Herz zog sich zusammen. Pochte. Zog sich zusammen. Sie näherte sich der Straße. Entfernte sich von ihm. Aber dann überbrückte er die Distanz mit zwei langen Schritten. Er packte sie am Kinn, quetschte es zwischen seinen groben Fingern. „Weißt du was?"

Ivys Herz schlug ihr bis zum Hals. *Bitte, Gott …*

„Ich glaube, es wäre gut für dich, wenn du nicht so ein hübsches Gesicht hättest." Er stieß sie von sich, sodass ihr Hals zurückschnappte.

Ivy stolperte. Rappelte sich auf. Wandte sich zur Flucht. Bloß weg hier. Atmen. Aber er packte erneut ihren Ellbogen und drehte ihr den Arm um. Ein Schmerz explodierte in ihrer Schulter, der sich so anfühlte, als hätte er ihr den Arm aus dem Gelenk gerissen. Sie schnappte nach Luft. Jetzt konnte sie den Arm nicht mehr heben. Zitternd versuchte sie einzuatmen, aber ihre Lunge streikte. Nichts funktionierte mehr.

Und bevor sie weglaufen konnte, holte Doyle mit der leeren Bierflasche aus und ließ sie auf Ivys Wange niedersausen.

Noch eine Schmerzexplosion.

Und dann nichts als Dunkelheit.

Davis lief den Palmetto Boulevard hinunter und seine Besorgnis wuchs, je weiter er sich von Hoppin' John's entfernte. Warum war er so beunruhigt? Er blieb erst stehen, als er bei der Boutique angekommen war, und spähte dort ins Schaufenster. Dabei war ihm eigentlich schon, seit er die dunkle Markise gesehen hatte, klar, dass es keinen Sinn hatte.

Es brannte kein Licht. Ivy war bereits gegangen. Er schlug sich mit der Faust gegen die Stirn. Er hatte zu ihr gesagt, er hätte auf seinen Großvater hören sollen. Er hatte ihr Geld vor die Füße geworfen und war gegangen. Ihr Leben lang hatten Männer sie so behandelt, als wäre sie nichts wert, und sie hatte ihnen geglaubt. Und heute Abend hatte er sich in die Reihe dieser Mistkerle eingereiht. Natürlich wollte sie für Vera Wang modeln. Sie liebte ihre Arbeit als Model, wie Sara das Malen liebte. Warum hatte er da so dämlich reagieren müssen?

Er zog an der Tür. Sie gab einen Zentimeter nach und klickte dann. Nur um sicherzugehen, dass Ivy nicht drinnen im Dunkeln saß, klopfte er ans Fenster. Er versuchte noch einmal, sie auf dem Handy zu erreichen, aber wieder sprang die Mailbox an.

Komm schon, Ivy, wo bist du?

Sie könnte zu Marilyns Haus gelaufen sein oder vielleicht zum Strand oder in ein Lokal. Während er krampfhaft überlegte, wo er als Nächstes suchen sollte, blickte er in beiden Richtungen die Promenade hinunter. Nur ein Licht war zu sehen und das drang aus den Fenstern von Pipers Kneipe. Er könnte es genauso gut dort versuchen. Davis lief auf das Lokal zu und sah währenddessen immer wieder zum Strand hinüber. Abgesehen von einem Flackern in der Ferne – wahrscheinlich Teenager bei einer Strandfete mit Lagerfeuer – sah er nichts außer Dunkelheit. Noch ein Block, dann war er bei Cals Kneipe angekommen. Er riss die Tür auf und sofort schlugen ihm Countrymusic und Zigarettenqualm entgegen. In einer Ecke saß ein Pärchen, das die Köpfe zusammensteckte. Cal wischte den Tresen ab.

„Hallo, Cal."

„Hi, Davis. Feiert deine Schwester nicht heute ihren Geburtstag?"

„Stimmt." Davis trat näher an die Bar. „Sag mal, du hast nicht zufällig ein Mädel hier gesehen, oder? Groß und schön? Nur schwer zu übersehen."

„Doch, hab ich. Sie hatte zwei Drinks und ist dann gegangen."

„Weißt du, wo sie hinwollte?"

„Nee, weiß ich nicht. Aber Doyle Flanning hat sie dumm angemacht, als sie reinkam."

Davis' mulmiges Gefühl verstärkte sich mit jedem Wort. „Doyle war hier?"

„Ja. Hatte wie immer zu viel getrunken. Ich habe ihn rausgeschmissen, bevor er zu ausfallend werden konnte."

Oh Mann. Das klang nicht gut. Doyle hatte Ivy belästigt, war aus der Kneipe geflogen, und jetzt war Ivy irgendwo da draußen und ging nicht an ihr Handy. Davis bedankte sich bei Cal und ging mit wild hämmerndem Herzen wieder hinaus in die Dunkelheit. Er holte tief Luft und wischte sich den kalten Schweiß von den Händen, während er versuchte, nicht in Panik zu verfallen. Ivy und Doyle hatten die Kneipe nicht zusammen verlassen. Wahrscheinlich ging es ihr gut. Davis würde sie finden und sich entschuldigen. Vielleicht würde er sogar einwilligen, mit ihr nach New York zu gehen. Es war schließlich nur ein Fotoshooting. Nach allem, was sie für die Modenschau getan hatte, konnte er ihr doch diesen einen Gefallen tun, oder?

Hilf mir, sie zu finden, Herr. Ich muss sie finden.

Er drehte sich um die eigene Achse, suchte nach einem Hinweis. Ein Stück weiter fiel sein Blick auf einen Weg, den er kannte. Der Palmetto Boulevard führte im Bogen um einen kleinen Park herum. Wenn jemand von einem Ende der Strandpromenade zum anderen eine Abkürzung nehmen wollte, würde er durch den Park gehen. Das könnte er jetzt tun und zum Hoppin' John's zurückgehen. Vielleicht war das seine beste Chance. Vielleicht war Ivy trotz seiner verletzenden Worte doch noch zu Saras Party gegangen. Er beschleunigte seine Schritte und lief den Pfad entlang, der durch den Park führte. Als er ein Rascheln hörte, blieb er stehen.

Seine Muskeln spannten sich an. „Hallo?"

Ein leises Stöhnen ein Stück weiter.

Er versuchte in der Dunkelheit irgendetwas zu erkennen und sah die Umrisse einer Gestalt, die auf dem Boden lag. Als Davis auf sie zueilte, knirschte Glas unter seinen Schuhsohlen. Die Person lag auf dem Boden und lange Haare ergossen sich auf den Weg.

Oh Gott …

Es war Ivy. Angst stieg in Davis' Kehle auf, während er sich über sie beugte und ihre Haare berührte. Warm und nass. Er hielt sich die Hand vor Augen und sah, dass seine Finger blutig waren. Dann legte er seine Hand auf ihre Schulter. Wieder entwich ein Stöhnen ihren Lippen.

Oh Gott, oh Gott, oh Gott …

So sanft wie möglich hob er Ivy hoch und drehte sich hektisch mit ihr im Kreis. Was sollte er tun? Wie schlimm war ihre Verletzung? Er konnte kaum etwas sehen. Er wusste nur, dass sie stark blutete.

Herr, sag mir, was ich machen soll!

Plötzlich spähte der Mond zwischen Wolken hindurch und drang durch den Baldachin aus Louisianamoos. Davis trat unter dem Blätterdach hervor und sein Blick fiel auf das Dach eines vertrauten Vorkriegsgebäudes keinen Häuserblock entfernt.

Er drückte Ivy vorsichtig an seine Brust und rannte mit ihr auf dem Arm zu Doc Armstrongs Haus.

Dort angekommen, hämmerte Davis an die Haustür. Das tiefe Bellen eines Hundes erklang auf der anderen Seite. Davis klopfte noch einmal, während Ivy schlaff auf seinem Arm hing. Seine Kehle war wie zugeschnürt. Hatte er ihr beim Laufen wehgetan? Wie schlimm waren ihre Schmerzen?

Endlich ging drinnen das Licht an und dann wurde auch die Veranda hell. Davis kniff die Augen zusammen, weil ihn die plötzliche Helligkeit blendete. Eine Kette rasselte, dann wurde ein Riegel zurückgeschoben.

Komm schon, Doc, beeil dich!

Die Tür ging auf und Doc Armstrong streckte den Kopf heraus. Die dicke Brille ließ seine Augen größer erscheinen. „Still jetzt, Neil."

Das Bellen verstummte.

„Doc, ich brauche Hilfe."

Der Arzt riss die Tür auf und seine Augen wurden noch größer, als er Ivy auf Davis' Armen sah. Davis selbst blickte nicht hinunter. Er konnte nicht. Er hatte zu große Angst vor dem, was er sehen würde.

Kapitel 35

Leises Stimmengemurmel bahnte sich einen Weg in Ivys Bewusstsein. Sie bewegte sich und strampelte die nassen Tücher von ihren Beinen, während sie versuchte, aus der Dunkelheit zu waten. Die Stimmen wurden lauter, dann wieder leiser. Sie öffnete ein Auge. Gedämpftes Sonnenlicht bohrte sich in ihre Pupille und sie kniff das Auge gleich wieder zusammen. Übelkeit machte sich in ihrem Magen breit. Wo war sie? Was war los?

Sie versuchte, sich aufzusetzen, aber ihre Schulter protestierte und es war, als würde ihr Gesicht Feuer fangen. Es juckte und brannte, als hätte jemand es mit einem Topfkratzer aus Stahlwolle bearbeitet. Als sie versuchte, beide Augen aufzuschlagen, bemerkte sie, dass die eine Seite nicht mitspielte. Es gelang ihr, mit einem Auge zu blinzeln und sich in dem hellen Zimmer umzusehen. Konnte nicht mal jemand die Jalousien herunterlassen?

Und ihr Gesicht. Was war mit ihrem Gesicht geschehen?

Eine vertraute Stimme drang in den weißen Raum herein. „Ich will sie sehen."

Bruce? Was machte er denn her? Und wo war sie?

„Das können Sie, sobald sie aufgewacht ist." Die unbekannte Stimme gehörte einer Frau.

Ivys Gesicht juckte und ihr Auge ging nicht auf. Sie hob die Hand, um sich zu kratzen, aber ihre Finger berührten Mull und langsam nahm eine beängstigende Erinnerung in ihrem Kopf Gestalt an. Ihr Herz, das gerade noch kaum zu spüren gewesen war, raste jetzt in einer ausgewachsenen Panikattacke.

Doyle und die Bierflasche. Dunkelheit. Angst. Der Gestank von Alkohol in seinem Atem. Wie er ausgeholt und ihr mit der Flasche ins Gesicht geschlagen hatte.

Wieder hob sie die Hand und berührte den Verband. Unter dem Mull pochte der Schmerz und die Panik stieg in ihre Kehle hinauf. Der Raum drehte sich und wurde immer kleiner. Ivy krallte die Finger in die Laken und schrie nach Hilfe. Was war mit ihrem Gesicht passiert?

Die Frage von Bruce wurde durch Ivys Aufschrei abrupt unterbrochen. Am liebsten hätte Davis den Kopf in den Händen vergraben. Sich die Ohren zugehalten. Oder wäre in ihr Zimmer gerannt, um irgendetwas zu tun, das ihre Schmerzen linderte. Ihr Schreien traf ihn wie ein stumpfes Messer, das ihm die Eingeweide herausschnitt.

Am Abend zuvor war der Rettungswagen zu Doc Armstrongs Haus gekommen und hatte Ivy ins Krankenhaus gebracht. Ihre Verletzungen waren zu schwerwiegend, als dass der Arzt sie zu Hause hätte behandeln können. Mom und Sara waren ins Krankenhaus gekommen und irgendwann wieder gegangen, aber Marilyn hatte zusammen mit ihm gewartet, während der späte Abend in den frühen Morgen übergegangen war. Davis war im Wartezimmer auf und ab getigert, weil er sie sehen wollte, sobald sie aufwachte. Gleichzeitig hatte er schreckliche Angst davor, sie zu sehen – zu sehr kämpfte er mit den vertrauten Gefühlen der Schuld. Als Bruce vor zehn Minuten im Krankenhaus erschienen war, war Davis ihm zu Ivys Zimmer gefolgt, bevor er einfach hineinstürmen konnte. Jetzt war Ivy wach. Davis fuhr sich mit der Hand übers Gesicht und ging zur Tür. Bruce machte ebenfalls einen Schritt in Richtung Tür, doch Davis packte ihn am Arm und funkelte ihn an.

„Ich werde nach ihr sehen." Die Krankenschwester, die sie beide mit Misstrauen betrachtete, verschwand im Zimmer.

„Ich bin ihr Agent. Sie ist meine Klientin und sie hat Verletzungen erlitten. Es ist mein Recht, sie zu sehen."

„Dein Recht?" Für wen hielt sich der Mann eigentlich – für Ivys Besitzer? Einer Fürsorgepflicht war er jedenfalls nie nachgekommen. Bruce interessierte sich doch nur so lange für Ivy, wie sie ihm Geld einbrachte. So wie Davis das sah, hatte er längst alle Rechte an Ivy verloren.

Die Schwester kam zurück.

„Wie schlimm ist es?", fragte Bruce.

„Die Wunde musste genäht werden und es besteht eine ausgeprägte Schwellung. Wenn die zurückgegangen ist, wird es längst nicht mehr so schlimm aussehen."

„Werden irgendwelche Narben zurückbleiben?"

Davis hasste Bruce für diese Frage.

„Die Glasflasche hat einen ziemlichen Schaden angerichtet. Ich kann mir nicht vorstellen, dass das spurlos verheilen wird. Jetzt werde ich den Verband wechseln und anschließend können Sie hinein und Hallo sagen."

Bruce blickte auf den Linoleumfußboden hinunter. Er brauchte es nicht zu sagen. Seine ganze Haltung drückte es aus. Ivys Modelkarriere war zu Ende.

Die Schwester reichte Ivy eine große Tablette und ein Glas Wasser. Sie leerte es und wünschte, die Medizin könnte auch den Schmerz in ihrer Brust betäuben. Die Schwester hatte Ivys Schulter abgetastet, ihr Kinn angehoben und ihr Gesicht begutachtet und dann den Verband gewechselt. Ivy hatte zuerst nach einem Spiegel fragen wollen, es aber dann aus Angst doch nicht getan. Die Schwester lächelte – so wie Sara vielleicht gelächelt hätte –, tätschelte Ivys Hand und ging.

Eine Minute später kam Bruce herein.

Ivy drehte den Kopf zur Seite. Obwohl ihr Gesicht verbunden war, konnte sie nicht zulassen, dass Bruce sie so sah. Nicht so. Wenn er das Ausmaß ihrer Verletzungen sah … Sie schloss das unverbundene Auge und schob den Gedanken beiseite. Er würde sie nicht feuern. Sie war seine Nichte. Und ihr Gesicht würde heilen. Das taten Wunden – sie heilten. Eine Träne entwich ihrem Augenwinkel und kullerte ihr über die Nase. Bis zum Fotoshooting für Vera Wang waren es keine zwei Wochen mehr. Eine einmalige Gelegenheit. Ihre letzte Chance, ihre Karriere fortzuführen, und sie war ihr zwischen den Fingern zerronnen und verschwunden.

„Üble Nacht."

Sie sah ihn nicht an.

„Davis hat gesagt, dass die Polizei diesen Doyle schon geschnappt hat. Er war bereits auf Bewährung wegen schwerer Körperverletzung."

„Glaubst du wirklich, dass ich das jetzt hören will?"

Bruce antwortete nicht.

„Warum sagst du nicht, was du denkst, Bruce?“

„Ivy …“

Wie ein Verbrecher, der dem Exekutionskommando gegenübersteht, wusste sie, was jetzt kam. Am besten brachten sie es gleich hinter sich. Und besser, wenn sie ihm in die Augen sah, während er den Schlag ausführte. Zum ersten Mal sah sie, dass ihm etwas unangenehm war.

„Das hier ist weder der richtige Ort noch der richtige Zeitpunkt“, sagte er.

„Doch, ist es. Das hier ist genau der richtige Ort und Zeitpunkt.“ All die Wut, die sich jahrelang in ihr angestaut hatte, ballte sich zusammen und brodelte unter ihrer Haut. Sie weigerte sich, den Blick abzuwenden. Sie würde es ihm nicht leicht machen. „Jetzt sei kein Feigling und sag es.“

„Was soll ich denn sagen?“

„Was bin ich jetzt noch nütze, richtig?“

Er schüttelte den Kopf.

„Es steht dir doch ins Gesicht geschrieben.“ Die Leere breitete sich aus und drängte die Wut und alles andere beiseite. Sie war leer. Leer, leer, leer. Nur dass sie jetzt keine schöne Hülle mehr hatte, in der sie diese Leere verstecken konnte. Sie krallte die Finger in das Laken. „Danke jedenfalls für die schöne Zeit, Brucey. Hat Spaß gemacht.“

Das Mitleid in seinem Blick schürte Ivys Hass auf ihn nur noch mehr an. „Im Moment wissen wir doch noch gar nichts. Es könnte gut heilen und dann könntest du vielleicht noch Werbung machen. Ich kann dir helfen, einen entsprechenden Agenten zu finden.“

Ivy schüttelte den Kopf. Leere Worte und leere Versprechungen.

Er schob die Hände in seine Hosentaschen. „Was soll ich denn machen?“

Mich in den Arm nehmen. Mich trösten. Mich wie deine Nichte behandeln und nicht wie irgendeine x-beliebige Klientin. Mir sagen, dass alles gut wird. Dass meine Wunde verheilen wird und wir uns in ein paar Monaten in New York sehen und du mir einen Job besorgen wirst.

Wieder lief eine Träne über ihre Wange.

„Davis ist draußen. Er will dich sehen.“

Übelkeit stieg in ihr auf. „Nein.“ Davis durfte sie nicht so sehen.

Er würde einen Blick auf sie werfen und sich angewidert abwenden. Sie durfte nicht zulassen, dass er ihr das antat. Das würde sie nicht überleben. „Schick ihn weg. Er ist der letzte Mensch, den ich sehen will.“

Davis wich von der Tür zurück, tief getroffen von Ivys Worten. Sara war Künstlerin. Sie hatte Aquarelle malen wollen. Sie brauchte ihr Augenlicht. Ivy war Model. Sie hatte für Vera Wang modeln wollen. Sie brauchte ihr Gesicht. Irgendwie hatte er dazu beigetragen, beides zu zerstören.

Er starrte auf seine Hände hinunter – die gesund und kräftig waren. Diese Hände hätten seine Schwester beschützen sollen. Sie hätten Ivy beschützen sollen. Aber stattdessen hatten seine Hände Ivy Geld vor die Füße geworfen und sie im Stich gelassen. Er hatte sie von Saras Party ausgeladen und am Ende war sie vor einem Mann davongelaufen, der sie dauerhaft verletzt hatte. Nur weil er, Davis, die Beherrschung verloren hatte. So wie bei Sara. Wieder war jemand verletzt worden, weil er sich falsch verhalten hatte. Noch jemand hatte durch seinen Stolz seinen Traum verloren. Jetzt wollte Ivy ihn nie wiedersehen. Davis war speiübel. Er war es, der es verdient hatte, blind zu sein. Sein Gesicht hätte zertrümmert werden sollen.

Nicht Sara. Die Schwester, die er liebte. Nicht Ivy. Die Frau, die er liebte.

Oh Gott …

Er liebte sie wirklich. Aber es war zu spät. Bevor Bruce Ivys Bitte Folge leisten konnte, drehte Davis sich um und ging davon.

Kapitel 36

Davis ging, aber Marilyn blieb. Sie blieb, während die Ärzte weitere Röntgenbilder und Scans machten. Sie blieb, als die Polizei mit ihren Fragen kam. Sie blieb, als Ivy sie bat zu gehen.

Ein Arzt fragte: „Sind Sie eine Angehörige?“

Und Marilyn sagte: „Ja. Ich bin ihre Mutter.“

Sie kümmerte sich darum, die medizinischen Fragebögen und Versicherungsformulare auszufüllen. Sie stand an Ivys Bett, während die Krankenschwester ihnen zeigte, wie die Wunden zu verbinden waren. Sie vereinbarte einen Nachsorgetermin für Ivy, an dem die Fäden gezogen werden sollten. Sie rief Sara an, die mit Jordan vorbeikam, um Ivy saubere Kleidung zu bringen. Und als all das erledigt war und Ivy entlassen wurde, half sie ihr in den Wagen und fuhr mit ihr nach Hause.

Marilyn umfasste das Lenkrad so fest, dass ihre Knöchel weiß hervortraten. Das Herz war ihr schwer, als sie zu Ivy hinübersah, die blass und müde und mit zusammengepressten Lippen auf dem Beifahrersitz saß. Die Hälfte ihres Gesichts war von Mullbinden bedeckt, während sie aus dem Fenster sah. Jedes Mal, wenn Marilyn versuchte, etwas zu sagen oder eine Frage zu stellen, blieben ihr die Worte im Halse stecken. Was sollte sie auch sagen? Also fuhren sie schweigend, bis Marilyn den Wagen in die Garage lenkte und den Motor ausstellte.

„Hast du Hunger? Ich kann dir etwas zu essen machen. Vielleicht eine Suppe.“

Ivy schüttelte den Kopf und löste ihren Sicherheitsgurt.

Marilyn schnallte sich ebenfalls ab und stieg eilig aus, um auf die Beifahrerseite zu gehen, wo sie Ivy die Tür öffnete und den Arm hinhielt.

Aber Ivy machte eine abwehrende Handbewegung und stieg selbständig aus.

Marilyn eilte voraus und half Ivy ins Haus. Georgia begrüßte sie mit einem fröhlichen Kläffen, das völlig unpassend erschien. Marilyn schob den Hund mit dem Fuß zur Seite. „Brauchst du Schmerzmittel? Möchtest du dich aufs Sofa legen?“

„Ich will deine Hilfe nicht!"

Georgia hörte auf zu bellen.

Ivys Blick war düster, sie wirkte zerbrochen und verletzt und völlig verschlossen. Unmöglich zu erreichen. Jedes Lächeln, das Ivy Marilyn in den letzten paar Wochen geschenkt hatte, war zu einem Baustein der Hoffnung geworden. Einer hatte sich auf den anderen gestapelt, bis ein hoher Turm aus Hoffnungssteinen in ihrem Herzen gewachsen war. Gott machte wundervolle Dinge möglich. Das hatte sie spüren können. Er stellte alles wieder her, was verloren gegangen war. Aber jetzt wankte der Turm und stürzte ein. Ivy sah aus, als würde sie nie wieder lächeln. „Ich will nur, dass du mich in Ruhe lässt."

Was blieb Marilyn anderes übrig, als zu nicken?

Die kleine Tüte mit Medikamenten an ihre Brust gedrückt, ging Ivy die Treppe hinauf und verschwand. Marilyn sank auf das Sofa, während ihr das Herz brach. Jeder zweifelnde Gedanke, den sie im Laufe der Jahre ignoriert hatte, sickerte jetzt durch die Risse. Stieg an die Oberfläche.

Was hatte all dieser Schmerz für einen Sinn?

Vor langer Zeit hatte Marilyn gedacht, sie hätte verstanden. Niemand anders hatte es je verstanden – schon gar nicht James oder ihre Eltern –, aber Marilyn wusste, dass Gott etwas im Sinn hatte. Er schrieb eine Geschichte. In dem Augenblick, als sie Ivy zum ersten Mal gesehen hatte, war es gewesen, als würde Gott sagen: *Frau, hier ist deine Tochter*, und mit einem Mal hatte ihr unfruchtbarer Leib einen Sinn ergeben. Gott würde die Asche ihrer Unfruchtbarkeit und die Asche des Verrats nehmen und etwas Wunderschönes daraus erschaffen. Aber jetzt herrschte in ihr nur noch Verwirrung. Warum legte Gott ihr diese belastende Liebe ins Herz, wenn sie ihr nur noch mehr Kummer einbrachte? Was für einen Sinn hatte es, Ivy Schönheit zu schenken, wenn er sie ihr am Ende doch wieder raubte?

Marilyn kam sich vor wie eine tragische Gestalt in einem Theaterstück, die letzte Person, die begriff, dass es kein Happy End geben würde. Die Närrin, die ihr Herz verschenkt hatte und es nie zurückbekommen würde.

Aber da war das Flüstern wieder … genau wie vor zehn Jahren, als Ivy nach New York gegangen war.

Ich bin noch nicht fertig.

Sie umschlang diese Worte so fest sie konnte und drückte sie an ihre Brust, als würden sie umso wahrer, je fester sie sich daran klammerte.

Ivy kam sich gemein vor, als sie die Treppe hinaufstieg. Aber sie wollte kein Essen und kein Wasser. Trotz ihrer pochenden Schulter und der Kopfschmerzen wollte sie auch keine Medikamente. Sie wollte nur die Zeit zurückdrehen, noch einmal ganz von vorne anfangen und diesmal alles anders machen. Nicht nur den gestrigen Abend, sondern alles. Ihre ganze Zeit in Greenbrier, bevor Davis sich in ihr Herz geschlichen hatte.

Sie hatte zu Bruce gesagt, sie wolle Davis nicht sehen. Sie hatte Davis weggestoßen, so wie sie jeden anderen Mann vor ihm von sich gestoßen hatte, aber vielleicht ließ dieser Mann sich ja nicht verjagen. Während Bruce aus dem Zimmer gegangen war, hatte sie im Bett gesessen und gehofft, Davis würde durch die Tür hereingestürmt kommen, die Hände um ihr Gesicht legen und Worte der Liebe und der Ermutigung flüstern. Sie war kein Strauß toter Blumen. Sie war keine Schneekugel. Ihr ganzer Körper hatte von dieser Hoffnung geschmerzt. Bis Bruce allein in ihr Zimmer zurückgekommen war.

„Er ist schon gegangen", hatte er gesagt.

Und da war das, was von Ivys Herzen noch übrig war, verwelkt.

Während ihres gesamten Krankenhausaufenthalts hatte Ivy es erfolgreich vermieden, in einen Spiegel zu blicken. Jetzt, wo sie vor der Tür stand, die in die Gästewohnung führte, kam diese Aufgabe jedoch auf sie zugerast wie ein Güterzug, dem sie nicht ausweichen konnte. Sie drehte den Türknauf. Die Tür quietschte leicht, als Ivy sie öffnete. Ivy trat über die Schwelle, schaltete das Licht ein und lief auf Zehenspitzen über den Teppich, während ihr Magen sich bei jedem Schritt in Richtung Spiegel heftiger zusammenzog.

Sie starrte auf ihre Sandalen hinunter. Ein paar Blutspritzer waren auf ihren perfekt pedikürten Zehennägeln getrocknet. Sie kniff das unbeeinträchtigte Auge zusammen, füllte ihre Lunge in einem tiefen, langen Atemzug mit abgestandener Luft und fing an, den Verband von ihrem Gesicht zu wickeln. Als der Mull zu ihren Füßen lag, hob sie die Hand an ihre Wange. Sie fühlte Wülste unter ihren Fingerspitzen und presste die andere Hand auf ihre Brust, als könnte der Druck ihr Herz beruhigen. Dann öffnete sie die Augen. Hob den Kopf. Und betrachtete ihr Spiegelbild.

In einem Schwall entwich sämtliche Luft aus ihrer Lunge.

Die Fremde, die sie da anstarrte, war zur Hälfte Ungeheuer – lila und geschwollen mit Platzwunden, die sich wie ein Spinnennetz über ihre Wange, ihren Kiefer und sogar über ihren Hals erstreckten. Tiefe, rote blutige Wunden, die mit schwarzen Stichen genäht waren.

Ivy sog scharf die Luft ein.

Ihre Finger wanderten unwillkürlich zu ihrem Kinn.

Das Ungeheuer im Spiegel tat es ihr nach.

Ekel packte sie. Der Arzt hatte gesagt, die Schwellung würde sich legen. Die lilafarbenen Wülste würden verblassen. Die Fäden würden gezogen werden. Aber die Narben? Ivy wusste nur zu gut, dass die Narben blieben. Ein Schrei entwich ihrer Kehle, so verheerend und wund wie ihre Verletzungen. Er drang über ihre Lippen und zerriss den letzten Rest Fassung, an den sie sich noch geklammert hatte. Ein Tsunami aus Trauer und Wut durchfuhr ihren Körper. Sie riss den Strauß vertrockneter Blumen vom Spiegel und zerfetzte sie, als Zorn und Kummer die Bestie im Spiegel überwältigten.

Ihr Vater hatte sie nie gewollt. Bruce liebte sie nur ihrer Schönheit wegen und wegen des Geldes, das er mit ihr verdienen konnte. Und trotz allem, was Davis gesagt hatte, wollte er sie auch nicht. Niemand wollte sie. Sie kletterte auf die Kommode, packte den schweren Spiegel und riss ihn von der Wand. Die Schmerzen in ihrer Schulter explodierten, als sie den Spiegel von sich schleuderte. Marilyns Schatulle mit all den Bildern von ihr stürzte mit zu Boden. Mit einem widerwärtigen Knirschen schlug der Spiegel auf dem Teppich auf. Glasscherben sprangen aus dem Rahmen und fielen aufeinanderklirrend zu Boden.

„Vor Gott kannst du dich nicht verstecken, Ivy. Er sieht dich. Er sieht dein ganzes Wesen.“

Ivy rutschte von der Kommode und sank auf den scherbenübersäten Fußboden. Dann schlang sie die Arme um ihre Beine und vergrub das Gesicht in ihren Knien. Was sah Gott denn – ein ungeliebtes Kind? Einen dummen Fehler? Eine Frau, die endlich bekam, was sie verdiente? „Oh Gott, wen siehst du?"

Wer bin ich?

Sie zog die Knie noch fester an sich und wiegte sich vor und zurück, während sie versuchte, die hoffnungslose Frage zu verdrängen. Als eine Glasscherbe sich in ihren Oberschenkel bohrte, schnappte sie nach Luft. Ruckartig hob sie den Kopf und sah, was für ein Durcheinander sie angerichtet hatte. Zwischen den Scherben lagen Bilder. Fotos von einer Fremden mit ihrem Gesicht. Marilyns Holzkiste lag auf der Seite. Und gleich neben ihrem Knie lag eine Karte.

Ich habe dich bei deinem Namen gerufen, du bist mein.

Ein Schluchzer löste sich in ihrem tiefsten Innern, gefolgt von einem weiteren und noch einem. Die Worte hallten in ihr wider. Ivy wünschte, sie wären wahr. Sie sehnte sich so sehr danach. Aber wie konnte das sein, wenn doch niemand sie jemals so geliebt hatte?

Außer …

Die Tür flog auf. „Ivy!"

Und Marilyn kam herein. Trotz Ivys Zurückweisung, obwohl sie sie immer und immer und immer wieder weggestoßen hatte. Marilyn zögerte nicht einmal. Sie lief mit nackten Füßen durch die Scherben, nahm Ivy trotz all ihrer Zerbrochenheit in den Arm und hielt sie fester, als sie jemals gehalten worden war.

In Ivy stiegen Erinnerungsfetzen auf, die sie nicht ignorieren konnte. Marilyn war es gewesen, die ihr Blumen gebracht hatte. Marilyn, die sie angesehen hatte, als James den Blick abgewandt hatte. Marilyn, die getan hatte, was sie konnte, um Ivy das Gefühl zu geben, gewollt zu sein, wann immer sie im Sommer zu Besuch gewesen war. Es war Marilyn, die Fotos von Ivy gesammelt hatte, und Marilyn, die ihr ein Zuhause gegeben hatte, als ihre Mutter ihr keines mehr hatte bieten können. Marilyn war diejenige gewesen, die versucht hatte zu verhindern, dass Ivy nach New York ging, obwohl Ivy sie deswegen gehasst hatte. Marilyn hatte ihr Arbeit gegeben, als niemand sie mehr hatte engagieren wollen. Und Marilyn hatte all die Jahre auf den Knien gelegen und für sie gebetet. Trotz der Demütigung, die Ivys Existenz für sie bedeutet haben musste.

Obwohl sie von demselben Mann betrogen worden war. Marilyn hatte für sie gekämpft, als niemand sonst es getan hatte. Marilyn liebte sie, obwohl Ivy diese Liebe immer zurückgewiesen hatte. Marilyn hatte ein ungewolltes Kind in eine geliebte Tochter verwandelt.

Ich habe dich bei deinem Namen gerufen, du bist mein.

Alles brach in sich zusammen. Die Mauern, die Ivy errichtet hatte. Die Angst, die sie verfolgte. Die flüchtige, nur vorübergehende Schönheit, an die sie sich so verzweifelt klammerte. All das lag in Trümmern und ließ nur Schmerz zurück. Ivy krümmte sich so sehr, dass sie kaum noch Luft bekam, und rollte sich an Marilyns Brust zu einem Ball zusammen, während die Hoffnung in ihrer Seele tobte und alles zerbrach, was nicht schon zerbrochen war.

Wenn Marilyn sie so lieben konnte, wenn Marilyn James einen so ungeheuren Verrat vergeben konnte, vielleicht konnte der Gott, dem sie so leidenschaftlich diente, Ivy dann ja tatsächlich auch lieben und ihr vergeben.

Oh Gott, wenn das wahr ist, dann kannst du mich haben. Du kannst jede Scherbe haben …

Und während Marilyn ihr half, all den Schmerz herauszulassen, klammerte Ivy sich so fest sie konnte an Saras Wahrheit und machte sie zu ihrer eigenen. Langsam, ganz langsam ließ der Schmerz nach. Nicht ganz, aber genug, um zu wissen, dass sie Gott gehörte. Er hatte sie bei ihrem Namen gerufen. Sie war sein.

Kapitel 37

Als die Abenddämmerung einsetzte, ließ Marilyn Ivy los. Zusammen und mit einem gegenseitigen Verstehen, für das kaum Worte nötig waren, sammelten sie die Scherben und die Bilder und den Mull vom Teppich ein. Als das getan war, kämmte Marilyn vorsichtig die Glassplitter aus Ivys Haaren. Nachdem Ivy dann geduscht und einen Schlafanzug angezogen hatte, knurrte ihr Magen und ihre Schulter und ihr Gesicht pochten vor Schmerzen. Marilyn gab Ivy ihre Medizin und verband die Wunden neu. Dann aßen sie jeder einen großen Teller Kartoffelsuppe an dem kleinen Tisch in der Kochnische. Und zum Schluss brachte Marilyn sie zu Bett. Ivy rollte sich unter der Decke zusammen und schlief wie eine Tote.

Als sie am nächsten Morgen aufwachte, entdeckte sie ein Glas Wasser, ihre Tablette und eine handschriftliche Notiz auf ihrem Nachttisch.

> Frühstück steht in der Küche. Die Kaffeemaschine ist vorbereitet und kann jederzeit angestellt werden. Heute Morgen ist die Generalprobe für die Modenschau, deshalb musste ich weg. Bitte ruf an, wenn du irgendetwas brauchst.
> In Liebe, M.

In Liebe, M. Seltsam, wie etwas, das Ivy noch vor wenigen Monaten vor ein Rätsel gestellt, wenn nicht sogar geärgert hatte, sie an diesem Morgen froh machen konnte. Ivy setzte sich langsam auf und wartete einen Moment, bis ihr Körper sich an die aufrechte Position gewöhnt hatte, dann nahm sie ihre Medikamente und ging zu der weißen Tüte auf der Küchenzeile. Schon bevor sie einen Blick hineinwarf, wusste sie, was darin war; der köstliche Duft verriet es ihr. Ivy schaltete die Kaffeemaschine ein, griff in die Tüte und zog ein riesiges Zimtbrötchen heraus. Wann immer sie als Kind nach Greenbrier gekommen war, hatte Marilyn sie sonntags zur Bäckerei mitgenommen und gesagt, sie könne sich aussuchen, was sie wolle. Ivy hatte sich immer für ein Zimtbrötchen entschieden.

Lächelnd riss sie das weiche Gebäckstück entzwei und aß eine Hälfte. Dann schenkte sie sich Kaffee ein und genoss das restliche Brötchen. Ein Lichtstreifen am Horizont. Kein Fotoshooting für Vera Wang bedeutete, dass sie nicht mehr auf ihre Linie achten musste. Als sie aufgegessen hatte, leckte sie sich den Zuckerguss von den Fingern, räumte mit ihrem gesunden Arm das Geschirr weg und saß kurz darauf im Bad vor ihrem Frisiertisch, wo sie mit dem nicht zugeschwollenen Auge die geröteten Hautpartien um ihre Wunden betrachtete.

Ivy holte tief Luft.

Ihre Karriere war zu Ende. Ihr Gesicht würde nie wieder so sein wie früher, nicht einmal mit Schönheitschirurgie. Aber irgendwie, obwohl es unmöglich war, wusste Ivy, dass alles gut werden würde. Vielleicht nicht sofort. Vielleicht erst viel später. Aber sie würde es schaffen.

Die Kirche vibrierte förmlich vor chaotischer Energie. Davis testete die Beleuchtung, während Marilyn die Models auf der Bühne herumkommandierte, und der Radiomoderator Big Bubba bastelte an der Tontechnik herum. Jordan rollte Kleiderständer in die hinteren Räume der Kirche. Sara begrüßte die Hairstylistin und die Visagistin. Pastor Voss führte Arabellas Küchenhilfe ins Foyer, wo morgen die Hauptgerichte und Vorspeisen für das Mittagessen aufgebaut werden sollten. Aber trotz all der Aktivität und Aufregung konnte Davis keine Begeisterung aufbringen. Übermorgen würde er seine Kamera für immer einpacken. Und Ivy war natürlich nirgends zu sehen. Gestern hatte er mehrmals das Telefon in die Hand genommen, um sie anzurufen, aber jedes Mal hatte ihn irgendetwas davon abgehalten. An diesem Morgen war es genauso gewesen.

Mrs Ludd tippte Davis auf die Schulter. „Wo sollen wir die zu versteigernden Sachen hinbringen?“

Natürlich. Rundum-sorglos-Pakete für Hochzeiten anzubieten, war Ivys Idee gewesen und es war eine großartige Idee. Wahrscheinlich würden sie mit der Stillen Auktion mehr Geld für das Kunstprogramm zusammenbekommen als durch den Verkauf der Eintrittskarten, und das wollte etwas heißen, denn sie hatten bereits eine Menge Tickets verkauft. Mehr, als er erwartet hatte. „Irgendwo im Foyer?“

„Das ist schon gut ausgelastet mit dem Kartenverkauf und dem Essen.“

Im Kirchenraum ertönte eine schrille Rückkopplung. Davis zuckte zusammen. Mehrere Models kreischten. Eines von ihnen geriet auf dem Laufsteg ins Stolpern und fiel hin. Offensichtlich hatte der Radiomoderator bei einem der Mikrofone den falschen Regler betätigt. Marilyn winkte, um Davis' Aufmerksamkeit zu erlangen, und zeigte auf das andere Ende des Laufsteges. Du liebe Güte, sie brauchten Ivy.

„Mensch, Bubba, ich dachte, du weißt, wie man so was macht“, rief Davis.

Der DJ schnitt eine Grimasse. „Ich weiß, wie man mit neuem Equipment arbeitet. Aber diese Ausrüstung ist ja geradezu prähistorisch.“

„Mehr haben wir nicht.“ Also sollte er besser herausfinden, wie man damit umging, ohne dem Publikum morgen das Trommelfell zu zerfetzen. Davis kratzte sich im Nacken und fragte sich, wie er Platz schaffen sollte, wenn es keinen mehr gab. War da vielleicht noch irgendein zusätzlicher Raum, den er vergessen hatte? Ein Ort, an dem Mrs Ludd und all die anderen ihre Auktionspakete präsentieren konnten? „Wie wäre es mit dem kleinen Gruppenraum neben dem Foyer? Meinen Sie, der wäre groß genug?“

„Ich gehe mal nachsehen.“ Mrs Ludd eilte davon.

David bahnte sich einen Weg zu Marilyn.

Zwei Stunden dauerte die Probe jetzt schon und die Models wirkten immer noch völlig verloren. Wie schwierig konnte es denn sein, in einem Brautkleid über eine Bühne zu laufen? Ivy hatte ihnen vergangene Woche gezeigt, worauf sie achten mussten. Hatten sie das alles schon wieder vergessen? Marilyn wandte sich von den Damen ab und in ihren Augen lag eine Strahlkraft, die im Wartezimmer des Krankenhauses definitiv nicht da gewesen war.

„Wie geht es Ivy?“, fragte er.

„Gut, glaube ich.“ Marilyn musterte ihn. „Was war denn gestern eigentlich los? Erst warst du stundenlang im Krankenhaus und dann warst du plötzlich weg.“

„Ich hatte den Eindruck, dass du alles im Griff hattest.“ Er konnte ihr nicht in die Augen sehen, während er das sagte.

Marilyn schob sich das Klemmbrett unter den Arm. „Ist mit dir alles in Ordnung, Davis?“

„Ich kann nicht mehr fotografieren.“

Sie zog die Augenbrauen hoch. „Morgen ist die Modenschau.“

„Das weiß ich. Ich meine, wenn die vorbei ist. Ich weiß, dass Joan und du gehofft habt, ich könnte weiterarbeiten, wenn die Kampagne zu Ende ist, aber das kann ich nicht.“ Er hatte Gott um ein Zeichen gebeten, was Joans Angebot betraf, und Gott hatte laut und deutlich geantwortet. Er wünschte nur, Gott hätte für seine Antwort nicht die Frau benutzt, die er liebte.

„Darf ich fragen, warum nicht?“

„Komm schon, Marilyn, du weißt, warum. Erst Sara und jetzt Ivy. Sie wäre bei Saras Party gewesen, wenn ich sie nicht ausgeladen hätte. Stattdessen hat Doyle ihr das Gesicht zerstört.“ Ihn schauderte bei der Erinnerung daran, wie Ivy bewusstlos auf seinen Armen gelegen hatte. Es spielte keine Rolle, dass er sich ihr Blut von den Händen gewaschen hatte. Jedes Mal, wenn er seine Hände betrachtete, war es immer noch da. „Warum sollte ich tun dürfen, was ich liebe, wenn weder Sara noch Ivy tun können, was sie lieben?“

Mrs Ludd kam herein und gab Marilyn eine Information weiter. Die schlug ein Blatt auf ihrem Klemmbrett um und notierte etwas, dann wandte sie sich wieder Davis zu. „Hast du dich jemals gefragt, warum der Altersunterschied zwischen Sara und dir acht Jahre beträgt?“

„Was?“

„Du und Sara, hast du dich jemals über den großen Altersunterschied gewundert?“

Davis runzelte die Stirn. Was hatte das jetzt mit seinem Problem zu tun?

„Nachdem du auf der Welt warst, wollte deine Mutter keine Kinder mehr.“

„Warum nicht?“

„Weil ich ihre Schwester war und keine Kinder bekommen konnte." Marilyn holte tief Luft. „Als deine Mutter mit dir schwanger war, habe ich mich unglaublich gefreut. Aber ich war auch traurig. James und ich hatten es zu diesem Zeitpunkt schon beinahe zwei Jahre lang versucht und ich hielt immer noch kein Baby im Arm. Also rief Rose mich eines Tages an – du warst damals etwa zwei Monate alt – und sagte, sie sei mit dem Thema durch. Sie würde keine Kinder mehr bekommen, wenn ich es nicht konnte." Marilyn rief Jordans Namen, und als sie bemerkte, dass dieser einen Tisch in den Kirchenraum trug, gab sie ihm mit einer Handbewegung zu verstehen, dass er ihn wieder hinaustragen solle. „Ich glaube, das Märtyrergen hast du von ihr."

„Märtyrergen?"

„Diese Frau hätte so viele Babys haben können, wie sie gewollt hätte, und sie wollte damit aufhören, nur weil ich es nicht konnte? Das war das Dümmste, was ich je gehört hatte. Und es machte meine Unfähigkeit, Kinder zu bekommen, nur noch schlimmer."

„Warum?"

„Weil ich sie nie gebeten hatte, meinetwegen auf Kinder zu verzichten."

Davis trat von einem Fuß auf den anderen. „Aber dann muss sie es sich irgendwann anders überlegt haben."

„Gott sei Dank, sonst gäbe es Sara nicht."

Davis blickte zur Tontechnik hinüber, wo seine Schwester gerade mit Big Bubba sprach, höchstwahrscheinlich über die Musikauswahl. Er konnte sich eine Welt ohne sie nicht vorstellen. „Was willst du damit sagen … dass ich fotografieren soll?"

„Das musst du mit Gott ausmachen. Ich sage nur, dass du sehr gut darüber nachdenken solltest, bevor du etwas opferst, von dem niemand verlangt, dass du es opferst. Und kannst du jetzt bitte mit den Damen nach hinten gehen und ihnen zeigen, wie der Ablauf hinter der Bühne sein wird? Ich möchte, dass Sara mit der Musik anfängt, damit die Mädels ihre Auftritte besser timen können."

Davis blinzelte ein paarmal. „Ja, klar."

Marilyn machte auf dem Absatz kehrt und ging zu Sara.

„Äh, also, meine Damen." Davis kletterte auf die Bühne. „Lasst uns mal besprechen, was backstage abläuft."

Er führte sie in den Raum, in dem sie sich umziehen würden und Frisur und Make-up gerichtet werden sollten. Er zeigte auf acht Kleiderständer, mit den Gedanken kaum bei der Sache. „Jede von euch hat ihren eigenen. Arabella, der hier gehört dir. Siehst du die Polaroidaufnahmen?“ Vor ein paar Tagen hatte er von jedem Model Bilder in den verschiedenen Kleidern gemacht, die sie bei der Modenschau tragen würden. Jetzt waren die Bilder an den Ständern befestigt. Noch eine von Ivys Ideen. „Sie zeigen genau, was ihr anzieht und in welcher Reihenfolge. Morgen werdet ihr jemanden haben, der euch beim An- und Auskleiden hilft.“

Arabella klatschte begeistert in die Hände.

„Was haltet ihr davon, wenn ihr alle eure Kleiderständer durchgeht und euch vergewissert, dass alles da ist, wo es sein soll?“

Die Models verteilten sich im Raum.

Arabella zeigte auf einen herrenlosen Kleiderständer in der Ecke. „Wer übernimmt denn Ivys Kleider?“

Davis spürte, wie seine Brust sich zusammenzog. Marilyn hatte die besten Kleider für Ivy aufgehoben. Die Wahrscheinlichkeit, dass sie in letzter Minute noch ein Model mit ihren Maßen fanden, ging gegen null. „Niemand. Es sei denn, du hast eine Idee.“

„Bedeckt ihr Gesicht mit einem Schleier und lasst sie auf den Laufsteg.“

Davis runzelte die Stirn. „Ich glaube nicht, dass sie im Moment irgendjemanden sehen will.“

„Da hast du wahrscheinlich recht …“ Arabella tätschelte seinen Unterarm. „Es ist wirklich schlimm, was passiert ist, aber ich bin mir sicher, sie kommt wieder auf die Beine. Du wirst schon sehen.“

Dasselbe hatten sie nach dem Unfall zu Sara gesagt. Davis hatte es nie geglaubt. Aber trotz seiner Zweifel hatte Sara sich wieder aufgerappelt.

Arabella ging an ihm vorbei und fing an, ihre Kleider durchzugehen.

Da die Models beschäftigt waren, ging Davis auf die Bühne zurück und entdeckte Sara, die hinter dem Mischpult mit Jordan und Big Bubba lachte. Marilyns Worte sirrten in seinem Kopf herum wie eine lästige Mücke.

Spielte er wirklich den Märtyrer?

Er umfasste den vertrauten Gurt um seinen Hals. Nachdem das mit Sara geschehen war, hatte Davis geglaubt, Gott wolle, dass er seine Kamera einmottete. Immerhin war sie der Grund dafür, dass Davis überhaupt in der Modebranche gelandet war. Aber was, wenn seine Annahme nicht mehr war als das – eine Annahme? Was, wenn Davis sich ein Joch auferlegt hatte, das er gar nicht tragen sollte?

Jordan legte den Arm um Saras Taille und gab ihr einen Kuss auf die Wange.

All diese Menschen hatten recht gehabt. Seine Schwester hatte ihren Weg gemacht.

Und trotzdem hatte er die letzten zwei Jahre über gelitten und dabei irgendwann seine Schuld auf einen Sockel gestellt. Er hatte sie zu einem Götzen gemacht, indem er sich auf seine Fehler konzentriert hatte anstatt auf Gott. Ivy hatte es am Strand selbst gesagt. Sie hatte gesagt, er lebe nicht so, als wäre ihm vergeben worden.

Und sie hatte recht gehabt. Genau so hatte er gelebt.

Er hatte so getan, als wären seine Fehler zu groß für Gott. Aber die Vergangenheit war vergangen. Es war an der Zeit, sie ein für alle Mal hinter sich zu lassen.

Marilyn hatte es eilig, nach Hause zu kommen. Die Probe war extrem chaotisch verlaufen. Sie hatte keine Ahnung, wie sie die Veranstaltung morgen hinbekommen sollten, aber das war nicht annähernd so wichtig, wie zu Ivy nach Hause zu fahren. Einerseits war sie voller Vorfreude, andererseits hatte sie schreckliche Angst, weil sie fürchtete, das zarte Band, das sie gestern geknüpft hatten, könnte sich über Nacht wieder aufgelöst haben.

Ich bin noch nicht fertig. Nicht einmal annähernd.

Das Flüstern ließ Marilyn Tränen in die Augen steigen, als sie das Haus betrat und Georgia kraulte. Warum war Hoffnung etwas so Beängstigendes? Sie legte ihr Schlüsselbund auf die Arbeitsplatte und wandte sich der Treppe zu, doch in diesem Moment hörte sie ein Rascheln im Wohnzimmer neben der Küche. Ivy drehte sich zu ihr um, einen Arm über die Rückenlehne des Sofas gelegt, einen Gedichtband von Robert Frost in der Hand.

Marilyn blieb stehen, unsicher, was sie sagen sollte. Zu viel schien von diesen ersten Worten abzuhängen. Am Ende war es Ivy, die das Eis brach. „Hi."

„Hallo", erwiderte Marilyn.

„Danke für das Zimtbrötchen."

„Gern geschehen."

Jetzt drehte Ivy sich ganz um.

Marilyn trat näher.

Georgia lief zum Sofa und sprang auf ein Kissen. „Ist Sara nicht mitgekommen?", fragte Ivy.

„Sie verbringt den Nachmittag mit Jordan."

„Wie war die Probe?"

Marilyn entspannte sich ein wenig und lächelte. „Chaotisch." Wenn sie ehrlich war, waren sie alle heillos überfordert. Ivy hatte bei jedem Aspekt der Modenschau ihre Finger im Spiel gehabt und ohne sie schien nichts richtig zu funktionieren.

Sag ihr das.

Marilyn runzelte die Stirn. Wenn sie Ivy das erzählte, könnte sie glauben, Marilyn wolle ihr ein schlechtes Gewissen machen, weil sie nicht dort war. Sie könnte sich unter Druck gesetzt fühlen und den Eindruck gewinnen, Marilyn verlange von ihr, etwas zu tun, zu dem sie noch nicht bereit war. Damit könnte sie alles zerstören. Das konnte sie nicht riskieren.

Aber sie spürte noch einmal denselben Anstoß, diesmal stärker. Marilyn fingerte an ihrer silbernen Halskette herum, trat um die Couch herum und setzte sich.

Ivy ließ das Buch auf ihren Schoß sinken. „So schlimm war es bestimmt nicht."

„Ich fürchte, ohne dich sind wir alle völlig aufgeschmissen, Ivy."

Die Hälfte ihres Gesichts, die nicht geschwollen und verletzt war, rötete sich.

„Könntest du dir vorstellen, morgen mitzukommen und uns zu helfen?"

Ivy senkte den Blick auf ihren Schoß.

Marilyn hielt die Luft an und wartete.

„Ich … Ich bin mir nicht sicher, ob ich will, dass jemand mich so sieht."

Die leise Antwort ließ Marilyn ausatmen. Unwillkürlich fragte sie sich, ob Ivy mit *jemand* vor allem Davis meinte. „Ich will dich nicht unter Druck setzen. Aber du hast so viel Arbeit in diese Sache gesteckt. Da wäre es doch schön, die Früchte dieser Arbeit zu sehen."

„Ja … Das stimmt."

Eine Zeit lang saßen sie in kameradschaftlichem Schweigen da. Marilyn kraulte Georgia den Kopf, Ivy blätterte mit dem Daumen durch die Seiten ihres Buches.

„Marilyn?"

„Ja?"

Ivy blickte auf und sie hatte Tränen in den Augen. „Danke."

Es war nur ein Wort und noch dazu eines, das auf der ganzen Welt jeden Tag millionenfach gesagt wurde, aber aus Ivys Mund bedeutete dieses Wort alles. Dies war nicht das Ende. Nach sechzehn Jahren, da war sich Marilyn sicher, war dies erst der Anfang.

Kapitel 38

Eines der Models war nicht da. Big Bubba hatte die Verstärkeranlage der Kirche immer noch nicht richtig im Griff. Und die Leute starrten sie an und tuschelten.

„Armes Mädchen!"

„Wurde von einem Kerl angegriffen."

„Die Arme. Das gibt bestimmt eine böse Narbe."

Das Flüstern verfolgte sie durch den Kirchenraum und die Lobby, während sie einer Visagistin, einer Hairstylistin und sieben nervösen Models Anweisungen zu geben versuchte. Ivy bemühte sich, das Flüstern zu ignorieren, und klammerte sich an das, was sie als wahr erkannt hatte.

Ich bin sein … ich bin sein.

Es war nicht leicht.

Vor allem, weil anscheinend alles schiefging, was schiefgehen konnte. Marilyn war vollauf damit beschäftigt, Arabellas Personal zu dirigieren und das Essen aufzubauen, und Mrs Ludd brachte nur sechs Blumensträuße, obwohl sie sieben brauchten. Das fehlende Model erschien viel zu spät und hinkte, weil ihr Knöchel geschwollen war. Wegen Ivy waren sie sowieso schon eine zu wenig. Was für eine Modenschau würde das werden, wenn zwei Models fehlten? Schließlich konnten die übrigen sechs nicht einfach je ein Kleid zusätzlich anziehen. Nicht nachdem sie an die jeweilige Figur angepasst worden waren. Ivy hatte Sorge, dass die Besitzer der Eintrittskarten nicht genügend für ihr Geld geboten bekommen würden oder, noch schlimmer, die Vertreter der Modebranche Marilyns Kleidern schlechte Kritiken verpassen würden.

Ihre Nerven lagen blank. Also zwang sie sich, tief und gleichmäßig ein- und auszuatmen. Marilyn glaubte an sie. Sie konnte das schaffen. Als Nächstes ging sie zur Tonkabine hinten im Kirchenraum. „Kommst du klar, Bubba?"

Der kräftige DJ hatte einen großen Kopfhörer auf den Ohren. Er nahm ihn ab und blickte auf das komplizierte Mischpult hinunter, sorgfältig darauf bedacht, ihr nicht ins Gesicht zu sehen. Genau wie alle anderen. „Ich glaub schon."

„Gut."

Ivy drehte sich um und ging ins Foyer, wo sie auf Jordan traf, diesmal ohne seine mit Motoröl beschmutzten Jeans. Stattdessen trug er eine kurze Baumwollhose und eine Art Hawaiihemd. Im Gegensatz zu den anderen sah er ihr ins Auge. Das war ein gutes Gefühl. „Ich bin ja so froh, dass du hier bist, Jordan. Ist Sara schon da?"

Ihr Magen verkrampfte sich. Sara sollte mit Davis herkommen, sobald sie mit ihrem Braille-Unterricht fertig war. Noch hatte sie keinen der beiden gesehen. Ivy klammerte sich an die Hoffnung, dass Davis vielleicht gar nicht auftauchen würde, was natürlich albern war. Davis hielt seine Versprechen. Er würde sie nie im Stich lassen. Trotzdem wurde ihr ganz bang ums Herz, wenn sie sich vorstellte, dass er tatsächlich ihr Gesicht sehen würde, nachdem ihn vor zwei Tagen der bloße Gedanke daran schon in die Flucht geschlagen hatte.

„Sie müsste gleich kommen", sagte Jordan. „Ich bin froh, dass es dir wieder besser geht, Ivy."

Die Aufrichtigkeit, mit der er das sagte, war wie Balsam für ihre Seele. „Danke."

„Und ich hatte noch gar keine Chance, dir das zu sagen, aber ich fand es total nett, was du für Twila getan hast. Dieses Fotoshooting mit ihr und Davis zu organisieren. Sie hat die ganze Woche von kaum etwas anderem geredet."

Twila! Wie hatte sie Twila nur vergessen können? Sie musste inzwischen ihre Knochenmarktransplantation gehabt haben – die letzte Chance – und Ivy hatte keine Ahnung, wie es gelaufen war. Sie legte eine Hand auf Jordans Arm. „Hast du sie gesehen? Geht es ihr gut?"

„Ihr ist ziemlich schlecht, aber die Ärzte machen sich deswegen keine Sorgen. Bis jetzt sind sie sehr zufrieden damit, wie Twila auf die Transplantation anspricht."

Ivy schlug sich die Hand vor den Mund, überrascht von dem Kloß in ihrem Hals. *Danke, Gott. Danke.*

Ein scharfer Knall ertönte im Kirchenraum und Ivy zuckte zusammen. Jordan auch.

Big Bubba streckte den Kopf durch die zweiflügelige Tür. „Eine der Deckenleuchten ist gerade kaputtgegangen."

Die Tür hinter ihnen ging auf und ein Schwall warmer Luft kam herein.

Big Bubba lächelte. „Hallo Sara, hallo Davis. Gut, dass ihr kommt."

Ohne nachzudenken, wandte Ivy sich um und stand dem einzigen Mann gegenüber, den zu sehen sie noch nicht bereit war. Er stand keine anderthalb Meter entfernt und sah sie direkt an. Bei ihrem Anblick wurde er weiß wie die Wand.

Ivys Wangen brannten. Sie wich seinem prüfenden Blick aus und drehte sich weg, während ihr Herz wie verrückt hämmerte. Sie war noch nicht bereit hierfür. Sie konnte das nicht. Davis konnte das Licht reparieren. Marilyn konnte sich um die Models kümmern. Ivy hätte nicht herkommen sollen.

Davis spürte weder seine Finger noch seine Zehen, als Ivy sich abwandte und ging. Sie zu sehen, war, als hätte ihm jemand eine Betäubungsspritze verpasst. Er versuchte, die Bilder von ihrem bewusstlosen Körper auf dem Asphalt auszublenden. Das Bild, wie sie im Dunkeln versuchte, Doyle zu entkommen. Welche Angst sie gehabt haben musste. Was für Schmerzen sie ertragen hatte. Er machte einen Schritt und wollte ihr folgen, aber dann überlegte er es sich anders. Wenn Ivy ihn nicht sehen wollte, musste er ihren Wunsch respektieren.

„Davis, eine der Lampen hat den Geist aufgegeben. Kannst du dir die mal ansehen?" Big Bubba forderte Davis mit einer Kopfbewegung dazu auf, ihm zu folgen.

Jordan streckte die Hand nach Saras Arm aus. Sie nahm die Einladung an, indem sie ihren Arm um seine Taille legte. Bubba wartete unter dem Türbogen.

Eine Glühbirne auswechseln. Das konnte er. Dann musste er wenigstens nicht an Ivy denken. Er folgte Bubba auf die Bühne, wo reges Treiben herrschte, und sah sich die betreffende Lampe an. Während er den Schaden begutachtete, ließ er den Blick durch den

Raum wandern. Er konnte nur erahnen, wie schwer es für Ivy war, hier zu sein. Aber trotzdem war sie gekommen. Weil ihr Sara und Marilyn und diese Modenschau wichtig waren.

Er schloss seine Prüfung ab. „Wenn ich es nicht reparieren kann, dürfte es trotzdem kein allzu großes Problem sein." Die defekte Lampe befand sich zum Glück ziemlich an der Seite und ziemlich weit hinten. Falls nötig, könnte er immer noch zu seinem Wagen gehen und zusätzliche Scheinwerfer aus dem Jeep holen. Er hatte sein komplettes Equipment mitgebracht, nur für den Fall der Fälle. Davis stieg von der Leiter und kramte in seinen Hosentaschen nach dem Schlüssel zur Abstellkammer der Kirche, aber den hatte er Sara gegeben, damit sie ihre Handtasche dort verstauen konnte.

Seine Schwester war hinten bei Jordan in der Tonkabine und füllte den Kirchenraum mit eleganter, fröhlicher Musik – und ihr Lächeln erinnerte ihn daran, dass es noch Hoffnung gab. Auf der Fahrt hierher hatte Sara ihm erzählt, dass sie einen Studienplatz an der Beaufort-Universität von South Carolina erhalten hatte. Ab dem nächsten Sommersemester würde sie dort studieren. Sie wollte Grundschullehrerin werden.

„Ich weiß, dass du mir dieses Kunstprogramm ermöglichen willst, Davis", hatte Sara auf dem Parkplatz gesagt. „Aber ich habe mich gefragt, ob wir den Erlös dieser Show nicht lieber dafür verwenden könnten, Annie mit den Arztkosten für Twilas Behandlung zu helfen."

Es war ein Schock für ihn gewesen. „Aber ich dachte, du wolltest wieder malen."

„Wenn du mich vor ein paar Monaten gefragt hättest, hätte ich das auch auf jeden Fall bejaht. Aber jetzt bin ich mir da nicht mehr sicher. Ich glaube, Gott hat mich inzwischen so weit, dass ich dieses Kapitel meines Lebens für immer abschließen kann." Sie drückte seinen Ellbogen. „Und wäre es nicht ein wundervoller Segen für Annie?"

Bei dem Gedanken daran musste Davis unwillkürlich lächeln.

„Meinst du, das wäre möglich?", fragte sie.

„Ich bin mir nicht sicher. Wir müssten das erst mit den anderen klären." Irgendwie glaubte er jedoch nicht, dass jemand Einwände erheben würde. Die Begeisterung, mit der die Bewohner der

Stadt auf die Modenschau reagiert hatten, hatte viel weniger mit dem Kunstprogramm zu tun als mit dem Spaß an der Sache. Davis schüttelte den Kopf und staunte darüber, dass Gott eine Tragödie wie die von Sara dazu benutzen konnte, nicht nur in ihrem Leben seine Ziele zu verwirklichen, sondern außerdem im Leben eines kranken kleinen Mädchens. Gott hatte Sara von einem Weg abgebracht und auf einen anderen geführt. Sie würde eine wunderbare Lehrerin werden.

Gott, wirst du dasselbe auch für Ivy tun?

Er hoffte es. Und auch wenn er wusste, dass es unwahrscheinlich war, ertappte er sich, als er zu Sara hinüberging, bei dem Wunsch, Teil dieses Weges sein zu können. Er klopfte an die Scheibe der Kabine und berührte den Ellbogen seiner Schwester. „Ich brauche meinen Schlüssel."

Sara gab ihm ihre Handtasche, aber ihre Haltung war jetzt ganz anders als vorhin auf dem Parkplatz.

Er öffnete die Tasche. „Ist irgendwas?"

„Ja, ich bin sauer auf dich. Du benimmst dich wie ein Idiot."

Jordan zog den Kopf ein und tat so, als müsste er die Lautstärke der Anlage regeln.

Davis zog eine Augenbraue hoch. „Wie bitte?"

„Ich dachte, du liebst sie."

„Wen?"

„Na, Ivy. Wen denn sonst?"

Er stotterte wie ein Motor, der mit Wasser vollläuft.

„Denn sie liebt dich."

Nein. Sara irrte sich. Ivy liebte ihn überhaupt nicht. Sie wollte nichts mit ihm zu tun haben. Sara konnte schließlich nicht sehen, wie Ivy ihn ansah. Sie konnte nicht sehen, wie schlimm Ivys Verletzungen waren. Sie verstand nicht, was er getan hatte.

„Liebst du sie, Davis?"

Er öffnete den Mund, aber nichts kam heraus.

Seine Schwester stemmte die Hand in die Hüfte. „Also?"

Davis stöhnte. „So sehr, dass es mich umbringt."

„Dann sei ein Mann und sag es ihr."

Auf der Suche nach einem Fluchtweg hatte Ivy einen kleinen Raum entdeckt und sich dort in die Ecke auf einen Übungsschwebebalken gesetzt. Warum die Kirche so einen besaß, war ihr schleierhaft. Ivy stützte die Hände beidseitig auf ihre Oberschenkel und blickte zu Boden.

Wem versuchte sie hier eigentlich etwas vorzumachen? Sie konnte keine Modenschau stemmen. Selbst an einem guten Tag nicht, aber erst recht nicht heute, während ihr Herz sich nach Davis sehnte und ihr Gesicht entstellt war. Ihre Haut juckte unter dem Verband so stark, dass es fast nicht auszuhalten war. Vorsichtig zog sie das Mullpflaster ab und widerstand dem Drang, sich zu kratzen.

Alte, vertraute Stimmen drängten sich in Ivys Gedanken – Stimmen, die ihr sagten, sie sei nur eine leere, schöne Hülle, die jetzt nicht einmal mehr schön war. Nur war Ivy es diesmal leid, auf diese Stimmen zu hören. Hätte eine leere Hülle all das erreichen können, was sie in den letzten paar Monaten geleistet hatte? Und dabei dachte sie nicht nur an all das, was sie getan hatte, um die Modenschau zu einem richtig großen Ereignis zu machen. Sondern auch daran, dass sie Davis überredet hatte, Fotos von Twila zu machen. Dass sie Sara und Jordan wieder zusammengebracht hatte. Marilyn in der Boutique geholfen. Nichts von all dem hatte etwas mit dem Modelsein oder ihrem Aussehen zu tun. Und trotzdem saß sie jetzt hier in dieser Kammer und konzentrierte sich auf die falschen Dinge, hörte auf all die falschen Stimmen.

Wohin führte sie das? In einen Abstellraum. Was hatte sie davon? Nichts.

Das hier war ihre Chance, sich selbst zu beweisen, dass sie mehr war als ein hübsches Gesicht. Und selbst wenn sie scheiterte, würde das Leben weitergehen. Weil ihre Identität nicht hiervon abhing. Das hier bestimmte nicht ihren Wert. Diese Erkenntnis hatte sie gestern Abend befreit. Und wo war ihre Freiheit jetzt? Sie erhob sich von ihrem improvisierten Sitz und ging zur Tür, fest entschlossen, der Mensch zu sein, den Marilyn in ihr sah, doch in diesem Moment öffnete sich knarrend die Tür.

Und Davis stand vor ihr.

Ivys Knie wurden weich. Sie trat einen Schritt zurück und wandte den Blick ab. Sah zur Wand hinüber. Auf den Teppich hinunter.

Überall hin, nur nicht in sein Gesicht. Sie wollte den Ekel in seinem Blick nicht sehen. Nicht nachdem sie gerade all ihren Mut zusammengenommen hatte und dort hinausgehen wollte, um dieser Benefizveranstaltung mal so richtig Beine zu machen. Aber Davis stand ihr im Weg und versperrte die Tür. Sie starrte auf einen Fleck auf dem Teppich in der Nähe des Schwebebalkens, während sie wünschte, sie hätte den Verband nicht entfernt. „Entschuldige mich bitte."

Er rührte sich nicht.

„Ich muss vorbei", sagte sie, diesmal etwas lauter.

Er trat ein und schloss die Tür hinter sich.

Ivy wich einen weiteren Schritt zurück, während ihr Herz in ihrer Brust Purzelbäume schlug. Auf einmal fühlte sie sich in dem kleinen Raum regelrecht klaustrophobisch.

Er trat auf sie zu.

Sie hob eine Hand, um ihn aufzuhalten. Er durfte nicht näher kommen. Denn sosehr ihr Herz sich auch nach seiner Nähe sehnte, wusste sie doch, dass sie am Ende verletzt werden würde. Und ihr Herz konnte nicht unendlich oft brechen. „Ich bin hergekommen, um eine Modenschau zu leiten. Würdest du mich bitte vorbeilassen?"

Er ignorierte ihre Hand und kam noch einen Schritt näher. „Ich habe überall nach dir gesucht. Was machst du hier drin?"

Den Blick unverändert auf den Boden gerichtet, wich sie zurück. Dabei stießen ihre Waden an den Schwebebalken. „Ich brauchte einen Moment, um meine Gedanken zu ordnen. Aber jetzt bin ich fertig und werde wieder da rausgehen."

„Ich weiß, dass du wütend auf mich bist. Und dazu hast du jedes Recht der Welt."

Das Herz schlug ihr bis zum Hals. Er war nah. Viel zu nah. Seine Nähe schmerzte mehr als ihre verletzte Schulter und ihr zerschnittenes Gesicht zusammen. „Du weißt überhaupt nicht, wie ich mich fühle."

„Dann sag es mir."

Sie fuhr sich mit bebender Hand durch die Haare und wünschte, sie könnte ihr Gesicht damit bedecken. Oder vielleicht das Licht ganz ausschalten. Warum nur hatte sie den Verband abgenommen?

Sie hielt den Kopf weiterhin gesenkt und zur Seite gedreht. „Dafür ist jetzt keine Zeit."

„Das mit Doyle tut mir leid. Ich wünschte, ich könnte die Zeit zurückdrehen und den Abend noch einmal ganz anders werden lassen. Ich wünschte, du wärst ihm nie allein im Dunkeln begegnet."

Sie konnte nicht anders – sie blickte auf und schleuderte ihm seine Worte wieder an den Kopf. „Glaubst du wirklich, Doyle interessiert mich?"

Der Schock in seinem Blick, als er das Ausmaß ihrer Verletzungen sah, entging ihr nicht.

„Glaubst du wirklich, ich will eine Entschuldigung von dir? Oder dein Mitleid?" Ivy schluckte. Sie hasste es, dass sie schon wieder einen Kloß in der Kehle hatte. Sie musste Davis und den Gefühlen, die er in ihr auslöste, aus dem Weg gehen. „Das ist das Letzte, was ich will."

„Was willst du denn dann, Ivy? Ich bin kein Hellseher. Ich kann deine Gedanken nicht lesen."

„Ich wollte, dass du um mich kämpfst!" Die Worte waren wie eine Explosion in dem kleinen Raum. „Nur ein einziges Mal. Ich wollte, dass jemand um mich kämpft. Mich nicht aufgibt. Nicht zulässt, dass ich ihn wegstoße. Aber weißt du was? Jetzt brauche ich das nicht mehr. Du brauchst mir nicht zu sagen, dass ich schön bin. Das brauche ich nicht, weil …"

Aber sie kam nicht dazu, es ihm zu erklären – ihm von Marilyns Liebe oder Saras Karte oder den Worten zu erzählen, die ihre neue Lebensgrundlage geworden waren. Nichts davon konnte sie erklären. Denn bevor sie noch irgendetwas sagen konnte, packte Davis ihre Arme, zog sie an seine Brust und küsste sie. Und sie konnte nur noch an eines denken: So ein Kuss hatte nichts mit Mitleid zu tun.

Er löste sich von ihr und sie atmeten beide keuchend ein und aus. Ihr Atem stockte, als sie an ihr Gesicht dachte. Sie versuchte, sich abzuwenden, zu Boden zu blicken, aber er legte die Finger unter ihr Kinn und fuhr mit dem Daumen ihre Wange entlang, eine kaum spürbare Berührung, während er ihre Wunden betrachtete, die Nähte … nicht mit Ekel, sondern mit einer Zärtlichkeit, die ihr Inneres schmelzen ließ wie warme Schokolade.

„Weil was?", fragte er.

Ivy versuchte, ihre Gedanken zu sammeln, sie zu ordnen, aber sie konnte nicht weiter denken als bis zu ihrem hämmernden Herzen. „Wie, was?“

„Du wolltest mir gerade sagen, warum ich nicht mehr um dich kämpfen muss.“ Sein warmer Atem kitzelte ihre unverletzte Wange, als er ihr einen unglaublich zarten Kuss aufs Ohrläppchen gab. „Oder dir nicht sagen muss, dass du schön bist.“

Ach so. „Weil ich jetzt weiß, was ich bin.“

„Und das wäre?“

Sie war das Wort, das ihre Mutter zum Weinen gebracht hatte. Das Wort, das sie damals im Wörterbuch nachgeschlagen hatte. Befreien, freimachen, erretten. „Erlöst.“

Davis sah sie mit leuchtenden Augen an.

Ivy biss sich auf die Lippe. Dieselbe Lippe, die er gerade noch geküsst hatte. „Du hast mir einmal gesagt, wenn du das nächste Mal eine Frau küsst, dann, weil du sie liebst.“

Lachfältchen erschienen um seine Augen. Und dann hob er, ohne ein Wort zu sagen, ihr Kinn an und küsste die unverletzte Seite ihrer Wange, ihren Hals, ihre Nasenspitze, ihre Stirn. Seine Küsse waren so zart, so zärtlich, so warm, dass alles in ihr zerfloss. „Ich habe meine Fehler, aber ein Lügner bin ich nicht.“

„Na dann.“ Sie beugte sich vor und flüsterte ihm ins Ohr: „Ich liebe dich auch.“

Ivy nahm die weiße Pappschachtel, die in einer der Kirchenbänke liegen geblieben war, und warf sie in den großen Müllbeutel, den Davis ihr hinhielt. Er hörte einfach nicht mehr auf zu lächeln. Auch in den letzten Stunden hatte er permanent dieses Grinsen im Gesicht gehabt: während er die Bilder gemacht hatte; während der ganzen Modenschau. Und sie selbst hatte sich ebenfalls in eine alberne Grinsekatze verwandelt.

Sie versetzte seinem Arm einen Klaps. „Deinetwegen tun mir schon die Nähte weh.“

„Ich kann nicht anders. Du bist einfach unglaublich.“

Unglaublich.

Sie lächelte wieder.

Die Modenschau hätte nicht besser laufen können. Als sie aufgehört hatte, über ihr Gesicht nachzudenken, hatten die anderen es auch getan. Sie hatte sogar noch einen Ersatz für das Model gefunden, das sich den Fuß verstaucht hatte. Arabella hatte versucht, Ivy dazu zu bewegen, selbst auf den Laufsteg zu gehen, da sie niemanden hatten, der ihren Part übernehmen konnte, aber das war heute nicht ihre Aufgabe. Heute war sie kein Model. Heute war sie Ivy Clark, eine Frau, die eine Benefizveranstaltung stemmen konnte.

Sie ließ eine Plastikgabel in den Müllsack fallen, während sie erneut über die Spendenbereitschaft staunte, die auf Saras Bekanntgabe gefolgt war. Als Sara vorgeschlagen hatte, den Erlös dem Twila Welch Fond zur Verfügung zu stellen, hatte Marilyn das Publikum gebeten, darüber nachzudenken und am Ende der Veranstaltung geheim abzustimmen. Stattdessen hatten sie stehenden Applaus geerntet. Wie es schien, war Ivy nicht die Einzige, die das tapfere Mädchen in seinen Bann gezogen hatte. „Hast du eine Ahnung, wie viel Geld wir eingenommen haben?"

„Nee, nicht die geringste." Der Müllbeutel in Davis' Hand knisterte, als er sich zu Marilyn umdrehte, die hinter einem Klapptisch stand und das Geld aus der Metallschatulle in Stapeln aufgetürmt hatte. „Bist du mit dem Zählen schon fertig?"

Marilyn schob mehrere Geldscheine von einer Hand in die andere. „Noch nicht. Aber eins sage ich dir: Ich habe die Kirche noch nie so voll gesehen."

Pastor Voss sprang von einer der Kirchenbänke auf und warf sich seine eigene Mülltüte über die Schulter. „Hey!"

„Ist nicht persönlich gemeint, Pastor."

Sara lachte.

Ivy bückte sich und hob ein zerrissenes Ticket auf. *Something New – Modenschau der besonderen Art.*

Davis war mit seiner Reihe fertig und half Ivy mit ihrer. „Was hältst du davon, wenn wir, sobald wir hier fertig sind, mit ein paar Sandwiches ins Krankenhaus fahren und Annie und Twila von den Neuigkeiten erzählen?"

Mit einem strahlenden Lächeln faltete Ivy die Eintrittskarte zusammen und schob sie in ihre Tasche. Die Modenschau war vielleicht vorbei, aber das Beste kam erst noch.

Epilog

Ivy ging nie wieder nach New York zurück. Sie blieb in Greenbrier und lebte mit Marilyn und Sara in dem Haus, das einst James gehört hatte. Sara ging aufs College und Ivy und Marilyn mischten gemeinsam die Brautmodenbranche gehörig auf. Dann heiratete Sara Jordan und Ivy heiratete Davis, und sie verließen das Haus von James, zogen in ihre eigenen Häuser und gründeten ihre eigenen Familien.

Die unfruchtbare Frau wurde die Großmutter von sechs Enkelkindern.

Davis machte sich einen Namen damit, dass er das tat, was sein Vater ihn vor all den Jahren in den Bergen von Telluride gelehrt hatte – die Schönheit von Gottes Schöpfung durch ein Objektiv einzufangen und diese der leidenden Welt zu zeigen.

Mit der Zeit verheilten Ivys Verletzungen, aber die Narben blieben – ein Labyrinth aus dünnen weißen Linien auf ihrer Wange und ihrem Unterkiefer. Sie erinnerten Ivy daran, dass sie verletzt worden war, ja. Und ja, etwas war ihr gestohlen worden. Aber sie war nicht so geblieben.

Gott hatte sie nicht zerbrochen zurückgelassen.

Sie war wie der Name der Boutique, die Marilyn damals eröffnet hatte, nachdem Ivy nach New York geflohen war. Er hatte die Scherben eingesammelt und etwas Neues erschaffen – *Something New*.

Anregungen für Lesegruppen

Finden Sie, dass „Das Leben ist nie perfekt" ein guter Titel für dieses Buch ist? Was glauben Sie, wie er gemeint ist? Wenn Sie diesem Roman einen anderen Titel geben müssten, wie würde er lauten?

Ivy Clark ist keine typische Heldin für einen christlichen Roman. Mochten Sie sie? Warum oder warum nicht? Nennen Sie einige von Ivys guten Eigenschaften. Kennen Sie Frauen wie Ivy?

Unsere Vergangenheit spielt eine sehr große Rolle dabei, wer wir werden und was wir glauben. Inwiefern hat Ivys Vergangenheit ihre Überzeugungen und ihre Persönlichkeit geprägt? Wie hat Ihre eigene Vergangenheit geprägt, wer Sie heute sind und was Sie glauben? Glauben Sie, dass es möglich ist, die eigene Vergangenheit zu überwinden? Warum oder warum nicht?

Also gut, schwärmen wir ein bisschen! Schließlich ist das eine Liebesgeschichte. Welcher romantische Augenblick zwischen Davis und Ivy hat Ihnen am besten gefallen?

Obwohl dies formal ein Liebesroman ist, gibt es einen Erzählstrang, der tiefer geht als die aufkeimende Liebe zwischen Ivy Clark und Davis Knight. Welcher ist das?

Schönheit ist in diesem Roman ein wichtiges Thema. Wie definiert die Welt Schönheit? Inwiefern haben Sie Mühe, sich an der Definition der Welt zu messen?

Marilyn Olsen ist alles andere als eine typische böse Stiefmutter. Warum war von allen Charakteren in diesem Roman ausgerechnet Marilyn am besten geeignet, Ivy die Liebe Christi vorzuleben und zu zeigen? Inwiefern hätte es den Roman verändert, wenn Davis diese besondere Rolle von Marilyn übernommen hätte? Wer hat Ihnen die Liebe Christi veranschaulicht?

Marilyn spürte, dass Gott sie dazu berufen hatte, Ivy zu lieben, also die Tochter ihres untreuen Ehemannes und seiner Geliebten. Wie hätten Sie an Marilyns Stelle reagiert? Haben Sie schon einmal erlebt, dass Sie zu etwas berufen wurden, das für Sie keinen Sinn ergab?

Davis hat Mühe damit, Gottes Vergebung ganz anzunehmen. Weil er die Schuld, die er sich an Saras Erblindung gibt, nicht loslassen kann, bestraft er sich selbst, indem er sich weigert, das zu tun, was er liebt – zu fotografieren. Konnten Sie den inneren Kampf von Davis nachempfinden? Warum oder warum nicht? Wenn Sie Sara wären, würden Sie wollen, dass Davis weiter als Fotograf arbeitet?

„Es spielt keine Rolle, ob ich dir vergebe. Es ist noch nicht einmal wichtig, ob du dir selbst vergibst. Entscheidend ist, dass Gott es bereits getan hat, Davis." Diskutieren Sie Saras Bemerkung. Stimmen Sie zu oder nicht? Warum?

Sara konnte ihre Erblindung am Ende als Segen betrachten. Hat Gott jemals in Ihrem Leben eine Tragödie genutzt, um Segen zu bringen? Tauschen Sie sich in der Gruppe darüber aus.

Dank

Man sollte meinen, mit Übung würde es einfacher, Bücher zu schreiben. Doch dem ist nicht so.

Mein zweiter Roman war eine größere Herausforderung als mein erster, und dieser war wiederum schwieriger als der zweite. Aber solange Gott mir Geschichten gibt, die ich erzählen soll, werde ich sie erzählen. Aber nicht, ohne zuerst einigen Menschen zu danken …

Meinem Ehemann, der eine Auszeichnung verdient hat. Mit einer Schriftstellerin verheiratet zu sein, ist kein leichtes Los und er meistert es hervorragend. Kochen und putzen und unseren Sohn unterhalten, alles, damit seine neurotische Frau ihre Abgabetermine einhalten kann. Danke, Ryan, dafür, dass du mich liebst … selbst wenn ich mir die Haare raufe oder mich in meinem Büro einschließe. Ich habe dich nicht verdient.

Meiner Familie, mit einem megamäßigen Dankeschön an meinen Dad, meine Mom und meine Tante Peggy dafür, dass sie Junior stundenlang beschäftigt haben, damit ich Zeit zum Arbeiten hatte. Ihr wisst ja gar nicht, wie sehr ihr mir das Leben erleichtert habt und wie sehr ihr das von Brogan bereichert habt. Ohne euch könnte ich das nicht schaffen.

Meiner Gemeindefamilie und dem Hauskreis und dem Frauenbibelkreis, meinen verrückten Mädels aus der Highschool, den Adoptionsgenossinnen (mit einer besonderen Verneigung vor Corie G. und Carrie P.) und jeder einzelnen meiner schreibenden Seelenverwandten. Mit eurer Unterstützung kann ich weitermachen.

Meiner Agentin Rachelle Gardner, weil sie mir versichert hat: Ja, du schaffst das.

Meinem Lektoratsteam, Shannon Marchese, Lissa Halls Johnson und Laura Wight, weil sie nicht zugelassen haben, dass ich mich mit gut genug zufrieden gebe.

Der ganzen fantastischen Belegschaft von WaterBrook Multnomah, meinem amerikanischen Verlag, die wirklich alles gibt. Ihr alle glaubt an die Macht von Geschichten, Leben zu verändern, und das merkt man total bei eurer Arbeit. Ich weiß, dass ich es schon häufiger gesagt habe, aber ich sage es noch mal (und noch mal und noch mal). Es ist eine Ehre, mit euch zusammenzuarbeiten.

Erica und Jeannie, meinen Kritikerinnen par excellence.

Jeder einzelnen Leserin, mit einer besonders herzlichen Umarmung für alle, die für mich Werbung gemacht haben. Wenn dieses Buch in irgendeiner Weise erfolgreich ist, dann liegt es daran, dass ihr es genommen und weitergegeben habt. Danke fürs Lesen. Danke fürs Weitergeben. Danke für die Ermutigung. Es ist mein ständiges Gebet, dass die Geschichten, die ich erzähle, Herzen näher zu dem Einen bringen, der erlösen kann.

Und dem, „der überschwänglich tun kann über alles hinaus, was wir bitten oder verstehen, nach der Kraft, die in uns wirkt, dem sei Ehre in der Gemeinde und in Christus Jesus durch alle Geschlechter von Ewigkeit zu Ewigkeit! Amen."

Ein weiterer Roman von Katie Ganshert

Das Motel der vergessenen Träume
ISBN 978-3-86827-709-8
384 Seiten, Paperback
auch als e-Book erhältlich

Das Leben von Carmen Hart scheint perfekt: Sie ist die beliebteste Wetterfee seit Bestehen ihres Fernsehsenders, verheiratet mit einem Traummann, lebt in einem Traumhaus. Zum vollkommenen Glück fehlt ihr nur noch das Baby, von dem sie schon so lange träumt. Doch ein unbeherrschter Moment droht ihr alles zu nehmen, was sie sich mühevoll aufgebaut hat. Als Carmen sich in das alte Motel flüchtet, das seit Generationen im Besitz ihrer Familie ist, stößt sie dort zu ihrer Überraschung auf ihre Halbschwester. Carmen bleibt keine andere Wahl, als die 17-Jährige bei sich aufzunehmen. Gemeinsam renovieren sie das alte Motel.
Doch lassen sich zerbrochene Beziehungen genauso leicht reparieren wie zerbrochene Fenster? Und haben lang vergessene Träume tatsächlich die Macht, die Gegenwart zu ändern?

Ein weiterer Roman von FRANCKE

Elizabeth Musser
In jenem besagten Sommer
ISBN 978-3-96362-041-6
324 Seiten, Paperback
auch als e-Book erhältlich

Wie aus heiterem Himmel wird auf die Bestsellerautorin Josephine Bourdillon ein Attentat verübt. Am helllichten Tag. Auf der Intensivstation kämpft sie um ihr Leben. Eine erste Spur scheint gefunden, als die Töchter der Polizei Drohbriefe übergeben, die sich in der Fanpost der Autorin finden. Doch die Ermittlungen kommen ins Stocken.
Auch die Familie rätselt, wer dieser liebenswerten, zurückgezogen lebenden Frau so etwas Schreckliches angetan haben könnte. Dabei stoßen die Töchter auf ein Ereignis, das viele Jahre zurückliegt. Aber keiner der Beteiligten will so recht über jenen besagten Sommer reden, in dem Unfassbares geschehen sein muss. Die Ereignisse von damals sind im Gedächtnis der Familie wie ausgelöscht. Liegt hier der Schlüssel für die Aufklärung des Attentats?